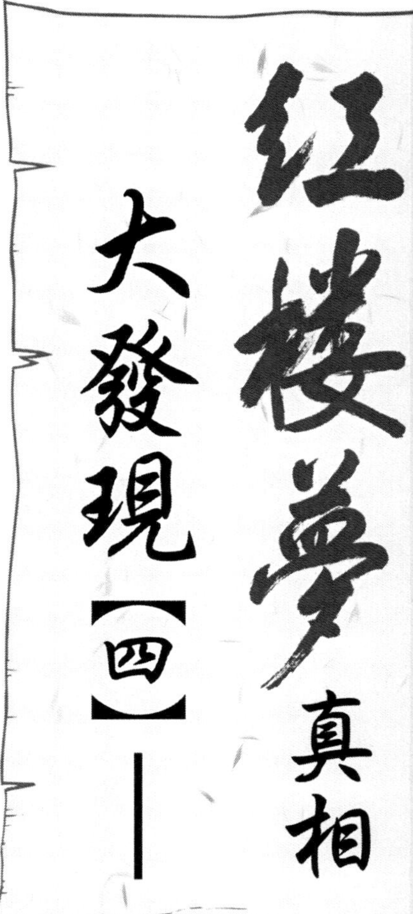

寶釵作生日故事的真相

◆南佳人 著

目次

自序

一九九八年九月十二日至十月十一日，台灣紅學界與大陸的中國紅樓夢學會，在台北國父紀念館聯合舉辦紅樓夢博覽會（或稱紅樓夢文化藝術展），為期長達一個月，規模盛大空前。除了國父紀念館二樓中山畫廊的紅樓夢文物展覽之外，還舉辦了九場的講演與座談會。第一天九月十二日下午，首場專題講演在台北市圖總館十樓會議廳舉行，由當時擔任中國紅樓夢學會會長的馮其庸主講「千古文章未盡才——曹雪芹與紅樓夢」，筆者特別請假前去聽講。講演結束後，開放聽眾發問，有某位聽眾請問《紅樓夢》的真正內容究竟是寫什麼，馮先生回答說：「有關《紅樓夢》的真正內容，至今我們所瞭解的只是全部的千分之一、二而已，說不定在我們自認為已經瞭解的這千分之一、二裏，也還有疑問的。」筆者當時聽了非常震撼，本以為紅學界的普遍想法是那些汗牛充棟的紅學著作已經把《紅樓夢》的內容研究得差不多了，想不到曾任大陸紅樓夢研究所所長，時任中國紅樓夢學會會長的當代紅學大宗師馮其庸竟然這麼說。馮先生這一番話，使得當時自認為對於《紅樓夢》有一點獨得之見的筆者，產生進一步擴大研究的極大動力，因為過往的研究既然還沒研究到《紅樓夢》的真正內容，新的說法就有發表問世的價值。

二〇〇〇年，曾任大陸紅學家研究所副所長，著作甚豐的著名紅學家胡文彬，在所著《夢裡夢外紅樓緣》的「卷首絮語」中說：「自《紅樓夢》問世傳奇至今，政治家、思想家、學者，入流的未入流的又何止千萬！人人都聲稱自己『解』得其中味，而且是最最正確的『味』，都標榜自己是曹雪芹的『知音』。然而，當我們認真數一數，一大鍋滾燙的白開水中又有多少顆米粒呢？回顧百年的紅學史，真正具有學術品格的研究時間實在是太短暫了。」又說：「不錯，開放改革終於迎來了一個騰飛的時代。……然而，轉型期的浮躁情緒瘟疫一樣侵蝕到一向以獻身學術為榮的紅學界。致使紅學界又陷入了擺脫政治干擾後的迷惘之中，甚至為某種經濟利益所誘惑。近年來紅學研究中的一些較大的爭論，學術品格正在淡化，經濟行為、個人行為的爭吵，正在取代真正的學術研討。一些超乎學術規範的奇談怪論，正是在這種不正常的學術氛圍的夾縫中滋生繁衍的。」最後說：「我堅信二十一世紀是中國的世紀，也是真正紅學繁榮昌盛的新世紀！」

二〇〇五年，曾任北京紅樓夢研究所所長的大陸著名紅學家劉夢溪，在所著《紅樓夢與百年中國》一書的第一章上篇中說：「其結果研究隊伍如此龐大、不時成為學術熱點的百年紅學，所達成的一致結論並不很多。相反，許多問題形成了死結。我曾說紅學研究中有三個『死結』：一是芹係誰子；二是脂硯何人；三是續書作者。這三個問題，根據已有材料，我們只能老老實實說不知道。……所謂真理越辯越明，似乎不適合《紅樓夢》。倒是俞平伯先生說的『越研究越糊塗』，不失孤明先發之見。」又在第八章下篇中說：「《紅樓夢》研究中，除上述十七次論爭、九椿公案之外，另有四條不解之謎。」

綜合以上三位當今重量級紅學大師的精闢言論，正好點明了過去二、三百年來《紅樓夢》研究的實際狀況、成果，及今後應該努力的方向。簡括地說，就是過去《紅樓夢》研究的人及著作雖多，但都是沒有幾顆米粒的一大鍋白湯的皮毛之作，許多問題都無法解決，形成許多公案、死結和不解之謎，所以在俞平伯等以上真正紅學行家的眼裡，《紅樓夢》是「越研究越糊塗」，至今還沒有人解得《紅樓夢》的真味，紅學家所能瞭解到的《紅樓夢》真正內容還不到千分之一、二。過去大陸受到政治干擾，紅學家不能秉持求真的學術精神進行研究，故紅學研究成果不佳。鄧小平改革開放後的最近二、三十年來，由於沒有人管束，又受到經濟利益的誘惑，一些超乎學術規範的奇談怪論紛紛出籠，紅學著作的學術品質較前大為降低。今後的紅學研究應該糾正這些缺點，秉持科學精神，努力提升學術水準，那麼在已經擺脫政治干擾的二十一世紀，將是真正紅學繁榮昌盛的新世紀。

筆者非常欽佩以上三位紅學大師，身居紅學研究機構領袖那樣的高位，竟然坦率說出「越研究越糊塗」等那樣讓紅學界難堪的實話（按一般聽到紅學家的說法是紅學研究成果如何豐碩的話），及高瞻遠矚的論點。筆者尤其對於改革開放後，紅學研究雖然百花齊放，呈現可喜的一面，卻又陷入了跳脫學術規範，奇談怪論紛出的困境，感到非常難過。然而仔細衡量一下，目前百家爭鳴的脫序亂象，似乎要比從前受到政治干擾，紅學家不能自由研究、自我主張來得好一點，因為在自由發揮之中，畢竟還是有些人會遵守學術規範的。筆者這套書在寫作伊始，就體察到從前《紅樓夢》研究已有眾多說法，但最終都無法獲得認同，其根本原因都是出在各家說法本身證據或是太過薄弱，或是不夠豐富確鑿，掛一漏萬，空洞無內容，不合科學的學術規範，因而不能使人信服的緣故。所以覺悟到身為極後輩的人若是要再提出新說，就必得要徹底改正從前的那些缺點，否則新說發表出來，同樣是不會獲得認同的，那麼千辛萬苦的研究和寫作就都白費了。因此，本書對於《紅樓夢》故事情節所隱藏歷史真事的考證，所引證的歷史證據非常豐富，並力求人、事、時、地都能互相符合。而且為避免從前紅學考證著作普遍在《紅樓夢》書中東拉一點，西拉一點，以極為零散而片斷的考證資料，就大膽假設地歸結出《紅樓夢》全書真相的重大弊病，本書採取幾近逐句逐段逐回地全面性破解真相的方式。對於脂批的引證，也一改胡適等紅學前輩只選擇性採用有利於其論點的極少數幾條脂批的作法，而改為全面性採用脂批的作法。例如第一冊破解第一回故事的真相，則對於第一回約一百七十條的脂批全都採用，這次第四冊破解第二十二回故事的真相，則對於第二十二回的一百餘條脂批全都採用，務求深知內情的脂批所提示的全部內情，都能夠和筆者破解出的歷史真相互相融會貫通。這樣所得到的整體結果是筆者所破解出的真相，幾乎都能使得《紅樓夢》原文故事情節、歷史事實、及深知內情的脂批三者，互相融會貫通得通暢無矛盾，而且證據非常豐富詳實，超過蔡元培、胡適等前輩紅學家達到數十倍甚至百倍的程度，是歷來考證資料最豐富詳實，及引證最多脂批的破解《紅樓夢》真相的著作。所以這套書絕對沒有上述「一大鍋滾燙的白開水中又有多少顆米粒」的疑慮，反而是米粒推滿得高過湯水。其實還不只是這樣的超濃米飯而已，這套書所破解出《紅樓夢》的真正內容，其豐盛的程度簡直就像一大桌滿漢全席，麟髓、鳳乳、熊掌、燕窩等山珍，龍蝦、鮑翅、黑鮪、紅蟳等海味，擺得滿桌都是，讓人整桌都想吃盡，就只怕有些看官腹中文學、歷史、佛道思想、及靈心慧性儲備得還不夠豐厚，一時難於消化這些超豐盛的山珍海味。何以會如此呢？蓋因這套書是真正翻挖出了《紅樓夢》的本來面目，而眾所周知《紅樓夢》作者是一個博學到眾多學術界泰斗都自嘆弗如的文星，《紅樓夢》一書所蘊含的文學、歷史、佛道思想、百家雜學、及想像力都達到頂尖知識份子也難以企及的程度，所以看官閱讀這套反映《紅樓夢》本來面目的書，自然要和《紅樓夢》作者的博學及靈慧作一番較勁，面對這樣一位震古爍今的文星，如果有些看官感到腹中經綸不敷運用，一時消化稍有不良，也不是什麼奇怪的事。

這一本第四冊破解的是第二十一回上半回後半段故事的真相，及第二十二回全部故事的真相，總共約二十三萬二千多字，其中原文八千多字，脂批一百三十八條、四千多字，筆者的破解、詮釋文字超過二十萬字。有關第二十一回上半回後半段描寫襲人嬌嗔箴寶玉，促使寶玉安定下來讀書解悶，而看到莊子《南華經》（即《莊子》）的〈胠篋〉篇，感到意趣洋洋，不禁提筆續《莊子》的故事。筆者經過詳實考證，破解出其真相實際上是寓寫康熙十二年寶玉影射的雲南平西藩王吳三桂遭到撤藩之初，驚慌失措，終日驚惶不安地往外與林黛玉影射的復明勢力商議以恢復明朝的名義反清（小說寫法就是寶玉外出與黛玉厮鬧），或與史湘雲影射的清廷派來監督撤藩的使臣商議何時撤藩搬遷的事宜（小說寫法就是寶玉外出與湘雲厮鬧），心慌意亂地拿不定應對大計，後來襲人影射的吳三桂最「疼惜之人」或「昔日舊人」的「藩下甲兵」諸部將（如其女婿胡國柱、侄兒吳應期等），憑藉著他們是吳三桂最親密、最堅強力量的地位，以半撒嬌半嗔怒的方式規勸、逼迫吳三桂（小說寫法就是襲人嬌嗔箴寶玉）要反清自保，終於促使吳三桂定心下來獨自思考有關撤藩的應對大計。於是吳三桂就好像從莊子《南華經》的〈胠篋〉篇得到靈感似的，感到意趣洋洋，想出他的應付撤藩大計，就是從莊子名周，聯想出「周國」的概念，從《南華經》聯想出「華南」的概念，從〈胠篋（從旁開箱盜物）〉篇聯想出「從旁邊的雲南起兵竊取滿清天下」的概念，因而決定了從雲南起兵，在華南地區建立周王朝反清的應對撤藩大計。破解出這樣的真相，讀者就可以欣賞到作者把吳三桂因遭撤藩而決定從雲南起兵，在華南地區建立周王朝反清的事跡，想像成寶玉吳三桂讀莊子《南華經》〈胠篋〉篇，感到意趣洋洋而續《莊子》的神奇筆法。還不只如此，如果連結到筆者前面第三冊破解出第五回故事的真相，還可以欣賞到作者跨章回的更大結構、更為神奇的莊周夢蝶筆法。在前面筆者已指出，筆者根據第一回脂批提示說：「開卷一篇立意，真打破歷來小說窠臼。閱其筆則是莊子離騷之亞。」而領悟出《紅樓夢》仿傚《莊子》中的著名筆法，不但大量使用《莊子》的寓言法，並且由《莊子》〈齊物論〉的莊周夢蝶情節，創新出「夢化蝴蝶（胡諜），醒復莊周」的神奇筆法。前面筆者破解出第五回的故事的真相，證實其中賈寶玉在夢中隨警幻仙姑進入其居處太虛幻境之情節的真相，就是賈寶玉影射的吳三桂投降歸入大清國境，也就是吳三桂化為胡人滿清間諜作漢奸的事跡，已經證實《紅樓夢》中確實使用了前一句「夢化蝴蝶（胡諜）」的神奇筆法。如今筆者破解出以上第二十一回賈寶玉讀《莊子》、續《莊子》故事的真相，是寓寫吳三桂因遭撤藩而醒悟從前背明降清之非，從而決定起兵反清、建立周王朝的事跡，又證實《紅樓夢》中確實使用了後一句「醒復莊周」（醒悟而恢復為漢人立場的周王朝反清）的神奇筆法。

本冊更大的重點是破解出第二十二回全部故事的真相。有關第二十二回上半回描寫二十一日薛寶釵十五歲生日，賈母捐資二十兩，喚了鳳姐來，交與她辦酒戲，為寶釵作生日的故事。本書經過詳實考證，破解出其真相實際上是寓寫寶釵影射的吳三桂雲南平西藩王政權，自順治十六年

（一六五九年）冊封平西藩王起，到了第十五年康熙十二年（一六七三年）的十一月二十一日，因為遭到清朝撤藩，賈母影射的吳三桂就從雲南起兵二十萬（捐資二十兩）出發反清，招惹鳳姐影射的康熙皇帝派兵前來對戰，雙方擊鼓喊殺、兵刀交鋒一番，猶如辦酒席演戲，猜拳吆喝、敲鑼打鼓、舞刀弄棍喧鬧一場一樣，藉著這樣的熱鬧來為寶釵影射的吳藩反清新政權的誕生日作慶賀（作生日）。這項考證寶釵「二十一」生日，正合吳三桂十一月「二十一」日起兵反清；寶釵「十五」歲，正合吳三桂起兵反清的康熙十二年是他封藩雲南第「十五」年；及賈母捐資「二十」兩，正合吳三桂出兵「二十」萬，這三個數字正好都吻合，是實質的三重證據吻合，所以筆者非常自信這項考證結論是鐵證如山的正確結論，是筆者感到很得意的又一項《紅樓夢》大發現。

至於第二十二回下半回描寫賈母發起元宵燈節猜燈謎活動，命賈府眾小兒女作燈謎，賈政特地前來參加，逐一觀看並猜出眾人謎底，感覺各人所作燈謎和謎底都預兆著各人的命運甚為不祥，皆非福壽之輩，因而甚覺煩悶、悲戚，就垂頭黯然退出去，不久賈母便命將食物撤去而散場的故事。經考證破解出真相，實是寓寫賈母影射的吳三桂發起反清運動，便命令賈府寶玉、黛玉等眾小兒女所影射的反清大聯盟各路勢力，都派兵到前線去抗清，而把他們的前途命運放置到如燈謎般難以猜測的境地上；這時賈政影射的周王身分特地前來加上賈母吳三桂身上，使得吳三桂登基自稱周王，建立周王政權（按時為康熙十三年元月，故所謂燈節就是寓指元月近元宵時吳三桂登基周王的時節），於是賈政影射的周王政權便負責起調度、監督各路勢力的實際抗清行動，觀察他們的抗清進展情況，並猜度出他們如燈謎般難以猜測的前途命運（猜燈謎）；結果發現各路抗清勢力都出現戰敗的現象，都預兆著他們前途命運甚為不祥，皆非福壽之輩，這時賈政影射的大周皇帝身分的吳三桂，指揮抗清甚為勞累，而生病了，又見各路抗清勢力都呈現敗勢，甚覺煩悶、悲戚，就垂頭喪氣地病死，提前退出大周王朝離去世間了（按時為康熙十七年八月）；過後不久賈母影射的另一對象老天爺就降下天意，命令大周王朝將官職俸祿撤去而散場，隨後大周王朝就敗亡散場了（按時為康熙二十年十月）。

綜合觀察以上破解出三個故事的真相，我們就能清楚地看出同一個吳三桂起兵反清的事件，作者竟然能夠使用以上三種不同的筆法來加以寓寫。先是在二十一回上半回，將它想像鋪寫成寶玉讀《莊子》、續《莊子》的故事；轉至二十二回上半回，再將它想像鋪寫成賈母捐資二十兩，辦酒席演戲為薛寶釵作生日的故事；至下半回，又再將它想像鋪寫成賈母發起元宵猜燈謎活動，賈政前來參加猜謎的故事。由此可見作者的筆法實在是神奇得無以倫比，簡直就像神仙界「一氣化三清」的至高至妙境界，人間古今中外有誰能夠企及？《紅樓夢》若能夠這樣不斷破解出真相，及不可思議的神奇筆法，那麼《紅樓夢》的研究就不會「越研究越糊塗」，而是「越研究越精彩」，越研究越能夠使得《紅樓夢》顯露其千嬌百媚的寶相，越能夠使它放射出文學神奇技法的璀璨光芒，使它成為華人小說、甚至全世界小說永垂不朽的至高典範。

以上所舉三個故事的真相，還只是略舉犖犖大端的主題故事部份而已，若再擴大到各細節故事部份，則整體而言，本書所破解出的《紅樓夢》真相與神奇筆法，可說琳琅滿目，處處詭奇。就證據力而言，尤以破解出第二十二回描寫二十一日為寶釵十五歲生日，賈母捐資二十兩，交與鳳姐辦酒戲，為寶釵作生日之故事的真相，為寓寫康熙十二年十一月二十一日，吳三桂起兵二十萬反清，誕生反清新政權的事跡。其中寶釵「二十一」生日，正合吳三桂「二十一」日起兵反清；寶釵「十五」歲，正合吳三桂封藩雲南第「十五」年；賈母捐資「二十」兩，正合吳三桂出兵「二十」萬。具有這三項數字的三重密合，堪稱鐵證如山，因而這項考證的結論是無可置疑的正確結論。從而使得筆者前面三冊所論斷《紅樓夢》的真相，為暗寫以吳三桂降清叛清事跡為主線的明清交替歷史的主張，再度獲得十足確鑿證據的有力支持。同時，沉埋近三百年的《紅樓夢》真相，也可藉此宣告水落石出。

有一點須要附帶說明，就是由於脂批與《紅樓夢》原文都極盡曲折隱微之能事，極度奧秘難解，要想悟通其主要情節背後約略暗寫些什麼歷史真相，已是千難萬難，更別說要透徹悟通其每字每句的細微末節的真相了。故本書對於《紅樓夢》故事真相的破解，一貫秉持真知則詳說，不知則不說的態度，不過在全面破譯的部份，偶而也會為了整體情節的連貫通達，對於其中某些詞句或片斷情節雖僅略知其梗概，而不得不勉力為之詮解圓順的，尚請讀者諒察。正因原文與脂批都極度奧秘難解，及間亦有史料不足的情況，筆者雖已盡力，但對於某些詞句、情節還是無法破解出真相。即使是筆者已經破解出真相的部份，可能也沒能達到每一句話、每一細微情節都詮釋得精確無誤的程度，在細微末節的部份可能還是有些模糊的灰色地帶，不過自信已達到八、九不離十的正確程度了，尤其對於所影射歷史真事的主要脈絡，應該都很明確清晰，而不至於有所偏誤。

至此，筆者《紅樓夢真相大發現》系列已完成四本書，共計八十六萬多字，在量方面已然成為研究《紅樓夢》真相的一大部著作。就質方面來看，這套四本書是截至目前為止，發現《紅樓夢》真相最多，又最神奇的一部著作。前面三冊書破解出的《紅樓夢》真相，實在是神奇到超乎一般想像，太過詭奇炫目了，所以有一部份讀者反而感到目眩神迷，一時不敢置信，但是隨著本次第四冊出版，相信讀者對於《紅樓夢》的真身寶相能夠看得更真切，而慢慢習慣《紅樓夢》超乎一般想像的神奇真相，從而慢慢認同。

筆者資質凡庸，學識淺薄，錯漏勢所難免，殷望紅學方家及廣大紅迷讀者，不吝惠賜批評指正。

南佳人　李瑞泰　謹識
中華民國九十九（二〇一〇）年十一月
於台北市愚不可及齋

凡例

一、這套書所採用的《紅樓夢》原文，主要是採用自〔甲戌本〕、〔己卯本〕、〔庚辰本〕三種最古版本的《石頭記》，尤其是紅學界公認迄今所發現最早版本的〔甲戌本〕。前面三冊書主要都是採用最古版本的〔甲戌本〕《石頭記》的原文，其次才兼斟酌採用次古版本的〔己卯本〕、〔庚辰本〕《石頭記》的原文。至於本第四冊書所破解的《紅樓夢》第二十一回及第二十二回，由於〔甲戌本〕和〔己卯本〕恰好都缺失，只好採用〔庚辰本〕的原文。而很不巧的是〔庚辰本〕第二十二回自惜春燈謎最後一句「性中自有大光明」以後，又都破失，所以後面部份的原文，筆者只好另行斟酌採用較晚出的〔甲辰本〕、〔戚序本〕及〔程甲本〕加以補全。原文中的一些古用法的字詞，則斟酌修改為現今通用的字詞，如「方纔」、「偺們」、「咲道」、「可怜」、「摠依」、「應酧」、「彀酒的」等，分別改為「方才」、「咱們」、「笑道」、「可憐」、「總依」、「應酬」、「夠酒的」等。至於一些今日看來顯然是錯誤的字詞，也斟酌修改為現今通用的字詞，如「那里」、「到是」、「倘在床上」、「理不穹」、「訊若不繫之舟」等，分別改為「那裡」、「倒是」、「躺在床上」、「理不窮」、「汛若不繫之舟」等。

二、本書所採用的脂批評點文字，主要是採用自〔庚辰本〕《石頭記》，而且是直接採用自宏業書局的〔庚辰本〕《脂硯齋重評石頭記》上的脂批評點文字。還有少數脂批文字是採用自〔靖藏本〕《石頭記》、〔甲辰本〕《紅樓夢》等其他版本，這一部份則係間接採用自陳慶浩編著的《新編石頭記脂硯齋評語輯校》所輯錄的脂批文字。本書所採用的脂批都在前頭註明其出處，但為求簡明扼要起見，若某條脂批只出於一個評本，則只註明該評本，如「〔庚辰本夾批〕評注」、「〔甲辰本〕評注」等。若某條脂批出於兩個評本以上，而內容累同，則只註明內容較詳實可靠的最主要評本，而不註明較簡略的次要評本，僅加一個「等」字加以表明，如某一條脂批出自〔庚辰本〕、〔甲辰本〕及〔有正本〕三個評本，而〔庚辰本〕較為詳實，〔甲辰本〕及〔有正本〕較為簡略，則註明為「〔庚辰本夾批〕等評注」，而不標出〔甲辰本〕及〔有正本〕，依此類推。讀者若想進一步瞭解脂批出處的詳情，請自行查閱以上陳慶浩所著《新編石頭記脂硯齋評語輯校》（台北聯經出版事業公司民國七十五年十月增訂再版本）。

三、本書對於書中特殊事物、品名、詞句的釋義或典故，甚多參引自前人研究的成果，尤其是周汝昌主編的《紅樓夢辭典》（廣東人民出版社出版，一九八九年四月第二次印刷）；馮其庸等校注的《紅樓夢校注》（台北里仁書局民國八十四年十月十五日初版四刷），馮其庸編注的《紅樓夢》（台北地球出版社民國八十九年元月再版本）等，而都詳細註明出處。對於以上第一項至本項諸書，及其他本書所參引著作的發現者、編著者、或著作者，如胡適、周汝昌、馮其庸、陳慶浩等前輩紅學大師，或歷史專家，特此敬致崇高的敬意，若沒有他們辛勤努力的豐碩成果，就不可能有本書的完成。

四、本書所敘述明、清歷史的年月日，是採用當時通行的陰曆（農曆），必要時加註西元紀年。

五、《紅樓夢》是猶如達文西密碼的一部小說式歷史的謎書，這是書中原文及脂批已經明白點示了的。開卷第一回第一段（或凡例）原文就說：「此（書）開卷第一回也，作者自云：『因曾歷過一番夢幻之後，故將真事隱去，而借通靈之說，撰此石頭記一書也。』故曰：『甄士隱』云云。但書中所記何事何人？自又云：『今風塵碌碌，一事無成，……又何妨用假語村言敷演出一段故事來，……。』故曰：『賈雨村』云云。」已很明白提示這是一部以外表假語故事隱藏內裡真事的小說。庚辰本《石頭記》第四十三回的一則脂批提示說：「所以一部書全是老婆舌頭，全是諷刺世事反面春秋也。」再進一步明白提示所謂外表假語故事，就是充滿全書有如老太婆舌頭上絮叨的家常人情故事，而所謂內裡隱藏的真事，就是故事反面所寓寫的「全是諷刺世事」的「反面春秋」歷史。既然是以小說假故事隱藏真歷史的書，則《紅樓夢》當然是必須透過小說假故事索解出所隱藏之真歷史的謎書。至於書中所使用的隱語密碼，從以上原文「甄士隱」通「真事隱」，「賈雨村」通「假語村」；及從脂批於第一回針對原文葫蘆廟，批註說：「糊塗也」等處，很明顯是使用「諧音法」。從第五回針對香菱圖畫判詞「自從兩地生孤木」之句，脂批提示說：「折（拆）字法」等處，可見也使用「拆字法」。又從第一回原文「有絳珠草一株」，脂批提示說：「點紅字（按指絳字及珠字右邊的朱字，點出紅字來）」等處，可見也使用「通義法」。本書就是採取《紅樓夢》原文、脂批所明白點示的「諧音法」、「拆字法」、「通義法」，作為解開《紅樓夢》隱語密碼的首要方法，以破解出《紅樓夢》內裡所隱藏的歷史真相。

六、上述《紅樓夢》的本質特性及研究方法，是《紅樓夢》原文及脂批已經明白點示的，原應是對《紅樓夢》最正確的認識與研究方法。但很不幸的是，自從一九二〇年代，胡適批評蔡元培等索隱派紅學是「附會的紅學」、「猜笨謎」、「大笨伯」，強調他的曹家新紅學，才是科學的考證方法所獲得的正確結論，而蔡元培等索隱派恰好常使用諧音法、拆字法、通義法等來索隱《紅樓夢》所隱藏的歷史真相，因而此後眾多紅學家由於唯恐被打入不科學的行列，多不敢使用諧音法、拆字法、通義法來索解《紅樓夢》的歷史真相。到了一九七〇年代以後，紅學界更進一步轉而認定《紅樓夢》是一部純虛構的小說，而不是隱藏有任何真事的歷史文件。這兩種主張先後成為近百年來《紅樓夢》研究的主流路線，影響極為深遠。但是筆者要指出這兩種主張實際上都違背了上述《紅樓夢》原文及脂批，所明白點示《紅樓夢》是以小說假語故事隱藏歷史真事之謎書的事實，就《紅樓夢》研究的範疇而言，《紅樓夢》原文及深知內情之脂批的說法是最具權威的，所以筆者寧取《紅樓夢》原文及脂批的原始說法，而不採取以上後世的權威說法，這是本書獨樹一幟的特色。

第一章 賈寶玉續莊子故事的真相

第一節　賈寶玉續莊子故事的真相

◈原文：

這一日，寶玉也不大出房(1)，也不和姊妹丫頭等廝鬧(2)，自己悶悶的，只不過拿着書解悶，或弄筆墨(3)；也不使喚眾人，只叫四兒答應。誰知四兒是個聰敏乖巧不過的丫頭(4)，見寶玉用他，他變盡方法籠絡寶玉(5)。至晚飯後，寶玉因吃了兩杯酒，眼餳(6)耳熱之際，若往日則有襲人等大家喜笑有興，今日卻冷清清的一人對燈，好沒興趣。待要趕了他們去，又怕他們得了意，以後越發來勸(7)；若拿出做上的規矩來鎮唬，似乎無情太甚(8)。說不得橫心只當他們死了，橫豎自然也要過的。便權當他們死了，毫無牽掛，反能怡然自悅(9)。

自己看了一回《南華經》，正看至〈外篇、胠篋〉一則(10)，其文曰：

故絕聖棄知，大盜乃止(11)；擿玉毀珠，小盜不起(12)；焚符破璽，而民朴鄙(13)；掊斗折衡，而民不爭(14)；殫殘天下之聖法，而民始可與論議(15)。擢亂六律，鑠絕竽瑟，塞瞽曠之耳，而天下始人含其聰矣(16)；滅文章，散五采，膠離朱之目，而天下始人含其明矣(17)；毀絕鉤繩而棄規矩，攦工倕之指，而天下始人有其巧矣(18)。

看至此，意趣洋洋，趁着酒興，不禁提筆續曰(19)：

焚花散麝，而閨閣始人含其勸矣(20)；戕寶釵之仙姿，灰黛玉之靈竅，喪滅情意，而閨閣之美惡始相類矣(21)。彼含其勸，則無參商之虞矣(22)；戕其仙姿，無戀愛之心矣(23)；灰其靈竅，無才思之情矣(24)。彼釵、玉、花、麝者，皆張其羅而穴其隧，所以迷眩纏陷天下者也(25)。(26)

續畢，擲筆就寢。頭剛着枕，便忽睡去，一夜竟不知所之，直至天明方醒(27)。翻身看時，只見襲人和衣睡在衾上(28)。寶玉將昨日的事已付與意外(29)，便推他說道：「起來好生睡，看凍着了。(30)」

◈脂批、注釋、解密：

(1)這一日，寶玉也不大出房：意思是前面描寫寶玉有一段時間常不分日夜外出和林黛玉、史湘雲等姊妹廝混胡鬧，丫頭襲人屢勸不聽，後來襲人連同麝月改以動氣不理他的方式企圖規勸他，只叫陌生的小丫頭四兒伏侍他，寶玉受了刺激，到了這麼個某一天，寶玉也不大出房去了。就內層真事說，這裡的寶玉是影射雲南平西藩王吳三桂。房，寓指雲南昆明的吳三桂平西藩王府。原文這兩句是暗寫吳三桂在清康熙十二年七、八月間，得知康熙皇帝已批准他於七月三日自請撤藩的奏疏之後，到十一月二十一日他正式起兵反清之間，初期吳三桂驚慌失措，慌忙與各方商議有關應對措施，後來受了襲人、麝月所代表的其藩下諸親信部將逼勸他反清不成，竟至於動氣不理他的刺激，到了某一天，吳三桂也不大出平西藩王府去與外人商議，大部份的時間都在府內獨自思考有關撤藩的應對大計。

〔庚辰本雙行批〕等評注說：「此是襲卿第一功勞也。」襲卿，即寶玉的頭號大丫頭花襲人，花姓暗通諧音「華」，暗指華夏漢人；名字「襲人」，暗通「昔人」或「惜人」，這裡是影射吳三桂最親信的自從明朝駐守寧遠、山海關時期就跟從他的「昔日舊人」，或他最「疼惜之人」的親屬集團，也就是直屬雲南平西藩王府下的所謂「藩下甲兵」諸部將，如其女婿胡國柱、夏國相、郭壯圖、衛樸，從弟吳三枚，侄兒吳應期（或作麒），昔日舊將吳國貴、高得捷等，而他們都是華夏的漢人。這句脂批「此是襲卿第一功勞也」，就外表故事來說，是評注說：「能夠使得『寶玉也不大出房』這一件事，是這一回上半回『賢襲人嬌嗔箴寶玉』，而使得寶玉收斂了終日外出與姊妹們胡鬧之生活行為的第一件功勞。」這一回上半回「賢襲人嬌嗔箴寶玉」的外表故事，主要是描寫襲人因見寶玉不分日夜外出和林黛玉、史湘雲等姊妹廝混胡鬧，屢勸不聽，而改以半撒嬌半嗔怒的方式箴規寶玉，終於使他收斂安定下來，轉變為「也不大出房，也不和姊妹丫頭等廝鬧」，「只不過拿着書解悶，或弄筆墨」的情況。

這樣的故事就內層真事來說，其中的林黛玉筆者前面已一再說明是影射國力衰降的明朝末朝、殘朝、南明、或復明勢力。史湘雲則暗通諧音「使湘雲」或「蜀湘雲」，影射清廷所派遣駐守或出使「四川（蜀）、湖南（湘）、雲南（雲）」等地區的官員或使臣，負責保衛清朝地盤，或監督吳三桂撤藩遷移的人物；或者進一步影射猶如這批人一樣的效忠清朝的人物、集團、思想，或聽命撤藩而作效忠清朝之官員的主張。這節故事背後實際上是寓寫寶玉影射的吳三桂在得知遭清廷撤藩後，終日驚惶不安地往外找人商議有關應對措施，一下子與林黛玉影射的復明勢力商議，思考以恢復明朝的名義反清，一下子又與史湘雲所影射的清廷派來的使臣或駐守雲貴的地方官（總督、巡撫等）商議，胡混應付著何時撤藩搬遷的事宜，心慌意亂地既拿不定主意要聽命撤藩，遷移至關外錦州一帶作效忠清朝的官員（小說寫法就是寶玉與湘雲和好廝鬧），也拿不定主意要以恢復明朝為名義起兵反清（小說寫法就是寶玉與黛玉和好廝鬧）。而襲人所影射的吳三桂最親信的藩下甲兵眾部將，不時地勸說吳三桂要以保有平西藩王集團本身在雲南擁有強大軍事實力、地盤、富貴的立場為考量，不可輕率聽命撤藩，也不應以恢復明朝的名義反清，慫恿他舉兵抗命自保，但是吳三桂一直猶豫不決，於是其藩下甲兵眾部將就憑藉著他們是吳三桂最親密、最堅強力量的地位，以半撒嬌半嗔怒的方式規勸、逼迫之後，終於使得吳三桂心中安定下來，也不大出府去與外人商議，自己在府內思考有關撤藩的應對大計，最後作出起兵反清的決定。而本書作者及批書人都是站在反清復漢立場的漢人，在他們眼中看來，能夠促使吳三桂這麼堅強的勢力由忠清轉變為反清，是很難得的大功，所以這裡原文回目標題「賢襲人」，批書人評論襲人箴寶玉有大功，都是讚揚襲人影射的吳三桂藩下甲兵眾部將很賢慧，促使吳三桂轉為反清有很大功勞。這則脂批「此是襲卿第一功勞也」，就是評注說：「這裡寶玉所代表的吳三桂能夠在慌亂中安定下來，不大往外與藩王府之外的人物商議，而自己在府內思考有關撤藩的應對大計，這件事就是襲人影射的吳三桂藩下甲兵眾部將的第一步功勞。」

有關清朝設立三藩的事，是由於清順治時實行以漢滅漢的政策，利用四漢王吳三桂、孔有德、尚可喜、耿仲明消滅南方的南明及李自成、張獻忠農民軍餘勢，為了獎賞他們的大功，冊封他們駐鎮一省之地，讓他們「世守邊圉，以為藩鎮」，藉以「屏藩王室」，分別是平西王吳三桂封在雲南，定南王孔有德封在廣西，平南王尚可喜封在廣東，靖南王耿仲明封在福建（後來仲明死而傳子繼茂，繼茂死又傳子精忠），其中孔有德後來戰敗自殺，無子承襲而取消，所以只剩三藩。

有關撤銷三藩的事，是到了康熙皇帝繼位後，認為天下已太平無事，而三藩費用浩繁，造成國家財政巨大負擔，尤其顧忌三藩勢力太大，有造反的疑慮，所以決定撤藩。先是逐步削弱其權力，裁減其兵員，再以種種手段暗示撤藩之意，引起三藩的不安，雙方猜忌日深。

於是老謀深算的平南王尚可喜，為釋清廷之疑，便於康熙十二年三月十二日，以年老力衰為由，上奏疏乞請「仍歸遼東，安插故土，以資養贍」，而其廣東平南王爵則由其長子尚之信繼承。康熙一看，正中下懷，就批准尚可喜撤遷遼東之請，但不准其子尚之信繼承王爵，亦即撤銷平南藩王的廣東封地。留居在北京，娶了康熙姑母建寧公主的吳三桂兒子吳應熊得知消息，便派人馳往昆明傳話，促請吳三桂儘速上疏請辭，以免朝廷疑忌。吳三桂自以為功高，康熙帝必定不敢調動他，於是在七月三日上奏疏自請撤藩。七月九日，靖南王耿精忠也上疏請撤。康熙就順水推舟都批准了。吳三桂沒想到假意請撤，卻真的被撤了，悔恨莫及，想到他為滿清賣命血戰近二十年，滅亡祖國明朝，殺害無數漢族同胞，幫助滿清在中國建朝，才換得當日在山海關與滿清結盟時，滿清攝政王多爾袞對他的許諾：「必封以故土，晉為藩王，……世世子孫長享富貴」，而封藩雲南，才享受富貴十幾年，就被撤銷，實在心有不甘。尤其讓他極度惶恐的是，若是聽命撤藩，則一旦解除兵權後，很可能會被康熙藉故殺害，步上歷史上韓信等很多名將兔死狗烹的後塵。若是起兵反清，則以區區雲南一省之地，對抗滿清全國，力量懸殊，難有勝算。所以他在聽命撤藩，與起兵反清之間左右為難。而如果要起兵反清，只靠自己雲南藩王勢力是不夠的，必須結合遍佈各地的反清復明勢力，才比較容易成功，應該以復明名義起兵，才有廣大號召力，但是這樣又與他引清兵入關滅亡明朝，後來又在雲南親自擒殺南明永曆皇帝的事實相衝突，所以他又在自立反清，和以復明名義反清之間左右為難。因此，他慌亂地廣徵各方意見，希望能作出最適宜的對策。本節「賢襲人嬌嗔箴寶玉」的故事，就是以小說方式，寓寫寶玉影射的吳三桂，在遭撤藩之後，惶急地與監督撤藩、恢復明朝、及自立反清等三方面相關人物接洽，陷入難以抉擇的慌亂情境之際，襲人影射的平西藩王藩下甲兵眾部將，以他們身為吳三桂最疼惜的核心力量的關鍵地位，如何軟中帶硬地箴規吳三桂，使他轉轉折折地走出慌亂情境，而下定決心起兵反清的過程。①

(2) 也不和姊妹丫頭等廝鬧：根據前面故事的描寫，寶玉廝鬧的姊妹丫頭，就是黛玉、湘雲兩人，連帶她們的丫頭紫鵑、翠縷，以及自己的丫頭襲人、麝月。而黛玉、紫鵑是影射復明勢力、主張；湘雲、翠縷是影射聽命撤藩的勢力、主張；襲人、麝月是影射吳三桂屬下反清自保的勢力、主張。故原文「（寶玉）也不和姊妹丫頭等廝鬧」，等於是「（寶玉）也不和姊妹中的黛玉、湘雲及其丫頭等廝鬧」，而內層上實際是暗寫吳三桂經過襲人影射的藩下甲兵眾部將以半撒嬌半嗔怒的方式規勸、逼迫之後，也就不和黛玉所代表的反清復明，湘雲所代表的聽命撤藩，或襲人、麝月所代表的其屬下反清自保等各種主張的相關人物胡亂商議。

〔庚辰本雙行批〕等評注說：「此是襲卿第二功勞也。」這句是評注說：「這裡寶玉所代表的吳三桂也不和黛玉、湘雲、襲人、麝月等所代表各種主張的相關人物胡亂商議，這件事就是襲人影射的吳三桂藩下甲兵眾部將促使吳三桂決心起兵反清的第二步功勞。」

(3) 自己悶悶的，只不過拿着書解悶，或弄筆墨：書，筆者在前面第一、二、三冊中，已多次指出《紅樓夢》中的「書」字，很多情況並不是指一般的書籍，而是一個特殊的密碼，寓指「王朝曆法書」或曆法書所代表的「王朝」；「看書」、「讀書」則是寓指遵守某王朝曆法書，效忠某王朝的意思。這裡「拿着書」則是寓指腦中「拿着王朝曆法書」在思索，考量要創造某種「王朝曆法書」，以便創立某種「王朝」時用來紀年之用，也就是斟酌考慮要創立某種「王朝」，訂出某個國名帝號，以便稱呼、紀年的意思。解悶，筆者在前面第一冊中已指出「悶」字有時是暗通諧音「滿」字，「解悶」暗通「解滿」，即解除遭受滿清攻擊、束縛、統治的困悶局勢的意思。這三句原文實是暗寫這時寶玉吳三桂在藩王府中，想到自己對滿清入關建朝立有大功，竟然被撤藩，心中氣悶悶的無法釋懷，氣憤難耐之餘，腦中所盤旋的，只不過是拿着創立某種「王朝」的念頭在斟酌考慮，以求解開遭滿清撤藩的悶局，或者弄弄筆墨，草擬一些相關的籌備計畫。

〔庚辰本雙行批〕等評注說：「此雖未必成功，較往日終有微補小益。所謂襲卿有三大功也。」這條脂批就外表故事說，是評注說：「這裡寶玉轉變為比較能夠在房內『拿着書解悶，或弄筆墨』的情況，雖然未必能夠真正成功的讓他走上認真讀書，致力仕途經濟的正路，但是比較往日經常外出找姊妹們胡鬧的情況，終究有些微小的補益，這件事是襲人箴規寶玉的第三件功勞。以上三件事就是所謂的襲人對寶玉有三大功勞。」就內層真事來說，則是評注說：「這裡寶玉吳三桂轉變為腦中只不過是拿着創立某種『王朝』的念頭在斟酌考慮，以求解開遭滿清撤藩的悶局，或者弄弄筆墨，草擬一些相關的籌備計畫的狀況，雖然未必能夠讓他真正成功的走上反清復明的正道，但是比較他往日胡想著聽命撤藩，或以復明名義反清，而猶豫慌亂的情況，終究對於他下定決心起兵反清有些微小補益，這件事就是襲人影射的吳三桂藩下甲兵眾部將的第三件功勞。以上三件事就是所謂襲人影射的吳三桂藩下甲兵眾部將箴規促成吳三桂決心反清有三大步功勞。」

(4)誰知四兒是個聰敏乖巧不過的丫頭：四兒，就是本回稍前所寫新伏侍寶玉的小丫頭蕙香。對於這個新出現的小丫頭，寶玉問她叫什麼名字，她說：「我原叫芸香的，是花大姐姐（襲人）改了叫蕙香。」寶玉道：「正經該叫『晦氣』罷了，什麼蕙香呢！」寶玉又問她姊妹幾個，她是第幾個的。她回答說姊妹四個，而她是第四個的。寶玉道：「明兒就叫四兒，不必什麼蕙香蘭氣的。」這個小丫頭是這一回故事才新出現的，伏侍得好不好都還不知道，主子寶玉初見面就嫌惡她的名字，竟把蕙香聯想到「晦氣」（按「蕙」與「晦」諧音），意思是她為他帶來晦氣，讓他倒霉，這真是豈有此理，不通之至。

但是從內層真事來看，不但合乎歷史事實，而且實在是妙透了。因為這個四兒，實際上是影射吳三桂遭撤藩時的雲南巡撫朱國治。朱國治是一個清初漢人百姓所痛恨的著名貪官酷吏。《吳三桂大傳》一書記述說：「三桂一向厭惡朱國治。他原任江蘇巡撫，有貪污的行為。順治時，他謀私，興大獄，屠殺儒士，著名文人金聖嘆即死於他手。遭到當地百姓士紳的反對，後謀至雲南任巡撫（按自康熙十年起）。剛來時，卑躬屈節，見三桂都行大禮，以圖結歡於三桂，得到重賄。三桂鄙視，所求不應。朱國治很是惱怒，每與貴州總督監視三桂的行事，秘報朝廷。②」當康熙批准吳三桂自請撤藩的奏疏之後，隨著就派遣欽差大臣禮部侍郎折爾肯、翰林院學士傅達禮，及兵部郎中王新命等，於九月七日到達昆明宣讀康熙撤藩的詔旨。此後朱國治就常陪同這三位大人，前去向吳三桂探詢撤遷的日期。吳三桂則虛與委蛇，一再拖延，爭取時間向康熙帝請求撤回成命，或策劃起兵反清。後來被催促急了，才假意向折爾肯、傅達禮等表示，預定十一月二十四日啟程北遷。到十一月十五日，折爾肯等欽差大人又會同朱國治去謁見三桂，催促撤遷行期問題。三桂備宴謙和招待，却不提搬遷的事。朱國治情急之下，忍不住說：「三大人候久，王若無意（遷移），三大人自去回旨。」三桂聞言，按捺不住滿腔憤怒，漲紅了臉，指著朱國治大罵：

咄咄朱國治，吾挈天下以與人，只此雲南是吾自己血掙。今汝貪污小奴，不容我住耶？

三桂這一怒，把他謀反的真面目暴露出來了，便更加速起兵的行動。而三位大人與朱國治這方面，也緊急商議應變，決定由傅達禮先回北京奏報，但走沒多遠就被吳兵截回昆明。到了十一月二十一日，吳三桂終於正式起兵反清。他勒令朱國治等雲南地方官員從叛，惟朱國治等一部份官員不從，三桂便下令把他們看押起來，又傳令不得妄殺，但命令到達前，三桂女婿胡國柱已率兵將朱國治亂刀砍死了。③

瞭解以上歷史背景，就可以進一步來欣賞作者的神奇文筆了。首先這個小丫頭原叫芸香，作者就是藉由「芸」字通諧音「雲」字，來暗點朱國治原本是「雲南」巡撫。花大姐姐（襲人）改了叫蕙香，是藉由「蕙」字通諧音「會」字，來暗示朱國治後來身分有所轉變，轉為「會同」朝廷派來的三位大人，「會辦」監督吳三桂撤藩般遷事宜的角色。接著寶玉說：「正經該叫晦氣罷了！」是藉由「蕙」字通諧音「晦」字，更深入暗寫寶玉吳三桂嫌惡朱國治是一個專門對他找碴，而帶來「晦氣」的人物，因為平常他就不時監視三桂的行事，秘報朝廷，這時又會同三位大人經常前來催促撤藩搬遷日期，麻煩之至。至於說她「姊妹四個，而她是第四個的」，則是暗寫共有四個人會同監督吳三桂撤藩般遷事宜，也就是朝廷派來的折爾肯、傅達禮、王新命，及當地的雲南巡撫朱國治等四人，而前三人是皇帝朝廷派來的大人，朱國治當然是最小的「第四個的」角色了。最後寶玉道：「明兒就叫四兒，不必什麼蕙香蘭氣的。」「四兒」是暗點這號人物就是四個監督撤藩人物中位階最低排第四位的朱國治；後面的「蘭氣」，是藉由「蘭」字通諧音「南」字，再次暗點這個人物與「雲南」有關，也就是雲南巡撫朱國治。

至於寶玉與小丫頭四兒的這一小段情節，則是作者以極度精簡的文字，暗寫吳三桂與監督撤藩四人，尤其是朱國治之間，互相交手過招的情形。而作者把吳三桂安排為貴公子寶玉，把監督撤藩四大人安排為寶玉的小丫頭，真是妙極了。因為吳三桂是富貴僅次於皇帝的藩王、親王，四大人雖奉皇帝之命監督撤藩，但晉見吳王爺，還是必恭必敬，說話小心謹慎，而且吳還很有可能叛變，對他催促過急，或稍有出言不遜，就可能被殺害，其情形簡直活像小丫頭小心翼翼地侍候貴公子一樣。這樣解讀，這一小段情節不但完全暢通，而且簡直太妙了。所以筆者一再強調，《紅樓夢》必須破解出其背後的歷史真事，才能讀得通，也才能讀到真正的神奇妙趣。

〔庚辰本雙行批〕等評注說：「又是一個有害無益者。作者一生為此所惧（按同誤字），批者一生亦為此所悞。於開卷凡見如此人，世人故為喜，余犯抱恨。蓋四字悞人甚矣。被悞者深感此批。」批文中「為此」、「如此」的「此」字，都是指「聰敏乖巧」四個字。「四字悞人」中的「四字」，也是指「聰敏乖巧」四個字。這裡「聰敏乖巧」四字的意義，和一般的理解不太一樣，是偏向於指負面的意義，意思是一個人頭腦聰慧靈敏，善於乖順主子或情勢，而投機取巧，營私舞弊，近於孔子所說「巧言令色鮮於仁」的情況。第一句「又是一個有害無益者」，是評注說：「這個具有『聰敏乖巧』特性的四兒所影射的朱國治，又是個有害無益的人物（尤其是對寶玉吳三桂而言）。」因為朱國治任職江蘇巡撫時，既營私貪污，又為了討好清廷，而迫害漢人儒士，欺壓百姓以邀功，調任雲南巡撫時，也是常藉機敲詐貪污，又經常監視吳三桂行事向朝廷秘報，催逼撤藩搬遷等。後面七句是由朱國治因「聰敏乖巧」，而「有害無益」，再擴充評論作者、批者也因為「聰敏乖巧」，而誤害了自己的一生命運。但是這裡所謂的作者、批者，並不是指《紅樓夢》或《石頭記》這本書籍的作者、批書者，而是另有特指的。所謂作者是特指第一回楔子所寫「石頭記」來歷故事中，創作出「石頭記」故事的青埂峰下那塊石頭，而在前面第一冊筆者已費了好大工夫，考證出青埂峰下那塊石頭，是影射駐守關外大青山峰下山海關、寧遠的吳三桂。所謂批者是特指第一回楔子故事結束處，所寫「至脂硯齋甲戌抄閱再評，仍用『石頭記』」之中的「再評」者脂硯齋，而在前面筆者也已考證出脂硯齋，是影射在雲南藩王時期性喜胭脂美人及粉墨登場票戲的吳三桂。「余犯抱恨」中的「余」字，本應是指批點這本《紅樓夢》書籍的批書人，但是有時候批書人「余」又常化身為書中的當事人，尤其是主角「石頭」或賈寶玉，代替他正在批點的角色來自我評論一番，而這裡所批點的角色是寶玉，「余犯抱恨」的「余」就是指寶玉，「余犯抱恨」就是「我賈寶玉犯抱恨」，也就是「我吳三桂犯抱恨」的意思，因為這裡的寶玉是影射吳三桂。這是《紅樓夢》批書人很特殊的一種評點筆法，有一些紅學家也指出過。所以這條脂批是評注說：「這個心性『聰敏乖巧』的四兒影射的朱國治，又是一個對寶玉吳三桂有害無益的人物。作者石頭所影射的山海關時期之吳三桂的一生命運，同樣是為這個『聰敏乖巧』的特性所誤，批者脂硯齋所影射的雲南藩王時期之吳三桂的一生命運，也是為這個『聰敏乖巧』的特性所誤。在打開本書書卷閱讀時，凡是看見像這樣『聰敏乖巧』的人，一般世人讀者總會因為這樣的人聰敏乖巧，討人歡心，故而喜歡他們，我吳三桂看到這樣的人却會觸發內心的抱恨。蓋因『聰敏乖巧』四字，使人靈巧投機，真是誤人太甚了。那個被『聰敏乖巧』誤害了一生命運的人，也就是作者石頭或批者脂硯齋所影射的吳三桂，對於這一條批註，一定會感觸很深的。」

(5)

見寶玉用他，他變盡方法籠絡寶玉：籠絡，籠是用竹片或鐵絲編成關禁鳥獸的器具，如雞籠、狗籠等；絡是罩住馬頭以駕馭馬的套子；籠絡本是控制、駕馭禽獸的器具，而引申為用手段控制、駕馭、巴結別人心意、行動的意思。這兩句就外表故事說，是描寫小丫頭四兒看見主子寶玉用她，她就變盡各種方法來伏侍寶玉，以籠絡住寶玉的心，使寶玉喜歡、看重她。就內層真事來說，是暗寫四兒影射的以朱國治為代表的監督撤藩四大人，看見寶玉影射的吳三桂採用他們所傳達撤藩的詔旨，答應撤藩搬遷（按吳三桂當然不能公然抗命造反，故表面上先答應撤藩），就變盡各種方法（如三日一探，五日一詢，派人監視有無搬遷的實際行動等），來敦促、監控吳三桂，使他聽命撤藩搬遷。

〔庚辰本雙行批〕等評注說：「他好，但不知襲卿之心思何如。」這是評注說：「他四兒影射的以朱國治為代表的監督撤藩四大人，認為籠絡、監控住了寶玉吳三桂答應撤藩搬遷，情況很好，但不知襲人影射的吳三桂藩下甲兵眾部將心思如何（言外之意是，能不能撤藩還得看藩下諸部將的心思如何，因為他們贊不贊成撤遷，是會左右吳三桂的決策的）。」

(6)眼餳：餳，音形，《康熙字典》注釋說：「餳，洋也；煮米消爛，洋洋然也。」眼餳，眼睛黏糊而情波盪漾的樣子。

(7)待要趕了他們去，又怕他們得了意，以後越發來勸：這裡「趕了他們去」的「他們」，是指四兒姊妹四人；而「又怕他們得了意」的「他們」，則是指經常伏侍寶玉的丫頭襲人、麝月等人。就外表故事說，是描寫寶玉心想要是將四兒姊妹她們四人趕去，不讓她們伏侍，仍由襲人、麝月等伏侍，又怕襲人、麝月她們得了意，以後越發來勸他不要出去和黛玉、湘雲等姊妹玩耍。就內層真事來說，是暗寫寶玉吳三桂心裡盤算要是將四兒影射的監督撤藩四大人趕去，則反謀提前暴露，又怕襲人、麝月影射的藩下甲兵眾部將、藩下明朝眾舊將故臣（如馬寶等）他們得了意，以後越發來勸他起兵反清自保，而不要往外考慮黛玉所代表的以復明名義反清，或湘雲所代表的聽命撤藩等應對措施。

〔庚辰本雙行批〕等評注說：「寶玉惡勸，此是第一大病也。」這是評注說：「寶玉吳三桂厭惡別人的勸告，這是吳三桂的第一大弊病也。」這樣的評論很符合吳三桂的實況，吳三桂常喜歡自作聰明，不聽勸告，譬如在自請撤藩的問題上，吳三桂自以為功高，康熙帝必定不敢調動他，而要上疏自請撤藩，命他的幕客劉玄初寫稿，劉勸告他說：「（皇）上久思調王，特難啟口，王疏朝上而夕調矣。」吳三桂不聽，還發怒說：

予疏即上，上必不敢調予，具疏，所以釋其疑也。④

於是上疏自請撤藩，結果是康熙皇帝很快就批准他的請求，弄假成真，後悔莫及。

(8)若拿出做上的規矩來鎮唬，似乎無情太甚：這兩句是接著描寫說，寶玉心想如果拿出做為上位的主人的規矩，來對居於下位的丫頭襲人、麝月竟然對他動怒氣而不理會的無禮情況，加以斥責、鎮唬，似乎對長期伏侍他的襲人、麝月太過無情了。就內層真事來說，是暗寫寶玉吳三桂考量若拿出做為平西藩王上位的規矩，來對襲人、麝月影射的其藩下眾部將規勸他起兵反清，竟然規勸到動怒而不理會他的無禮狀況，加以斥責、鎮唬，似乎對於長期追隨他的這些心腹部將太過無情。

〔庚辰本雙行批〕等評注說：「寶玉重情不重禮，此是第二大病也。」這是評注像這裡寶玉因顧及與襲人的深厚情份，而不忍以主僕的禮法規矩加以鎮唬的情況，顯然可見寶玉重情不重禮，這是寶玉的第二大弊病。寶玉這種「重情不重禮」的毛病表現得最突出的是，寶玉經常不顧男女授受不親的封建禮法，而到處和眾多姊妹、丫頭談情或嬉鬧，以及不顧遵從父母之命的封建婚姻禮法，而與林黛玉私戀，最後竟因黛玉死亡，而拋棄依父母之命而結婚的薛寶釵，與一僧一道出家而去。就內層真事來說，這是根據這裡寶玉吳三桂對於襲人藩下甲兵眾部將，規勸、慫恿他起兵反清，竟然規勸到動怒而不理他的地步，吳三桂還念在他們長期追隨他的親密情份上，不忍斥責他們，最後竟然還順著他們的慫恿、擁護，悖逆與滿清間的君臣禮法，而起兵反清，因而評注說：「可見寶玉吳三桂重私情而不重君臣禮法，這是他的第二大弊病。」除此之外，吳三桂還有兩件遺臭青史的「重情不重禮」事件，其一是當初他在山海關事件時，為了愛妾陳圓圓的私情，而與李自成反目成仇，竟至於悖逆君臣、民族禮法，背明降清，引清兵入關，滅亡祖國明朝。其二是當南方明朝的最後一個王朝永曆王朝已被他和清軍滅亡，永曆皇帝已從雲南遁逃入緬甸時，清廷已不再追究，吳三桂卻為了永固他雲南藩王富貴的私情，而主動上書清廷請兵，攻入緬甸擒回永曆皇帝，親自下令絞殺了祖國故君的永曆皇帝，他這種只顧私情不顧君臣、民族禮法的狠毒行徑，真是令人髮指。

(9) 便權當他們死了，毫無牽掛，反能怡然自悅：這是描寫寶玉心想襲人、麝月既不來伏侍，就只有權且當作她們死了，獨自一個人毫無牽掛，反而能夠怡然自悅。就內層上說，這是暗寫寶玉吳三桂受了襲人、麝月影射的藩下眾部將的逼勸及不理睬的刺激，索性權且當作她們死了，也不理睬他們，獨自一個人可毫無牽掛思考作決策，反而能夠怡然自悅。

〔庚辰本雙行批〕等評注說：「此意却好，但襲卿輩不應如此棄也。寶玉之情，今古無人可比固矣。然寶玉有情極之毒，亦世人莫忍為者，看至後半部，則洞明矣。此是寶玉（第）三大病也。寶玉看此世人莫忍為者，故後文方能有『懸崖撒手』一回。若他人得寶釵之妻，麝月之婢，豈能棄而僧哉？玉一生偏僻處。」這就外表故事來說，是評示寶玉有情極之毒，是他的第三大弊病，所以後文才有因為黛玉病死，他痴情難忘，竟而作出拋棄妻子寶釵而出家的情極之毒的舉措。就內層上來說，這是評注說：「寶玉吳三桂把藩下眾部將當作死了，而獨自思考作決策的意念却是好的，但是襲人等藩下眾部將不應就這樣棄置不理的（因為他們是吳的核心主力，還有大用）。寶玉吳三桂重私情，古今無人可比，是固定不移的定論（按故而他必然重私情，又理睬其藩下眾部將的）。然而寶玉吳三桂有情極的毒害，會重私情而害公義（如他因痴情於陳圓圓而導致降清賣國），這也是世人不忍做的，讀者看到後半部，就會洞然明白了。這是寶玉吳三桂的第三大病。寶玉吳三桂看重這種世人不忍做的事（即重私情而害公義的事，亦即看重他與其藩下眾部將的親密私情，而聽從他們的起兵反清自保的意見，以致放棄以復明名義反清的大義），故後文才會有反清失敗，『懸崖撒手』而撒手人寰病逝，並導致其反清王朝敗亡一回的情事。如果是其他的人，得到寶釵影射的雲南藩王勢力猶如妻子般結成一體，又有麝月影射的明朝故將遺勢如奴婢般地協助，豈能拋棄反清王朝而任其敗亡，以致反清王朝軍民被剃光前腦頭髮，變成正面看去猶如僧人模樣的滿清髮式呢？這是寶玉吳三桂一生個性偏僻的地方。」

(10)自己看了一回《南華經》，正看至〈外篇、胠篋〉一則：《南華經》，即《莊子》，「《新唐書・藝文志》載：『天寶元年，詔號《莊子》為《南華真經》。』⑤」《莊子》為莊子所著的一部書（莊子，名周，為戰國時宋國蒙縣人），近世流傳的版本全書共有三十三篇，分內篇、外篇及雜篇，第一至七篇為內篇，第八至二十二篇為外篇，第二十三篇以後為雜篇。〈胠篋〉篇是第十篇，屬於外篇。胠篋，音區切；胠，從旁打開；篋，裝衣物、書籍的箱子；胠篋，在〈胠篋〉篇是從旁打開箱子，意圖偷竊的意思。

前面已指出前文寫寶玉「拿着書解悶」，是寓寫吳三桂腦中拿着創立某種「王朝」的念頭在考慮，以求解開遭滿清撤藩的悶局。這裡接著寫出寶玉所拿着看的書是莊周所著作的《南華經》，而他最集中精神看的是〈胠篋〉篇，這實際上是進一步暗寫吳三桂腦中所考慮要創立的王朝，是與莊周《南華經》有關的王朝，而重點內容則與〈胠篋〉篇有關，也就是暗寫吳三桂盤算著在華南地區創立周王朝，而重點是從位於旁邊的雲南出兵，打開猶如一個箱子的中國的旁門，竊取滿清統治下的領土。這裡作者從眾多中國典籍之中，找到莊周著作《莊子》，又名《南華經》，其中有一篇講到從旁邊開箱盜物故事的〈胠篋〉篇這樣的材料，利用《南華經》的「南華」二字，來暗點「華南」地區，又利用人人熟知《南華經》（《莊子》）的作者為莊周（即莊子），來暗點「周」的概念，利用〈胠篋〉篇來點示從旁邊開箱盜物的行為，期望能夠促使讀者聯想到這是在暗寫吳三桂遭撤藩反清時，盤算在華南地區創立周王朝，從雲南出兵，打開清朝旁門，竊取清朝領土的事。可見作者在清朝嚴厲的文字羅網下，為了暗寫這部反清復漢的小說式歷史，是如何用盡苦心地，在他淵博的學識之中，搜選出既能暗示相關歷史事件，又能遮掩滿清文字檢查人員之耳目的適當材料，其學識之淵博，選材之貼切，實在太令人敬佩了。

(11) 故絕聖棄知，大盜乃止：《老子》第十九章說：「絕聖棄知（或作智），民利百倍；絕仁棄義，民復孝慈；絕巧棄利，盜賊無有。此三者（按指聖知、仁義、巧利）以為文（按意為文飾），不足。故令有所屬：見素抱樸，少思寡欲。」《莊子》〈胠篋〉篇大致上是舉一些例子，擴大申論，闡發《老子》第十九章之義理的文字。聖，《老子》、《莊子》中的「聖」字，有兩種不同涵義，其一是聖人的「聖」，是指自然無為、返璞歸真的最高修養境界，其二是指人為的自作聰明，達到似乎是無事不通的境界；這裡的「聖」字是指後一種人為的聰明通達的意思。知，同智，這裡是指人為的智巧機心。「絕聖棄知，大盜乃止」，意思是棄絕人為的聰明智巧，回歸純真樸實的自然天性，大盜賊才能夠止息。

就內層上說，「聖」字暗點清「聖」祖康熙帝，「知」即智，暗通諧音「治」字。絕聖棄知，就是絕棄聖智，暗通諧音「絕棄聖治」，是暗寓棄絕清聖祖康熙帝的統治。「絕聖棄知，大盜乃止」暗通「絕聖棄治，大盜乃止」，暗合吳三桂遭撤藩當時心裡想著，要是棄絕清聖祖康熙的統治，起兵推翻滿清，那竊盜天下的大盜滿清才會停止竊據中國大陸的狀況。

(12) 擿玉毀珠，小盜不起：擿，音義同「擲」，投擲、丟棄的意思。這兩句意思是把那些貴重的寶玉和珍珠都丟掉或毀掉，無利可圖，小盜賊就不會興起了。就內層上說，「玉」字暗點「黛玉」所代表的明朝，「珠」字拆字為「朱王」，暗點「朱明王朝」。擿玉毀珠，暗合吳三桂當時心裡思考著，起兵反清，但不以恢復朱明王朝為名義（等於丟擲毀掉朱明王朝）的想法。

(13) 焚符破璽，而民朴鄙：符，古時在竹、木、玉、銅等上面刻字，然後分成兩半，兩人各持一半，做為兩半相契合的信物。璽，音徙，本為印章的統稱，秦朝以後變為專指帝王使用的玉印。朴，樸實。鄙，鄙俗淳厚。這兩句意思是焚燒信符，破毀印章，把那些防偽的信物焚燒破毀掉，而人民自然會樸實淳厚（因為有信符、印章，有智巧的人就會偷信符、印章，來使詐害人）。就內層上說，符字暗指互相盟約所持的信符，或皇帝任命官吏所發予的信符、金冊、任命狀等。璽字暗點「玉璽」所代表的皇帝寶位。焚符破璽，暗合吳三桂當時考慮要焚燬與清朝君臣關係的信符，不再做清臣，起兵反清，破毀玉璽所代表的滿清皇帝寶位的想法。

(14) 掊斗折衡，而民不爭：掊，音剖，擊也。斗，盛米穀、量米穀的木製容器。衡，秤。這兩句意思是把斗擊破，把秤折斷，那麼人民就不會互相爭執（因為無斗無秤就無從計較多少輕重了）。

(15) 殫殘天下之聖法，而民始可與論議：殫，音單，竭盡也。殘，摧殘、摧毀。聖法，聖人以聰明智巧制定出來治理人民的法規制度。這兩句意思是完全摧毀人為聰明智巧的聖人所制定來治理天下的法規制度，而後人民百姓才有可能和他們議論純真素樸的自然妙道。就內層上說，聖法是暗指清「聖」祖的法規制度。殫殘天下之聖法，暗合吳三桂當時盤算著要完全摧毀清聖祖統治中國天下之法度的狀況。

(16) 擢亂六律，鑠絕竽瑟，塞瞽曠之耳，而天下始人含其聰矣：擢亂，攪亂。六律，古音律名，古時音律分為十二個音階，由低到高，奇數屬陽的稱為律，偶數屬陰的稱為呂，六個陽聲合稱為六律，六個陰聲合稱為六呂，六律名稱為黃鐘、大簇、姑洗、蕤賓、夷則、亡射；這裡六律是泛指音律。鑠，音爍，銷熔。竽，一種類似笙的古代管樂器。瑟，一種形狀似琴的古代弦樂器，長八尺，相傳是伏羲所造，上古有五十絃，至黃帝改為二十五絃。竽瑟，這裡是泛指各類管弦樂器。瞽，音古，目盲。曠，即師曠，為春秋時晉國的樂師，善於審辨音律。瞽曠，先秦時樂官多為盲人、瞽者，故常以「瞽」為樂官的代稱，因而稱師曠為瞽曠，這裡是以瞽曠泛指善辨音律的樂官。聰，靈敏的聽覺。這四句意思是攪亂六律等一切音律，銷熔竽瑟等所有樂器，塞住善辨音律的師曠等樂官的耳朵，而後天下人才能含帶有真正靈敏的聽覺，因為這樣人們才會去聽賞蟬鳴鳥叫、晚風歌竹的天籟妙音。

(17) 滅文章，散五采，膠離朱之目，而天下始人含其明矣：文，花紋。章，《康熙字典》注「采也」，又引《周禮冬官考工記》：「畫繢（按同繪）之事，青與赤謂之文，赤與白謂之章。」五采，青、赤、黃、白、黑等五種色彩。膠，用膠黏住。離朱，即離婁，古代傳說中視力最明察的人，「慎子說：『離朱之明，察毫末於百步之外。』⑥」這裡是以離朱泛指世間眼睛最明察的人。明，明察的視覺。這四句意思是毀滅花紋章彩，消散青、赤、黃、白、黑等五種色彩，用膠黏住離朱等最明察之人的眼睛，而後天下人才能含帶有真正明察的視覺，因為這樣人們才會去觀賞藍天白雲、楓紅柳綠的天然美色。

(18) 毀絕鈎繩而棄規矩，攦工倕之指，而天下始人有其巧矣：鈎，定曲線的工具。繩，定直線的工具。規，畫圓形的工具。矩，畫方形的工具。攦，音麗，折也。工倕，倕音垂，為堯時的巧匠，這裡是以工倕泛指世間的巧匠。這三句意思是毀絕定曲線直線的鈎繩，而廢棄畫圓形方形的規矩，折斷工倕等最巧工匠的手指，而後天下人才能有真正的巧妙技藝，因為這樣人們才會去關照大自然的鬼斧神工，而開發出真正巧奪天工的巧技。

〔庚辰本雙行批〕等評注說：「此上語本莊子。」這是提示說：「這上面的話語是本自《莊子》一書。」

(19) 看至此，意趣洋洋，趁着酒興，不禁提筆續曰：洋洋，高興愉悅，情緒高昂的樣子。這裡寶玉看《莊子》看到〈胠篋〉篇這一段文章，因為是提倡棄絕人間智巧法度，使人民返璞歸真，可從根本上使人民不爭，盜賊不起，正合寶玉此時遇到黛玉、湘雲、寶釵、襲人、麝月間爭執的困擾，正欲排遣這些紛擾的心思，故而心有所感，而意興趣味很高昂，想仿照《莊子》這段議論的方法，來解決他這時所受的困擾，所以趁著獨自喝酒微醺，借著酒膽，不禁仿照《莊子》的文筆、論點，而提筆續寫出下面他準備對付這些姊妹丫頭的構想。

就內層上說，這是寓寫吳三桂遭到清聖祖康熙帝撤藩，在思考應對措施時，周旋於聽命撤藩或抗命反清，及自立反清或以復明名義反清的各方勢力、意見之間，感到左右為難，極度困擾之餘，到了某一天，他獨自綜合思考各項因素，得到一些自己設想的基本構想、對策，但這些作者是決不能明白寫出的，於是在諸子百家經典中搜尋可以間接表達的材料，而找到以上《莊子》〈胠篋〉篇那一段文章，其中有些字句恰好可以隱約暗示吳三桂那些基本構想。首先是書名《莊子》的別稱《南華經》，及作者的姓名莊周，可以暗示吳三桂盤算在華南地區建立周王政權的情況。其次是篇名〈胠篋〉恰好可以暗喻吳三桂從旁邊的雲南出兵打開清朝旁門，盜取清朝領土的情況。再次，文章中的部份字句「絕聖棄知」、「擿玉毀珠」、「焚符破璽」、「殫殘天下之聖法」等，恰好暗合吳三桂當時構想棄絕清聖祖康熙統治、毀棄朱明王朝名義、起兵反清的情況。由於有這麼多暗合的情況，所以寶玉吳三桂才會看得意趣盎然，心中有所啟發，而不禁仿照這段《莊子》的文字，提筆續寫出下面他準備應付撤藩變局的基本構想。尤其後面「意趣洋洋，趁着酒興，不禁提筆續曰」的一段文字，寫出寶玉閱後感悟甚深，竟至於仿傚莊周的《南華經》〈胠篋〉篇的文筆，續寫出一段應付當前紛擾情境之具體構想的文字，其實是進一步暗點寶玉吳三桂興致高昂地借酒壯膽，而作出在華南地區建立周王政權反清的決策，及設想如何應付、統合各方勢力，執行這一決策的謀略。我們看這裡作者在群書中，搜尋出以上《莊子》〈胠篋〉篇的一段文章，曲折隱微地寓寫寶玉吳三桂遭撤藩時，在各方勢力、意見交相沖激的驚慌失措中，擺脫群議，獨自冷靜下來綜合考量，蘊釀出他起兵反清，毀棄朱明王朝名義，而建立周王政權的初步應對構想的轉折過程，令人不禁驚嘆作者的博學淵通，借古典隱喻今事的高妙，真是泰山北斗，睥睨天下。

(20)焚花散麝，而閨閣始人含其勸矣：花，點花襲人。麝，點麝月。含，含藏收斂。勸，規勸。這兩句意思是寶玉心想焚燒了花襲人，離散了麝月這兩個帶頭規勸他的丫頭，也就是斥責或不理會她們的規勸，而後伏侍他的閨閣丫頭們才會人人含藏收斂她們的規勸，不會再囉唆個沒完。就內層上說，花襲人是影射吳三桂雲南藩王府的「藩下甲兵」侄婿等最親信眾部將，如吳應期、胡國柱、夏國相等。麝月，前面第一冊已說過《紅樓夢》中的「月」字常是暗指明朝的密碼，「麝」字暗通諧音「涉」字；麝月暗通諧音「涉月」，暗指牽涉明朝的人物，也就是曾在明朝做過官的人物，在這裡是影射吳三桂收編自原明朝（有些是原屬農民軍後又投入南明）的故將舊臣的另一批親信將臣，如馬寶、王屏藩、高起隆等。這兩句是暗寫吳三桂心裡想著要狠起心來，將襲人影射的「藩下甲兵」侄婿等眾部將，及麝月影射的另一批故明親信部將，慫恿他舉兵反清的規勸文書、言論，加以焚燒離散掉，不予接見理會，而後他王閣中的人才會含藏收斂他們逾越規矩的規勸言行。

〔庚辰本字間批〕等評注說：「奇！」這是提示原文「焚花散麝」這兩句很奇特，讀者應該深入注意是否另有隱含的深意。

(21)戕寶釵之仙姿，灰黛玉之靈竅，喪滅情意，而閨閣之美惡始相類矣：戕，音牆，殺害、傷害。仙姿，如仙女般秀逸的美姿。灰，粉碎成灰。竅，孔穴。靈竅，儲藏靈思的孔穴、器官。這四句意思是寶玉心裡想著，須得損傷寶釵如仙女般秀逸的美姿，粉碎黛玉儲藏靈思的孔穴，消滅對他們兩人的情意，而後閨閣中眾女子的美醜才會相類同，因而便不會彼此相嫉妒。就內層上說，寶釵是影射主張吳三桂自立稱帝建朝的勢力，黛玉是影射主張吳三桂以復明名義反清的勢力。這幾句是暗寓吳三桂心裡想著，須要損傷寶釵影射的慫恿他自立稱帝建朝的人士，那使人聽了感覺飄飄欲仙的美妙姿態，並粉碎黛玉影射的敦促他以復明名義反清的人士，所展現言論文詞犀利的靈思才氣，消滅對這兩方面人士的鍾愛情意，而後王閣中眾將吏被褒美、厭惡的感受才會相類同，因而便不會彼此相嫉妒傾軋。

話說當康熙十二年九月七日欽差折爾肯等三大人到達昆明宣讀康熙的撤藩詔令之後，吳藩「全藩震動」，人心沸騰。吳三桂悔恨交加，對滿清的無情非常痛恨，他不甘心失去冒血戰十幾年換得世世子孫可享榮華富貴的雲南藩封，更恐懼一旦撤藩交出兵權，日後遭滿清藉故殺害。另一方面他也不願落得叛逆的罪名，尤其棘手的是其長子吳應熊和長孫吳世霖等還在北京清廷的掌控之中，一旦反叛會馬上害死兒孫，因此在聽命撤藩與舉兵抗命之間，猶疑難決，極度惶惑苦惱，並沒有立即決心拒命反清。對於監督撤藩的三大人，吳三桂便使出拖延策略，虛與委蛇地應付拖延，以便爭取時間籌劃對策。而襲人所代表的他最親密的女婿侄兒輩藩下甲兵眾部將，則憤憤不平，群情憤慨說：「王功高，今又奪滇」，不甘半生拼戰所換得的榮華富貴，被一旦剝奪，對清朝的無情極為痛恨，不願俯首聽命撤藩，多主張舉兵抗命。他的女婿、侄兒紛紛進言：

王威望，兵勢舉世第一，戎衣一舉，天下震動！只要把世子（指吳應熊）世孫（指吳世霖）想法從北京弄回來，可與清朝劃地講和。這就是漢高祖（劉邦）「分羹之計」也。如果就遷於遼東，它日朝廷吹毛求疵，我們只能引頸受戮！不如舉兵，父子可保全！⑦

方光琛煽動說：「王欲不失富家翁乎？一居籠中，烹飪由人矣！」而嚳月所代表的他收編自原明朝的親信部將的要員，「驍將馬寶由邊鎮趕回昆明，摩拳擦掌，直言造反。」「工於心計的胡國柱已將親信魯蝦派往京城，欲接吳應熊返滇，斷其後顧之憂。並製造流言說：『河南、湖廣，沿路置刀斧手，埋伏地雷，專伺王（按指吳三桂）過，罄（盡）殺無遺』。⑧」

三桂聽了雖然動心，但其妻張氏大哭大鬧地堅決反對謀反而害死兒孫，三桂也於心不忍，他心愛的陳圓圓也反對叛清，另一方面他還存有一點奢想，希望事情還能有轉圜餘地，想再上疏朝廷，希冀康熙帝收回撤藩成命，即使要舉兵，也等接回北京兒孫再說。因此，吳三桂「於十月又上一疏，曰『臣部下官兵家口，三十年來蒙恩眷養，生齒日眾，懇請賜撥安插地方，較世祖章皇帝時，所撥關外至錦州一帶區處更加增廓，庶臣部下官兵均沾浩蕩之恩矣。』似已遵旨搬遷。但吳三桂言不由衷，請求增擴安插之地是假，借故拖延，幻想清廷一改前旨是真，希冀清廷能夠收回成命。但是吳三桂仍未得到『滿意』的答覆。康熙帝撤藩之意沒有絲毫改變，吳三桂的希望徹底破滅了，他惱羞成怒，『異志遂堅』。⑨」而魯蝦等人前往北京欲接回吳應熊父子，因吳應熊想守臣節，又捨不得拋棄駙馬、親王高爵和愛妻，徘徊猶豫不決，而時間緊迫，魯蝦等人只好趕回雲南。「由於吳應熊沒有回到雲南，吳三桂仍下不了決心。這時，吳國貴、吳應麒、女婿胡國柱、夏國相等，百般慫恿。⑩」吳三桂於是基本上決心舉兵反清。其侄、婿見三桂已萌生決心，又建議他再和老謀深算的方光琛籌劃。方光琛為原明朝禮部尚書方一藻之子，善於謀略。方光琛很深沉，等到吳三桂第三次造訪，見他反意已決，才「慷慨陳述，指出福建、廣東、湖北、河北、山西、四川等省，可傳檄而定，其餘戰勝攻取，易如反掌！三桂細聽他對形勢的分析，頓時興奮異常，歡欣鼓舞，密任命他為學士中書給事，將他安排在自己跟前，贊劃大計。三桂決計起兵。⑪」這位類似軍師的吳三桂重要贊劃謀臣，就是這裡寶釵所影射的主張吳三桂自立稱帝建朝之勢力的主要代表人物。像這樣襲人所代表的其女婿侄兒輩藩下甲兵諸部將，使出半勸半逼的種種手段，而促使吳三桂終於下定決心舉兵反清的情況，就是本回「賢襲人嬌嗔箴寶玉」故事的要旨。

起兵反清大計既定，接著吳三桂就召集謀士密議，想訂定一個有號召力的起兵名義。重要的謀士劉茂遐（字玄初，原為南明永曆王朝蜀王劉文秀的幕客）進言：

明亡未久，人心思舊，宜立明後奉以東征，老臣宿將無不願為前驅矣。

像劉玄初這樣規勸吳三桂以恢復明朝為名義起兵反清的勢力集團、人物，就是這裡黛玉影射的對象。而寶釵影射的另一重要謀士方光琛則反對說：

出關乞師力不足也，此尚可解，至明永曆已竄蠻夷，必擒而殺之，此不可解矣。今以王兵力恢復明土甚易，但不知功成之後，果能從赤松子（按傳說為神農時的巫師、神仙）**游乎？事勢所迫，萬不能終守臣節，篦子坡之事**（按即絞死永曆帝之事）**可一行之，又再行之乎？**⑫

方光琛的說法既不以恢復明朝為名義，自然就是要吳三桂自立名號，稱皇帝建朝了。寶釵影射的這種慫恿吳三桂自行建朝稱皇帝的言論，讓吳三桂聽起來當然感覺飄飄欲仙，快活得不得了，所以這裡作者以文學的筆觸，描寫寶釵具有「仙姿」。

吳三桂面對黛玉影射的以復明名義反清的勢力、意見，與寶釵影射的自立反清的勢力、意見，又陷入另一層難於抉擇的困擾，心裡想著他須要擺脫集團內這兩派截然不同的勢力、意見的誘惑、困擾，一視同仁地平等對待這兩派勢力、意見，不可偏愛某一派，才能使得他王閣集團內的所有部屬都能團結同心抗清，而不致於產生一部份人感到被褒美重視，一部份人感到被厭惡輕視的不平衡現象。這裡四句原文「戕寶釵之仙姿，灰黛玉之靈竅，喪滅情意，而閨閣之美惡始相類矣」，就是寓寫吳三桂的這種心境、想法。也就是因為吳三桂顧慮要平衡對待黛玉和寶釵所代表的兩大派勢力，所以後來十一月二十一日正式起兵反清時，在他所發佈的討清檄文中，既說「推奉三太子（按即明朝後裔），郊天祭地，恭登大寶」，打出黛玉所代表的恢復明朝的名義，又說「建元周啟（咨）」⑬，也就是寶釵所代表的自立建國，國號為周的情況，只是沒有正式登基稱皇帝而已，讓人感覺是一個既復明又自立建國的不倫不類政體。

(22) 彼含其勸，則無參商之虞矣：這兩句是承接前面「焚花散麝，而閨閣始人含其勸矣」而來，故「彼」字是指花襲人和麝月等閨閣女子。參商，參音申，參和商是星的名稱，參星是二十八星宿中西方白虎七宿之一，商星是東方蒼龍七宿之一，兩者一東一西，不能同時出現在天空上，所以常用來比喻人分離兩地不能相見，或兄弟、部屬等雙方意見不同，而互相衝突不和睦，如杜甫詩就有「人生不相見，動如參與商」的名句。虞，憂慮。這兩句原文意思是寶玉心想，若是襲人和麝月等丫頭們能夠含藏收斂起她們對他的規勸（即停止規勸寶玉不要與黛玉、湘雲廝鬧），那麼他的丫頭們和他的姊妹們黛玉、湘雲等之間，就不會有意見不同、互不相容的憂慮了。就內層上說，這兩句是暗寫寶玉吳三桂心裡想著，如果襲人所代表的其女婿侄兒輩藩下甲兵諸部將，及麝月所代表的其收編自原明朝的故將舊臣等屬下親信將吏，能夠含藏收斂起他們的規勸，不要阻礙他周旋應付黛玉所代表的復明勢力及湘雲所代表的聽命撤藩的勢力，那麼他藩下的親信將吏們和這兩個勢力之間，就不會有互不相容而造成困擾的憂慮了。

(23) 戕其仙姿，無戀愛之心矣：這兩句是承接前面「戕寶釵之仙姿」而來，意思是寶玉心想，損傷寶釵如仙女般秀逸的美姿，那麼他對寶釵就沒有戀愛的心了。就內層上說，這兩句是暗寫寶玉吳三桂心裡想著，貶損寶釵影射的慫恿他自立稱帝建朝的人士，那種使人聽了感覺飄飄欲仙的美妙姿態，那麼他對那些主張自立稱帝建朝的人士、主張，就沒有戀愛的心了。

(24) 灰其靈竅，無才思之情矣：這兩句是承接前面「灰黛玉之靈竅」而來，意思是寶玉心想，粉碎黛玉儲藏靈思的孔穴，那麼他對黛玉的靈敏才思就不會特別鍾情了。就內層上說，這兩句是暗寫寶玉吳三桂心裡想著，粉碎黛玉影射的敦促他以復明名義反清的人士，所展現言論文詞犀利的靈思才氣，那麼他對那些主張反清復明的人士、主張，就不會特別鍾情了。

(25)彼釵、玉、花、麝者，皆張其羅而穴其隧，所以迷眩纏陷天下者也：羅，網。穴，挖洞穴。隧，地道。穴其隧，挖地洞，引申為挖設陷阱的意思。這三句意思是寶玉心想，他身邊那些寶釵、黛玉、花襲人、麝月等女子，都是各自張開羅網，而又挖深地洞，用來迷惑眩暈、捆綁陷害天下人的角色。就內層上說，這三句是暗寫寶玉吳三桂仔細分析衡量著，寶釵所代表的慫恿他自立稱帝建朝的人士，黛玉所代表的敦促他反清復明的人士，花襲人、麝月所代表的催逼他反清自保的侄婿輩藩下甲兵諸部將、屬下原明朝故將舊臣等，各自強烈堅持他們的主張，事實上都是各自張開羅網，而又挖深地洞，用來迷惑眩暈、捆綁陷害天下人，都陷入天下大混亂的主張啊！（也就是說，所以吳三桂考量不能偏愛某一派勢力，單聽從某一派主張，而須壓抑各派勢力，與他們維持等距離，留下空間獨自作決定，統合各派主張、勢力，才可望一舉成功，而不至於使天下陷入大分裂的大混亂之中。）

〔庚辰本雙行批〕等評注說：「直似莊老，奇甚怪甚！」這是評示說：「以上寶玉仿續《莊子》的那一段文字，簡直像極了莊周老前輩所寫的文字，真是奇怪得很啊！」本來寶玉既是仿續《莊子》文字，仿作得極像原作者莊周的文筆，並沒什麼好奇怪的，批書人却特別批說寶玉仿作得極像莊周甚為奇怪，這樣批簡直沒什麼意義，但其實是大有用意的。這是批書人特別要鄭重提示讀者，這裡寶玉仿續《莊子》〈胠篋〉篇的文字，一方面是仿得簡直像極了莊周的文字，一方面是隱藏有「奇甚怪甚」的特殊內涵的，所以讀者應該特別深入比較寶玉的仿續文字，和莊周的原文，體察有什麼「直似莊老」原文的地方，及有什麼「奇甚怪甚」的地方。有關「直似莊老」原文方面，無非是外表的文筆很相似，及內裡的旨意很相似。有關外表文筆很相似方面，相信讀者很容易就看得出來。但是內裡的旨意究竟如何「直似莊老」，就須得仔細推敲了。有關《莊子》〈胠篋〉篇原文那一段文字的旨意，是提倡棄絕天下現有規制法度，改採順應自然之道，來治理天下，使人民返璞歸真，從根本上使人民不爭，盜賊不起，並取法自然，而開發出人民真正靈敏的聽覺，明察的視覺，及巧奪天工的巧技；簡單說，就是提倡變革天下治道。所以在內裡的旨意方面，寶玉仿續的那一段文字，就是「直似莊老」，也是描寫有關變革天下治道的文章，而不是描寫對付閨閣女子的文章。至於寶玉仿續《莊子》的那一段文字，究竟有什麼「奇甚怪甚」的地方呢？首先，仿傚《莊子》〈胠篋〉篇變革天下治道的大道理，應用來對付閨閣女子紛爭的小事，本身就是一件很奇怪的事。其次，最後一句「彼釵、玉、花、麝者，皆張其羅而穴其隧，所以迷眩纏陷天下者」，非常不合常理，試想寶釵、黛玉、花襲人、麝月等只不過是富貴家族的小姐、丫頭，她們即使「張其羅而穴其隧」，頂多也只是「迷眩纏陷」一些她們想爭取的男人，又何至於做到「迷眩纏陷天下」的天下大事呢？這豈不是非常奇怪嗎？再次，前面描寫寶玉因出去和黛玉、湘雲廝鬧，而引起襲人、麝月的關切、規勸，互相爭執的是黛玉、湘雲、襲人、麝月，所以寶玉必須設法解決的是黛玉、湘雲、襲人、麝月四人之紛爭的困擾，其中寶玉出去廝鬧得最嚴重的對象是湘雲，但寶玉仿續《莊子》的那段文字，卻漏掉最重要的湘雲，而補上不甚相關的寶釵，可見寶玉仿續《莊子》的那段文字，根本是不合這上半回的外表故事情節的。從以上種種不合理的奇怪現象，可見寶玉仿續《莊子》的那段文字，和前面外表的故事情節是嚴重矛盾不通的。只有從內層吳三桂決定反清之曲折過程的歷史真事來解讀，才能詮釋得前後暢通。又我們從這條脂批「直似莊老，奇甚怪甚！」可以體會到脂批實在是簡短而隱微到極限。就像這條脂批一樣，脂批常常只是點出某處原文有某種奇怪不合理的現象，但卻不點示奇怪不合理的詳細具體內容，讀者必須自己深入閱讀、體察，才能夠找出究竟怎麼樣的奇怪不合理，再進一步探索解決那些奇怪不合理現象的答案。所以閱讀《紅樓夢》，絕對不能像閱讀一般小說一樣，如同看故事一樣地匆匆看過，除了具備較豐富的文史知識之外，還得投入精神認真閱讀、思索，善於發現原文的矛盾不合理之處，再配合脂批提示，去尋求解決矛盾不合理的答案，才可能有所發現，而品嚐到文章的高超妙味。

《紅樓夢》自從清朝以來，就被認為是知識份子的小說，不具備一點文史學識，是很難讀得通的。所以一般人大都是讀不完的，讀了幾回就放棄的人非常多，能讀上三、四十回的人，算是很有耐性了。但是對於文史大師級的人士，由於《紅樓夢》程度深，內容撲朔迷離，真假莫辨，挑戰性很高，一旦迷上，常常就是一輩子的事，因不甘心自己的淵博學識，竟會被一本只是小說的《紅樓夢》難倒，於是再三再四地閱讀研究。《紅樓夢》自來也是高級文史知識份子的試金石，自認為文史知識博通的人，常常喜歡以閱讀《紅樓夢》來考考自己，這就是歷來眾多大學者如蔡元培、胡適、魯迅、林語堂、高陽、張愛玲、余英時等等，也都是《紅樓夢》迷的原因吧！《紅樓夢》也就是具有這樣不可測的深度和高度，才配稱華人第一小說，文史人士最愛攀爬的最美麗、最神秘的第一高峰。換個角度說，高級知識份子不讀《紅樓夢》，以品味一下小說的最高境界，未免枉費身為高級知識份子了。

(26) 寶玉續《莊子》一段：〔庚辰本眉批〕評注說：「趁着酒興不禁而續，是作者自站地步處。謂余何人耶，敢續莊子。然奇極怪極之筆，從何設想，怎不令人叫絕。己卯冬夜。」作者，前面已指出所謂作者是特指第一回青埂峰下那塊石頭，而石頭是影射駐守山海關、寧遠的吳三桂，在這裡「作者」還是寓指吳三桂，但移轉為指在雲南遭受撤藩時的吳三桂。自站地步，指吳三桂自已站在身為清朝臣子的地步、立場。續莊子，表面上指以上寶玉仿照《南華經》（《莊子》）而續作一段文字，實質上是暗指寶玉吳三桂仿照莊周《南華經》字面上的意義，續作出在華南地區建立周王朝的事。己卯冬夜，這是批書人特別標注吳三桂下定決心建立周王朝的時間是在己卯日冬至的夜晚。經查康熙十二年十一月十四日恰好是冬至，又是己卯日⑭，而隔天十五日，朱國治陪折爾肯等三大人又來藩王府催促撤遷行期問題，吳三桂忍不住大罵朱國治，暴露了謀反的意圖，再過六天的十一月二十一日，吳三桂就正式起兵反清，發出檄文通告「建元周咨」，也就是建國號為周，所以批書人標注吳三桂下定決心建立周王朝反清的日期在「己卯冬（至）夜」（即十一月十四日冬至夜），可以說完全合乎歷史，同時憑「己卯冬夜」這樣確定的日期，更可以證實這裡所寫賈寶玉續《南華經》（《莊子》）的故事，確實是暗寫吳三桂決定建立周王政權反清的歷史事件。這則脂批是評注說：「這裡原文對於寶玉仿續《南華經》（《莊子》），描寫說是『趁着酒興不禁而續』，是為了從那個創作出漢人剃光前腦頭髮如寸草不生之石頭的清朝記事（石頭記）的始作俑者吳三桂（作者），自己站在身為清朝臣子的地步來考量描寫的一種文字。用這樣的寫法來表達說我吳三桂是何等人啊，只不過是清朝的臣子，怎麼敢承續莊周《南華經》（《莊子》）的字面意義，作出在華南地區建立周王朝的悖逆清朝皇帝的事呢（所以要寫說『趁着酒興不禁而續』，以表達是在酒精刺激，意識亢奮迷糊之下，不能自禁，才敢作出這種自立建朝的叛君狂妄行為）！然而這種奇極怪極的筆法，究竟從何處設想而來（因為事實上吳三桂並不是真的趁着酒興而作出建立周王政權的決定的），怎不令人拍案叫絕。吳三桂決定建立周王政權反清的時間是在己卯日冬至的夜晚，也就是康熙十二年十一月十四己卯日冬至夜。」

〔庚辰本眉批〕又評注說：「這亦暗露玉兄閑窗淨几，不寂（即）不離之工業。午（壬）午孟夏（註：第一個『午』字旁邊另添註一細小的『壬』字）。」這是再附帶評示寶玉續《莊子》的那一段文字，描寫寶玉要「焚花散麝」、「戕寶釵之仙姿，灰黛玉之靈竅」等這樣的文字，也暗中透露寶玉吳三桂對於保持著不與某派勢力過從太過親密頻繁的閑窗淨几狀態，與寶釵、黛玉、花襲人、麝月等所代表各派勢力，維持不即不離的關係所作的一番工夫。至於「午（壬）午孟夏」，則是標注吳三桂開始特別注意作這種工夫的時間，是在當年康熙十二年孟夏四月的「午（壬）午」日。不過「午（壬）午孟夏」這個日期有點問題，在〔庚辰本〕的原批文字是「午午孟夏」，而在第一個「午」字旁邊另添註一個細小的「壬」字。「午午」顯然是原來抄書人抄錯了，因為沒有「午午」這樣的干支組合。所以後來有人在旁邊添註一個細小的「壬」字，因為認為「午」字類似「壬」字，而「壬午」才合乎天干配地支的記年或記日的組合。但是後來添註細小「壬」字的那個人，很可能是不知這裡故事背後是暗寫吳三桂遭撤藩的事件，而隨意加註的，所以沒有注意到在發生撤藩事件的康熙十二年孟夏四月，並沒有「壬午」這個日子。所以「午（壬）午孟夏」究竟是那一天就不得而知了，但應該就是康熙十二年孟夏四月的某一天。因為清朝撤藩的事起始於當年三月十二日，平南王尚可喜上書乞請歸養遼東，康熙批准撤銷廣東平南藩王之時。而朝廷正在討論尚可喜撤藩之事時，吳應熊得知消息，派人馳告其父吳三桂上疏請辭。所以吳三桂得知清廷正在進行撤藩的事，應該就在當年孟夏四月的某一天，而從這時起吳三桂就刻意下工夫，與寶釵、黛玉、花襲人、麝月等所代表各派勢力，維持不即不離的關係，以求萬全，而少出差錯，應該是相當合理的。

從以上寶玉續《莊子》一段情節中，筆者發現一種《紅樓夢》極其神奇的筆法，值得特別一提。那就是從這裡作者以寶玉看《南華經》（《莊子》）〈胠篋〉篇，看到意趣洋洋，趁着酒興，不禁提筆續作一段文字的情節，來暗寓寶玉影射的吳三桂決定在華南地區建立周王政權，進行反清的歷史事件，筆者發現作者是採用了根據《莊子．齊物論》中著名的「莊周夢蝶」情節，而創新出的「夢化蝴蝶（胡諜），醒復莊周」筆法之中的「醒復莊周」筆法。在第一回有一則脂批提示說：

開卷一篇立意，真打破歷來小說窠臼。閱其筆，則是《莊子》、《離騷》之亞。

可見《紅樓夢》仿傚了《莊子》筆法。而乾隆四十九甲辰年夢覺主人作序的〔甲辰本〕《紅樓夢》，序文一開始就詮釋《紅樓夢》命名的意義說：

辭傳閨秀而涉於幻者，故是書以夢名也。夫夢曰紅樓，乃巨家大室兒女之情，事有真不真耳。紅樓富女，詩證香山，悟幻莊周，夢歸蝴蝶。作是書者藉以命名，為之《紅樓夢》焉。⑮

按其中「富女」的意義，夢覺主人是採用《紅樓夢》仿傚《離騷》以「美人」影射楚國國君的筆法，以美女影射國君或王侯，故「紅樓富女」即「朱樓富女」，實是影射朱明王朝的富貴王侯吳三桂（寶玉）。

由夢覺主人這段序文，筆者進一步領悟到《紅樓夢》所仿傚的《莊子》筆法，包含根據《莊子・齊物論》「莊周夢蝶」情節，而創新出的「悟幻莊周，夢歸蝴蝶」的筆法。筆者經過一番辛苦的考證，證實《紅樓夢》中確實採用了夢覺主人所點示的「悟幻莊周，夢歸蝴蝶」筆法，並為了更貼合《莊子》中「莊周夢蝶」的情況，而將之略作修改變化為「夢化蝴蝶（胡諜），醒復莊周」的筆法。其中「夢化蝴蝶（胡諜）」的筆法，是落實在第五回賈寶玉睡午覺作夢中，隨著警幻仙姑進入太虛幻境的情節之中，因為筆者考證發現該情節的真相，就是賈寶玉影射的吳三桂在山海關背叛明朝而投降大清國境，也就是吳三桂由漢人變化為胡人滿清間諜作漢奸的事跡（詳見本書第三冊）。至於後半的「醒復莊周」的筆法，就是落實在這一回以上賈寶玉看《南華經》（《莊子》），意趣洋洋，而提筆仿照《莊子》續作一段文字的情節中，因為由以上的考證，發現這一段情節的真相是暗寫寶玉影射的吳三桂因遭清朝撤藩，醒悟其降清的錯誤，因而恢復漢人身份，建立周王政權反清的事跡。不過這一回只暗寫到寶玉吳三桂籌思建立周王政權反清的決策階段，至於他正式起兵反清的事跡，則是在第二十二回以賈母捐資為薛寶釵作生日的情節，來加以續寫。這一仿傚《莊子》「莊周夢蝶」情節，而創新出的「夢化蝴蝶（胡諜），醒復莊周」的筆法，是筆者所發現《紅樓夢》眾多神奇筆法之中，最為神奇的筆法之一，也是筆者感到很得意的一項《紅樓夢》大發現，同時也是筆者寫作這一本《紅樓夢真相大發現》第四冊的四大原因之一。

(27)「續畢，擲筆就寢。頭剛着枕，便忽睡去，一夜竟不知所之，直至天明方醒」：〔庚辰本雙行批〕等評注說：「此猶是襲人餘功也。想每日每夜，寶玉自是心忙身忙口忙之極，今則怡然自適，雖此一刻於身心無所補益，能有一時之閑閑自若，亦豈非襲卿之所使（然）也。」這是對於原文以寶玉續畢《莊子》，擲筆就倒頭睡到天明方醒的方式，暗寫寶玉吳三桂下定決心建立周王政權反清後，整個人從惶亂不安中轉變為怡然輕鬆的狀況，評注說：「寶玉吳三桂能夠像這樣從惶亂不安中轉變為倒頭就睡到天明方醒的怡然輕鬆狀況，猶然是襲人影射的其藩下甲兵眾親信部將以上三大功的餘功。想來當時（遭到撤藩的）寶玉吳三桂，每日每夜自然是心忙身忙口忙之極，如今下定決心建立周王政權反清後，則變得怡然自適，雖然這樣的時間短暫如一刻，對於他的身心無所補益，但是能有這麼一時的閑閑自若，又豈不是襲人影射的其藩下甲兵眾親信部將所促使他這樣的。」

(28)翻身看時，只見襲人和衣睡在衾上：衾，音欽，大被。襲人和衣睡在衾上，即襲人不解開衣服睡在大被裡，而和衣睡在大被上面；按襲人是寶玉的陪房丫頭或通房丫頭，在封建禮俗上原是可以與寶玉同被共眠的。

〔庚辰本雙行批〕等評注說：「神極之筆。試思襲人不來同臥亦不成文字，來同臥更不成文字，却云『和衣衾上』，正是來同臥、不來同臥之間。何神奇文，妙絕矣！」就內層上說，這裡的襲人已擴充範圍，既指吳三桂藩下甲兵侄婿眾心腹部將，又擴充包括其他一般藩下將吏集團。這則脂批是評示說：「原文這樣描寫是極其神妙的文筆。試想襲人影射的吳藩下將吏集團，不來猶如同臥般地與吳三桂站在同一立場，也不成文字，但是都來猶如同臥般地與吳三桂站在同一立場，更不成文字，却寫說『和衣衾上（即和衣睡在大被上面）』，這正是寫出襲人影射的吳藩下將吏集團，當下的態度是猶如『來同臥、不來同臥之間』似的，處在贊同或不贊同吳三桂立場之間的混沌狀態中（按最親信的部將固然是唯吳三桂之命是從，但總體而言，大部份的人還是態度不明，畢竟忠清、反清是攸關生死、前途的大事）。這是何等神奇的文筆，真是妙絕了！」

(29) 寶玉將昨日的事已付與意外：這句意思是寶玉對於昨日他獨自仿續《南華經》一段文字，想要「焚花散麝」、「戕寶釵之仙姿，灰黛玉之靈竅」的事，尤其是襲人、麝月逼勸到動怒而不理會他的無禮狀況，好像發洩完悶氣就忘了似地，已付諸度外，不再在意了。就內層上說，這句則是暗寫寶玉吳三桂在初步構想出建立周王政權反清的決策，及平等地廣納各派勢力，以期團結一心共同反清的執行謀略之後，看見襲人影射的其藩下將吏集團整體情況還處在贊同或不贊同他的混沌狀態中，於是將他立意反清的決定密藏在心裡，外表一副付諸度外，不再在意的樣子，還是沒有表態要決心反清，同時對於各派勢力不同意見的爭執，尤其是襲人影射的其藩下眾心腹部將逼勸到不理他的無禮狀況，也不再在意，以靜觀進一步變化，好採取適當的因應措施。

〔庚辰本雙行批〕等評注說：「更好，可見玉卿的是天真爛熳（漫）之人也。近之所謂獃公子，又曰老好人，又曰無心道人是也。除不知尚古淳風。」根據筆者的研究，發現本書第一回最前頭楔子石頭記來歷的故事，把吳三桂引清兵入關，建立天下漢人都剃光前腦頭髮如寸草不生之石頭的滿清髮式之清朝的記事，稱為創作「石頭記」，而創作者是石頭影射的吳三桂（因為吳是事件中第一個剃髮者，且吳背明降清的賣國行為，如冥頑不靈的石頭），所以稱石頭吳三桂為作者。又把後來康熙十二年吳三桂遭撤藩而起兵反清的事件，稱為曹雪芹披閱增刪「石頭記」，所以曹雪芹、披閱增刪者都是吳三桂。又再把康熙十七年吳三桂正式登基稱大周皇帝，建立大周王朝繼續反清的事件，稱為脂硯齋抄閱再評「石頭記」，故脂硯齋、抄閱再評者或重評者也是影射吳三桂（詳見本書第一冊第四章）。批書人批點本書也是根據原書第一回這樣的基本結構，所以脂批文字中所稱的「作者」、「批者」常是指吳三桂，而不是指雍正或乾隆時代寫作或批評《石頭記》、《紅樓夢》這本書籍的人。另外，批書人又把吳三桂引清兵入關建立清朝的時期，當作是過去時期，而相對地把吳三桂封為雲南藩王或遭撤藩反清時期，當作是今日或近日時期，所以脂批文字中所稱的「今日」、「近日」或「今」、「近」等，常是指吳三桂封藩雲南或遭撤藩反清的時期，而不是指批書人評點《石頭記》、《紅樓夢》這本書籍的雍正或乾隆時期。明瞭這樣的基本結構，對於本書某些相關的脂批文字，才有辦法瞭解它的真正涵義，否則就會被嚴重誤導了。百年來紅學專家雖然致力研究脂批，但始終無法破解脂批的真正涵義，甚至曲解脂批，連帶《紅樓夢》真相無法破解，甚至被根據脂批而歪曲詮釋得一團亂，其中一個很重要的原因就是出在這裡。

瞭解以上本書的基本結構，及批書人的基本設定，這一條脂批也就迎刃而解了。這則脂批是評注說：「原文以『寶玉將昨日的事已付與意外』，來暗寫寶玉吳三桂對於各派勢力不同意見的規勸煩言，已付與意外，不予計較指責，而和悅廣納各派意見，這樣描寫得更好了，可見寶玉吳三桂的確是能和樂待人的本性天真爛漫的人。在他封藩雲南的近期以來，人們說他是所謂只知安享富貴不知國仇的獃公子，又說他是處處與人為善、散財養士的老好人，又說他是快樂逍遙無心事的無心道人，他就是這樣的一個人。除了不知道崇尚古朝明朝，嚴守身為的明朝臣子，盡忠明朝的淳風之外。」

(30)
「便推他說道：『起來好生睡，看凍着了。』」：這是寫說寶玉推著睡在衾（大被）上面的襲人說：「起來好好的睡在被裡，看妳這樣睡在被上，會凍著了生病的。」而襲人改為睡在被裡，就是改為睡在寶玉所睡的同一張床的同一條被裡的狀況。根據前面脂批說：「却云『和衣衾（大被）上』，正是來（與寶玉）同臥、不來同臥之間」，那麼寶玉推襲人改為睡在衾（大被）裡，就是要求襲人改為與他同床共被地同臥的意思。這種情況在內層真事上，就是寓寫寶玉吳三桂正式採取統合各派意見的步驟，設法促使襲人所代表的其藩下將吏集團，要醒悟當前遭撤藩的險惡情勢，好好改變鬧意氣不理他的態度，回歸到和他站在同一立場，否則不配合一致行動而閒置著，命運前途就要被凍壞了。

◈真相破譯：

到了這一天，獲知遭撤藩的寶玉所影射的雲南平西藩王吳三桂，也不大出昆明藩王府，也不和黛玉、湘雲（姊妹）、或襲人、麝月（丫頭）等，所代表的反清復明、聽命撤藩、或屬下眾將吏反清自保等各種主張的相關人物胡亂商議，只不過是自己拿着創立某種王朝（拿着書）的念頭在斟酌考慮，以求解開遭滿清撤藩的悶局（解悶），或者弄弄筆墨，草擬一些相關的籌備計畫。也不使喚屬下眾人，只叫四兒影射的以雲南巡撫朱國治為代表的監督撤藩四大人來答應，虛與敷衍撤遷事宜。誰知道以朱國治為代表的監督撤藩四大人，活像是一個聰敏乖巧不過的丫頭似的，看見寶玉吳三桂理睬他們所傳達康熙撤藩的詔旨，答應撤藩搬遷，就變盡各種方法（按如三日一探，五日一詢，派人監視有無搬遷的實際行動等），來侍候吳三桂，好像用籠子關禁雞鴨、用絡套罩住馬頭似地，來逼使他就範，而乖乖聽命撤藩搬遷。到了晚飯後，寶玉吳三桂因為吃了兩杯酒，借酒澆愁，眼迷耳熱，情緒波盪之際。若是往日則有襲人影射的藩下甲兵眾心腹部將（按如胡國柱、夏國相、吳應期、吳國貴等）大家陪著喜笑有興，今日眾心腹部將對於撤藩對策規勸不成，而賭氣不理他，却只有冷清清的一個人獨自對著燈火，好沒興趣。心想若要將四兒影射的監督撤藩四大人趕去不理，則反謀提前暴露，又怕襲人、麝月影射的藩下眾心腹將吏他們得了意，以後越發來勸他起兵反清自保。若是拿出做為平西藩王上位的規矩，來對藩下眾心腹將吏竟然規勸到動怒而不理會他的無禮狀況，加以斥責、鎮唬，似乎對於長期追隨他的這些心腹將吏太過無情。說不得橫起心來，只當襲人、麝月影射的藩下眾心腹將吏他們死了，橫豎這個撤藩的難關自然也是要過的。於是便索性權且當作他們死了，不去理睬他們，獨自一個人毫無牽掛地思考作決策，反而能夠怡然自悅。

吳三桂衡量局勢，獨自構想著要在華南地區建立周王朝反清，這好像是看了一回《南華經》，看到《南華經》字面含有「南華」二字，及聯想到作者莊周含有「周」字，而受到啟發一樣；又正想著要從旁邊的雲南起兵，打開猶如一個箱子的中國的旁門，竊取滿清統治下的領土，這好像正看到《南華經》〈外篇、胠篋〉篇，受到〈胠篋〉二字「從旁開箱盜物」意義的啟發一樣；他這個自建周王朝反清構想的一些要點，恰好暗合〈胠篋〉篇中一段文字的一些字句，這段文字說（以下先照錄原文，並翻譯成括號內的白話文，再以另一段詮釋、破譯部份關鍵字句所隱寓的真相）：

> **故絕聖棄知，大盜乃止**（故棄絕人為的聰明智巧，使人民回歸純真樸實的自然天性，大盜賊才能夠止息）；**擿玉毀珠，小盜不起**（丟擲毀棄那些貴重的寶玉和珍珠，無利可圖，小盜賊就不會興起了）；**焚符破璽，而民朴鄙**（焚燒信符，破毀印章，把那些防偽的信物都焚燒破毀，而人民自然會樸實淳厚，因為這樣就不會有人偷信符、印章，來使詐害人）；**掊斗折衡，而民不爭**（把斗擊破，把秤折斷，那麼人民就不會互相爭執，因為無斗無秤就無從計較多少輕重了）；**殫殘天下之聖法，而民始可與論議**（完全摧毀人為聰明智巧的聖人所制定來治理天下的法規制度，而後人民百姓才有可能和他們議論純真素樸的自然妙道）。**擢亂六律，鑠絕竽瑟，塞瞽曠之耳，而天下始人含其聰矣**（攪亂六律等一切音律，銷熔竽瑟等所有樂器，塞住善辨音律的師曠等樂官的耳朵，而後天下人才能含帶有真正靈

敏的聽覺，因為這樣人們才會去聽賞蟬鳴鳥叫、晚風歌竹等的天籟妙音）；**滅文章，散五采，膠離朱之目，而天下始人含其明矣**（毀滅花紋章彩，消散青、赤、黃、白、黑等五種色彩，用膠黏住離朱等最明察之人的眼睛，而後天下人才能含帶有真正明察的視覺，因為這樣人們才會去觀賞藍天白雲、楓紅柳綠等的天然美色）；**毀絕鉤繩而棄規矩，攦工倕之指，而天下始人有其巧矣**（毀絕定曲線和直線的鉤和繩，而廢棄畫圓形和方形的規和矩，折斷工倕等最巧工匠的手指，而後天下人才能有真正的巧妙技藝，因為這樣人們才會去關照大自然的鬼斧神工，而開發出真正巧奪天工的巧技）。

這一段〈胠篋〉篇的文字，有一些關鍵字句恰好暗合吳三桂當時的想法。諸如「絕聖棄知」，暗通諧音「絕聖棄治」，暗合吳三桂想要起兵「棄絕清聖祖康熙的統治」的想法。「擿玉毀珠」，其中「玉」字暗點「黛玉」所代表的明朝，「珠」字拆字為「朱王」，暗點「朱明王朝」，故「擿玉毀珠」暗合吳三桂當時原本想要自建周王朝反清，而不想反清復明，等於「丟擲毀棄朱明王朝」的想法。「焚符破璽」，暗合吳三桂當時想要「焚燬與清朝君臣關係的信符」，不再做清臣，起兵反清，「破毀玉璽所代表的滿清皇帝寶位」的想法。「殫殘天下之聖法」，暗合吳三桂當時想要反清，而「完全摧毀清聖祖統治中國天下之法度」的想法。

寶玉吳三桂心裡想著以上暗合《南華經》〈胠篋〉篇那段文字的自建新朝反清的那些基本構想，就好像看到〈胠篋〉篇中那段文字有所領悟而受到啟發似的，感到心意興趣很高昂，於是好像趁着酒興壯膽，不禁仿照以上莊周《南華經》〈胠篋〉篇模式似地（按脂批提示，這是文學筆法，並不是吳三桂真的喝酒壯膽；當然也不是閱讀《南華經》而受到啟發），作出在華南地區建立周王朝反清的決策，並提筆續寫出他設想要執行這一決策的謀略說（以下照錄原文，並破譯其真相如括號內的文字）：

焚花散麝，而閨閣始人含其勸矣（要將花襲人影射的藩下甲兵侄婿等眾心腹部將，及麝月影射的屬下另一批故明親信將吏，慫恿他舉兵反清的規勸文書、言論，加以焚燒離散掉，不予接見理會，而後王閣中的人才會含藏收斂他們逾越規矩的規勸言行）；**戕寶釵之仙姿，灰黛玉之靈竅，喪滅情意，而閨閣之美惡始相類矣**（要損傷寶釵影射的慫恿他自立稱帝建朝的人士，那使人聽了感覺飄飄欲仙的美妙姿態，並粉碎黛玉影射的敦促他反清復明的人士，所展現言論文詞犀利的靈思才氣，消滅對這兩方面人士的鍾愛情意，而後王閣中眾將吏被褒美、厭惡的感受才會相類同，因而便不會彼此相嫉妒傾軋）。**彼含其勸，則無參商之虞矣**（如果花襲人、麝月所代表的其藩下甲兵侄婿輩眾心腹部將，及另一批原明朝故將舊臣的親信將吏，能夠含藏收斂起他們過度的規勸，那麼他們和主張反清復明或聽命撤藩等的其他勢力，就不會有互不相容而造成困擾的憂慮了）；**戕其仙姿，無戀愛之心矣**（如果貶損寶釵影射的慫恿他自立稱帝建朝的人士，那種使人聽了感覺飄飄欲仙的美妙姿態，那麼他對這派主張、人士，就沒有戀愛的心了）；**灰其靈竅，無才思之情矣**（如果粉碎黛玉影射的敦促他以復明名義反清的人士，所展現言論文詞犀利的靈思才氣，那麼他對這派主張、人士，就不會特別鍾情了）。**彼釵、玉、花、麝者，皆張其羅而穴其隧，所以迷眩纏陷天下者也**（仔細分析衡量起來，他們寶釵所代表的慫恿他自立稱帝建朝的人士，黛玉所代表的敦促他反清復明的人士，花襲人所代表的催逼他反清自保的侄婿輩藩下中兵眾心腹部將，麝月所代表的屬下原屬明朝的眾親信將吏等，各自強烈堅持他們的主張，事實上都是各自張開羅網，而又挖深地洞，用來迷惑眩暈、捆綁陷害天下人，都陷入天下大混亂的主張啊！（言外之意就是說，因此我吳三桂不能偏愛某一派勢力，單聽從某一派主張，而須壓抑各派勢力，與他們維持等距離，留下空間獨自決策，統合各派主張、勢力，才可望一舉成功，而不至於使天下陷入大分裂的大混亂之中）。

寶玉吳三桂好像仿傚莊周《南華經》〈胠篋〉篇模式，續作出在華南地區建立周王朝反清的決策，及執行的謀略完了之後，就丟下筆去就寢。頭剛碰著枕頭，便忽然睡去，一夜沉睡得竟不知神魂飛到那裡去，直至天明才醒過來。翻身看時，只見襲人（按為寶玉的陪房丫頭）所影射的其藩下將吏集團，就好像陪房丫頭可同床同被而臥，却和衣睡在大被上面（而不解衣同睡在大被裡）似的，處在贊同或不贊同吳三桂立場之間的混沌狀態中。看到這種狀況，寶玉吳三桂將昨日建立周王朝反清的初步決策，及襲人影射的其藩下諸心腹部將逼勸他反清到不理他的無禮狀況，都裝作已付諸度外，不再在意的樣子，並未表露他反清的決心，以靜觀進一步變化。於是便催促他們說道：「（要醒悟當前遭撤藩的險惡情勢）起來好好和我站在同一立場、一致行動，否則不配合而閒置著，命運前途就要被凍壞了。」

第二節　襲人嬌嗔箴寶玉故事的真相

◈原文：

原來襲人見他無曉夜和姊妹們厮鬧，若直勸他，料不能改，故用柔情以警之(1)，料他不過半日片刻仍復好了。不想寶玉一日夜竟不回轉，自己反不得主意，直一夜沒好生睡得。今忽見寶玉如此，料他心意回轉，便越性不睬他。寶玉見他不應，便伸手替他解衣，剛解開了鈕子，被襲人將手推開，又自扣了(2)。寶玉無法，只得拉住他的手笑道：「你到底怎麼了？」連問幾聲，襲人睜眼說道：「我也不怎麼。你睡醒了，你自過那邊房裡去梳洗，再遲了就趕不上。(3)」寶玉道：「我過那裡去？(4)」襲人冷笑道：「你問我(5)，我知道？你愛往那裡去，就往那裡去。從今咱們兩個丟開手，省得鷄聲鵝鬪，叫別人笑(6)。橫豎那邊膩了，過來這邊，又有個什麼『四兒』、『五兒』伏侍(7)。我們這起東西，可是白『玷辱了好名好姓』的(8)。」寶玉笑道：「你今還記着呢！(9)」襲人道：「一百年還記着呢！比不得你，拿着我的話當耳旁風，夜裡說了，早起就忘了。(10)」

寶玉見他嬌嗔滿面，情不可禁，便向枕邊拿起一根玉簪來，一跌兩段，說道：「我再不聽你說，就同這個一樣。」(11)襲人忙的拾了簪子，說道：「大清早起，這是何苦來！聽不聽什麼要緊，也值得這種樣子。(12)」寶玉道：「你心裡那裡知道我心裡急！(13)」襲人笑道(14)：「你也知道着急麼，可知我心裡怎麼樣(15)？快起來洗臉去罷(16)。」說着，二人方起來梳洗。(17)

◈脂批、注釋、解密：

(1)原來襲人見他無曉夜和姊妹們厮鬧，若直勸他，料不能改，故用柔情以警之：這是回頭對於前面襲人動了氣不伏侍、理會寶玉，只叫新來的四兒伏侍他的情況，寫出襲人這樣做的原因及用心。原因是由於她見到寶玉無分晝夜出去和黛玉、湘雲等姊妹們厮混胡鬧，會影響讀書仕途，又顧慮到「若直勸他，料不能改」，故改用嬌嗔不伏侍、理會的柔情方式，來警醒寶玉不要再出去胡混，而定下心來讀書；這也正式點示回目「賢襲人嬌嗔箴寶玉」的涵義。這樣的情況在內層真事上，是寓寫襲人所代表的吳藩下甲兵眾侄婿心腹部將，在屢勸吳三桂不要無分晝夜惶惶不安地和黛玉所代表的復明勢力，及湘雲所代表的聽命撤藩勢力胡亂周旋商議，而應舉兵反清自保，但吳三桂總是未表態決心反清的情況下，使出另一種類似陪房丫頭嬌嗔不伏侍、理會男主人的柔情手段，憑著他們是吳三桂最親密的核心力量的關鍵地位，不再直接出言規勸，而改以賭氣不理會吳三桂的方式，任憑他獨自去應付四兒所代表的監督撤藩四大人，使他感覺孤單煩悶，而企圖逼使吳三桂聽從他們舉兵反清自保的主張。

(2)寶玉見他不應，便伸手替他解衣，剛解開了鈕子，被襲人將手推開，又自扣了：第三回寫襲人原是賈母的婢女，後來給了寶玉；第六回描寫「寶玉亦素喜襲人柔媚姣俏，遂強襲人同領警幻（仙姑）所訓雲雨之事。襲人素知賈母已將自己與了寶玉的，今便如此亦不為越禮，遂和寶玉偷試一番，幸得無人撞見。自此寶玉視襲人更與別個不同，襲人侍寶玉更盡職。」可見按照表面的小說故事，襲人是舊社會富貴人家公子的陪房或通房丫頭，或侍妾，若與男主人同床共被，發生性愛關係，在舊封建社會制度下是不算越禮的，所以這裡才會描寫寶玉伸手替襲人解衣、解鈕子，而襲人將手推開又自己扣上這種如夫妻般的親暱舉動。

而在內層真事上，寶玉見襲人不應，便伸手替他解衣、解鈕子，是寓寫寶玉吳三桂因觀察到其藩下眾將吏群體還不完全應和他的立場，便設法替他們解開裹住他們身心的心結、堅持，亦即以各種手段、話語煽動他們，期望他們與自己站在相同的（反清）立場；而襲人將寶玉的手推開又自己扣上，則是寓寫襲人所代表的藩下眾將吏推拒吳三桂的期許，仍然懷著心結，堅持著他們的主張，不與吳三桂妥協。其實吳三桂所期許的立場，已暗自決定是要建立周王政權反清，但尚未表露出來，因為尚待煽動眾部屬附和。而襲人所代表的藩下眾將吏群體中的少數核心份子所懷抱的心結，就是要吳三桂反清自保，和吳三桂的立場幾乎是一致的，只是整體上尚未醞釀成反清的一致立場，而雙方彼此都不肯輕易公開表態，所以互相暗中較勁，逼對方先表態反清。這裡作者就是以「寶玉見他（襲人）不應，便伸手替他解衣，剛解開了鈕子，被襲人將手推開，又自扣了」這樣的奇妙文章，來描繪寶玉吳三桂和襲人所代表的藩下眾將吏，互相暗中較勁，逼迫對方先行表態反清的有趣畫面。這裡最關鍵的是襲人一角所影射的對象是綜合混指吳藩下眾將吏整體和少數心腹部將，而不是單指三桂的少數婿侄心腹部將。

〔庚辰本夾批〕評注說：「好看煞！」這是對於寶玉替襲人解衣、解鈕，襲人推開又扣上，主僕兩人互相拉扯的親暱舉動，所寓寫吳三桂與其藩下眾將吏互相較勁，逼迫對方先行表態反清的情況，評注說：「好看極了！」

(3)「襲人睜眼說道：『我也不怎麼。你睡醒了，你自過那邊房裡去梳洗，再遲了就趕不上。』」：你自過那邊房裡去梳洗，按本回前面描寫寶玉某日天明時就去黛玉房中，與黛玉、湘雲廝鬧，寶玉就在那裡洗臉梳頭，故這裡寫襲人說要寶玉自己過去（黛玉、湘雲）那邊房裡梳洗。再遲了就趕不上，意思是寶玉再遲了就趕不上黛玉、湘雲早上梳洗的時間了。在內層真事上，這幾句是暗寫襲人所代表的藩下眾將吏睜眼說道：「我們藩下眾將吏也不怎麼樣。你吳三桂對於撤藩事態的緊迫性既已睡醒過來了，你自己過去黛玉、湘雲那邊所代表的反清復明或聽命撤藩的陣營，去把撤藩的事梳洗打理乾淨，再遲了就趕不上撤藩的期限了（按吳三桂被監督撤藩三大人催促急了，曾答應預定十一月二十四日啟程北遷）。」

〔庚辰本雙行批〕等評注說：「說得好，痛快！」這是評論說：「襲人所代表的藩下眾將吏這樣推拒寶玉吳三桂的話語，說得很好，真是痛快！」

(4)「寶玉道：『我過那裡去？』」：〔庚辰本雙行批〕等評注說：「問得更好。」就表面故事說，寶玉自然知道襲人指的是要他過去黛玉、湘雲那邊梳洗，如今寶玉卻故作不知，而反問「我過那裡去？」有意逼著襲人說出她生氣不理他的原因，實在問得很好，所以這句脂批評注說：「問得更好。」就內層真事上說，這句脂批是評注說：「寶玉吳三桂反問襲人所代表的藩下眾將吏說：『（有關撤藩的事）我究竟要過往那裡去？』問得更好。」因為寶玉吳三桂已經初步決定建立周王政權反清，即已知道要往那裡去的走向了，但因見其藩下眾將吏集團並非全都應和他的立場，還須要下點功夫鼓動、統合他們的反清意志，於是將他自己反清的決定密藏在心裡不說出來，而問其藩下眾將吏我吳三桂要過往那裡去，企圖激使其藩下眾將吏自己表態要反清，這豈不是問得更好。

(5)「襲人冷笑道：『你問我，我知道？』」：「我知道？」完整的寫法應是「我怎麼知道？」就內層真事上說，是暗寫襲人所代表的藩下眾將吏心想有關撤藩事件的走向，是你吳三桂自己該作決策的事，你自己不將決策說出，反倒問我們你要過往那裡去的走向，所以冷笑回說：「你問我（撤藩的事）走往那裡，我怎麼知道？」由此可見，以上寶玉吳三桂和襲人所代表的藩下眾將吏的對話，是彼此心底都暗藏「老奸」的極度謹慎對話，蓋未把握對方意向，就隨便表態反清，是冒著造反殺頭的極大風險的，因為監督撤藩的滿清欽差大人及派駐雲南的滿清地方官員就在旁邊虎視眈眈呢！

針對「你問我」三字，〔庚辰本夾批〕評注說：「三字如聞！」這是評注說：「襲人所代表的藩下眾將吏當時回答寶玉吳三桂的『你問我』三字，頂撞回答得很響亮，現在閱讀時就好像耳朵還聽聞到這三個字一樣！」

(6)從今咱們兩個丟開手，省得鷄聲鵝鬪，叫別人笑：丟開手，放開手不相牽扯影響。鷄聲鵝鬪，鷄發聲互嗆，鵝互相啄鬪，比喻同類意見不合，發生口角爭鬥，窩裡反的意思。這是襲人居於自己是陪房丫頭，與寶玉朝夕同房相處的親密關係，嬌怒地向寶玉說，從今咱們兩個彼此放開手，各自行動，省得同房居處卻意見不合，互相嗆聲爭鬥，叫別人譏笑。就內層上說，是暗寫襲人所代表的藩下眾將吏，居於與寶玉吳三桂如同是陪房丫頭般，伏侍、支撐吳三桂之自家人的親密關係，竟然語帶逼迫地對吳三桂說，從今咱們兩個彼此放開手，各走各的路，省得同在雲南藩王府居處却意見不合，吵鬧內鬨，叫府外的別人譏笑。

(7) 橫豎那邊膩了，過來這邊，又有個什麼「四兒」、「五兒」伏侍：橫豎，橫直，反正，無論如何。那邊，指黛玉、湘雲的居處。這邊，指襲人（即寶玉）的居處。四兒，即前面所寫新來的小丫頭蕙香，或蕙香等四姊妹。就內層上說，是暗寫襲人所代表的藩下眾將吏埋怨吳三桂說：「反正你想走向黛玉、湘雲那邊所代表的反清復明或聽命撤藩的方向想膩了，就移過來想走回這邊保住雲南藩王既有勢力的方向，又有個什麼『四兒』、『五兒』所代表的監督撤藩四大人、五大人，等著侍候你撤藩遷移，你就這樣猶豫不決地想來想去。」

(8) 我們這起東西，可是白「玷辱了好名好姓」的：玷，音電，玉的斑點，比喻人的缺點。玷辱，污辱，侮辱。玷辱了好名好姓，這句是襲人套用前面寶玉對四兒說的話。在本回前面有關襲人動氣不理寶玉，改由四兒（蕙香）伏侍寶玉的情節中，有描寫寶玉對蕙香說：「明兒就叫四兒，不必什麼蕙香蘭氣的。那一個配比這些花，沒的玷辱了好名好姓。」「一面說，一面命他倒了茶來吃。襲人和麝月在外間聽了，抿嘴而笑。」以上寶玉將蕙香改名為四兒的那一番議論，正面是譏刺蕙香配不上他的頭號丫頭花襲人，名叫蕙香，屬於花類，沾上襲人的花姓，徒然污辱了寶玉根據前人詩句「花氣襲人」，而將本姓「花」，原名珍珠的丫頭，改名為花襲人的好名好姓（詳見第三回），所以將蕙香改名為四兒。側面則是指桑罵槐，暗責襲人自視沒有那一個丫頭配比得上她那具有好名好姓的花襲人，竟至於拿翹，而敢於對其主子的他動氣，不伏侍他，簡直是污辱了她那「花氣襲人」，芳香動人到極點的好名好姓花襲人。在內層真事上，以上情節是作者暗寫當時的雲南巡撫朱國治是清廷派任會同監督撤藩四大人之中最小的第四人，所以應改名叫四兒，因為天下沒有那一個人配比這些華夏（花暗寓諧音華）姓氏的，你既為滿清鷹犬，就不應再叫朱國治，要不然就會污辱了這朱國治的華夏好名好姓（按朱國治三字剛好寓有朱明國度治平安定的意思，正是華夏的好名好姓）；另一方面是暗寫寶玉吳三桂埋怨襲人所代表的其最親信的藩下眾將吏，擺高架子，拿翹不理會他，破壞整體團結，徒然污辱他們身為華夏子孫的好名好姓。

這裡襲人引用寶玉暗諷她的話，是巧妙地反埋怨寶玉曾背地裡責怪她們是白白「玷（污）辱了好名好姓」的東西。在內層真事上，是作者暗寫襲人所代表的藩下眾將吏，不滿寶玉吳三桂諷刺他們是一群白白「玷（污）辱了（華夏）好名好姓」的東西。深一層說，是暗寫寶玉吳三桂以藩下眾將吏都是華夏姓氏，不應白白污辱了華夏姓氏，來鼓動他們要反清復漢，而藩下眾將吏果然受到刺激，有了被諷刺「玷辱了（華夏）好名好姓」，心中甚感被污辱的反應。

(9)「寶玉笑道：『你今還記着呢！』襲人道：『一百年還記着呢！』」：在內層真事上，這兩句是作者暗寫寶玉吳三桂對襲人所代表的具有華夏姓名的藩下眾將吏，再刺激說：「你們到了今日還記着『玷（污）辱了（華夏）好名好姓』那句話呢！」襲人所代表的華夏藩下眾將吏回答說：「一百年還記着你這樣的侮辱呢！」言外之意是，我們可是絕不會「玷（污）辱了（華夏）好名好姓」的，所以對於這次滿清撤藩，對我們這些華夏漢人太過無情，我們要堅決反對，以不辜負我們的華夏好名好姓。至此，吳三桂以華夏民族情感鼓動部屬反清復漢的情緒，已得到良好效果了。

〔庚辰本夾批〕評注說：「非渾一純粹，那能至此。」這是評注說：「襲人所代表的具有華夏姓名的藩下眾將吏，若不是心志渾一純粹地關切寶玉吳三桂所代表的雲南藩王富貴地位（連帶的也就是他們自身的富貴），那能達到一百年還記掛着『玷（污）辱了（華夏）好名好姓』這樣的程度（因而對於滿清無情撤藩，刺傷了他們的華夏民族情感，想要逼勸吳三桂反清自保，以不辜負他們的華夏好名好姓）。」

(10) 比不得你，拿着我的話當耳旁風，夜裡說了，早起就忘了：這幾句是呼應本回稍前所寫襲人與寶釵談及寶玉時，襲人嘆道：「姊妹們和氣也有個分寸禮節，也沒個黑家白日鬧的，憑人怎麼勸都是耳旁風。」也就是襲人埋怨寶玉，把她勸告他不要無日夜出去外面和黛玉、湘雲等姊妹廝鬧的話，當作耳邊風，夜晚說了，隔天早上起來就忘掉了。在內層真事上，這幾句是作者暗寫襲人所代表的華夏藩下眾將吏對寶玉吳三桂說：「我們比不得你吳三桂，拿着我們勸告你不要去外頭和黛玉所代表的復明勢力及湘雲所代表的聽命撤藩勢力周旋廝鬧的話，當作耳邊風，夜晚說了，隔天早上起來就忘掉了（而勸吳不復明又不聽命撤藩，等於是勸他反清自保）。」

〔庚辰本雙行批〕等評注說：「這方是正文，直勾起『花解語』一回文字。」正文，正經、正規、正題、正線、主線的文字。花解語，指第十九回上半回「情切切良宵花解語」，那裡的情節重點是襲人勸告寶玉要改正幾項毛病，頭一件是不要常說「化成了飛灰」、「化成一股輕烟，風一吹便散了」等輕視自己生命前途的話；第二件是不管喜不喜歡讀書，總要裝出喜歡讀書的樣子來，不要常亂說讀書上進的人為「祿蠹」，及「只除『明明德』外無書」等混話；第三件是「再不可毀僧謗道，調脂弄粉」；還有更要緊的一件是「再不許吃人嘴上擦的胭脂了，與那愛紅的毛病兒」；而當時寶玉爽快答應說：「都改，都改」。這一則脂批頭一句「這方是正文」，是對於前面襲人對寶玉動氣不理，寶玉追問原因，襲人却總是吞吞吐吐，不說出原因，到這裡才明白說出是因為「（你寶玉）拿着我的話當耳旁風，夜裡說了，早起就忘了」，而所謂「我的話」也就是襲人與寶釵談及寶玉時所說：「姊妹們（黛玉、湘雲）和氣也有個分寸禮節，也沒個黑家白日鬧的，憑人怎麼勸都是耳旁風」的話，終於說出真正的原因，所以評注說：「這才是正經的文字、原因」。次一句「直勾起『花解語』一回文字」，則是連帶評注說：「這裡襲人所說寶玉拿着她的話當耳旁風，不聽她勸告的情況，讓人一直往前勾憶起前面第十九回『（情切切良宵）花解語』那一回襲人勸告寶玉要改正幾項毛病的文字，也是同樣的情況（亦即後來寶玉也一樣是拿着襲人那些話當耳旁風，並未能聽她勸告的。）

(11)「寶玉見他嬌嗔滿面，情不可禁，便向枕邊拿起一根玉簪來，一跌兩段，說道：『我再不聽你說，就同這個一樣。』」：嬌嗔，帶嬌態的動怒。簪，用於束髮的長針，男人更有固冠的用處，故簪在本書又有象徵官位的意義，稱本書主體的榮國府賈家為詩禮「簪」纓之族。一跌兩段，將物件一下摔跌而折斷成兩段。在內層真事上，這幾句是暗寫寶玉吳三桂因為看見襲人所代表的其藩下眾將吏群被鼓動得露出滿臉嬌縱嗔怒之態，情真意切不能自禁，於是便從枕邊拿起一根玉簪來，一下摔跌折成兩段，順水推舟，表示要聽從他們的勸告而反清自保，否則就像玉簪一跌兩段一樣，將來會官途斷折，這是作者故意這樣寫，以預示吳三桂決心舉兵反清，將來其反清大周王朝會中途斷折，因為他反清後就中途病亡，其大周王朝就一折兩段了。至此，吳三桂以華夏民族情感鼓動部屬反清復漢，終於水到渠成，完全成功，而原本是他已決定要建立周王政權反清，最後却說是他要聽從眾部屬的意見而反清，可見吳三桂鼓動部屬反清的手段真是高明極了；當然這裡寶玉折簪誓言要聽從襲人的勸告，還包括另一層很重要的寓意，也就是寓寫寶玉吳三桂聽從襲人所代表的其藩下婿侄等少數心腹部將的勸告，而下定決心反清自保。所以這裡的襲人是具有廣義與狹義的雙重影射意義，即廣義上是影射吳藩下眾將吏群體，狹義上是影射吳藩下少數婿侄輩心腹部將（如胡國柱、夏國相、吳應期等）。

這一段文字描寫得極妙，寶玉吳三桂與襲人所代表的其藩下眾將吏互鬥心機，耍老奸，雙方對於反清都言辭吞吐閃爍，不輕易開口，吳三桂雖已決心建立周王朝反清，卻不說出，等到暗激得其藩下眾將吏反清意志已情不可禁地表露之際，才順水推舟，表露他將聽從他們的勸告反清自保。而這樣的狀況正合吳三桂決定反清的過程，先時是其藩下甲兵諸部將中少數婿侄輩心腹部將極力慫恿三桂反清，後來三桂初步決定建立周王朝反清時，又先秘而不宣，待鼓動得其藩下眾將吏群體都表露反清意志之際，再順水推舟宣佈反清的歷史事實。當然作者是將這種狀況，加以更戲劇性的鋪陳描寫，而不完全是照本宣科，其中襲人一角影射的對象是立體的，時而影射吳藩下甲兵少數婿侄輩心腹部將，時而影射吳藩下眾將吏群體，甚至時而兩者兼而有之，讀者對於襲人所影射的對象不能看死，才能領會作者文筆的奧妙。

按吳三桂經其藩下少數婿侄輩心腹部將的慫恿，而初步決定反清後，不敢立即表露，因恐其他部眾不從，所以施展了很多手段來煽動他們反清的情緒之後，才順勢起兵反清。例如

《一代梟雄吳三桂》一書就記述說：「（康熙十二年）十一月，撤藩使臣至滇省督遷已過多日，『日以上命促之，督責過深，頗凌辱其將吏』。吳三桂反意已決，唯恐其下（屬）不從，便構隙其端。於是，設宴大會諸將。酒過三巡，吳三桂起而嘆曰：『老夫與諸君共事垂三十年，今四海昇平，無所用吾輩，行且遠矣！未知聖意所在，且盡今日歡，與諸君敘故，未知異日復相見否？』這番話雖意在煽動，却因出自肺腑，感人由衷，遂引起諸將共鳴，『諸將聞言皆泣下』，人心開始動搖。」⑯

〔庚辰本夾批〕評注說：「又用幻筆瞞過看官。」這是評注這裡描寫寶玉「拿起一根玉簪來，一跌兩段」，「又是作者使用奇幻筆法來瞞過看書的讀者」的一種寫法，因為這樣寫好像寶玉折簪為誓（類似折箭為誓），發誓必定聽從襲人的勸告，但並未明白寫出寶玉誓言不再和黛玉、湘雲等姊妹廝鬧的話，因而等於瞞過讀者有關寶玉究竟聽不聽從襲人勸告的實況。

(12)聽不聽什麼要緊，也值得這種樣子：〔庚辰本夾批〕評注說：「已留後文地步。」這是提示原文襲人所說的這兩句話，已為後文寶玉聽不聽襲人勸告留下地步了。因為後面馬上接寫黛玉來找寶玉，下一回又寫寶玉又和黛玉、湘雲廝混在一起了。就內層真事來說，寶玉吳三桂固然在襲人所代表的其藩下甲兵眾部將拿翹逼勸下，終於下定決心反清自保，但並未停止與黛玉所代表的復明勢力勾結聯合，也未停止與湘雲所代表的忠清撤藩勢力繼續周旋應付，事實上吳三桂只是聽從其藩下甲兵眾部將的局部勸告，不過這局部的勸告是屬於最關鍵的反清部份（其他反清名義部份則吳三桂自有主張），意義是十分重大的，所以本回作者才濃墨重筆地加以描寫，並特別將回目標題為「賢襲人嬌嗔箴寶玉」，把襲人所代表的吳三桂平西藩下甲兵眾親信部將冠以《春秋》式的一字寓褒貶的「賢」字。

(13) 「寶玉道：『你心裡那裡知道我心裡急！』」：這句話就表面故事說，實在很突兀而且模糊，讓人不知道寶玉心裡究竟急什麼？配合後文襲人笑道：「你也知道着急麼，可知我心裡怎麼樣？」好像是寶玉和襲人感情很深，兩人在打情罵俏。但是試想襲人既不是寶玉的正妻，也不是妾，只是一個奴婢身份的陪房丫頭，在封建舊社會裡地位是很卑微的，身為主子的豪門貴公子寶玉只要稍微糾正她一下，她就不敢再生閒氣不伏侍他了，否則她就會被趕走的，貴公子寶玉怎麼可能會為了要讓陪房丫頭再度伏侍他，恢復和好親密關係，就心裡急得不得了呢？這實在是很離譜的。但若就內層歷史真事來說，這句話可是再貼切不過了。這句話實際上是暗寫寶玉吳三桂對襲人所代表的藩下甲兵眾部將說道：「你們心裡那裡知道我（對撤藩的事）心裡很着急！」因為監督撤藩的欽差大人催逼撤藩遷移甚急，吳三桂左思右想各種對策，因茲事體大，一直下不了決心，而時間緊迫，心裡真是急得不得了。

(14) 襲人笑道：〔庚辰本雙行批〕等評注說：「自此方笑。」這是批示襲人勸寶玉不聽，一路鬧彆扭很不高興，到這裡寶玉折簪示意，終於壓服寶玉聽勸，這才心裡高興而笑了。在內層上，則是批示襲人所代表的藩下甲兵眾心腹部將終於逼勸寶玉吳三桂決心舉兵反清，得以遂其所願，自這時起才開心的笑了。

(15) 你也知道着急麼，可知我心裡怎麼樣：可知我心裡怎麼樣，襲人這句話顯然是一種撒嬌的言辭，但是究竟她「心裡怎麼樣」，作者則故意不明白寫出，這是《紅樓夢》作者慣用的筆法，像這裡「可知我心裡怎麼樣」這樣故意打迷糊的語句，批書人常批為是「囫圇吞語」。碰到這種作者故意不寫明白的囫圇吞語，讀者只有再將前後文章仔細閱讀過，才能夠領會作者的真意。像這裡襲人這句話應該是說「可知我心裡怎麼樣急！」急什麼？她因為勸寶玉不要出去和姊妹們厮鬧，以免荒廢讀書正事，而屢勸不聽，怕寶玉誤了前途，又恐寶玉被其父親賈政打罵，所以心裡發急。故作者以撒嬌語氣寫出這句話，以表露出襲人無限關心寶玉前途的女兒家深情。在內層真事上，這兩句是暗寫襲人所代表的藩下眾部將對寶玉吳三桂說：「（撤藩的事迫在眉睫）你一直猶豫不決，也知道着急麼，你可知道我們心裡怎麼樣着急嗎？」

(16) 快起來洗臉去罷：就內層上說，是寓寫襲人所代表的藩下眾部將對寶玉吳三桂說：「（既已決定反清）趕快行動起來，好像洗臉般地改換一番新面貌、立場去罷！」〔庚辰本夾批〕評注說：「結得一星渣汁全無，且合怡紅常事。」這是評注說：「作者暗寫襲人所代表的藩下眾部將逼勸寶玉吳三桂反清的故事，用『快起來洗臉去罷』這一句話，結束、擦拭得一點渣汁都沒有，讓人完全無法查覺，而且合乎外表故事怡紅院丫頭催促貴公子寶玉起來洗臉的常事，文筆實在太隱微奧妙了。」

(17) 襲人嬌嗔箴寶玉一段：〔庚辰本眉批〕評注說：「趙香梗先生《秋樹根偶譚》內，兖州少陵台有子美詞（祠）為郡守毀為己詞（祠）。先生嘆子美生遭喪亂，奔走無家，孰料千百年後，數椽片瓦猶遭貪吏之毒手，甚矣，才人之厄也。固（因）改公〈茅屋為秋風所破歌〉數句，為少陸（陵）解嘲：『少陵遺像太守欺無力，忍能對面為盜賊。公然折克非己祠，傍（旁）人有口呼不得。夢歸來兮聞嘆息，白日無光天地黑。安得曠宅千萬官（間），太守取之不盡生欽（歡）顏，公祠免毀安如山。』瀆（讀）之令人感慨悲憤，心常耿耿。壬午九月，因索書甚迫，姑誌於此，非批石頭記也。為續《莊子因》數句，真是打破胭脂陣，坐透紅粉關，另開生面之文，無可評處。」

這一則脂批的眉批原文分為兩個段落，自「趙香梗先生」至「心常耿耿」一段是主文；自「壬午九月」至「無可評處」一段，比主文低一格書寫，且字體比主文小一半，顯然是對主文的加註或補註文字。趙香梗不知是何人，他所著的《秋樹根偶譚》是怎麼樣的書，筆者尚未能查出相關資料，也未見紅學界有考證到相關資料。不過從後文「兗州少陵台有子美詞（祠）為郡守毀為己詞（祠）。子美生遭喪亂，奔走無家，孰料千百年後，數椽片瓦猶遭貪吏之毒手」，來加以推測，則可知其約略時代。按杜甫（子美）為唐朝中期西元七一二到七七〇年代的人，而「千百年後」是約一千年後的約略說法，則杜甫約一千年後，就是清代康熙末年至乾隆中年左右（按康熙末年為一七二一年，乾隆元年為一七三八年）。在這個時段發生了杜甫（子美）祠堂被毀的事，那麼記述這件事的趙香梗之《秋樹根偶譚》，必定是著作於發生這件毀祠事件之後，而在本書批書人批書時間之前的時段之內，而本書批書時代是在雍正至乾隆初期，可見趙香梗應該是清代康、雍至乾隆初期年間的人，也是與本書作者或批書人約略同年代或稍前一點的人物。兗州，兗音演，古代禹貢九州之一，在古黃河和濟水之間的地帶，即今河北西南部與山東西北部一帶，又唐代置兗州於山東西部。少陵台有子美詞（祠），唐代大詩人杜甫字子美，安史之亂前曾居長安的杜陵，因而自號「杜陵布衣」，又號「少陵野老」，故少陵、子美都是指杜甫；這裡是說山東兗州為了紀念杜甫，有一個少陵台，上面原有一間杜甫的祠堂。《莊子因》，為康熙時林雲銘西仲氏註解《莊子》的著作，增訂版自序於康熙戊辰二七年季秋。

這一則脂批主文對於前面襲人嬌嗔箴寶玉一長段故事，特別舉了一個杜甫祠堂遭近代貪吏郡守之毒手，將之毀掉而改為自己之祠堂的故事，來加以「感慨悲憤」，而且「心常耿耿」，就表面故事來說，可以說牛頭不對馬嘴，怎麼樣也扯不上關係。筆者認為這則脂批是借用以上趙香梗所記杜甫祠堂被毀的故事，來評注、提示前面襲人嬌嗔箴寶玉故事的歷史真相，是類似杜甫祠堂被貪吏郡守毀掉，並改為自己祠堂的歷史事件。批文中「少陵台」的「陵」字，應是暗點「延陵」將軍吳三桂（按史書《觚賸》記載說：「延陵將軍（吳三桂）美手姿，善騎射」⑰），由此，少陵、子美（杜甫）都是寓指吳三桂。少陵台有子美祠，則是寓指有如吳氏祠堂的吳三桂政治舞台的雲南平西藩王政權。郡守、貪吏，則是寓指以貪吏雲南巡撫朱國治為代表的清康熙朝廷。少陵台子美祠遭貪吏郡守之毒手毀掉，而改為自己的祠堂，則是寓指以貪吏雲南巡撫朱國治為代表的清康熙朝廷，施出毒手將吳三桂政治舞台的雲南平西藩王政權撤除，而將雲南改為由滿清朝廷直接派遣巡撫（郡守）管轄。至於趙香梗更改杜甫〈茅屋為秋風所破歌〉詩的數句詩句，為杜甫祠堂被郡守所毀之事解嘲的那首詩，實際上是寓寫為吳三桂遭清朝撤藩之事解嘲的文字，其中最後一句「公祠免毀安如山」，正是吳三桂當時期望雲南藩王免被撤銷安如山的心情寫照。「壬午九月，因索書甚迫，姑誌於此」，前面說過本書或脂批的「書」字，常是代指王朝曆法書、王朝的密碼，這裡的「書」字則是寓指吳三桂的藩王權位，這三句是提示說：「九月的壬午日，因為滿清朝廷撤銷索回吳三桂雲南平西藩王權位，催逼得甚為急迫，姑且在這裡借用以上趙香梗所記杜甫祠堂被毀的故事，來加以標誌」。經查康熙十二年九月十六日為壬午日⑱，而康熙所派遣的撤藩使臣折爾肯等是於稍前的九月七日，抵達昆明宣達康熙撤藩的詔旨，之後便開始緊迫地催逼吳三桂要撤藩北遷，所以這裡註記九天後的九月十六壬午日，清朝撤銷索回吳三桂平西藩王權位甚為急迫，是非常切合歷史事實的。非批石頭記也，這是批書人企圖掩人眼目的遁辭，真是此地無銀三百兩，其實正是批點石頭記真相的文字。由以上的解析，可見以上批書人引用趙香梗所記杜甫祠堂被毀的故事，確實十分切合前面筆者破解襲人嬌嗔箴寶玉一長段故事，所寓寫吳三桂因遭撤藩甚為急迫，在慌亂之際，經襲人所代表的藩下甲兵眾心腹部將逼勸，而決定舉兵反清的歷史真相。

最後一小段「為續《莊子因》數句，真是打破胭脂陣，坐透紅粉關，另開生面之文，無可評處」，是批書人唯恐以上引用趙香梗所記杜甫祠堂被毀的故事，和原文襲人嬌嗔箴寶玉的表面故事情節完全搭不上關係，讀者可能一頭霧水，無法聯想到是寓示吳三桂遭撤藩的事，故再以另一個角度來加以補評、提示的文字。胭脂、紅粉，都是指女子、美人。打破胭脂陣，從美人堆中擺脫出來。坐透紅粉關，好像閉關打坐而悟透似地，從美人的誘惑、紛擾的難關中，解脫出來。就表面故事說，是評論寶玉續《莊子因》（亦即《莊子》）的幾句話，如「焚花散麝，戕寶釵之仙姿，灰黛玉之靈竅」等，描寫寶玉棄絕、粉碎襲人、麝月、寶釵、黛玉等女子的情意，擺脫女子糾纏，而轉變為獨自「拿着書解悶，或弄筆墨」的情況，真是寶玉打破胭脂陣、坐透紅粉關的文字，與寶玉素喜在胭脂、紅粉女人堆中廝混，而不喜讀書的文字大不相同，真是別開生面的新鮮文字，好到無從下筆評論。就內層真事說，是提示原文寶玉續《莊子因》（亦即《莊子》）的幾句話，描寫寶玉棄絕、粉碎襲人、麝月、寶釵、黛玉等女子的文字，是寓寫平素沉醉於胭脂、紅粉美人溫柔（如陳圓圓、八面觀音、四面觀音、蓮兒等）之藩王富貴生涯的寶玉吳三桂，此時（因遭撤藩）真是打破胭脂陣，坐透紅粉關，棄絕了胭脂、紅粉美人，而另行開創出反清新局面的文字，這樣的隱喻文字真是好到無從下筆評論。

◈真相破譯：

原來襲人所代表的吳藩下甲兵眾侄婿心腹部將，看見寶玉吳三桂不分晝夜惶亂地和黛玉所代表的復明勢力，及湘雲所代表的聽命撤藩勢力胡亂周旋商議，若是直接規勸他應停止與這兩方面的胡亂商議，料想吳三桂是不能改變的，故而使出另一種類似陪房丫頭嬌嗔不伏侍、理會男主人的柔情手段，而改以賭氣不理會吳三桂的方式來警醒吳三桂（按即任憑吳三桂獨自去應付四兒所代表的監督撤藩四大人，使他感覺孤單煩悶，而企圖逼使他聽從他們舉兵反清自保的主張），料想他不過半日片刻之間仍然會和他們恢復和好了的。沒想到吳三桂竟然一日一夜心意都不回轉，襲人所代表的藩下甲兵眾心腹部將自己反而不得主意，一整夜一直沒能睡好。如今忽然看見吳三桂這樣催促他們要配合一致行動，料想他心意已經回轉，便索性不理睬他。寶玉吳三桂觀察到襲人所代表的藩下眾將吏群體不完全應和他，便設法替他們解開裹住他們身心的心結、堅持，以各種手段、話語鼓動他們站在與他暗自決定的（反清）相同的立場、一致行動，却被他們推拒，又自己扣上、懷著心結。寶玉吳三桂沒有辦法，只得好像拉住手一般地設法拉攏襲人所代表的藩下眾將吏，試探地笑道：「（有關撤藩的事）你們到底想要怎麼樣了？」連問了幾聲，襲人所代表的藩下眾將吏睜眼說：「我們藩下眾將吏也不怎麼樣。你吳三桂對於撤藩事態的緊迫性既已睡醒過來了，你自己過去那邊房裡（按指去與黛玉、湘雲那邊房裡所代表的反清復明或聽命撤藩的陣營商議），去把撤藩的事梳洗打理乾淨，再遲了就趕不上撤藩的期限了。」寶玉吳三桂說：「（有關撤藩的事）你問我，我怎麼知道？你吳三桂愛走往那裡去，就走往那裡去。從今以後咱們兩個彼此放開手，各走各的路，省得同在雲南藩王府居處却意見不合，互相吵鬧爭鬥，叫府外的別人譏笑。反正你想走向黛玉、湘雲那邊所代表的反清復明或聽命撤藩的方向想膩了，就移過來這邊想走保住雲南藩王既有勢力的方向，又有個什麼『四兒』、『五兒』所代表的監督撤藩四大人、五大人，等著侍候你撤藩遷移（你就是這樣繼續猶豫不決地想來想去吧）。我們這群東西，可是一群白白『污辱了華夏好名好姓』的東西。」寶玉吳三桂笑說：「（華夏明朝淪亡已久）你們如今還記着這句話呢！」襲人所代表的藩下眾將吏（尤指其中的婿侄輩心腹部將）說：「一百年還記着呢！比不得你，拿着我們勸你反清自保的話當耳邊風，夜裡說了，早上起來就忘掉了。」

寶玉吳三桂看見襲人所代表的其藩下眾將吏群被鼓動得露出滿臉嬌縱嗔怒之態，情真意切不能自禁，於是便好像從枕邊拿起一根玉簪來，一下摔跌折成兩段似地，順水推舟，表示決心說：「我要不聽從你們的勸說而舉兵反清，就如同這個玉簪一跌兩段一樣。」襲人所代表的藩下眾將吏急忙得好像拾了跌斷簪子似地，想要消除折簪的不吉祥預兆而說道：「大清早起來，這是何苦來！聽不聽我們的勸告有什麼要緊，也值得這樣子折簪討不吉利。」寶玉吳三桂說：「你們心裡那裡知道我（對撤藩的事）心裡很着急！」襲人所代表的藩下眾將吏笑說：「（你一直猶豫不決）也知道着急麼，你可知道我們心裡怎麼樣着急嗎？趕快行動起來，好像洗臉般地改換一番新面貌、立場去罷！」說着，寶玉吳三桂和襲人所代表的藩下眾將吏二方面就行動起來，進行梳洗打理有關應付撤藩的反清事宜。

第三節　林黛玉續書一絕批評賈寶玉故事的真相

◈原文：

寶玉往上房去後，誰知黛玉走來(1)，見寶玉不在房中，因翻弄案上書看，可巧翻出昨兒的《莊子》來。看至所續之處，不覺又氣又笑，不禁也提筆續書一絕云(2)：

無端弄筆是何人？作踐南華莊子因。(3)
不悔自己無見識，却將醜語怪他人。(4)

寫畢，也往上房來見賈母。(5)

◈脂批、注釋、解密：

(1)寶玉往上房去後，誰知黛玉走來：上房，指賈母的居處，在這裡其實是寓指吳三桂的大本營昆明城。這兩句是寓寫寶玉吳三桂離開藩王府前往昆明其他處所去後，誰知道黛玉所代表的主張反清復明人士走來求見。

(2)「可巧翻出昨兒的《莊子》來。看至所續之處，不覺又氣又笑，不禁也提筆續書一絕云」：這是寓寫黛玉所代表的主張反清復明人士很湊巧察探得知昨天寶玉吳三桂如同模擬莊周著作《莊子》（《南華經》），計劃在華南建立周王朝反清的事，發覺到所要採取的後續措施之處，有「灰黛玉之靈竅，……灰其靈竅，無才思之情矣。彼釵、玉、花、麝者，皆張其羅而穴其隧，所以迷眩纏陷天下者也」等話，意味著要粉碎黛玉影射的提倡反清復明的主張，並醜化提倡反清復明是迷眩纏陷天下的主張，不覺又氣又笑，不禁也提筆接續書寫一首絕句詩，來反駁、嘲諷寶玉吳三桂一番，說道：

(3)「無端弄筆是何人？作踐南華莊子因」：弄筆，要弄筆墨寫文章作計畫。作踐，糟蹋、不愛惜、侮辱的意思。南華，即《南華經》，亦即《莊子》。莊子因，康熙初期林雲銘所著詳註《莊子》的書。就內層真事說，「無端弄筆是何人？」是暗諷「毫無端由、身分，卻要弄筆墨作出周王朝反清計畫的是什麼人啊？」憑你吳三桂身為滿清臣子，又非朱明後裔這樣的人，有何等身分而敢於狂妄到要建立新王朝做皇帝呢？第二句「作踐南華莊子因」，語法非常奇特，在現今通行標點符號的時代，凡是書名都加上書名號《》，所以現在的《紅樓夢》

版本，這一句都印成「作踐《南華》《莊子因》」，讀者自然都把《南華》《莊子因》理解成是兩本書籍，但是在清代不使用標點符號的時代，各《紅樓夢》版本中這句話的原貌是「作踐南華莊子因」。這裡作者並不是以「南華莊子因」當作特指《南華經》、《莊子因》這兩本書籍的專有名詞，而是當作一般的普通文字來使用，所以這一句的意義就是「作踐南華是因為莊子的緣故」；另一方面作者又以「南華」暗指華南地區，以莊子通莊「周」，暗點「周」王朝，故這句話實際上是暗諷說：「糟蹋華南地區人民因復明而支持你吳三桂反清的美意，都是因為你如同受到莊子名周的啟示而自建周王朝的緣故」。

(4)不悔自己無見識，却將醜語怪他人：醜語，指寶玉續《莊子》文字之中，所寫「彼釵、玉、花、麝者，皆張其羅而穴其隧，所以迷眩纏陷天下者也」這些醜化人的話。就內層上說，這兩句是批駁吳三桂不知悔悟自己無見識，見識不到標舉復明名號反清能夠獲得天下廣大漢族復明人士響應的好處，而新創周王朝則有引發廣大漢族復明人士反感抵制的壞處，却使用「彼釵、玉、花、麝者，皆張其羅而穴其隧，所以迷眩纏陷天下者也」這些醜化人的話，來怪罪包括黛玉所影射的復明人士在內的其他人，是蓄意迷眩陷害人心，使得天下大亂的人。

〔庚辰本雙行批〕等評注說：「罵得痛快，非顰兒不可，真好顰兒，真好顰兒好詩。若云知音者顰兒也。至此方完『箴玉』半回。」顰兒，第三回描寫寶玉初見黛玉時，因黛玉無字，寶玉便根據《古今人物通考》上說：「西方有石名黛，可代畫眉之墨」的典故，「黛」可通「眉」，又見黛玉「眉尖若蹙」，而送給黛玉一個「顰顰」的妙字，故這裡顰兒就是顰顰，亦即黛玉。這一條脂批是評注說：「這首詩把寶玉吳三桂罵得真是痛快，非得顰兒（黛玉）影射的漢族復明人士來罵不可（按因漢族復明人士才夠資格來罵曾經出賣明朝漢族，如今又將背叛明朝而自立周王朝的吳三桂），真是好個顰兒（黛玉）漢族復明人士，真好個顰兒（黛玉）漢族復明人士作的好詩。若論深知寶玉吳三桂底細、實力的知音者，應是顰兒（黛玉）漢族復明人士（按因為此等人士才深知吳三桂若再背叛明朝自立周王朝，將不能獲得廣大漢族的支持，實力有限，終將失敗）。到這裡才寫完上半回『賢襲人嬌嗔箴寶玉』的故事。」

〔庚辰本眉批〕評注說：「又借阿顰詩自相鄙駁，可見余前批不謬。己卯冬夜。」阿顰，即顰兒、顰顰，亦即黛玉。前批，指前面針對原文襲人說：「聽不聽什麼要緊」，所批點的那一則脂批：「已留後文地步。」己卯冬夜，是註記事件發生的大約時間在康熙十二年十一月十四己卯日冬至夜。這一則脂批是評注說：「這裡文章又借用阿顰（黛玉）所影射復明人士的一首詩，對寶玉吳三桂排除恢復明朝而自建周王朝反清的立場，自相鄙駁一番，可見我前面針對襲人說『聽不聽什麼要緊』，批註『已留後文地步』，批得沒有謬誤，因為最後吳三桂又兼採了黛玉所代表的復明立場（按吳三桂不但出兵前先率領三軍去哭祭南明永曆帝陵墓，並在反清檄文上寫明『推奉（朱）三太子，郊天祭地，恭登大寶』⑲，打出恢復明朝的名義，並未完全聽從襲人所代表的藩下心腹部將的勸告，而完全排除復明的立場）。這個黛玉復明人士批駁吳三桂反清立場的事件，大約發生在康熙十二年十一月十四己卯日冬至夜。」

(5)寫畢，也往上房來見賈母：賈母，其實也是影射吳三桂，和寶玉一樣，這就是筆者前面一再提及的「一人多名」的筆法，也就是使用多個小說角色名號來影射同一個歷史人物的筆法。這樣做的原因之一是因為書中表面故事是一個大家庭的故事，為了配合外表這個大家庭假故事的劇情描寫，不得不如此。原因之二是一個歷史人物都具有幾種不同身份或特性，故而使用不同角色名號來代表他的不同身份或特性，例如吳三桂這一個人，具有「玉」璽所代表的皇帝、藩王「寶」位的身份，所以便採用「寶玉」的名號來予以影射，另外吳三桂至康熙時代已是一個康熙祖父輩的老人，而軍威權勢居於權威地位，所以便採用「賈母」的名號來代表他的這一層特色。原因之三是作者還有一個更重要的考慮，就是藉著這種一人多名的筆法，能夠達到紊亂讀者眼目，逃避文字獄大難的目的。這兩句原文是寓寫黛玉所代表的主張反清復明人士寫完反對吳三桂自立周王朝的意見書（詩）之後，也前往昆明其他處所去求見賈母影射的吳三桂。

〔庚辰本夾批〕評注說：「不用寶玉見此詩若長若短，亦是大手法。」這是評注說：「這裡不用寶玉吳三桂看見黛玉復明人士這首批駁他自建周王朝反清的詩，再說長道短一番，這樣的筆法本身也是一種大手法。」因為這樣的寫法避免了寶玉吳三桂與黛玉復明人士之間的直接衝突，又暗示了吳三桂日後對復明立場不願意公開說長道短的曖昧態度。

〔庚辰本眉批〕評注說：「寶玉不見詩，是後文餘步也，《石頭記》得力所在。丁亥夏。畸笏叟。」這是更進一步提示說：「這裡作者使用寶玉未見到黛玉詩的寫法，是為了後文寶玉吳三桂對黛玉復明立場保留餘步，像這樣以文章結構方式，來暗示情節內容的情況，正是《石頭記》寫作得力的所在。至於寶玉吳三桂就如沒看見黛玉的詩一樣，對黛玉復明立場保留餘步，不再抱持復明立場的時間，大約是在康熙十三年夏季五月二十四丁亥日。以上所記的是有關畸形老漢臣（畸笏叟）吳三桂或其王朝的事。」

吳三桂於康熙十二年十一月二十一日起兵反清時所發的討清檄文，標明「推奉（朱）三太子，郊天祭地，恭登大寶，建元周啓」，打出恢復明朝的名義，又剪辮蓄髮，易漢服，恢復漢人裝扮，一時漢人復明勢力群起響應，勢如破竹，至十三年三月即攻克貴州、湖南、四川，進抵長江南岸。但自康熙十三年元月起，吳三桂在貴陽却正式自稱「周王」，稱周王元年，改元「利用」，自鑄錢幣，名為「利用通寶」，暴露出他自立王朝的野心，引起復明人士的不滿。例如「一儒生上疏指責他說：『今義旗甫舉便以開國，是解天下體也。自此人窺王志，無復望景從矣。』建議他『宜奉明朝，稱前平西伯素服待罪以告天下，則忠臣義士孰不傾心！』吳三桂未加理睬。到了湖南，他聘南明舊臣李長祥為顧問，問及反清方略。李長祥告之：『亟改大明名號以收拾人心，立懷宗（崇禎）後裔以鼓舞忠義。』遭到方光琛和胡國柱二人的堅決反對，李長祥見狀不辭而去。⑳」吳三桂在復明問題上，夾在復明勢力與其藩下親信勢力之間，左右為難，經過一番爭論後，他還是比較聽從襲人所代表的其藩下親信勢力，而與黛玉所代表的復明勢力則是保留著外表裝親、實際又不真親的曖昧餘地的，他既不公開說不復明，又不實際採納復明人士所提的具體復明措施。而以上有關復明問題的爭論發生在康熙十三年元月（儒生上疏事件）吳三桂自稱周王起至當年秋季（李長祥事件），經過正反兩方的較勁，吳三桂明顯表現偏向於不理睬復明建議的時間，大約在當年夏季時，所以這條脂批批註寶玉吳三桂好像沒看見黛玉復明人士的詩（意見），對黛玉復明立場保留餘步，不再理會復明建議的時間，大約是在康熙十三年夏季五月二十四丁亥日㉑，是很符合歷史事實的。

接下來，再針對「畸笏叟」一詞的涵義及真相，作一番解析。畸，畸形、畸零的意思。笏，為明、宋等各代漢人王朝，大臣在朝廷上手中所持竹木或象牙製成的狹長板子，以便於記事者，至於清朝大臣上朝則並不持笏，故這裡笏是隱寓具有持笏特色的漢臣，或漢人王朝。叟，老人。畸笏叟，就是寓指畸形、畸零的漢人王朝的老人，或老漢臣的漢人王朝，實際上就是影射建立畸形而又畸零的漢人周王朝的老漢臣吳三桂或其王朝。畸笏叟一詞真是把建立大周王朝的吳三桂，描繪得非常形象。首先吳三桂原是漢人朱明王朝的大臣，原應是持笏的漢臣，他所創立的大周王朝是漢人的王朝，性質上是屬於持笏的漢人王朝。其次，他創立的周王朝，一開始在討清檄文上寫明「推奉（朱）三太子，郊天祭地，恭登大寶」，標明要恢復明朝，至次年元旦却自稱周王，改年號，既恢復明朝，又自立王朝，但又不敢登基稱皇帝，真是不倫不類，確實是個畸形的漢人王朝；而且自始至終，這個周王朝都沒有佔有全中國的疆域，只據有雲貴湘川等少數省份，後期更是萎縮畸零，確實是個領土畸零不整的漢人王朝，稱之為既畸形又畸零的「畸笏」王朝，再貼切不過了。再次，吳三桂在康熙十二年舉兵反清時是六十二歲，次年自稱周王為六十三歲，至康熙十七年三月登基大周皇帝，同年八月病死，已是六十七歲，在「人生七十古來稀」的舊時代，這已經是不折不扣的老叟了。綜合以上三點，可見「畸笏叟」一詞真是將吳三桂反清新王朝及其本人的總體特色概括得唯妙唯肖，令人叫絕，實在是絕妙好詞。從以上的解析又可發現批書人批書的一項奧秘筆法，就是批書人的署名（如畸笏叟、脂硯齋等），並不見得是代表批書人的名號，而是用來影射、標示原文故事情節所寓寫的歷史人物、王朝。

非常值得順便一提的是，有關本書原文記時及脂批使用干支註記時間的特性問題。一般史書記錄時間，是先記朝代及帝王年號，再以年月日為順序記錄事件發生的時間，而年份和日期都是使用干支，中間的月份則使用數字，如康熙癸丑十一月丙戌，即康熙十二年十一月二十一日（吳三桂起兵反清之日）。然而本書是暗寫明清交替的秘史，深怕被清廷查覺而罹大難，所以原文只有很少數地方有記錄事件發生的時間，但都是使用各種方法加以變形遮掩。例如絕不明寫朝代年號，記寫年號年度多以寶玉幾歲、黛玉幾歲等來暗寓。極少月日並記，或只記錄季節和日期，或只記錄日期，使讀者猜不透。但又擔心這樣遮掩得太嚴密，終究沒人能悟出這是一部明清秘史，等於白費心血著作，所以圈內知情人士就想了一個補救的辦法，針對要點使用硃筆加以評點批註（即脂評或脂批），不過在避免文字獄的前題下，這些評點文字雖然較原文明朗一些，但還是十分撲朔迷離，極不容易悟透的，這就是《紅樓夢》真相久久不能水落石出的基本原因。為了遮掩清廷文字檢查者的眼目，脂批對於事件時間的註記方式，採取了不同於一般史書的特異方式。第一是不記朝代年號及年份，只記月日，或季節日期，甚至只記日，月日或季節日期並記時，則將月份（或季節）與日期顛倒。以吳三桂起兵反清的康熙十二年十一月二十一日為例，一般史書的寫法是康熙癸丑十一月丙戌，脂批的寫法則是去除年號年份「康熙癸丑」，只記月日，而且顛倒為日月，寫成丙戌十一月，這樣習慣於一般史書寫法的讀者，就會誤以為是丙戌年的十一月，自然就達到欺矇讀者眼目的目的了。非常不幸的是，近百年來，包括胡適在內的所有研究脂批干支記時的紅學家，都以一般史書的干支記時方式來解讀脂批的干支記時，結果都把脂批記日的干支，誤以為是記年的干支，例如這裡脂批「丁亥夏」，實是註記夏季的丁亥日，紅學家卻誤解成是丁亥年的夏季，那就差之千里了，導致迄今所有根據脂批干支記時，所推論出來的《紅樓夢》著書或批書的年代，都是錯誤的推論。第二是脂批的干支記時有集中註記在少數干支日期的現象，因而常只是註記歷史事件發生的約略相近日期，而不一定是確切日期。推想批書人可能是將明清歷史事件發生的時間加以整理歸納，發現很多重要事件多發生在丁亥、己卯、壬午這三個日子或相近的日子上，所以習慣將多數歷史事件的發生時間都集中註記在這三個日子上。有了這樣狹窄的限制，就導致脂批註記的丁亥、己卯、壬午這三個日子，有可能是某歷史事件發生的確切日期，也常可能只是約略相近的日期，例如前面的「趁着酒興不禁而續，……己卯冬夜」，「壬午九月，因索書甚迫」，及這裡的「丁亥夏」，都是這樣的情形。甚至於其他干支日期也是如此，如第一回脂批以「甲申八月淚筆」註記批書人脂硯齋（實即影射吳三桂）即將死亡的日期，其中的「甲申」也可能只是吳三桂死亡的相近日期。正因為丁亥、己卯、壬午等這些干支日期，常只是歷史事件發生的約略相近日期，而不一定是確切日期，使得讀者極難查實確證，批書人自然又達到欺人眼目的目的了。這項脂批干支記時的秘訣，是筆者在考證《紅樓夢》歷史真相的艱辛過程中，感到頗受啟發，受益良多的一把重要鑰匙，也是筆者在紅學界獨樹一幟的獨得之秘。

◈真相破譯：

寶玉吳三桂離開藩王府前往昆明其他處所去後，誰知道黛玉所代表的主張反清復明人士走來求見。看見寶玉吳三桂不在藩王府中，因而好像翻箱倒櫃似地到處察探吳三桂對付撤藩的各種書案策略，很湊巧翻查打探出昨天寶玉吳三桂如同模擬莊周著作《莊子》（《南華經》），計劃在華南建立周王朝反清的事。發覺到所要採取的後續措施之處，意味著要粉碎黛玉所影射的提倡反清復明的主張，不覺又氣又笑，不禁也提筆接續書寫一首絕句詩，來反駁、嘲諷寶玉吳三桂一番，說道：

毫無端由、身分，却要弄筆墨作出這種自創王朝反清計畫的是什麼人啊？糟蹋華南地區人民因復明而支持你吳三桂反清的美意，都是因為你如同受到莊子名周的啟示而自建周王朝的緣故。

不知悔悟自己自創王朝的無見識，却使用醜化人的話語，來怪罪他人主張復明將迷眩纏陷天下。

寫完之後，也前往昆明其他處來求見賈母影射的吳三桂。

附註：

①有關清朝撤藩及吳三桂起兵反清的詳情，係參述自《吳三桂大傳》下冊，李治亭著，香港，天地圖書公司出版，一九九四年出版，卷下第一章「猜忌日深」至第四章「撤藩逼反」等章，即第四六五至五一七頁；及《一代梟雄吳三桂》，劉鳳雲著，北京，東方出版社，二〇〇八年六月第一版第一次印刷，第二〇八至二二八頁。

②引錄自以上《吳三桂大傳》下冊，第五一四頁。

③有關監督撤藩欽差折爾肯等三大人及朱國治的事跡，係綜合參述自《吳三桂大傳》下冊，第五〇六至五一八頁；以上《一代梟雄吳三桂》，第二二四至二二九頁；及《細說吳三桂》，劉鳳雲著，台北，雲龍出版社出版，一九九三年五月第一版二刷，第一四四、一四七、一四八頁。

④引錄自以上《一代梟雄吳三桂》，第二二一頁。

⑤引錄自《紅樓夢辭典》，周汝昌主編，廣東人民出版社發行，一九八七年十二月第一版，一九八九年四月第二次印刷，第四一一頁。

⑥引錄自《新譯莊子讀本》，黃錦鋐註譯，台北，三民書局印行，民國八十三年三月第十二版，第一三九頁註三一。

⑦引述自以上《吳三桂大傳》下冊，第五〇八至五〇九頁。

⑧引述自以上《細說吳三桂》，第一四六至一四七頁。

⑨引錄自以上《一代梟雄吳三桂》，第二二五頁。

⑩引錄自以上《一代梟雄吳三桂》，第二二六頁。

⑪引述自以上《吳三桂大傳》下冊，第五〇八至五一〇頁。

⑫劉玄初及方光琛的進言，均引錄自以上《一代梟雄吳三桂》，第二八六頁。

⑬有關吳三桂討清檄文全文，請詳見本書第一冊第三章末尾，即第二一八至二二〇頁。

⑭有關康熙十二年十一月十四日為己卯日冬至，是根據《近世中西史日對照表》，鄭鶴聲編輯，臺灣商務印書館出版，一九九四年十月，臺第一版第五次印刷，第三一六頁的記載。

⑮引錄自《紅樓夢卷》，一粟編，台北，新文豐出版公司印行，民國七十八年十月台一版，第二八頁。

⑯有關吳三桂煽動其部眾反清的詳情，請參見以上《一代梟雄吳三桂》，第二二六至二二七頁，及第二三五至二三六頁；及以上《吳三桂大傳》下冊，第五一一頁，及五一四至五一五頁。

⑰引述自以上《一代梟雄吳三桂》，第一一頁。

⑱有關康熙十二年九月十六日為壬午日，是根據以上《近世中西史日對照表》，第三一六頁的記載。

⑲詳見以上《吳三桂大傳》下冊，第五一八至五二三頁；及《一代梟雄吳三桂》，第二三五至二四〇頁。

⑳引錄自以上《細說吳三桂》，第一五九至一六〇頁。

㉑有關康熙十三年夏季五月二十四日為丁亥日，是根據以上《近世中西史日對照表》，第三一七頁的記載。

薛寶釵作生日故事的真相

第一節　鳳姐和賈璉商量料理薛寶釵生日規模故事的真相

◈原文：

話說賈璉聽鳳姐兒說有話商量，因止步問是何話(1)。鳳姐道：「二十一是薛妹妹的生日，你到底怎麼樣呢？(2)」賈璉道：「我知道怎麼樣！你連多少大生日都料理過了，這會子倒沒了主意？」鳳姐道：「大生日料理，不過是有一定的則例在那裡。如今他這生日，大又不是，小又不是，所以和你商量。(3)」賈璉聽了，低頭想了半日，道：「你今兒糊塗了。有比例呀！那林妹妹就是比例。往年怎麼給林妹妹過的，如今也照依給薛妹妹過就是了。(4)」鳳姐聽了，冷笑道：「我難道連這個也不知道？我原也這麼想定了。但昨兒聽見老太太說，問起大家的年紀生日來，聽見薛大妹妹今年十五歲，雖不是整生日，也算得將笄之年(5)。老太太說要替他作生日，想來若果真替他作，自然比往年與林妹妹的不同了。」賈璉道：「既如此，比林妹妹的多增些。(6)」鳳姐道：「我也這麼想着，所以討你的口氣。我若私自添了東西，你又怪我不告訴明白你了。(7)」賈璉笑道：「罷，罷，這空頭情我不領。你不盤察我就夠了，我還怪你！(8)」說著，一逕去了，不在話下(9)。(10)

◈脂批、注釋、解密：

(1)賈璉聽鳳姐兒說有話商量，因止步問是何話：賈璉，為賈母長子賈赦的長子，娶妻王熙鳳。鳳姐兒，即賈璉妻王熙鳳，原是賈母次子賈政夫人王氏的內姪女。第二回描寫這一對夫妻說：「這位璉爺身上現蠲（捐）的是個同知，也是不喜讀書，於世路上好機變，言談去得，所以如今只在乃叔政老爺家住着，幫着料理些家務。誰知自娶了他令夫人之後，倒上下無一人不稱頌他夫人的，璉爺倒退了一射之地。說模樣又極標緻，言談又爽利，心機又極深細，竟是個男人萬不及一的。」所以就表面故事說，名分上賈璉是賈政委任料理家務的人，但是由於妻子王熙鳳比他更為能幹精明，又是主家夫人的內姪女，且又深得賈母的喜愛，王夫人和賈母經常直接授意她辦事，所以實際替賈政當家管理家務的人，便旁落到妻子王熙鳳身上，不過王熙鳳為了尊重丈夫賈璉受委家務的正式名分，常會先和賈璉商量，這是賈璉、鳳姐夫妻間處理賈政、賈母家務的基本關係。這裡賈母叫鳳姐料理寶釵生日的事，鳳姐先和賈璉商量，就是為了尊重賈璉名分的關係。

再就內層歷史真事來說。璉，本義為古時宗廟盛黍稷的禮器，這裡則是取其拆字為「連王」的意義，寓指與某人「並連為王」的人物，影射與父吳三桂並連為王的吳應熊。按吳應熊娶順治皇帝同父異母妹建寧公主為妻，身為滿清額駙（駙馬），又晉封親王，父親吳三桂為平西藩王，也晉封親王，他與父親吳三桂兩人並連為王，所以作者使用「璉」字加以命名，實在是精當之至。清朝為防範漢官外放大員背叛，實施一項措施，要求他們將兒子留居在北京作人質以示忠誠，吳應熊就是吳三桂為取得清朝信任而留押在北京的質子，另一方面又是吳三桂委託在北京經營朝廷人脈關係，打探朝廷消息動態的耳目。鳳姐兒，即鳳姐王熙鳳，王為王者，鳳為雄性神鳥（凰為雌性），具有領袖人物的意義，熙字暗點康「熙」，王熙鳳這個姓名在本回故事中是影射領袖群倫的王者清康熙皇帝。原文這兩句話是寓寫賈璉影射的吳應熊，聽到鳳姐兒影射的康熙皇帝傳令說有話要商量，因此停止生活腳步，進宮去請問是什麼話。

這裡王熙鳳影射的對象是康熙皇帝，而前面第三回的王熙鳳則是影射在南京之戰，出奇策而以少勝多，打敗鄭成功大軍的清崇明總兵梁化鳳。像這樣同一個王熙鳳的小說角色名號，影射兩個以上的歷史真實人物的筆法，就是筆者前面一再提及的「一名多人」筆法。大致上作者將多個歷史人物，採用同一個名號來影射，是基於這幾個歷史人物，都具有與這一個小說角色名號的字義或其特殊性格相同的共同特性。譬如，在第二回作者塑造王熙鳳這個角色的特殊性格為「言談又爽利，心機又極深細」，於是就將明清交替時期的歷史人物中，同樣具有「言談又爽利，心機又極深細」特性的幾個人物，都採用同一個王熙鳳的名號來加以影射、代表。像康熙皇帝和梁化鳳這兩個不同人物，都同樣是心機極深細，作風強悍潑辣出了名的狠角色，所以作者就都採用同一個名號王熙鳳來加以命名、影射。要做到這樣，一方面必須對普世現實社會人性現象熟爛到能夠歸納出各種人物性格典型，從而塑造出外表小說故事中各種不同的角色名號（如王熙鳳、林黛玉、薛寶釵等）來代表這些典型。另一方面必須對內層明清歷史人物極度精熟，並將具有相同特性的人物綜合歸類出各種類型。然後再與外表小說的角色加以比對，將相同類型的幾個歷史人物對應到類同性格典型的小說角色名號，而採用這一個相同的名號來加以命名。這真是一項龐大無比的工程，要不是具有極豐富的人生閱歷，極高超的觀察歸納普世人性現象的偉大智慧，及極淵博的明清歷史知識，是無法做到的，然而《紅樓夢》却做到了，所以《紅樓夢》真正是古今小說的極品。

(2)

二十一是薛妹妹的生日，你到底怎麼樣呢：薛妹妹，即薛寶釵，其母薛姨媽娘家姓氏為王氏，為京營節度使王子騰之妹，與王夫人為一母所生的姊妹，故寶釵是寶玉的姨表妹。再就內層歷史真事來說。薛寶釵，這個名號所代表的歷史人物，多位紅學前輩已曾使用拆字法，說「釵」字極似「又金」二字組成，故是影射「後金」、滿清。筆者在第一冊解析第一回賈雨村所吟對聯「玉在匵中求善價，釵於奩內待時飛」之時，已根據脂批提示，考證證實該對聯中的釵字所指的寶釵，確實是影射後金、滿清。不過，這一回的寶釵並不是影射滿清，而是改為影射吳三桂雲南平西藩王政權（按吳三桂的平西藩王政權未反清前，原是具有寶愛、保護後金、滿清的特色，正合寶釵二字所蘊含「寶愛又金」的意義）。像這樣一個薛寶釵角色名號，影射滿清及吳三桂雲南藩王政權兩個歷史人物、對象，和上面王熙鳳一樣，都是

「一名多人」的筆法。這種「一名多人」及上一回所提及的「一人多名」筆法，是《紅樓夢》運用最普遍，又是最神秘的兩種筆法，歷來紅學家所以無法破解出《紅樓夢》的歷史真相，很大的一個原因就是受困於這種「一名多人」及「一人多名」所構成的烟雲模糊筆法。

原文這兩句話是寓寫鳳姐影射的康熙皇帝在接獲吳三桂起兵反叛的奏報後，質問其姑丈吳應熊說：「我獲報（十一月）二十一日是薛寶釵妹妹影射的吳三桂雲南藩王政權背叛而誕生新面貌的日子，你做兒子的到底打算怎麼樣呢？」言外之意是質問吳應熊是要跟隨父親叛變，還是支持他康熙出兵平叛。按吳三桂於康熙十二年十一月二十一日，在昆明起兵反清，隨即於十二月一日率兵二十萬啟行北征。由於路途遙遠，吳三桂又刻意封鎖消息，直到一個月後的十二月二十一日，朝廷派赴貴州備辦撤藩所需糧草、夫船事宜的兵部郎中党務禮及戶部員外郎薩穆哈，才獲知消息，並好不容易擺脫吳軍的羈絆，騎馬急馳十一晝夜抵達北京，向兵部告變。康熙獲報後，隨即於「十二月二十四日，命將吳三桂子吳應熊及其在京隨從官員『暫時拘禁』拿問，以奪吳三桂之氣，並防止宮中生變。十二月二十七日，詔削吳三桂（王）爵，頒詔宣示天下。①」由此可見，這裡原文所寓寫康熙質問吳應熊的事，應是發生在康熙十二年十二月二十一日康熙獲報後，至十二月二十四日下令拘禁吳應熊之間。

針對「二十一是薛妹妹的生日」句，〔庚辰本字間批〕等評注說：「好。」這是對於紅樓夢作者竟然把吳三桂在二十一日（康熙十二年十一月）起兵反清，誕生出新生命、面貌，寫成為薛寶釵二十一生日，實在很奇特，故而評注說：「好哇！」

(3) 如今他這生日，大又不是，小又不是，所以和你商量：就表面故事說，因為後面寫說「薛大妹妹今年十五歲」，十五歲的年齡不大不小，所以這裡寫說「他這生日，大又不是，小又不是。」就內裡真事說，這幾句是寓寫康熙帝對吳應熊說：「如今他吳三桂起兵誕生叛變新勢力的兵力規模，說規模大又不是（按因為畢竟吳三桂只是據有雲南貴州一隅的地方勢力），說規模小又不是（按因為吳三桂兵團是全國最精銳之師，而且其心腹故將散佈頗廣，影響力很可觀），所以和你商量朝廷出兵的規模。」

〔庚辰本雙行批〕等評注說：「有心機人在此。」這是提示王熙鳳在這裡是個有心機的人，她和賈璉商量為寶釵作生日的事，就是在耍弄心機；因為王熙鳳所代表的康熙帝找來賈璉所代表的吳應熊，和他商量出兵對付吳三桂叛變的事，等於是故意要試探吳應熊是否仍然忠於清朝，當然是心機深重，吳應熊若是稍微出言不當，就會被懷疑有與父親同心叛變的嫌疑，而立刻會招致殺頭大禍的。這句脂批如果按表面家常故事來理解，則試想一般的夫妻，妻子和丈夫商量為一個表妹作生日的事，能算是耍弄心機嗎？所以《紅樓夢》如果只按照表面的家常故事來閱讀，有時不但會對於脂批感覺批得莫名其妙，連帶的也品味不到原文故事的高級微旨妙趣。

(4) 往年怎麼給林妹妹過的，如今也照依給薛妹妹過就是了：林妹妹，指林黛玉。這兩句話純就表面家常故事來看，實在是令人茫然不解，因為前面並沒有描寫給林黛玉作生日的任何情節，如何照依往年黛玉的例給薛寶釵過生日？所以讀者若稍微動點腦筋思考，就會發現《紅樓夢》外表的家常人情小說故事，事實上是有很多情節不合理，不能暢通的。這兩句話若就內層真事來解讀，就很通暢合理了。首先，關於林黛玉前面已說過是影射國力衰降的明朝末朝、殘朝、南明或復明勢力。這裡的林妹妹林黛玉是影射南明永曆王朝。永曆王朝是南明的最後一個王朝，建都昆明，以雲南為根據地，於順治十六年正月，被清朝派遣吳三桂等三路大軍攻陷昆明而敗亡，吳三桂也因為立此大功，而於順治十六年（一六五九）三月二十三日，被任命留鎮雲南為藩王②。這裡所說的往年給林妹妹過生日，就是寓指順治十五、六年，清朝派遣吳三桂等三路大軍進攻雲南，滅亡南明永曆王朝的熱鬧場面，這段歷史本書是安排在第四十八回下半回以香菱學詩作詩的故事來加以寓寫。原文這兩句話是寓寫吳應熊經一番思索考量後，想到清朝從前進攻雲南的類似案例，向康熙表忠回答說：「往年怎麼派兵進攻林黛玉妹妹影射的雲南南明永曆王朝，給它敗亡過世的，如今也照著依樣派兵進攻薛寶釵妹妹影射的吳三桂反清新政權，給它敗亡過世就是了。」

〔庚辰本雙行批〕等評注說：「此例引的極是，無怪賈政委以家務也。」意思是吳應熊引用從前清朝派遣吳三桂等三路進軍雲南征服南明永曆王朝的例子，引的極是得當，因為吳三桂與永曆帝同樣是以雲南為根據地進行反清，情況相同，而當年正是吳三桂消滅南明永曆王朝，因而封藩雲南的；吳應熊這樣機靈，無怪乎賈政影射的吳三桂把在北京拉攏權貴發展吳家政權勢力的事務委託給他了。

(5)薛大妹妹今年十五歲，雖不是整生日，也算得將笄之年：笄，音雞，髮簪。《禮記》〈內則〉篇：「女子十有五年而笄」，故古時女子到了十五歲才插戴髮簪，表示成年，可以許嫁，稱為及笄，或笄年。將笄之年，意思是將要滿十五歲，可以插戴髮簪的年齡。這裡原文說薛寶釵今年十五歲，「雖不是整生日」，可見得是指薛寶釵今年是虛歲十五歲，而不是整整滿十五歲的生日，若是滿十五歲在舊時代一般就說是十六歲了，因為舊時代人們算歲數一般都是指虛歲，而不指實歲，即使到了今日，台灣本土中老年人算歲數還都是指虛歲的。

就內層真事說，這兩句是暗寫薛寶釵影射的吳三桂雲南藩王政權，到了康熙十二年十一月二十一日起兵叛變時，是第十五年，但是還未滿整十五年。按前面說過吳三桂是於順治十六（一六五九）年三月二十三日封藩雲南，這年是吳三桂雲南藩王政權誕生的第一年，等於是小說角色薛寶釵一歲，至康熙十二（一六七三）年，是吳藩政權第十五年，等於薛寶釵虛歲十五歲，但是要到隔年康熙十三年三月二十三日才是整整滿十五年。所以他起兵叛變的十二年十一月二十一日，吳藩政權雖是第十五年，但不是整整滿十五年，轉換成小說的寫法就是薛寶釵今年十五歲（虛歲），但不是（滿十五歲的）整生日。可見作者真是把吳三桂封藩雲南的時間計算、比喻得非常精準，實在令人驚嘆。也算得將笄之年，笄字通諧音「基」字，隱寓「登基」為王之意；這句是寓寫現今吳三桂於康熙十二年十一月二十一日叛變，「也算得是吳三桂將要登基稱王的年份」，準備脫離猶如父母的清朝，自立新王朝了，就像一個女子即將及笄滿十五歲之年，可以許嫁出去，另組新家庭一樣。按吳三桂雖於康熙十二年十一月二十一日起兵反清，但其反清檄文宣告次年康熙十三年正月元旦才建國號為周，後來也真的如期自稱周王，而康熙質問吳應熊的康熙十二年十二月下旬，吳三桂已起兵叛變，並即將登基稱王，故這裡以小說筆法寫成「也算將笄（登基）之年」。由此可證紅樓夢確實是記錄極為精準的明清交替秘史。

前面說過《紅樓夢》作者因恐書中所暗寫明清歷史的真相被清廷偵知而受害，故而對於事件發生的時間都極盡遮掩的能事，大多數的情況是全然不提事件發生的時間，只有極少數是記寫時間的，而即使是記寫出時間，也都將年度變形偽裝為寶玉、黛玉、寶釵幾歲等形式，而且盡可能避免同時寫出月份和日期，只單記日期，使人模不著頭緒。這一回的寶釵「二十一」生日，是極難得明白寫出事件發生日期的情況，但是因為作者把吳三桂起兵反清的日子，偽裝寫成是薛寶釵的生日，同時故意省略掉月份，而年度又以寶釵「十五歲」來偽裝，掩飾的技術實在太高超，結果成功地瞞騙了歷來所有的讀者，故從來沒有人悟透真相。筆者也不知是那來的靈光一閃，突然聯想到吳三桂正是二十一日（康熙十二年十一月）起兵反清的，因而著手深入研究，經過千辛萬苦的考證，才終於證實這一回所寫薛寶釵十五歲二十一日生日時，賈母捐資二十兩為他作生日的故事，是寓寫吳三桂在封藩雲南第十五年的康熙十二年十一月二十一日，興兵二十萬反清，誕生其反清新政權的事件。學術界習慣說「數字會說話」，意謂數字對了自然有學術證據力和說服力，筆者這項考證既然有了寶釵「二十一」生日正合吳三桂「二十一」日起兵反清，寶釵「十五」歲正合吳三桂在封藩雲南第「十五」年的康熙十二年起兵反清，及賈母捐資「二十」兩正合吳三桂出兵「二十」萬，這三個數字正好都吻合，所以非常自信這項考證結論是鐵證如山的正確結論。同時由於本回薛寶釵二十一生日故事真相的發現，使得筆者前面三冊所論斷《紅樓夢》的真相為暗寫以吳三桂降清叛清事跡為主線的明清交替歷史的主張，再度獲得十足確鑿證據的有力支持。這一項寶釵「十五」歲正合吳三桂封藩雲南第「十五」年的康熙十二年，寶釵「二十一」生日正合吳三桂於康熙十二年（十一月）「二十一」日起兵反清，及賈母捐資「二十」兩正合吳三桂出兵「二十」萬之鐵證如山的發現，是筆者感到很得意的又一項《紅樓夢》大發現，同時也是筆者寫作這本第四冊書的四大原因之二。

(6)「賈璉道：『既如此，比林妹妹的多增些。』」：在外表故事上，這是描寫賈璉回答妻子鳳姐說：「既然妳說是這樣（即寶釵已到將笄之年，自然比往年與林妹妹的不同了），那麼這次寶釵生日的花費、規模就比以往林黛玉妹妹的生日多增加一些。」就內層真事說，則是寓寫賈璉吳應熊聽到鳳姐康熙帝說吳三桂算是要登基為王，自立王朝，所以吳三桂發動的兵力規模，自然比往年他所率征服南明雲南永曆王朝的兵力不同之後，回答說：「既然你說是這樣。那就比從前征服林黛玉妹妹所代表的南明永曆王朝再多增派些兵力吧！」

從前順治十五、六年清朝派遣吳三桂等三路大軍征服南明永曆王朝的總兵力，根據《吳三桂大傳》記載說：「三路大軍，兵力多少？清官方沒有記載。惟洪承疇在給世祖的奏疏中，曾透露他所統將士的某些數字。他想到，他與大將軍羅托同時進兵，所親統漢兵共一萬六千人；……據此估算，洪承疇與羅托所率湖南中路軍，約三萬人以上。三桂與李國翰部（按為西路軍）、都統趙布泰與綫國安部（按為南路軍），都不會少於三萬人。合計三路大軍，總計兵力當在十餘萬人以上。③」至於吳三桂於康熙十二年興兵二十萬反清時，康熙帝遲至一個月後的十二月下旬才知悉，而開始調兵遣將，大致上也是分三路部署，中路在荊州、西路四川、南路廣西，但是兵將實際上至隔年康熙十三年的二、三月才陸續到位。實際總兵力數清官方沒有清楚記載。《吳三桂大傳》一書評述說：「然而，在平叛初期，聖祖和謀臣們對整個形勢估計不足，總以為三桂一人造反，翻不了大局，平息不難。儘管他曾在幾個戰略要地部署兵力，不過是預防性的，不曾料到平息三桂叛亂如後來所遇到的困難，也不曾想到平叛時間如此之長（按共八年）。正是基於這個思想，他根本不想和三桂和解。不久，叛亂幾乎蔓延到全國，他才感到形勢的嚴重，一度被迫向三桂作出和解的姿態。前後對比，很清楚地說明聖祖此時對整個形勢估計不足。④」既然聖祖康熙初時對整個形勢估計不足，只作預防性的佈署，則所派遣的兵力也應是顯然不足，恐怕不但少於吳三桂的二十萬人，也低於從前征服永曆王朝的十萬餘人。只是數月後廣西孫延齡及福建耿精忠相繼從叛，事態擴大，才再大量增兵，到後來叛亂幾乎蔓延到全國時，清朝幾乎是傾全國之兵投入戰場，其兵力人數確實要比從前征服永曆王朝時更多。鑒於以上的歷史事實，對於這裡鳳姐賈璉夫妻對話所寓寫康熙逼迫吳應熊表態的事，筆者認為康熙逼迫吳應熊同意派兵對付吳三桂，應該有其事實。至於逼迫得吳應熊說出要比從前征服南明永曆王朝再多增派些兵力這一層，應該是沒有的事，因為一開始連康熙帝本人對整個形勢都估計不足。所以應是作者藉著賈璉這樣的說法，來作他自己的歷史敘述，記寫到後來整體比較起來，清朝派遣征服吳三桂叛亂的兵力，比從前征服南明永曆王朝之役還要多些。

(7)「鳳姐道：『我也這麼想着，所以討你的口氣。我若私自添了東西，你又怪我不告訴明白你了。』」：文章到這裡，才吐露出原來鳳姐找賈璉商量為寶釵作生日的實際用心，是要事先討賈璉口氣，同意比以往林黛玉的生日增添些東西，由此可見《紅樓夢》文章吞吐甚妙。就內層真事說，這是寓寫鳳姐康熙帝說：「我也這麼想着要比往年征服南明永曆王朝多增派些兵力，所以事先討你的口氣。否則我若是私自增添了兵力去平叛，你又怪我不明白告訴你了（因為他是你父親）。」

正如前面所說的，這裡是作者借用鳳姐康熙與賈璉吳應熊的對話，來鋪陳他自己的歷史敘述，記寫康熙逼迫吳應熊表態支持出兵征剿其父吳三桂，及記寫這次康熙派遣征剿吳三桂叛亂的兵力，前後整體估計起來比從前征服南明永曆王朝還要增加，而並非一開始康熙帝就事先設想好派遣比征服永曆王朝還要多的兵力，並事先套取吳應熊口氣，逼他自己說出來。筆者認為這裡作者應該是根據康熙有逼迫吳應熊表態支持出兵征剿其父吳三桂，及前後整體比較起來，清朝征服吳三桂叛亂的兵力比征服南明永曆帝的兵力還更多，這些基本的歷史事實，再加上誇大事實使之戲劇化的小說技法，以彰顯康熙帝機心深細的性格，及征剿吳三桂叛亂的兵力規模盛大空前。試想康熙八歲登基，至吳三桂叛亂的康熙十二年，才只是二十歲的青年，雖然天生富於心機，但畢竟還是一個閱歷有限，而行事衝動的青年，絕對不至於老謀深算到如此地步。像康熙決定撤藩這件事，引發八年的大戰亂，全國軍民死傷無數，筆者就認為是康熙青年衝動之舉，應該受到歷史的譴責，總比不上當時朝中眾多老成持重的大臣，主張等待吳三桂死後再撤藩，來得平和穩健，可以減少百姓的傷亡苦痛。清朝官方史書常指責敗者為寇的吳三桂「撤亦反，不撤亦反」，然而迄今那有證據能證明吳三桂「不撤亦反」？究其實際都是清朝事後企圖遮掩過錯的遁詞。另一方面又對於勝者為王的康熙帝，年紀青青就知排除異見，堅決主張撤藩，盛讚他是天縱年少英明。這種成王敗寇的歷史陳套，只知諂媚得勝的帝王，完全不站在百姓民命生計的立場來立論，實在是非常偏頗不公正的。

(8)你不盤察我就夠了，我還怪你：這是賈璉對妻子鳳姐說，你不盤察我「私自添了東西（按包含在外風流留下的痕跡在內）」就夠了，我還怪你為寶釵作生日而「私自添了東西」，可見得平日裡鳳姐是一個疑心很重，會盤察丈夫物品的妻子，而賈璉是個懼內的丈夫。就內層真事說，這是寓寫賈璉吳應熊說，你鳳姐康熙帝不盤察我是否有和父親勾連反叛就夠了，我還怪你私自添了兵力去平叛呢！

事實上，康熙在十二年十二月二十一日，獲報吳三桂反叛後，就懷疑吳應熊及屬下官員對吳三桂反叛可能知情不報，所以迅速於「十二月二十四日，命將吳三桂子吳應熊及其在京隨從官員『暫時拘禁』拿問」，所謂「拿問」是捉拿盤問，就是盤查，不但是吳應熊本人，連他的隨從官員都拿問，可見得是徹底的盤查了。而所謂「暫時拘禁」的用意，是康熙初期還期望吳三桂能夠幡然悔悟，及顧念吳應熊是他的姑丈，打算等到事件平息之後，再作處理。到了隔年康熙十三年三月九日，兵部尚書王熙上奏書，請誅殺逆子吳應熊，說：「大寇在外（按指吳三桂），大惡在內（按指吳應熊），不早為果斷，貽害非輕。為今之計，惟速將應熊正法，傳旨湖南、四川諸處，老賊（按指吳三桂）聞之，必且魂迷意亂，氣阻神昏；群賊聞之，內失所援，自然解體。⑤」「諸王大臣亦眾口喧然，皆謂『反逆子孫理應誅戮，以彰國法』，再三奏請。然而康熙從事慎重，『尚冀其悔過自新，束身待罪』。」可是到了四月九日，監督撤藩使臣折爾肯、傳達禮攜回吳三桂委託上呈的奏書，康熙閱過之後，由於痛恨三桂「語不遜」、「妄行乞請」，毫無悔意，而於「四月十三日下令，將吳三桂子吳應熊，孫吳世霖處絞，其餘幼孫免死入官，應坐人犯分別正法。」⑥

(9)說著，一逕去了，不在話下：從賈璉「一逕去了」這句話，可見這裡鳳姐康熙逼迫賈璉吳應熊表態支持出兵征剿吳三桂的時間，應是在康熙十二年十二月二十二日至二十三日之間，因為十二月二十一日康熙剛獲報吳三桂反叛，不可能那麼快就招見吳應熊，而十二月二十四日以後，吳應熊已被拘禁，哪兒也去不了，不可能「一逕去了」。

〔庚辰本雙行批〕等評注說：「一段題綱寫得如見如聞，且不失前篇懼內之旨。最奇者黛玉乃賈母溺愛之人也，不聞為作生辰，却云特意與寶釵，實非人想得着之文也。此書通部皆用此法，瞞過多少見者，余故云『不寫而寫』是也。」前篇懼內之旨，係指前一回第二十一回下半回描寫賈璉畏懼內人鳳姐故事的旨意。按那一段故事主要是描寫某天鳳姐之女大姐兒發痘疹（天花），賈璉離開鳳姐搬出外書房齋戒半個月，勾搭上一個叫做「多姑娘兒」的淫婦，她送了賈璉一綹青絲（即一束頭髮）作留念。避痘期結束搬回後，這束頭髮被通房大丫頭平兒發現，適逢鳳姐向平兒查問是否有多出東西來，說道：「這半個月難保乾淨，或者有相厚的丟下的東西，戒指、汗巾、香袋兒、再至於頭髮、指甲都是東西。」一席話說的賈璉「臉都黃了」，一副很畏懼內人鳳姐的情急模樣，後來幸虧平兒代為掩飾，才得沒事。

在內層真事上，賈璉「懼內」，是寓指賈璉所代表的吳應熊「懼怕皇宮大內」的鳳姐康熙皇帝。這條脂批的前半段「一段題綱寫得如見如聞，且不失前篇懼內之旨」，是評注說：「這一段鳳姐與賈璉商量為寶釵作生日的對話，是本回寶釵作生日演戲一大篇故事的題綱文字，寫得很精彩生動，就好像看見聽見鳳姐、賈璉就在眼前商量家事並鬥心機一樣，而且不失前一篇第二十一回故事賈璉懼怕內人鳳姐的本旨。」但是就表面故事看來，鳳姐心中考慮寶釵十五歲，又有將笄之年的重大意義，比往年為年紀較小的黛玉作生日意義不同，故她原就打算這次為寶釵作生日要比往年黛玉增多一些，這本是很合理的想法，卻還得為這合理的小事而大費周章要弄心機，設套討得賈璉口氣，讓他自己說出這次寶釵作生日比往年黛玉增多一些這樣正中鳳姐下懷的話，讀來實在感覺很無聊，並沒什麼生動有趣之處。若是從內層歷史真事來看，這一段鳳姐與賈璉商量為寶釵作生日的對話，寓寫康熙十二年十二月下旬，鳳姐康熙對吳三桂叛亂要派兵征討時，設套逼使兒子吳應熊自己說出增派些兵力征討自己的父親，這就令人驚悚了，不得不驚嘆康熙真是抓住要害，善於把握被扣留在北京做人質的吳三桂獨子吳應熊，套逼得兒子主動說出增派些兵力征討自己的父親，這真是心機夠狠夠辣。而且在文章敘事結構上，從吳三桂已叛亂一個月後的康熙逼問吳應熊的事，切入描寫吳三桂叛亂的事件，後面再以寶釵作生日演戲的情節，回頭暗寫吳三桂於康熙十二年十一月起兵反清，而引起清、吳大戰的熱鬧場面，這樣文章就顯得有顛倒掩映的妙趣，真是善於剪裁鋪排的大手筆。又短短一段文字，便把吳三桂叛清事件的大綱，如吳三桂起事時間、準備登基稱王、康熙用兵規模、吳應熊在北京當人質、畏懼大內康熙帝的心態、康熙套逼吳應熊的心機等情形，利用鳳姐與賈璉夫婦間對辦理寶釵生日的對話，題寫得甚為完整生動，猶如親見親聞一樣，真是神乎其技！

這一條脂批的後半段說：「最奇者黛玉乃賈母溺愛之人也，不聞為作生辰，卻云特意與寶釵，實非人想得着之文也。此書通部皆用此法，瞞過多少見者，余故云『不寫而寫』是也。」這裡第一層是提示書中未聽見往年賈母曾為她所溺愛之人的黛玉作生日，卻特意為關係較疏、較不關愛的寶釵作生日，這是出乎常人意料，違背人情常理的最奇怪事情，所以讀者應該進一步深入去探究其原因，不能輕輕讀過就算了。筆者就因為這樣的提示而起懷疑，配合其他脂批的提示，深入研究，發現原來這裡所提到往年黛玉作生日所寓指的清朝征服南明永曆王朝的事件，是在第四十八回下半回以香菱學詩作詩的其他方式來加以寓寫。另外，事實上書中在後面第八十五回也曾描寫賈母為黛玉作生日，不過那是賈政高升郎中，王夫人娘家送一班小戲過來賀喜，才順便為黛玉作的，有點借花獻佛的味道，誠意和規模都和這裡為寶釵作生日不能相比；至於第八十五回賈母為黛玉作生日的故事，究竟是寓寫什麼歷史事件，筆者尚未研究清楚，不敢妄評。第二層是進一步提示，像這裡原文提到「往年怎麼給林妹妹過的，如今也照依給薛妹妹過就是了」，可見往年應該有替林黛玉作過生日，可是遍查前面各回，並沒有描寫賈母為黛玉作生日的故事情節，這時讀者就要推想往年為黛玉作生日所隱寓的歷史真實事件，作者可能是以其他方式加以寓寫了。像這裡為黛玉作生日這樣的例子，表面看起來並沒有描寫，而實際上是有使用其他方式描寫，所以我批書人說這樣的筆法是「不寫而寫」，而且不只這裡採用這種筆法，實際上「這本書整部都用這種『不寫而寫』的筆法，瞞騙過不知多少的讀者」。這可以說是批書人拐彎抹角地提示，這本書整部都是作者使用「不寫而寫」的隱寓筆法，企圖瞞騙讀者的一部書。這一條脂批是提示研究《紅樓夢》的兩層基本竅門，對於有心深入研究《紅樓夢》真相者非常重要。其中第二層是點示《紅樓夢》全書的寫作方法，就像這裡所提及的黛玉作生日一樣，表面看起來並沒有描寫，而實際上是有使用其他方式描寫，是以隱寓筆法寫作的一部書，讀者務必認清這一點，否則就會被作者瞞騙了。至於第一層則是點示讀者遇到像這裡賈母不為她所溺愛的黛玉作生日，却特意為較不關愛的寶釵作生日，這樣違反常理的奇怪情節，就要懂得懷疑，進一步追索真相，也就是要懂得從書中不合理、矛盾不通、感覺很奇怪的情節破綻下手，將它當作線索，循此線索探究，順藤摸瓜來破解這些情節所寓寫的真正內容，從而理順這些矛盾不合理的情節。

(10) 鳳姐、賈璉談論為寶釵作生日一段：〔庚辰本眉批〕等評注說：「將薛、林作甄玉、賈玉看書，則不失執筆人本旨矣。丁亥夏。畸笏叟。」批文中的「玉」字，寓指「玉璽」所代表的帝王寶位、王朝。甄玉，暗通諧音「真玉」，寓指真正的帝王、王朝。賈玉暗通諧音「假玉」，寓指假冒的帝王、王朝。薛，即薛寶釵，影射吳三桂雲南藩王政權、其反清周王朝、或此時的吳三桂。林，即林黛玉，影射國力衰降時期的明朝、南明王朝、復明勢力等。「將薛、林作甄玉、賈玉看書，則不失執筆人本旨矣」，這兩句更精確的寫法應該是：「將林、薛作甄玉、賈玉看書，則不失執筆人本旨矣」，這是提示說：「將林黛玉當作是真正的帝王、王朝（按即明朝），將薛寶釵當作是假冒的帝王、王朝（按即吳三假冒的周王朝），這樣來看書，就不會失去執筆人（即作者）的本旨了」，也就是指點這裡的林黛玉是影射真正的王朝明朝，而薛寶釵是影射假冒的吳三桂周王朝。「丁亥夏。畸笏叟」，這是標注這回為寶釵作生日演戲的故事，所寓寫吳三桂起兵反清，誕生其反清周王朝，發生清、吳大戰，雙方打得火熱，猶如為吳三桂反清周王朝慶生而演戲，熱鬧滾滾一般，這樣的時間大約是在康熙十三年夏季五月二十四丁亥日⑦。而薛寶釵作生日所代表的吳三桂反清所誕生的周王朝，本質上是既宣稱復明又自立為周王的名義畸形（畸）不正，而由原本是持笏（笏）的老漢臣（叟，吳三桂）所創下的王朝（畸笏叟）。按吳三桂雖然是於康熙十二年十一月二十一日起兵反清，但是開始時憑藉著老部將的歸附，及復明勢力的響應，一路上勢如破竹，沒遇什麼大抵抗，就於康熙十三年三月初進抵湖南長江南岸。而清朝方面，康熙朝廷在一個月後的康熙十二年十二月二十一日才獲知吳三桂叛變，開始調兵遣將，次年二、三月才陸續到位，所以初期這段期間，吳、清兩軍並未爆發大規模的戰爭。接下來的三個月，吳三桂飲馬長江休兵，等待康熙帝對其上書的答覆，雙方也沒有大動作。直到六月，吳三桂等到的是康熙帝絞殺其愛子吳應熊及幼孫的答覆，原本想要以初期迅如雷霆的大勝之威，逼使清廷講和，劃長江而國的如意算盤徹底破滅，騎虎難下，退路已斷，只得鐵了心拚戰到底，於是雙方才真正大戰起來⑧。所以這裡將寶釵作生日演戲所隱寓的吳、清大戰場面，標注在靠近吳、清真正爆發大戰前夕的康熙十三年夏季五月二十四丁亥日，還是相當符合歷史事實的。至於以「畸笏叟」標記、影射吳三桂反清周王朝的意義，已在上一章第三節詳細解析過了。

◈真相破譯：

話說賈璉影射的吳應熊，聽到鳳姐兒影射的康熙皇帝傳令說有話要商量，因此停止生活腳步，進宮去請問是什麼話。鳳姐康熙質問說：「我獲報（十一月）二十一日是薛寶釵妹妹影射的吳三桂雲南藩王政權背叛而誕生新面貌的日子（薛妹妹的生日），你做兒子的到底打算怎麼樣呢？」賈璉吳應熊回答說：「我那裡知道怎麼樣！你康熙所代表的清朝連多少如同大生日般的大規模戰爭場面都料理過了，這會子怎麼倒沒了主意了？」鳳姐康熙說道：「那些如同大生日般的大規模戰爭的料理，不過是有一定的派兵規模體例在那裡，照體例做就是了。如今他吳三桂起兵誕生叛清新政權的政軍規模，說規模大又不是（按因為畢竟吳三桂只是據有雲南貴州一隅的地方勢力），說規模小又不是（按因為吳三桂兵團是全國最精銳之師，而且其心腹舊將散佈頗廣，影響力很可觀），所以和你商量朝廷出兵的規模。」賈璉吳應熊聽了，低頭想了老半天，回答說：「你今兒糊塗了。有比例在呀！那林黛玉妹妹影射的南明永曆王朝就是比例。往年怎麼派兵進攻林黛玉妹妹影射的南明雲南永曆王朝，給它敗亡過世的，如今也照著依樣派兵進攻薛寶釵妹妹影射的吳三桂叛清新政權，給它敗亡過世就是了。」鳳姐康熙聽了，冷笑說：「我難道連這個也不知道？我原也這麼想定了。但是昨兒聽見大臣呈報有關老太太賈母影射的吳三桂的說法、作法，查問起大家封藩誕生的生日及年數來，聽見薛寶釵大妹妹影射的吳三桂雲南藩王政權今年是第十五年（按吳三桂於順治十六年三月二十三日封藩雲南，至康熙十二年十一月二十一日叛變時，正是第十五年），雖不是整生日（按因要到康熙十三年三月二十三日才是滿整十五年），但也算得是吳三桂將要登基稱王的年份（將笄之年，按因吳即將於隔年康熙十三年正月元旦登基稱周王），準備脫離猶如父母的清朝，自立新王朝了（按就像一個女子即將及笄滿十五歲之年，可以許嫁出去，另組新家庭一樣）。老太太賈母影射的吳三桂說要替薛寶釵影射的吳藩雲南政權作生日，誕生為叛清的周王朝。想來若果真的替吳藩政權作誕生為叛清周王朝的慶生活動，其兵力規模自然是比往年他吳三桂所率征服林黛玉妹妹影射的南明雲南永曆王朝的兵力規模不同了。」賈璉吳應熊回答說：「既然是這樣。那朝廷就比從前征服林黛玉妹妹所代表的南明雲南永曆王朝再多增派些兵力吧！」鳳姐康熙說：「我原本也是這麼想著要增派兵力的，所以事先討你的口氣。否則我若是私自增添了兵力去平叛，你又怪我沒有事先明白告訴你了（因為他是你父親）。」賈璉吳應熊笑說：「罷了，罷了！你這空頭人情我不領。你不盤察我是否有和父親勾連反叛就夠了，我還怪你私自添了兵力去平叛呢！」說著，逕直離開皇宮去了，不在話下。

第二節　賈母捐資二十兩交與鳳姐為薛寶釵作生日故事的真相

◈原文：

且說史湘雲住了兩日，因要回去。賈母因說：「等過了你寶姐姐的生日，看了戲再回去。」史湘雲聽了，只得住下(1)。又一面遣人回去，將自己舊日作的兩色針線活計取來，為寶釵生辰之儀(2)。

誰想賈母自見寶釵來了，喜他穩重和平(3)。正值他才過第一個生辰，便自己蠲資二十兩，喚了鳳姐來，交與他置酒戲(4)。鳳姐湊趣笑道：「一個老祖宗給孩子們作生日，不拘怎樣，誰還敢爭，又辦什麼酒戲(5)？既高興要熱鬧，就說不得自己花上幾兩。巴巴的找出這霉爛的二十兩銀子來作東道，這意思還叫我賠上。果然拿不出來也罷了，金的、銀的、圓的、扁的，壓塌了箱子底，只是勒掯我們(6)。舉眼看看，誰不是兒女？難道將來只有寶兄弟頂了你老人家上五台山不成？那些梯己只留於他(7)。我們如今雖不配使，也別苦了我們。這個夠酒的？夠戲的？(8)」說的滿屋裡都笑起來。賈母亦笑道：「你們聽聽這嘴！我也算會說話的，怎麼說不過這猴兒(9)。你婆婆也不敢強嘴，你和我啷啷的。(10)」鳳姐笑道：「我婆婆也是一樣的疼寶玉，我也沒處去訴冤(11)，倒說我強嘴。」說着，又引着賈母笑了一回(12)，賈母十分喜悅。

到晚間，眾人都在賈母前，定昏之餘(13)，大家娘兒姊妹等說笑時，賈母因問寶釵愛聽何戲，愛吃何物等語。寶釵深知賈母年老人，喜熱鬧戲文，愛吃甜爛之食。便總依賈母往日素喜者說了出來，賈母更加歡悅(14)。次日便先送過衣服玩物禮去。王夫人、鳳姐、黛玉等諸人皆有，隨分不一，不須多記。

◈脂批、注釋、解密：

(1)「史湘雲住了兩日，因要回去。賈母因說：『等過了你寶姐姐的生日，看了戲再回去。』史湘雲聽了，只得住下」：史湘雲，綜合影射奉派出使（史）湖南（湘）、雲南（雲）、貴州地區，監督吳三桂撤藩事宜的使臣，協辦撤藩搬遷事宜的官員，及派駐湘、雲、貴等地區的總督、巡撫、提督、將士等保衛滿清政權的官員、政軍勢力。賈母，影射輩份年齡已是康熙祖父輩，權威又極高的吳三桂。寶姐姐的生日，即薛寶釵的生日，寓指康熙十二年十一月二十一日吳三桂起兵反清，誕生反清新政權的事件。這幾句是寓寫史湘雲所影射的折爾肯、傅達禮、王新命等三位監督撤藩使臣，於康熙十二年九月七日到達雲南昆明宣達康熙撤藩的詔旨後，住了兩個多月（按原文以「住了兩日」模糊帶過）催促吳三桂搬遷，到了十一月中發現吳三桂有抗命謀反的意圖，因而想要由其中的傅達禮趕回北京去奏報，但走沒多遠就被守兵截回，賈母影射的吳三桂因而對他們說：「等過了薛寶釵影射的雲南吳藩政權在康熙十二年十一月二十一日起兵反清，看了誕生反清新政權的熱鬧戲碼過後再回去北京。」史湘雲影射的三位使臣聽了，只得在昆明繼續住下來。

康熙所派的兩位欽差大臣禮部侍郎折爾肯及翰林院學士傅達禮，與兵部所派負責撤藩起行事宜的兵部郎中王新命，於康熙十二年八月下旬由北京出發，九月七日到達昆明，宣讀康熙撤藩的詔旨之後，會同當地的雲南巡撫朱國治，開始監督吳三桂撤藩起程事宜。四人由於君命在身，「三日一問，五日一詢」地催逼吳三桂起行搬遷，至十一月十五日，朱國治因情急而言語過激，激得吳三桂在盛怒之下痛罵說：「咄咄朱國治，吾挈天下以與人，只此雲南是吾自己血掙。今汝貪污小奴，不容我住耶？」因而暴露出他違抗撤藩命令的意圖。折爾肯等既發現吳三桂有抗命謀逆的意圖，必須儘速向朝廷奏報，於是議定由傅達禮趕回京師奏報。但吳三桂既決心反清，早已密令部屬扼守各關口要道，只准入，不准出，傅達禮走不到百里，就被三桂的守兵阻截，只好折回昆明。至十一月二十一日吳三桂起兵叛清，朱國治因不肯從叛，被三桂女婿胡國柱率兵殺害。而對於折爾肯、傅達禮等朝廷派來的撤藩使臣，吳三桂先是將他們暫時拘禁，及至兵發，又將他們放出，隨軍北上。至湖南常德，吳三桂寫了一份奏疏，委託折爾肯、傅達禮攜還北京轉奏，臨行還送他們厚禮。折爾肯、傅達禮於康熙十三年四月九日回到北京，將吳三桂委託的奏疏轉呈康熙皇帝，康熙閱過之後，由於痛恨三桂「語不遜」、「妄行乞請」，怙惡不悛，而於「四月十三日下令，將吳三桂子吳應熊，孫吳世霖處絞」。吳三桂上呈康熙的奏書，由於官書沒有記載，他書也沒有記載，內容難以確知。大多數歷史學者都根據吳三桂本人在上書期間據守長江南岸休兵的舉動；康熙閱後便下令絞殺吳三桂兒孫的回應動作；及康熙十三年六月清朝奉派平叛的大將軍多羅貝勒尚善，按照康熙旨意致書吳三桂的內容，有指出吳三桂的意圖說：「猶然窺其形勢耶？……乘國不備之際，及此一舉，破竹之勢，而易得來者」等語；以及康熙十四年四月二十三日，西藏達賴喇嘛在三桂授意下，曾上書為三桂請命說：「若三桂力窮，乞免其死罪；萬一鴟張，莫若裂土罷兵。」從這些間接史料，而推斷吳三桂奏書的所謂「妄行乞請」，應是向康熙乞請「赦免他的兒孫，而他不北進，劃江為國等事」。⑨

(2) 又一面遣人回去，將自己舊日作的兩色針線活計取來，為寶釵生辰之儀：針線活計，為謀活之計而以針和線縫製成的衣服。按照表面的小說故事，這幾句是描寫史湘雲又一面派遣人回去家裡，將自己以前為謀活之計所作好以針線縫製成的兩色布料的衣服拿來，作為薛寶釵生日的賀儀。就內層真事說，作針線或針黹，是以針線刺擊布帛行進，而軍隊行軍作戰也如同針線刺擊布帛行進一樣，故《紅樓夢》常以「針線、針黹」作為代表「軍隊」的密碼，以「作針線、作針黹」暗喻「軍隊作戰」。兩色針線，暗指清朝兩種不同顏色旗幟的滿軍八旗兵和漢軍綠旗兵。這三句是暗寫史湘雲所影射保衛清朝集團之一的雲貴總督甘文焜（按常駐貴陽），在獲知吳三桂叛變後，密告剛從北京到達貴州，準備為吳藩搬遷置辦船隻、糧料的兵部郎中党務禮、戶部員外郎薩穆哈、戶部郎中席蘭泰等人，並掩護他們偷出貴陽，趕回北京告急請兵。其中党務禮、薩穆哈兩人，幸運擺脫吳軍的阻擾，獲得驛馬，急馳十一晝夜，於康熙十二年十二月二十一日抵達北京，向兵部告變⑩。康熙獲報後，火速調兵遣將，將清朝舊日早已準備好賴以存活生計的滿軍八旗兵與漢軍綠旗兵兩色旗幟的軍隊，拿來前線作為迎戰新誕生之吳三桂反清政權的賀儀（寶釵生辰之儀），與之熱戰，增添熱鬧。這裡清廷派遣滿、漢兩色旗幟的軍隊前來征服吳三桂，等於是吳三桂掌控下的三位監督撤藩使臣等護清集團（史湘雲）的解套存活之計，故著者將之寫成「兩色針線活計」，真是奇絕妙筆。

(3)

賈母自見寶釵來了，喜他穩重和平：賈母自見寶釵來了，按第四回描寫薛寶釵由於其兄薛蟠在家鄉金陵打死人命，其母薛姨媽便帶了她們兄妹入都，而來到了姨爹賈政家，寄住在榮國府的東北角梨香院，因而與賈母同府居處見面，這句就是描寫賈母自從那個時候看見寶釵來了以後。喜他穩重和平，第四回描寫寶釵「生得肌骨瑩潤，舉止嫻雅」，第五回描寫寶釵初來時與黛玉的比較說：「不想如今忽然來了一個薛寶釵，年歲雖大不多，然品格端方，容貌豐美，人多謂黛玉所不及。而且寶釵行為豁達，隨分從時，不比黛玉孤高自許，目下無塵，故比黛玉大得下人之心，便是那些小丫頭子們，亦多喜與寶釵去頑笑。因此黛玉心中便有些悒鬱不忿之意，寶釵却渾然不覺。」可見寶釵為人豁達從時，與人和樂相處，而黛玉孤高自許，多病多愁，專情善妒（但另有聰明靈慧、才情靈敏、注重情義的優點），確實寶釵為人比黛玉穩重和平，故而博得賈母的喜愛；這是作者對於全書主題寶、黛、釵三角戀愛故事的兩個競爭的女主角，所塑造出的兩種不同典型。這裡賈母喜愛寶釵穩重和平，就是她最後打敗黛玉贏得寶玉婚姻的第一步，因為在「父母之命，媒妁之言」的封建婚姻制度下，寶玉的婚姻決定在父母賈政、王夫人之手，但賈母是賈府的最高權威，賈政敬畏賈母，而王夫人是寶釵母親的親姊妹，原本就會較偏向選擇寶釵，所以關鍵在於賈母的態度。而賈母因為黛玉是自己女兒賈敏的女兒，賈敏不幸早逝，為了憐憫外孫女黛玉五歲就無母顧養，特接回來養育，因此非常溺愛黛玉，勢必會支持寶玉娶黛玉的，故寶釵要贏得寶玉的婚姻，最主要的關鍵就是要贏得賈母的喜愛，而這裡寶釵贏得賈母喜愛其為人「穩重和平」，就是突破的第一步。

再就內層歷史真事來說。寶釵，是影射雲南平西藩王的寶位、政權。穩重和平，意謂安穩貴重又和平，亦即可以安穩享受富貴和平生活的意思。原文這兩句話是寓寫賈母影射的吳三桂自從看見寶釵影射的雲南平西藩王的寶位、政權，在順治十六年三月二十三日封賜到他頭上來了以後，就喜愛上這個雲南藩王政權很穩重和平，可以賴以世世永享安穩富貴和平的日子，言外之意是因此吳三桂不能忍受如今被撤藩而失去。

〔庚辰本雙行批〕等評注說：「四字評倒黛玉，是以特從賈母眼中寫出。」四字，指「穩重和平」四個字。這是是評示說：「寶釵影射的雲南藩王政權具有『穩重和平』這四個字所隱含安穩享受富貴和平日子的意義，評比起來壓倒黛玉影射的殘破明朝的意義（按因為雲南藩王政權是吳三桂現成的富貴享受，而挽救殘破的明朝，則是辛苦不堪的事），是以特從賈母吳三桂的眼光看法中，寫出他喜愛寶釵雲南藩王政權具有『穩重和平』的特性。」按正因為吳三桂內心一直喜愛雲南藩王政權可以讓世世子孫穩享富貴和平（穩重和平）生涯，所以他在封藩雲南之後，為了保固他的雲南藩王政權，才向清廷請命領兵進入緬甸擒回南明永曆帝，將他絞死，以永絕後患；如今既已穩享富貴和平十幾年，就忍受不了被撤藩失去，因而起兵叛清，又評估決定以保固雲南藩王政權既有利益為主要目標，所以後來以雲南藩王政權自立新朝，而不擁立朱明後裔恢復明朝（評倒黛玉），而又不進兵長江以北，分明是想以戰逼和，企圖與清朝劃江而國。

(4)正值他才過第一個生辰，便自己蠲資二十兩，喚了鳳姐來，交與他置酒戲：蠲，音捐，免除，捨出去、捐出的意思。這是描寫賈母考慮到這時正值寶釵來到賈府才要過第一個生日，便自己捐出私房錢二十兩銀子，但因為鳳姐是實際當家料理家務的人，所以叫喚鳳姐過來，將錢交給鳳姐去置辦酒席演戲等慶生的事宜。再就內層真事來說。蠲資，寓指派出軍隊的意思。二十兩，在前面第一冊解析第一回甄士隱命小童速封五十兩白銀給賈雨村時，筆者曾經考證指出「五十兩白銀」是寓指吳三桂為解救李自成圍攻北京，所率領入關的遼東「五十萬軍民」，這裡的「二十兩」銀子則是寓指吳三桂舉兵反清時派出的「二十萬軍隊」。這四句話意思是說，吳三桂正值他這雲南藩王政權才要脫離滿清自建新朝的第一個誕生日（按因尚有五年後的第二次正式登基稱帝建朝，故稱這次為第一個），要大舉奮戰，便在自己雲南地盤內召集了二十萬軍隊開拔出去（蠲資二十兩），進入貴州、湖南、四川等康熙皇帝管轄區域之中（交與鳳姐），招惹康熙派兵前來，交由康熙（鳳姐）按各區情況佈置不等兵員來對戰，擊鼓喊殺、兵刀交鋒一番，猶如置辦酒席演戲，猜拳吆喝、敲鑼打鼓、舞刀弄棍喧鬧一場一樣。

〔庚辰本雙行批〕等評注說：「寫出太君高興，世家之常事耳。」太君，本為人臣之母的封號，後來用以尊稱他人的母親。這是評論說，這段原文寫出年齡已達太君祖母輩的賈母吳三桂（按已六十二歲），為了反清自立新朝高興要大戰一場，而這對於專靠百戰建功發家的武功富貴世家吳三桂而言，只是平常事而已。

〔庚辰本眉批〕評注說：「前看鳳姐問璉作生日數語甚泛泛，至此見賈母蠲資，方知作者寫阿鳳心機，無絲毫漏筆。己卯冬夜。」這是連結前文評論說，前面看到鳳姐康熙問賈璉吳應熊，對寶釵作生日到底要怎麼樣辦的幾句對話，外表看起來感覺甚為泛泛，只是商量平常家務事而已；至此處看見賈母吳三桂親率二十萬兵殺出其雲南地盤之外，回想前文，康熙因獲悉吳三桂反叛，逼問作為兒子的吳應熊要怎麼樣辦？又因知吳三桂還要登基建朝，事態嚴重，而套逼吳應熊表態說出增派較征服南明永曆王朝更多的軍隊去平叛，對應這裏寫吳三桂出兵二十萬，真是估計準確，由此方才知道《紅樓夢》作者描寫阿鳳康熙心機的深沉周密，真是了無一絲一毫漏筆缺寫啊！而這裏所寫吳三桂決定出兵二十萬的時間，是在己卯冬夜，也就是康熙十二年十一月十四己卯日冬至夜。按吳三桂雖於康熙十二年十一月二十一日正式祭旗反清，十二月一日率兵二十萬啟行，但前面已指出他早在十一月十五日因盛怒痛罵雲南巡撫朱國治，而暴露出他抗拒撤藩的意圖，至於他下定反清決心的日期則必定還要更早一點，所以這裡批書人將吳三桂決定起兵二十萬反清的日期，標記在他暴露反清意圖的前一天晚上，即康熙十二年十一月十四己卯日冬至夜晚，是十分準確的。

(5) 一個老祖宗給孩子們作生日，不拘怎樣，誰還敢爭，又辦什麼酒戲：這幾句是說像賈母這麼一個祖母輩的老祖宗只要肯給孫兒輩的孩子們作生日，他們就感激不盡了，不管場面大小怎麼樣，誰還敢有爭論的，何必隆重到又辦什麼酒戲。就內層真事來說，老祖宗是寓指吳三桂年紀已經是康熙祖父輩的老祖宗，更是指吳三桂是引滿清入關建朝的始作俑者、老祖宗，到了康熙時代又是權傾朝野的藩鎮重臣，猶如家族中的老祖宗一樣。這幾句是寓寫鳳姐康熙調侃說：「憑你賈母吳三桂這麼一個清朝開國元勳的老祖宗身分，為如同孩子的區區雲南藩王政權作生日慶祝，不管你想怎麼樣，同意不同意撤藩隨你說，誰還敢和你爭論，又何必舉兵對戰，弄得雙方人馬奔馳喊殺，猶如辦酒席演戲喧騰熱鬧一樣呢？」

〔庚辰本夾批〕評注說：「家常話，却是空中樓閣，陡然架起。」這是提示說：「原文鳳姐康熙所說看似家常作生日的話，却是像海面上空突然出現海市蜃樓，架起空中樓閣一樣，全是虛構不實的堂皇假象、美麗謊言。」因為事實上是康熙堅決要撤藩，那裡由得吳三桂要怎樣都行，而無人敢爭論。

(6)金的、銀的、圓的、扁的，壓塌了箱子底，只是勒揹我們：揹，音肯去聲，勒住不放的意思。勒，音雷陰平聲，以繩索捆綁再用力拉。勒揹，原意是以繩索捆綁再用力拉住不放，這裡是勒逼留難某人做某事的意思。這幾句是鳳姐調侃賈母金的、銀的、圓的、扁的各種私房錢財珠寶，塞滿壓塌了箱子底，却只捐資二十兩銀子，不夠辦酒戲，只是勒逼留難我們辦事的人再補賠上不足的銀款。就內層真事說，這幾句是寓寫鳳姐所代表的康熙朝廷，在未撤藩前就不滿賈母吳三桂搜括財富，積聚得金的、銀的、圓的、扁的各種錢財珠寶，塞滿壓塌了箱子底部，而養兵用兵的浩大軍費，却只是往朝廷奏報，勒逼著朝廷要供應餉銀兵糧，讓清廷非常為難。

按這幾句及以下一段文字，是作者借由鳳姐調侃賈母的詼諧對話，倒轉筆鋒，以隱筆回頭插述吳三桂起兵叛清前，康熙朝廷與吳三桂對於財政、軍費問題的爭執，這一問題是導致康熙朝廷急於對三藩裁軍的原因，後來更是撤藩的一個外表堂皇理由。按吳三桂在山海關事件時，因滿清攝政王多爾袞許諾他「若率眾來歸，必封以故土，晉為藩王，一則國仇得報，一則身家可保，世世子孫長享富貴，如河山之永也⑪」，於是投降滿清，先封平西王，但沒有封地。經引清兵入關血戰十六年，至順治十六年三月二十三日，受命駐鎮雲南，正式成為有封地的藩王，吳三桂認為這是清朝實現了當初多爾袞對他所說「若率眾來歸，必封以故土，晉為藩王」的許諾，所以一直把雲南當作是他本人及「世世子孫長享富貴」的地盤，正如他在痛罵朱國治時所說的「吾挈天下以與人，只此雲南是吾自己血掙」，這是他真正的心聲和基本心態。所以他自封藩雲南後，就蓄意將雲南經營成他永久的聚寶盆，以便他和世世子孫可以安穩地長享富貴，就是前面所寫「賈母（吳三桂）自見寶釵（雲南藩王政權）來了，喜他穩重和平」的狀況。

先說他的聚財措施。吳三桂開藩雲南後，即奏准清廷賜予原明朝黔國公沐天波的莊田七百頃（合七萬畝），作為他的「藩莊」，又將昆明附近州縣的衛所公田圈佔，闢設為自家莊田，而且加徵賦稅，壟斷開礦與茶馬關市之利，橫徵暴斂，廣殖貨財⑫。再說他永保世守雲南的措施。吳三桂封藩雲南是清朝征服南明永曆王朝三路大軍的主帥西南五省經略洪承疇所奏報促成的，當洪承疇以雲貴平定將啟程返京時，吳三桂前往道別，特別向這位老謀深算的恩師，求教永固雲南之策。洪有感於竭智盡力為滿清謀劃取得明朝天下，却仍不免受到清廷的冷落，乃授以「不可使滇中一日無事」的妙計⑬。於是三桂一方面大量擴增兵員，他原來所率進攻雲南永曆王朝的西路軍有三萬多人，後來永曆王朝潰亡，他便順勢大量收編了永曆王朝的降兵，其中有原來的明朝兵，更多的是投入永曆王朝的農民軍。至他叛清時，能夠率兵二十萬出征雲南之外，可見平時蓄養在雲南境內的一定超過二十萬兵，一省之地養這麼多兵，主要目的就是企圖擁兵自固其雲南地盤。一方面他又謹遵洪承疇之計，三不五時以邊警入告朝廷，其中有些是他自己製造出來慌報的，俾清廷永遠需要倚賴他征剿雲貴地區的邊亂，才不致於閒閒無事而被撤藩。這樣養兵多、戰事多，便使得軍費浩繁，迫得朝廷每年得糜費大量餉銀供應他軍事之需，清廷中央財政不足，遂轉而向其他省份調撥支應，而他却拖延不呈報開銷賬目，由此巧吞大量餉銀。根據《吳逆取亡錄》記載：「值苗番自相仇殺，三桂輒以邊警入告，歲糜餉銀千餘萬，延不請核，由是富甲天下。⑭」經由這種種手段，吳三桂很快就累積成天下巨富，他又喜歡各種奇珍異寶，到處搜羅，真如這裡所描寫的「金的、銀的、圓的、扁的，壓塌了箱子底」。而康熙朝廷中央財政不足，還得向各省調撥⑮，被勒逼著輸財供給吳三桂軍費的情況，就好像一個人經濟已經拮据，又被強迫繳交不樂之捐一樣，所以這裡作者寫出鳳姐康熙的不滿說：「只是勒掯我們」。

(7)「難道將來只有寶兄弟頂了你老人家上五台山不成？那些梯己只留於他」：寶兄弟，指賈寶玉。五台山，在山西東北部五台縣境內，是佛教四大菩薩之一文殊菩薩的道場，為北方人民與塞外游牧民族，尤其是滿清人，朝聖膜拜的佛教聖地，也是心靈的歸宿。頂了你老人家上五台山，「舊俗出殯，主喪的『孝子』在靈前頭頂銘旌，持幡領路，叫做『頂靈』。……這裏因不好直說死，就用『上五臺山』暗喻登仙成佛。⑯」所以這句話就是說，你老人家死後，在你的靈前頭頂著出殯的銘旌，送你上山頭墓地，而你的靈魂歸登聖境成佛上西天的意思。梯己，同體己，私藏的財物。在內層真事上，寶兄弟，即賈寶玉，在這裡是影射吳三桂叛清後所建立的周王朝、或周王、大周皇帝吳三桂、或繼承吳三桂繼任大周皇帝的太孫吳世璠。這幾句話是寓寫說，難道你吳三桂死後，只有寶玉所影射的周王朝、或皇位繼承人太孫吳世璠，為你辦喪頂靈，送你上山頭墓地，讓你的靈魂登聖境成佛上西天不成？所以那些搜刮積聚的大量私藏金銀財寶，只留給他賈寶玉大周王朝或皇位繼承人吳世璠。

吳世璠是吳應熊的次子，吳三桂的次孫，另有說是吳應熊側室所生的庶子，在康熙十七年吳三桂登基大周皇帝時，被指定為皇位繼承人，冊封為太孫，但是他在六歲以前，原本也是和父親吳應熊同住在北京。先是情勢發展到南明永曆王朝覆滅，鄭成功敗退至台灣，滿清統一了全中國，天下即將太平，而三藩軍費太高，更且滿清對於漢人的三藩王兵多權重很不放心，於是清廷開始對三藩採取裁軍削權的措施。三藩意識到朝廷對他們兵多權重的疑忌，也紛紛配合、甚至主動裁減兵額、交出部份權力，由此雙方猜忌日深。吳三桂一向擔心天下無事後，他可能被清朝兔死狗烹，而種種跡象似乎逐漸在浮現中，內心非常不安。所以一方面主動裁兵縮權，一方面偷偷增加非正規軍，而且加強練兵，以備不測。過程中還自作聰明，以主動請求縮權的動作來試探清廷的旨意。至康熙六年五月，吳三桂又假稱目疾，上疏請求解除他總管雲貴事務的大權，以試探朝廷是否疑忌他，結果康熙順水推舟批准了他的請求。吳三桂非常懊惱，心有不甘，於是煽動部下製造事端，其黨羽雲貴總督及雲南、貴州提督先後上奏，請求仍由平西王吳三桂總管雲貴事務。當時剛剛親政才十四歲的康熙皇帝堅不允許，但為免衝擊過大，批示：「如邊疆地方遇有軍機，王自應經理」。這樣吳三桂只剩下偶而有戰事時，才可以總管雲貴事務，軍政權力大大縮減，成為一個閒閒無事的陽春富貴閒王了。另外康熙為了釋解吳三桂的疑心，特意將吳應熊晉升為少傅兼太子太傅，並命他赴雲南視疾。於是吳應熊便攜妻帶子返回雲南省親視疾⑰。而經過以上那些事件，使得吳三桂提高戒心，為防萬一與滿清反目，子與孫全在北京作人質，恐將全被清廷殺害而絕後，故「在吳應熊返京時，他又將吳應熊的次子、年僅六歲的吳世璠留在身邊，以防嫡嗣斷沒。⑱」吳世璠就是在這種情況下回到雲南吳三桂身邊的。

後面幾年，康熙又採取將吳三桂心腹部將及督撫黨羽遣調出雲貴之外，或予以逼退，改為安插自己親信的人員，進一步削弱吳三桂的權勢。一方面又恐引起吳三桂集團的不滿，採取了一些安撫措施，如對雲貴諸將敘功頒獎等⑲。在這種背景下，康熙十一年，吳三桂滿六十歲，舉行大壽慶典，康熙為了安撫吳三桂的不安情緒，又恩准吳應熊回去祝壽。於是吳應熊攜帶妻建寧公主回到雲南省親祝壽，再度見到了當年留在雲南的吳世璠。由於這次康熙又恩准吳應熊回去祝壽，吳三桂非常高興，悄悄對方光琛等人說：「可見朝廷不疑我，你們都要謹慎些」⑳。這次吳應熊回雲南祝壽的事，在《紅樓夢》第十七回至第十八回後半「榮國府歸省慶元宵」的故事中，有部份情節暗中插寫了吳應熊夫妻與吳三桂夫妻、吳世璠久別重逢的一些情景。

(8)「鳳姐湊趣笑道」至「這個夠酒的？夠戲的？」一段：〔庚辰本眉批〕評注說：「小科諢解頤，卻為借當伏線。壬午九月。」科，戲劇中演員的動作表情。諢，音混，詼諧逗趣的話。科諢，插科打諢的簡稱，指戲劇演員在表演中穿插一些滑稽動作和詼諧逗趣的話。解頤，開口展顏而笑。當，當去聲，作為動詞是指拿物品去當鋪抵押，以借取銀錢，這裡是作為名詞用，是指典當在當鋪的抵當品。借當，原意是借取抵押在當鋪的抵當品，這裡「當」字是寓指吳三桂的藩王位，及積聚的金銀財寶，為吳三桂賴以立身發家的家當，借當則是寓指清朝進行裁軍、撤藩，借取吳三桂豐富的家當。這條脂批是提示說：「前面這一段鳳姐康熙對賈母吳三桂積聚大量金銀財寶，像演戲時插科打諢般嘲謔逗趣的話，聽來使人開顏發笑，其實却是暗寫鳳姐康熙對賈母吳三桂搜括積聚大量金銀財寶的嘲諷不滿，這是引起康熙朝廷後來進行裁軍、撤藩，借取吳三桂豐富家當的伏線。這件撤藩借家當的事，發生的時間是在康熙十二年九月十六壬午日。」前面已指出康熙所派遣的欽差使臣折爾肯和傅達禮，是於康熙十二年九月七日到達雲南昆明，向吳三桂宣達康熙撤藩的詔旨，其後便開始商議撤遷的事宜，故脂批將撤藩時間註記在附近的九月十六壬午日㉑。前面也已指出批書人常常將事件發生的時間註記在附近的日期，以掩人眼目，這裡將撤藩時間註記在附近的康熙十二年九月十六壬午日，算是很精準了。至於脂批所點示後面鳳姐康熙向賈母吳三桂借當的事，則是落實在下一節賈母命鳳姐點戲，鳳姐便點了一齣《劉二當衣》的情節上，假借戲中開當鋪的劉二用計扣下親戚當物以抵押前帳的故事，來間接加以寓寫。

(9) 怎麼說不過這猴兒：猴兒，猴子。這裡賈母謔稱鳳姐為猴子，是諷刺鳳姐張嘴嘰哩呱啦講個不停，就好像猴子齜牙咧嘴吱吱亂叫一樣。在內層真事上，是以猴兒、猴子暗通同義的猢猻，再由猢猻暗通諧音的「胡孫」，來暗示鳳姐康熙是胡人滿清的兒孫（按漢人通稱塞外民族為胡人，包括滿清在內）。這句是寓寫賈母吳三桂對於鳳姐康熙不滿他軍費浩大，而牽引到撤藩的事，說：「我怎麼說不過這胡人兒孫的鳳姐康熙帝呢！」按就是說不過清廷，所以吳三桂才主動報請縮編兵額，或配合朝廷旨意進行裁軍，最後並被清廷撤藩。

(10)你婆婆也不敢強嘴，你和我咈咈的：婆婆，指鳳姐的婆婆邢夫人。強嘴，強詞硬嘴，說硬話。咈咈的，「打更的梆子，聲音響亮輕快。這裡用來形容人的口齒伶俐清脆，能說會道。㉒」這兩句是描寫賈母對鳳姐說，你婆婆也不敢和我強詞硬嘴，你這更下一輩的孫媳婦却和我嘴硬嘟囔，就像夜裡打更敲梆子咈咈的響一般。在內層真事上，婆婆，寓指好像婆婆一般監管朝廷大小事務的大臣們。咈咈的，意思是說話聲音響亮，態度很強硬。這兩句是寓寫賈母吳三桂對鳳姐康熙說：「有關撤藩的事，你朝中像婆婆一般監管大小事務的那些大臣們，也不敢和我強嘴說硬話，你却對我態度強硬，硬是要撤藩。」

有關康熙朝廷君臣對撤銷吳三桂雲南藩王的態度，確實是如此。當時，戶部尚書米思翰、刑部尚書莫洛等少數人主撤，兵部尚書明珠贊成。他們認為「苗蠻既平，三桂不宜仍鎮雲南㉓」，「應將吳三桂本人和所屬官兵家口全部遷移，在山海關外『酌量安插』。㉔」「多數廷臣持相反意見，其中內弘文院大學士圖海、索額圖等，主張最力。他們說，吳三桂鎮守雲南以來，地方安定，總無『亂萌』，現在如將他遷移，不得不遣兵鎮守。……應令吳三桂繼續鎮守雲南。㉕」雙方未能取得一致看法，只得請求康熙聖裁。康熙力排眾多廷臣的意見，毅然決定撤藩。「他說：『朕以三藩俱握兵柄，恐日久滋蔓，馴致不測，故決意撤回。』他又對担心吳三桂反叛的諸大臣說：『三桂等蓄謀已久，不早除之，將養癰成患。今日撤亦反，不撤亦反，不若先發。』㉖」顯然可見，康熙撤藩的主要原因是認為吳三桂等漢人三藩王手握兵權，日後會背叛清朝之故，所謂三藩軍費浩繁，只是次要原因，外表的藉口而已。

(11)我婆婆也是一樣的疼寶玉，我也沒處去訴冤：這兩句是寓寫鳳姐康熙說：「我那些像婆婆一般監管朝中大小事務的大臣們，也是一樣的疼惜寶玉所影射的你吳三桂雲南藩王寶位，不主張撤藩，我也無處去訴說冤屈。」按如上所述，當清廷討論吳三桂輸藩時，眾多大臣確實是疼惜寶玉影射的吳三桂雲南藩王寶位，不主張撤藩，其原因是一部份大臣懍於吳三桂的威勢，恐怕撤藩會引發吳三桂激烈反彈，一部份大臣則是平日即被吳三桂重禮巴結了，康熙是力排眾議而下決定撤藩，立場是相當孤獨的。及至下令撤藩後，逼使吳三桂叛變，原先「反對撤藩的大臣們把這場事變歸咎於主撤者，紛紛要求追究他們的責任。以大學士索額圖為首，要求處死主撤的大臣。聖祖把責任攬到自己身上，說：『此出自朕意，他人何罪？』㉗」這時的康熙無奈到把主撤大臣的罪責攬到自己身上，真是無處可訴說冤屈，所以這裡寫鳳姐說：「我婆婆也是一樣的疼寶玉，我也沒處去訴冤」，實是以小說語調，將當時康熙的窩囊心境，比喻得極得神理。

(12)說着，又引着賈母笑了一回：〔庚辰本夾批〕評注說：「正文在此一句。」在清代時文章是不加標點符號的，所以這句脂批的在此「一句」是指「說着又引着賈母笑了一回」這一句話。在外表故事上，這句脂批可以理解為是提示這一段文章真正的重點在「(鳳姐)說着又引着賈母笑了一回」這句話，因為這句話點示出鳳姐說話總是能夠引着賈母發笑，所以鳳姐能夠討得賈母的歡心，由此進一步獲得賈母信任，而她的權勢就是由此而來。在內層真事上，則是提示讀者，這一段故事所寓寫有關吳三桂撤藩歷史事件發展的主線、重點，就存在於「（鳳姐）說着又引賈母笑了一回」這一句話之中，因為這一句話是暗寫康熙與吳三桂在撤藩問題的鬥嘴爭執過程中，康熙耍著一些招式，說著一些話，讓吳三桂感覺康熙朝廷懼怕他位尊兵強，必不敢撤他，逗引得他不禁得意地笑了一回（例如康熙十一年，恩准吳應熊回雲南祝壽，讓吳三桂非常高興，而認為「可見朝廷不疑我」等事），吳三桂十分喜悅之餘，便自作聰明地主動上書自請撤藩，康熙於是乘機批准他的請求，將吳三桂撤藩了，而這正是撤藩歷史事件的主線、重點。

(13) 到晚間，眾人都在賈母前，定昏之餘：定昏，就表面故事說，應該顛倒為「昏定」才對，在舊時代子女早晚都要侍候探望父母的生活起居，早晨探望父母問安，看是否睡得安好，叫做晨省，黃昏將晚時探望父母，替父母整床鋪蓆，好讓父母安定睡覺，叫做昏定，《禮記》〈曲禮〉篇說：「凡為人子之禮，冬溫而夏清，昏定而晨省。」就內層真事說，定昏二字不是晚間探望父母的「昏定」之禮的誤寫，而原本就應是「定昏」才對，意思是安定下頭昏慌亂的狀況。這三句是寓寫說，到了某日的晚間，雲南藩王府眾將吏都在賈母吳三桂面前集合，希望商討出能夠安定下大家頭昏慌亂狀況的撤藩對策之餘。也就是說，在康熙下令撤藩之後，吳藩全藩震動，大家昏頭轉向，慌亂一團，不知如何是好，於是某日的晚間，吳三桂召集眾將吏集合會議，希望能夠商討出一個適當的對策，得以安定下大家頭昏慌亂的狀況。

(14) 「賈母因問寶釵愛聽何戲，愛吃何物等語。寶釵深知賈母年老人，喜熱鬧戲文，愛吃甜爛之食。便總依賈母往日素喜者說了出來，賈母更加歡悅」：這幾句是描寫賈母鑒於寶釵是壽星，所以問她作生日時愛聽什麼戲，愛吃什麼東西，好預先準備，而寶釵很下功夫，平常就暗中觀察而深知賈母年老人平日的喜好，這時派上用場，便依照賈母的喜好，點了賈母喜愛的熱鬧戲文，和甜爛之食，使得賈母更加歡悅，博得賈母的歡心。一個才十五歲的小女孩就知道放棄自己的喜好，而去投合長輩的喜好，贏得長輩的歡心，可以說是天生的會諂媚巴結，手腕比情敵林黛玉厲害得多了，個性直來直往的黛玉如何鬥得過。

在內層真事上，這裡的寶釵是影射雲南藩王政權內的吳三桂親信核心部屬集團，如吳三桂的首要謀士方光琛，吳三桂的侄子吳應期、女婿胡國柱、夏國相等人，類似上一回襲人所影射的那些對象。賈母年老人，按康熙十二年吳三桂遭撤藩而反清時，已是六十二歲的老人了。喜熱鬧戲文，寓指吳三桂是以勇武善戰起家的武功世家，向來喜歡激戰求功，及搞背叛而弄得局勢大亂，各方熱鬧爭戰這些把戲。愛吃甜爛之食，按甜者爽口，爛者易嚥，甜爛之食爽口易嚥，比喻容易受用消納的事物，故這句是寓寫年老的吳三桂喜愛甜言褒獎，愛聽很爽心受用的話，亦即喜愛人家恭維他威望顯赫，神勇無敵，一舉兵則天下震懾等。便總依賈母往日素喜者說了出來，這是寓指寶釵所影射的方光琛、胡國柱、吳應期等人，總是順著三桂素來喜歡好戰逞勇，迷戀藩王富貴，計利背主等特性，說今清廷無情撤藩，憑王威望，義軍一舉，四方必望風響應，何事不成等歌頌慫恿的話；也就是上一章所引三桂的女婿、侄兒紛紛進言：「王威望，兵勢舉世第一，戎衣一舉，天下震動！……可與清朝劃地講和。這就是漢高祖（劉邦）『分羹之計』也」，方光琛說：「王欲不失富家翁乎？一居籠中，烹飪由人矣」，這些慫恿他舉兵反清自保的話。賈母更加歡悅，這是寓寫賈母吳三桂聽後很合意，更加高興，就接納他們的意見而起兵反清了。

〔庚辰本雙行批〕等評注說：「看他寫寶釵，比顰兒如何？」這是評注說：「看作者他描寫寶釵影射的雲南藩王府的吳三桂親信核心部屬集團，這麼會依順吳三桂的喜好，討吳三桂的歡心，比顰兒黛玉影射的復明人士如何？」言外之意是顰兒黛玉影射的復明人士只會義正詞嚴，勸吳三桂要反清復明，當然比不上寶釵影射的吳藩親信核心部屬集團善於把握吳三桂的喜好，討吳三桂的歡心，因此，最後結果當然是寶釵贏，黛玉輸，所以吳三桂最後採取自立新朝反清的立場，而捨棄反清復明。

◈真相破譯：

且說史湘雲所影射湖南（湘）雲南（雲）貴州地區護衛清朝集團之中的奉派監督撤藩使臣（史）折爾肯、傅達禮、王新命等三人，（於康熙十二年九月七日到達雲南昆明宣達康熙撤藩的詔旨後）在昆明住了兩個多月（按原文以「住了兩日」模糊帶過）催促吳三桂搬遷，（到了十一月中）發現吳三桂有抗命謀反的意圖，因而想要由其中的傅達禮趕回北京去奏報，但走沒多遠就被守兵截回。賈母影射的吳三桂因而對他們說：「等過了你薛寶釵姐姐影射的雲南平西藩王政權在康熙十二年十一月二十一日起兵反清，看了誕生反清新政權的熱鬧戲碼過後再回去北京。」史湘雲影射的三位清廷使臣聽了，只得在昆明繼續住下來。史湘雲所影射護清集團之一的雲貴總督甘文焜（按常駐貴陽），在獲知吳三桂叛變後，又一面遣送剛從北京到達貴州協辦撤藩的兵部郎中党務禮、戶部員外郎薩穆哈，趕回北京告變請兵，讓清廷將舊日早已準備好賴以存活生計的滿軍八旗兵與漢軍綠旗兵兩色旗幟的軍隊（兩色針線活計），拿來前線作為迎戰新誕生之吳三桂反清政權的賀儀（寶釵生辰之儀），好與之熱戰，增添熱鬧。

誰料想得到賈母影射的吳三桂自從看見寶釵影射的雲南平西藩王的寶位，（在順治十六年三月二十三日）封賜到他頭上來了以後，就喜愛上這個雲南藩王政權很穩重和平，可以賴以世世子孫永享安穩富貴和平的日子（言外之意是因此吳三桂不能忍受如今被撤藩而失去，因而要起兵叛變）。正值他這雲南藩王政權才要脫離清朝而自建新朝的第一個誕生日（按因尚有五年後的第二次正式登基稱帝建朝，故稱這次為第一個），便在自己雲南地盤內召集了二十萬軍隊開拔出去（蠲資二十兩），進入貴州、湖南、四川等鳳姐康熙皇帝管轄的區域之中（交與鳳姐），招致鳳姐康熙派兵前來，交由康熙按各區情況佈置不等兵員來對戰，擊鼓喊殺、兵刀交鋒一番，猶如置辦酒席演戲，猜拳吆喝、敲鑼打鼓、舞刀弄棍，喧騰熱鬧一場一樣。鳳姐康熙就湊合吳三桂的興趣派兵過來對戰，調侃地笑說：「憑你賈母吳三桂這麼一個清朝開國元勳的老祖宗身分，為如同孩子的區區雲南藩王政權作生日慶祝，不管你想怎麼樣，同意不同意撤藩隨你說，誰還敢和你爭論，又何必舉兵對戰，弄得雙方人馬奔馳喊殺，猶如辦酒席演戲喧騰熱鬧一樣呢？既高興要大戰熱鬧一番，就說不得自己花錢招訓幾萬兵出來。却乾巴巴的找出這些長期依賴朝廷供應軍餉所培養，擺放得霉爛不振的二十萬兵，來作東道，邀激朝廷派兵來對戰，這意思是你憑這樣子就想打贏，還要叫我康熙犧牲賠上這些平叛的軍隊（按這幾句寫盡事變之初，青年康熙傲氣凌人，輕視吳軍霉爛不堪一擊的心態）。你平常果真拿不出錢來養兵作戰也就罷了，可是你長期廣斂貨財，累積得金的、銀的、圓的、扁的各種錢財珠寶，塞滿壓塌了箱子底部，而養兵用兵的浩大軍費，却只是往朝廷奏報，勒逼為難著朝廷要供應餉銀兵糧。舉眼看看這清朝全國君臣上下，誰不是你這開國元勳的老祖宗應該保護生養如兒女的呢？難道將來你吳三桂死後，只有寶玉影射的大周王朝皇位繼承人吳世璠，為你辦喪頂靈，送你上山頭墓地，讓你的靈魂登上五台山聖境成佛上西天不成？所以你斂聚的那些大量私藏金銀財寶，只留給他寶玉吳世璠。我們如今雖不是你的部屬，因而不配供你使喚，但也別老是來逼索軍費，而使我們受苦了（按以上十幾句是作者插述鳳姐康熙朝廷，在未撤藩前就非常不滿賈母吳三桂搜括大量財富，却向朝廷逼索軍費，造成朝廷財政困難）。你這二十萬爛軍隊，足夠像辦酒席演戲一般，和朝廷平叛官兵喧騰熱鬧地拼戰一場嗎？」說的中國滿屋裡的天下人都笑起來，笑他鳳姐康熙太傲氣輕敵了。賈母吳三桂也笑說：「你們聽聽他這張嘴！我也算會說話的，怎麼說不過這胡人兒孫（猴兒、猢猻、胡孫）的鳳姐康熙帝呢！你朝中像婆婆一般監管大小事務的那些大臣們，（對於撤藩的事）也不敢和我強嘴說硬話，你却對我態度強硬，老是嘴硬耍強。」鳳姐康熙笑說：「我那些像婆婆一般監管朝中大小事務的大臣們，也是一樣的疼愛寶玉所影射的你吳三桂雲南藩王寶位，不主張撤藩，我也無處去訴說冤屈，倒說我強詞硬嘴。」鳳姐康熙這樣說着撤藩的事，接著耍了一些花招，又牽引著賈母吳三桂得意地笑了一回，認為朝廷不敢撤他，賈母吳三桂十分喜悅（按言外之意是吳三桂喜悅之餘，竟自動上書自請撤藩，康熙便乘機批准，他就樂極生悲地被撤藩了）。

到了某一天的晚間，雲南平西藩王府眾將吏都在賈母吳三桂面前集合，希望能夠商討出一個得以安定下大家陷入昏亂狀況（定昏）的撤藩對策之餘，大家却議論紛紛就好像娘兒姊妹等說笑一般的時候，賈母吳三桂因而問寶釵影射的吳藩親信核心部屬集團（按如他的首要謀士方光琛，侄子吳應期、女婿胡國柱、夏國相等），對於撤藩的事愛聽何等樣的應對戲碼，愛吃下什麼樣的應對物事等話語。寶釵影射的吳藩親信核心部屬集團深知賈母吳三桂年老人（按當時已是六十二歲），喜歡當老大，搞背叛自立，引發各地激烈熱戰這些熱鬧戲碼，愛聽甜言褒獎、爽心受用的話，就好像愛吃爽口易嚥的甜爛之食一樣。便總是依順著賈母吳三桂素來喜歡的好戰逞勇，迷戀藩王富貴，計利背主等特性說了出來（按如其婿侄等進言「王威望，兵勢舉世第一，戎衣一舉，天下震動！……可與清朝劃地講和」等），賈母吳三桂聽後十分受用，更加喜悅（按言外之意是三桂喜悅之餘，就接納了他們的意見，而決定起兵反清了）。次日便開始先將戎衣軍服、武器玩物等，當作慶賀其反清新政權誕生的禮品送過去各處。在王夫人影射的閩粵藩王、鳳姐康熙帝、黛玉反清復明勢力等諸人的地盤，都隨著各地情況不同，而有不同分量的佈署、策動，不須要多記。

第三節　二十一日薛寶釵作生日辦酒席演戲故事的真相

◈原文：

至二十一日，就賈母內院中搭了家常小巧戲台(1)，定了一班新出小戲，崑弋兩腔皆有(2)。就在賈母上房排了幾席家宴酒席(3)。並無一個外客，只有薛姨媽、史湘雲、寶釵是客，餘者皆是自己人(4)。

這日早起，寶玉因不見林黛玉，便到他房中來尋，只見林黛玉歪在炕上(5)。寶玉笑道：「起來吃飯去，就開戲了。你愛看那一齣？我好點。」林黛玉冷笑道：「你既這樣說，你特叫一班戲來，揀我愛聽的唱給我看。這會子犯不上跐着人借光兒問我。(6)」寶玉笑道：「這有什麼難的，明兒就這樣行，叫他們借咱們的光兒。(7)」一面說，一面拉起他來，攜手出去。

吃了飯點戲時，賈母一定先叫寶釵點。寶釵推讓一遍，無法，只得點了一折《西遊記》(8)。賈母自是歡喜，然後便命鳳姐點。鳳姐亦知賈母喜熱鬧，更喜謔笑科諢(9)，便點了一齣《劉二當衣》(10)。賈母果真更又喜歡，然後便命黛玉(11)。黛玉因讓薛姨媽、王夫人等。賈母道：「今日原是我特帶着你們取笑，咱們只管咱們的，別理他們。我巴巴的唱戲擺酒，為他們不成？他們在這裡白聽白吃，已經便宜了，還讓他們點呢？(12)」說着，大家都笑了，黛玉方點了一齣(13)。然後寶玉、史湘雲、迎、探、惜、李紈等俱各點了，接齣扮演(14)。(15)

◈脂批、注釋、解密：

(1)至二十一日，就賈母內院中搭了家常小巧戲台：就內層真事說，這是寓寫到了康熙十二年十一月二十一日這一天，賈母吳三桂就在他昆明平西藩王府宮殿內，搭建發起了一個以他家常雲南藩王政權為基礎的規模小而奇巧的朝閣，作為新政權搬演各項政軍戲碼的舞臺，宣佈起兵反清。「康熙十二年（一六七三年）十一月二十一日清晨，吳三桂召集四鎮十營（按為平西藩所屬）總兵馬寶、高起隆、劉之復、張足法、王會、王屏藩，及胡國柱、吳應期、郭壯圖（按為其婿侄等藩下甲兵部將成員）等各將官赴王府會議。雲南巡撫朱國治率所屬官吏奉命而來。三桂全身戎裝，威坐殿上，正式宣佈起兵，與朝廷決裂。㉘」他當場勒令朱國治等清朝官員投降，朱國治等部份官員不肯從叛。朱國治被胡國柱率兵追殺而死，雲南按察史李興元、雲南知府高顯辰、雲南同知劉昆等被拘禁。朝廷派來監督撤藩的使臣折爾肯、傅達禮、王新命等三大人，被暫時拘留軟禁。三桂「擲帽，剪辮髮」，以示不再為清臣，宣佈即日起改稱為「天下都招討兵馬大元帥」，建國號「周」，以明年為周元年。接著封授了一批文武官員，武官有金吾將軍、鐵騎將軍、驃騎將軍等，文官有中書省，及吏、戶、禮、兵、刑、工等六曹官員㉙。吳三桂這個反清新政權，雖設有類似歷代王朝六部的六曹政府，很像一個王朝的朝廷，但自己不登基稱皇帝，而稱「天下都招討兵馬大元帥」，六曹官員等級都比正規的朝廷來得低（按如清朝六部長官稱尚書，吳三桂的六曹長官才稱郎中），本質上是個規模小而又有點奇巧的政治戲台，所以這裡作者稱之為「小巧戲台」。

〔庚辰本雙行批〕等評注說：「另有大禮所用之戲台也，侯門風俗，斷不可少。」這是提示說：「另外有登基稱帝大禮所用的正規朝廷的政治戲台，這登基建朝大典是古來諸侯門第開國理政相沿的風氣習俗，是斷然不可缺少的。」按吳三桂後來登基稱大周皇帝，正式建立大周王朝，時間是康熙十七年三月三日（或說三月一日），地點在湖南衡州。

(2)定了一班新出小戲，崑弋兩腔皆有：一班新出小戲，寓指一批新出爐的小朝閣官員。崑弋兩腔，原是指明末清初兩種戲曲唱腔崑腔與弋腔，崑腔起源於江蘇崑山縣，聲調婉柔，為南曲，後來也傳至北京，為南方戲曲的代表；弋腔起源於江西弋陽縣，流傳至北京摻入北方音，聲調慷慨高亢，有殺伐之氣，為北方戲曲的代表。這裡崑弋兩腔皆有，崑腔的「崑」字暗點「昆」明，這句隱喻有兩層意義，其一是隱喻吳三桂新任命的一批官員，溫文的文官和高聲殺伐的武官都有；其二是隱喻留守南方昆明雲南的，和開往北方征伐的都有。

吳三桂反清後，「封郭壯圖為留守雲南路總管，料理核查雲南府屬印信，催徵銀兩，保證軍餉的供給。㉚」郭壯圖為吳三桂的女婿，當時吳世璠才十二歲，就隨郭壯圖留在昆明，後來吳世璠娶郭壯圖之女為妻。康熙十七年八月吳三桂在衡州病亡後，吳世璠繼承大周皇帝，由於年紀還青，重要政軍大事多由岳父郭壯圖幕後操控，所以郭壯圖實為大周王朝後期的主腦人物。郭壯圖、吳世璠這一批人，在吳三桂反清新政權中，扮演著留守南方昆明雲南，從事較靜態的軍事物資補給工作的角色，作者以演唱溫婉的南方戲曲「崑腔」加以象徵，真是妙極！吳三桂於十二月一日親率二十萬大軍，往貴州、湖南向東北征伐，另派王屏藩向四川北伐，這一批武將率領兩路大軍往北方征伐，扮演著在北方從事作戰殺伐工作的角色，作者以演唱高亢殺伐的北方戲曲「弋腔」加以象徵，真是想像得極富奇趣！虧他如何想像得到以「崑弋兩腔皆有」這麼簡單的一句話，來概括吳三桂反清初期那麼複雜的整體軍事態勢，其想像、象徵、歸納的能力真是太厲害了。所以我們讀者今日要追索、還原《紅樓夢》的真相，除了具備廣泛的國學常識之外，不發揮一些些類似作者的超高想像力，是很難有所領悟、發現的。

針對「崑弋兩腔皆有」句，〔庚辰本雙行批〕等評注說：「是賈母好熱鬧之故。」這是評示說：「崑弋兩腔的南北戲皆有，是賈母吳三桂遭撤藩，不甘寂寞，喜好反叛可以引發戰爭熱鬧場面的緣故，所以有留守南方昆明雲南的，也有派往北方征戰的。」

(3)就在賈母上房排了幾席家宴酒席：賈母上房，寓指賈母吳三桂藩王轄區雲南上方的處所，亦即貴州、湖南、四川地區。這句是寓寫吳三桂把軍隊開到其雲南轄區上方的貴州、湖南、四川地區，以家常雲南藩王政權的規格，排演了幾場與滿清軍隊的戰爭厮殺，有如吃酒席划拳哄鬧一般。

〔庚辰本雙行批〕等評注說：「是家宴，非東閣盛設也。非世代公子，再想不及此。」──這是接著前批更進一步提示，這裡描寫的是吳三桂初期以平常雲南藩王政權的規格起兵反清的事件，不是寫後來吳三桂在雲南東方的湖南衡州正式登基稱皇帝，盛大設立大周朝閣的事件。而若不是有世代戰功權重的公子如吳三桂者，再怎麼也想不到要這樣大舉起兵叛變的。

(4)並無一個外客，只有薛姨媽、史湘雲、寶釵是客，餘者皆是自己人：〔庚辰本雙行批〕等評注說：「將黛玉亦算為自己人，奇甚。」這是特別提示黛玉是母親死後，到外婆賈母家寄居的，這裡卻不和薛姨媽、寶釵母子，及史湘雲，一齊列入賈母客人之列，自然屬於「餘者皆是自己人」之列了，這是甚為奇怪的事，讀者要注意這個奇怪的矛盾現象，進一步探究其原因，不能輕易放過。前面筆者已一再提過，《紅樓夢》表面故事情節矛盾的地方，正是追索其背後隱藏真相的線索、浮標，這一則脂批正是這個意思。就內層真相來理解，寶釵影射吳三桂雲南藩王政權，或其反清新政權，照理說應寫成是賈母吳三桂的自己人才對，但是外表故事安排他是王夫人娘家親姊妹薛姨媽的女兒，從金陵入都來寄住賈府，所以外表故事上不得不寫成寶釵是客人。薛姨媽是寶釵的母親，非在場不行，所以薛姨媽也在客人之列。史湘雲原本影射在雲貴湖南地區的護衛清朝的政軍勢力集團，包括奉派至雲南監督撤藩的使臣折爾肯等人，及原派駐該地區的總督、巡撫、提督等滿清政軍官員，不是賈母吳三桂同一陣營的客人，自然也是客人。不過，薛姨媽既不得不列為客人，所以只得將護清集團加以分割成兩部份，史湘雲縮小為影射奉派雲南監督撤藩的使臣折爾肯等人，另由薛姨媽影射原派駐該地區的總督、巡撫、提督等滿清官員。至於林黛玉影射的反清復明勢力，在吳三桂反清時，是加入賈母吳三桂反清陣營的，所以必須算是自己人。這樣理解，原文將黛玉亦算為自己人，就不奇怪，而暢通沒矛盾了。

(5)

這日早起，寶玉因不見林黛玉，便到他房中來尋，只見林黛玉歪在炕上：這幾句描寫寶玉時時掛念著黛玉，一早起來不見黛玉就急著到她房中來尋找，好一起去吃寶釵生日的宴席，看演戲的熱鬧，只見林黛玉歪躺在炕上，對於情敵寶釵生日的熱鬧沒什麼興致。在內層真事上，這裡又以寶玉影射吳三桂，而賈母也是影射吳三桂，這就是前面筆者所說的「一人多名」筆法，一方面是作者為了配合外表小說故事的情節發展，不得不如此，一方面也藉此迷亂讀者眼目，使內裡所暗寫的歷史事件不致被輕易看穿。這幾句是寓寫在大家熱烈參與吳三桂發起反清、誕生反清新政權的活動之際，這日一早起來，寶玉吳三桂因發現林黛玉影射的反清復明勢力參與共同反清的熱情不見了，便到主張反清復明人士的處所來尋找他們，想鼓舞他們熱情參與聯合反清，只見林黛玉復明人士不怎麼提得起興致，就好像一個人沒精神而歪躺在炕床上一樣。按黛玉復明勢力只對擁立朱明王室後裔，恢復朱明王朝有興趣，而吳三桂曾是引清兵入關滅亡明朝的頭號殺手，復明人士對他是很顧忌的，雖然反清是他們共同的目的，但是由於對吳三桂不能信任，所以對於吳三桂起兵反清，他們是採取觀望態度，不敢冒然投入參與的。而推翻滿清，恢復明朝又是廣大漢人的願望，吳三桂反清必須有廣大漢人的共同參與，才有戰勝清朝的希望，而要吸引漢人參與，就必須打出復明旗號，拉攏復明勢力，這一段就是寓寫吳三桂努力設法拉攏復明勢力聯合反清的文字。

〔庚辰本雙行批〕等評注說：「又轉至黛玉文字，人不可少也。」這是評示說：「這一段作者又轉筆到描寫黛玉復明勢力的文字，因為復明勢力這些人是寶玉吳三桂反清運動不可缺少的。」

(6)這會子犯不上跐着人借光兒問我：跐，音此，踩踏，引申為依靠、仰仗的意思。跐着人借光兒，依靠著別人而沾光的意思，其中的「人」字是指寶釵。前面寶玉問黛玉說：「你愛看那一齣？我好點。」於是黛玉便回答了這句話，意思是賈母為寶釵作生日，擺酒席唱戲，賈母、寶玉大家都集中關愛寶釵，寶釵光彩十足，寶玉這會子犯不上依靠著別人寶釵，借她作生日演戲的光彩，來問我黛玉愛看那一齣戲，語氣中充滿了對寶玉、賈母等人這些日子集中關愛情敵寶釵的濃濃醋意。在內層真事上，跐着人的「人」字是指寶釵影射的擁護吳三桂的反清新政權，這句話是寓寫黛玉復明勢力埋怨說，不必依靠著那擁吳勢力的別人，假借擁吳名義的光彩，問我復明勢力愛看什麼樣的反清戲碼，而聯合反清。因為在黛玉復明人士的眼中，除了擁立朱明王室後裔為皇帝，是自己人之外，其餘擁立吳三桂等其他的人，都算是別人，他們是不能認同的。

〔庚辰本雙行批〕等評注說：「好聽之極，令人絕倒。」這是評注黛玉對寶玉說「這會子犯不上跐着人借光兒問我」這一句話，「好聽到極點，令人叫絕而跌倒在地。」就外表故事看，黛玉因為寶玉過份關心情敵寶釵的生日，而挖苦寶玉借寶釵生日演戲的光問她愛看什麼戲，他好點給她看，根本只是借花獻佛，不是真心誠意請她看戲，表達一下小女孩對心儀情人的醋意，雖然也算好聽，但也只是少年兒女三角戀愛的常情，不至於好聽到令人絕倒的程度。批書人就是借此一批，提示讀者要進一步去追究更深一層的合理原因。由於原文這一句話顯示作者居然將黛玉復明勢力埋怨寶玉吳三桂，依靠、假借著寶釵擁吳自立名義反清的光彩，來邀約復明勢力共同聯合反清，轉化為三角戀愛中的小女孩黛玉對心儀情人寶玉假借著情敵寶釵生日之光，問她愛看什麼戲的醋意，轉化得實在妙到極點，所以確實是「好聽之極，令人絕倒。」

(7)

「寶玉笑道：『這有什麼難的，明兒就這樣行，叫他們借咱們的光兒。』一面說，一面拉起他來，攜手出去。」：文中的「這」字，是指前面黛玉所說的「你特叫一班戲來，揀我愛聽的唱給我看」。這幾句是描寫寶玉哄著黛玉笑說：「妳說的這個有什麼困難的，明天就這樣做，我特叫一班戲來，揀妳愛聽的戲唱給妳看，叫他們借咱們的光，來看戲。」寶玉一面說著，一面就拉起黛玉來，兩個人攜手出去參加寶釵生日的宴席和看戲。在內層真事上，這幾句是寓寫寶玉吳三桂笑著對黛玉復明人士說：「妳說的這個有什麼困難的，明天就這樣做，我特叫一班戲來，揀你們復明人士愛聽的擁立朱明後裔、恢復明朝的戲碼，唱給你們看，叫他們借咱們恢復明朝的光，而一起來反清。」吳三桂一面說著做了，一面就提拉、振作起黛玉復明勢力的反清熱情來，於是寶玉吳三桂勢力和黛玉復明勢力兩個集團就攜手聯合起來，出去反清了。

這一段文章前面黛玉對寶玉說：「你特叫一班戲來，揀我愛聽的唱給我看」，未曾寫出她愛聽的是什麼戲，這裡寶玉回答「這有什麼難的，明兒就這樣行，叫他們借咱們的光兒」，語意更是含糊。所以對於解讀這段文章背後的歷史真相的讀者來說，因為作者故意不寫出黛玉復明勢力愛聽什麼戲碼，更不寫出寶玉吳三桂究竟揀選了什麼黛玉復明勢力愛聽的戲碼，才讓黛玉復明勢力情願和寶玉吳三桂攜手聯合反清，因此無從直接從文章中既有的文字，得知這裡寶玉吳三桂究竟採取什麼措施，而讓黛玉復明勢力情願和他攜手聯合反清，只有根據歷史對於吳三桂起兵反清時，所採取拉攏復明勢力有關措施的記載，自己仔細去推敲其「言外之意」才能得知。像這裡作者只以「明兒就這樣行」這樣模糊的語句，輕輕一點到具體內容的邊緣，就立即收住，故意不繼續寫出其具體內容，而留下空白讓讀者自己去翻查歷史，自行想像、推斷其「言外之意」的筆法，筆者稱之為「蜻蜓點水法」或「雪泥鴻爪法」，這是《紅樓夢》常常使用的筆法。例如前面本章第二節，「（鳳姐）說着，又引着賈母笑了一回，賈母十分喜悅」，其中的「賈母十分喜悅」句，就是一點就收，讓讀者自己去想像，其實還含藏了言外未盡之意，即「賈母吳三桂十分喜悅之餘，竟自動上書自請撤藩，康熙便乘機批准，將他撤藩了」。又如同一節「（寶釵）便總依賈母往日素喜者說了出來，賈母更加歡悅」，其中的「賈母更加歡悅」句，也是一點就收，讓讀者自己去想像，領悟其言外之意是「賈母吳三桂更加歡悅之餘，就接納了他們的意見，而決定起兵反清了」。

那麼，這裡寶玉笑道：「明兒就這樣行，叫他們借咱們的光兒」，也是作者使用一點即收的「蜻蜓點水」或「雪泥鴻爪」筆法，其中究竟輕輕點到而收住了寶玉吳三桂採取的什麼措施，而讓黛玉復明勢力情願和他攜手聯合反清呢？根據筆者考查吳三桂起兵反清時的相關歷史記載，推斷應該是寶玉吳三桂採取了率領三軍祭奠南明永曆帝陵的措施，以激發反清復明的意識，及在討清檄文上，加入了「推奉三太子，郊天祭地，恭登大寶」，打出復明的旗號等措施，因而才能使得反清初期，各方復明勢力群起響應，而與吳三桂攜手聯合反清。其中祭奠永曆帝陵的事件，很戲劇性，值得一述。先是順治十六年元月時，吳三桂等三路清軍攻陷昆明，南明永曆帝往西逃，隨後遁入緬甸，吳三桂於是封藩鎮守雲南。至順治十七年，在雲南地區基本平定之後，吳三桂為了能夠永保他在雲南的世世富貴，希望撤底消除永曆王朝在邊境的干擾，便上疏清廷請求領兵入緬而獲准。於是他與清將愛星阿率兵進入緬甸，打敗永曆的悍將李定國、白文選，擒獲永曆帝，康熙元年四月二十五日，吳三桂下令將永曆帝縊殺於昆明篦子坡。清廷為了獎勵他這次大功，晉封他為平西親王㉛。到了康熙十二年十一月二十一日，吳三桂因遭撤藩而起兵反清時，他因深知要反清必須激起廣大漢人的反滿意識，而最有效的方法就是讓漢人懷念明朝，仇恨滿清入關滅亡明朝漢族，而明朝的最後一個皇帝永曆帝的陵墓就在昆明，於是他想出祭悼永曆帝陵，以激發漢人悼明仇滿的情緒，以期吸引懷抱復明的廣大漢人響應，加入聯合反清的行列。《一代梟雄吳三桂》一書對於這件事，記述得很生動傳神，說：「為激發人氣，吳三桂卜日謁永曆陵，並先期關照諸將，『別故君當以故君之衣服見』，『老臣且易服以祭，諸君其預圖之』，隨即令下三軍。是日，吳三桂率大隊人馬至永曆帝陵前。……永曆帝自被葬身黃土後，還從未有人公開致祭過，……可有誰想到，十餘年後，來這裡祭奠他的，正是當年將他置於死地的吳三桂呢！」又說：

「吳三桂一副明臣裝束，頭裹方巾，身穿素服，面帶憂色跪於永曆墓前，身後數萬官兵亦皆衣『故君服飾』，跪於白旗下，一片肅然。祭祀開始了，不知是因親手誅殺先帝懺悔不已，還是為失掉雲南藩封委屈不平，吳三桂『酬酒，山呼再拜，慟哭伏地不能起』。是時，軍中多有永曆舊臣、故吏，及聯明抗清的農民軍將士，他們因大勢所趨歸附清廷，然却親臨君亡國破之難，痛楚尤切。如今又隸吳三桂多年，命運休戚相關。所以，雖然吳三桂在假戲真做，而『三軍皆哭，聲震如雷，人懷異志，蓋至是而三桂之反謀成矣』。對此，有台灣學者評價曰：吳三桂『身披喪服，涕泗縱橫，滿口君父之仇，不共戴天』，故『不知有多少為之義憤填膺，熱血沸騰，所以他才能夠一呼百應』。」又歸結評論說：「吳三桂以『易故人衣服』，表明了他與清廷的徹底決裂，率三軍祭奠明陵，更有反清復明之意，從而凝聚了人心。㉜」

(8)寶釵推讓一遍，無法，只得點了一折《西遊記》：《西遊記》，明代吳承恩著，為中國四大古典小說名著之一，內容是描寫唐僧三藏與弟子孫悟空等，往西方遊行，至印度取經的故事。在內層真事上，寶釵影射吳三桂反清新政權中的原雲南藩王勢力，或其中的首要謀士方光琛。《西遊記》，隱含雙重寓意，其一是取《西遊記》字面暗通諧音「西遊計」的意義，寓指「平西藩王出遊伐清的計策」；其二是取《西遊記》主題「三藏取經」，暗通「三藏取京」，寓指「三桂潛藏而出攻取京師」。這幾句是描寫賈母吳三桂對於撤藩的對策，徵求寶釵所影射雲南平西藩王幕僚群的代表人物首要謀士方光琛的意見，方光琛一再推讓，但三桂一再紆尊降貴就教，沒有辦法，只得點選建議了一個猶如《西遊記》的計策，就是平西藩王從雲南往外出遊反清的計策，或猶如「三藏取經」暗通「三藏取京」，所隱寓「三桂潛藏而出攻取京師」的計策。如前章所述，吳三桂在籌思撤藩對策時，其姪、婿百般慫恿其反清自保之餘，又建議他再和足智多謀的方光琛籌商，三桂於是好像劉備三顧孔明茅廬一樣，三次造訪方光琛徵求大計。第一、二次方光琛都沉靜地不吐露自己的看法，「至第三次，天剛亮，方還沒起床，三桂又登門徵求大計。方見三桂反意已決，這才起來，慷慨陳述，指出福建、廣東、湖北、河北、山西、四川等省，可傳檄而定，其餘戰勝攻取，易如反掌！三桂細聽他對形勢的分析，頓時興奮異常，歡欣鼓舞，……三桂決計起兵。㉝」日後吳三桂並遵循他的計策，率兵出雲南伐清。

〔庚辰本雙行批〕等評注說：「是順賈母之心也。」這是提示寶釵影射的方光琛，或吳三桂雲南藩王勢力，所點選猶如《西遊記》的「平西藩王出遊伐清之計」的戰略，是順應賈母吳三桂的心意而點選的。

(9)「然後便命鳳姐點。鳳姐亦知賈母喜熱鬧，更喜謔笑科諢」：在內層真事上，這幾句是寓寫吳三桂既起兵反清，然後鳳姐康熙便如被逼命似地點選出應對策略、戲碼（點戲），而康熙也認知賈母吳三桂喜愛戰爭、搞背叛的熱鬧（喜熱鬧）場面，又知道吳三桂更喜歡他鳳姐康熙朝廷一面實施漸近式的撤藩步驟，一面採取安撫的措施，逗弄得吳三桂忽憂忽喜，揣測朝廷有裁軍、削權的意思，就憂慮朝廷會疑忌他權勢太大而撤藩，就自動上書自請裁軍、削權，看到朝廷對其部將敘功，或允許兒子吳應熊回雲南省親等安撫措施，則又轉憂為喜，認為朝廷必不敢撤他，猶如戲臺上戲謔說笑插科打諢的戲碼一樣。

針對「更喜詼笑科諢」句，〔庚辰本雙行批〕等評注說：「寫得週到，想得奇趣，實是必真有之。」這是提示原文「（賈母）更喜詼笑科諢」，作者寫得很週到，沒有遺漏，而想像得很奇特有趣，而且實在是必真實有的事，不是作者隨意虛構的。」而所謂賈母吳三桂「更喜詼笑科諢」的必真實有的事，就是上述賈母吳三桂歡喜接受康熙朝廷撤藩、安撫兩面手法的種種措施，逗弄得他忽憂忽喜、哭笑不得的事件，而作者對於這些撤藩糾葛的底細都寓寫到了，所以評說「寫得週到」，又作者將雙方鬥心機耍手腕的情狀，想像成「詼笑科諢」的戲碼，真是想像得很奇特而有趣，所以評說「想得奇趣」。

(10)

便點了一齣《劉二當衣》：《劉二當衣》，「即《劉二叩當》或《叩當》，屬弋陽腔。《蒙古車王府曲本》中有《叩當》一劇，寫開當鋪的劉二見利忘義，愛財如命，用計扣下窮親戚的當物以抵押前帳。『叩』即『扣』的意思（王先謙《荀子集解》注：『扣與叩通』）。這是一齣詼笑科諢的滑稽戲。[34]」就外表故事來說，前面鳳姐以詼諧逗趣的語調，調侃賈母金的、銀的、圓的、扁的各種私房財寶，塞滿壓塌了箱子底，卻只捐資二十兩銀子交給她為寶釵辦生日，不夠辦生日酒戲，蓄意將積存的豐厚私房財寶留傳、獨厚寶玉一房，而勒逼她這承辦生日的人再補賠上不足的銀款，透露出她心中對賈母的不滿。所以這裡賈母命鳳姐點戲，她就點了一齣詼笑科諢的滑稽戲《劉二當衣》，借著這齣戲所演劉二用計扣下親戚當物以抵押前帳的故事，來暗表她對於賈母勒逼她貼錢辦生日的這筆帳，也想要設法扣下賈母某種當物以抵押前帳的報復心理，前後情節配合得非常密合，而且這齣戲為詼笑科諢的滑稽戲，正好配合上前面鳳姐對賈母詼諧逗趣的語調，又暗露鳳姐笑裡藏刀的陰狠心性，真是絕妙的好文章。

就內層真事來說，這裡鳳姐「便點了一齣《劉二當衣》」，是寓寫鳳姐康熙便點選了如同《劉二當衣》的戲碼，採取像戲中開當鋪的劉二，用計扣下親戚的當物以抵前帳的類似手段，用計扣下、撤銷賈母吳三桂立世家當的藩王爵位，以抵補朝廷被他侵吞的軍餉財貨，更扣押其留質北京作當物的長子吳應熊與長孫，加以縊殺。閱讀過以上寶釵點《西遊記》、鳳姐點《劉二當衣》的真相，讀者想必與筆者一樣，對於作者在眾多戲曲中，精挑細選《西遊記》與《劉二當衣》這兩個戲碼，借其劇名及戲中主題來代述吳、清大戰歷史事件，既省煩瑣的文字敘述，又將歷史事實比擬得唯妙唯肖，不禁讚嘆作者實在是博通群書，想像力高不可測！

〔庚辰本眉批〕等評注說：「鳳姐點戲，脂硯執筆事，今知者聊聊（寥寥）矣，不怨夫！」點戲，這裡和上面原文不一樣，不是指點選所要看的戲碼，而是指耍弄手段，點撥戲弄某人的意思。鳳姐點戲，是寓指鳳姐康熙為了達到撤藩的目的，而耍弄各種手段，如採取裁軍、削權、遣散吳藩心腹部將、安插康熙親信人員等手段，來點撥戲弄吳三桂，讓他感覺朝廷對他兵多權重有所疑忌，而產生朝廷可能撤藩的不安心理。脂硯，脂指胭脂美人，硯即硯台，可盛墨，寓指粉墨登台演戲，故脂硯實是影射性喜擦脂塗墨美人歌舞演戲富貴生涯的吳三桂。執筆，指拿筆寫文章、奏摺。脂硯執筆事，寓指性喜擦脂塗墨美人歌舞演戲的吳三桂，拿起筆寫奏摺，自請撤藩的事。這條脂批是批書人對原文所寓寫撤藩的歷史，點示出撤藩的真相，並感慨說：「『鳳姐康熙先行耍弄裁軍、削權等手段，來點撥戲弄吳三桂，使其惶惑不安，然後性喜擦脂塗墨美人歌舞演戲富貴生涯的吳三桂（脂硯），才執筆寫奏疏自請撤藩，康熙便順勢批准而撤藩』的事實，到如今知道真相的人已經寥寥無幾了，都說吳三桂是蓄意背叛，吳三桂怎能不怨呢！」

(11) 賈母果真更又喜歡，然後便命黛玉：〔庚辰本雙行批〕等評注說：「先讓鳳姐點者，是非待鳳先而後玉也。蓋亦素喜鳳嘲笑得趣之故，今故命彼點，彼亦自知，並不推讓，承命一點，便合其意。此篇是賈母取樂，非禮筵大典，故如此寫。」這一則脂批分為三段，分別提示這裡所寓寫吳三桂遭撤藩而起兵反清事件的三個相關層面。第一段「先讓鳳姐點者，是非待鳳先而後玉也」，是對於賈母吳三桂與鳳姐康熙朝廷，及與黛玉復明勢力三者之間的互動關係，提示說：「這裡文章描寫先讓鳳姐點戲，再寫黛玉點戲，是因為非得等待鳳姐康熙先點選《劉二當衣》的戲碼，把賈母吳三桂撤藩了，而後黛玉復明勢力才會加入賈母吳三桂聯合反清的陣營，而點選出他們對抗鳳姐康熙的戲碼。」第二段「蓋亦素喜鳳嘲笑得趣之故，今故命彼點，彼亦自知，並不推讓，承命一點，便合其意」，是對於賈母吳三桂與鳳姐康熙朝廷之間，有關撤藩的糾葛過程，提示說：「蓋賈母吳三桂也是因為素來歡喜接受鳳姐康熙朝廷一面實施裁軍、削權等，一面施行允許吳應熊回雲南省親予以安撫等，這些好像嘲笑逗弄人的措施，感覺很得他的意趣（即認為這些措施很合乎他心中朝廷必不敢撤他的想法）的緣故，故而如今自動上疏朝廷請求撤藩，向彼鳳姐康熙請命批點意見，彼鳳姐康熙亦早有撤藩的自我知見，所以並不推讓，承順賈母吳三桂上疏的自我請命而一下批點核准，便合乎賈母吳三桂請求撤藩的心意。」第三段「此篇是賈母取樂，非禮筵大典，故如此寫」，是對於這裡賈母為寶釵作生日故事的歷史真相，提示說：「這篇故事不是寓寫賈母吳三桂在衡州登基當皇帝的禮筵大典，而是寓寫吳三桂起兵反清初期，以其雲南藩王政權為主體，兼假稱推奉三太子恭登大寶，又建國號周，却未登基當皇帝，以博取世人讚賞其反清復漢行為，紛紛加入聯合反清，既不復明，又不自立建朝，這樣看似賈母吳三桂自我取樂的初期反清事件。」這已是批書人第三度提示這一篇所寓寫的是賈母吳三桂初期起兵反清的事件，而不是後來他在衡州登基當皇帝的禮筵大典，批書人這樣再三提示，真是苦口婆心之至啊！至於吳三桂在衡州登基大周皇帝之禮筵大典的事跡，則是在本回下半回，以賈母與賈政互猜燈謎的另一種筆墨，並反而以輕描淡寫的方式來加以寓寫。

(12)
他們在這裡白聽白吃，已經便宜了，還讓他們點呢：他們，指薛姨媽、王夫人等。就內層真事說，薛姨媽、王夫人應是影射清朝派駐在雲南、貴州一帶的總督、巡撫、提督、王公大人等清朝文武官員。因為雲、貴原為吳三桂總管的省份，都靠賈母吳三桂駐鎮在雲南，而得以安定，那些滿清官員都靠吳三桂的庇護而當太平官，所以說「他們在這裡白聽白吃，已經便宜了」。至於「還讓他們點呢」這句，賈母意思就是不讓他們點戲，因為賈母吳三桂就在雲、貴一帶發起反清，一定要強力壓制這一帶的清朝文武官員，絕不容許他們點出什麼戲碼、招式來，而妨礙他的進軍。按吳三桂起兵反清當日，就當場勒令雲南巡撫朱國治等清朝官員投降，少數不肯從叛的官員，朱國治被殺，雲南按察史李興元、雲南知府高顯辰、雲南同知劉昆等被拘禁、流放。奉派來監督撤藩的使臣折爾肯等三大人，被暫時拘留軟禁。其餘雲南地區的「朝廷命官、地方官吏大多投降應叛，像雲南提督張國柱、永北總兵官杜輝、鶴慶總兵柯澤、布政史崔之瑛、提學道國昌等等一大批漢官漢將都響應了三桂的叛清號令，接受三桂的職務。㉟」稍後進兵貴州，貴州提督李本琛、巡撫曹申吉、黔西鎮總兵官王永清等都望風投降，駐守貴陽的雲貴總督甘文焜不投降，逃走被圍而自殺，三桂兵不血刃，傳檄而得貴州全境㊱。可見賈母吳三桂根據地雲貴地區的滿清文武官員，全被三桂強力壓制，根本沒有點選出什麼對抗三桂的戲碼來。

(13) 黛玉方點了一齣：〔庚辰本雙行批〕等評注說：「不題何戲，妙！蓋黛玉不喜看戲也。正是與後文『妙曲警芳心』留地步，正見此時不過草草隨眾而已，非心之所願也。」後文「妙曲警芳心」，指後面第二十三回下半回「牡丹亭艷曲警芳心」的情節，那裡描寫林黛玉走到梨香院牆角上，聽見牆內有女子演習戲文傳出歌聲，「只是林黛玉不大喜看戲文，便不留心，只管往前走。偶然兩句吹到耳內，明明白白，一字不落，唱道是：『原來姹紫嫣紅開遍，似這般都付與斷井頹垣』（按這兩句為《牡丹亭》戲曲中女主角杜麗娘的唱詞），林黛玉聽了，倒也十分感慨纏綿，便止步側耳細聽，……。」所以這裡脂批前半意思是說，這裡描寫林黛玉推讓一番才點了一齣戲，而且「不題何戲」，用這種方式來暗示「蓋黛玉不喜看戲也」，而這樣「正是給後文『牡丹亭艷曲警芳心』的情節中，描寫『林黛玉不大喜看戲文』留下地步、餘地。」就內層真事說，這一條脂批是提示說：「原文描寫『黛玉（推讓一番）方點了一齣』，而不題什麼戲名，很奧妙！蓋這樣寫法是暗示黛玉復明人士不喜歡看戲的意思（按因為他們以擁戴朱明後裔恢復明朝為目的，不喜歡吳三桂這種不以復明為目的的反清胡鬧戲碼）。這正是給後文『牡丹亭艷曲警芳心』的情節中，描寫『林黛玉不大喜看戲文』留下地步、餘地。這又正見得這時黛玉復明人士所點選的一齣戲碼、行動，不過是草草跟隨眾人，附和吳三桂反清而已，並非誠心所願的（按因為他們心中真正的願望是恢復明朝）。」我們從這裡連作者描寫黛玉先推讓一下，才點了一齣戲，而不寫出戲名，都隱含有這樣微妙的隱義，可見得《紅樓夢》是到處都充滿甚深微妙義的一部隱書，若不倚賴脂批的指引，並再三再四閱讀、推敲，那能領悟個中奧妙。

(14)然後寶玉、史湘雲、迎、探、惜、李紈等俱各點了，接齣扮演：意思是與寶釵相近的好友伴寶玉、史湘雲、迎春、探春、惜春，及寶玉的大嫂李紈，都參加寶釵生日的酒席、看戲，並各自點了自己喜愛的戲劇，一齣接一齣地扮演下去。在內層真事上，寶玉影射吳三桂，他當然要點選、上演他的反清戲碼。史湘雲，影射雲貴湘地區的護清官員集團，他點選、上演的戲碼，應該就是前面所寫「遣人回去，將自己舊日作的兩色針線活計取來，為寶釵生辰之儀」的事，也就是雲貴總督甘文焜遣送兵部郎中党務禮、戶部員外郎薩穆哈，趕回北京告變，清廷派遣滿軍八旗兵與漢軍綠旗兵兩色旗幟的軍隊前來迎戰吳三桂軍的戲碼。探春，應是影射台灣的鄭經延平王朝，他點選、上演的戲碼，就是從台灣率舟師至廈門、金門、閩南一帶，加入吳三桂聯合抗清行動的戲碼。至於迎春、惜春、李紈究竟影射什麼對象，他們究竟點選、上演什麼戲碼，筆者還未能悟通，不敢妄解。總之，這裡寫「然後寶玉、史湘雲、迎、探、惜、李紈等俱各點了，接齣扮演」，是配合賈府寶釵好友伴寶玉兄妹等都參加寶釵生日的宴席，並都點了各自戲碼的外表故事情節，來寓寫吳三桂既起兵反清，寶釵影射的雲南藩王勢力、鳳姐影射的康熙朝廷勢力、黛玉影射的復明勢力這三個最主要的勢力，都點選了他們的戲碼、行動，然後各方勢力陸續加入，也都點選、上演了他們各自的戲碼，戰爭一幕接一幕演出。

(15)二十一日賈母為寶釵作生日，並命寶釵、鳳姐、黛玉等眾人點戲，接齣扮演一大段：針對這一大段故事，〔靖藏本眉批〕等評注說：「前批知者聊聊（寥寥）。不數年，芹溪、脂硯、杏齋諸子皆相繼別去。今丁亥夏，只剩朽物一枚，寧不痛殺！」前批，這裡「批」字不是指一般意義的批點書籍而言，而是寓指批點校閱軍隊，進行戰爭，評比高下、勝負的意思。所以「前批」這兩個字並不是指前一次批點《紅樓夢》或《石頭記》這一本書籍，而是一個隱語密碼，暗指二十一日賈母為寶釵作生日，辦酒席演戲這一段小說故事，所寓寫康熙十二年十一月二十一日，吳三桂批點校閱軍隊，以其雲南藩王勢力為基礎起兵反清（與黛玉復明勢力聯合），和鳳姐康熙朝廷軍隊，展開戰爭、評比較量勝負的事件，其情況就好像閱讀一本書，進行批點較量優劣一樣。而這次是發生較前面的，後面康熙十七年三月三日，還有吳三桂正式登基稱皇帝，建立大周王朝，重新批點校閱軍隊，再度與滿清拼戰、評比勝負的事件，所以批書人就把前面吳三桂剛起兵反清的事件暗稱為「前批」，而把後面吳三桂登基稱帝，再與滿清拼戰、評比勝負的事件，暗稱為「重評」或「再評」（按也應可稱為「後批」，但筆者未曾見到脂批使用「後批」的說法）。前批知者聊聊（寥寥），這句是評示說，到了吳三桂大周王朝後期，世人對於前面吳三桂剛起兵反清的事件（前批），知道真相的人已經寥寥無幾，都接受清朝所宣傳吳三桂是蓄意背叛的說法，其實事情的真相是鳳姐康熙蓄意撤藩，先行耍弄種種手段點撥戲弄吳三桂，使其惶惑不安，然後性喜擦脂塗墨美人歌舞演戲富貴生涯的吳三桂，才中計而執筆寫奏疏自請撤藩，康熙便順勢批准而撤藩（鳳姐點戲，脂硯執筆）。芹溪，影射質押在北京的吳三桂長子吳應熊及孫子。脂硯，影射喜愛擦脂塗墨美人歌舞演戲富貴生涯的吳三桂。杏齋，影射鄭大木（鄭成功）家口的鄭經。「今丁亥夏，只剩朽物一枚」，這兩句是寓指戰爭戲碼一齣接一齣上演，到了今日康熙二十年夏季六月六日丁亥日㊲，大周王朝版圖已被滿清大軍擊碎，皇帝吳世璠被圍困在雲南昆明城中，只剩下危城中一個象徵大周王朝的玉璽（或皇帝）存在那裡，但已經喪失動員反撲的功能㊳，猶如一枚不堪用的腐朽物件。綜合起來，這一條脂批是評示說：「對於前次吳三桂剛起兵反清的事件（前批），現在知道真相的人已經寥寥無幾了（按言外之意是現在世人都說吳三桂是蓄意背叛，而不知真相是『鳳姐點戲，脂硯執筆』，即鳳姐康熙先行耍弄種種手段點撥戲弄吳三桂，使吳三桂不安而執筆寫奏疏自請撤藩，康熙便順勢批准而撤藩）。沒有幾年工夫，吳應熊（芹溪）、吳三桂（脂硯）、鄭經（杏齋）諸位先生，都已先後相繼死亡離別而去。至今康熙二十年夏季六月六日丁亥日，大周王朝版圖已被滿清大軍擊碎，皇帝吳世璠被圍困在雲南昆明城中，只剩下危城中一個象徵王朝的玉璽、或皇帝存在那裡，但已經喪失動員反撲的功能，猶如一枚不堪使用的腐朽物件，整體漢人抗清聯軍毀滅在即，怎能不令人哀絕痛煞呢！」

茲再補充解析芹溪、杏齋的意義，及影射的對象如下。芹溪，意思是生長有芹菜的溪流，也就是溪流邊長有芹菜，應是取義自《詩經．魯頌》〈泮水〉篇「思樂泮水，薄采其芹」，以「芹溪」寓指生長在泮宮（學宮）水邊的芹菜。此外芹又暗通諧音「情」字，隱含親情之意，而泮宮音形近似「伴宮」，故芹溪隱喻陪伴在宮中（伴宮）的親情人物，對應到吳三桂叛清事件上，就是指吳三桂留在北京陪伴在清宮旁邊作人質的親情人物長子吳應熊及孫子吳世霖等人。杏齋，前面筆者在第一冊中已解析指出，紅樓夢的主軸故事「木石盟」

中，「石」是寓指石頭、賈寶玉所影射的吳三桂，「木」是寓指林黛玉所影射的字為鄭大木的鄭成功延平王朝，「木石盟」就是寓指石頭吳三桂和鄭大木所建延平王朝聯盟反清的意思；而「杏」拆字為「木口」，隱指鄭大木的家口，齋是書房，筆者前面已指出《紅樓夢》中的「書」字，常是寓指「曆法書」、「王朝」的密碼，故「書齋」或「書房」就是暗指「王朝宮殿」或「朝廷」之意，因此「杏齋」就是寓指鄭大木家口的兒子鄭經或鄭經朝廷。按根據歷史記載，吳應熊（芹溪）死於康熙十三年四月，吳三桂（脂硯）死於康熙十七年八月，鄭經死於康熙二十年一月㊴，三個人在七、八年之間相繼死亡別世，可見這裡脂批註記「不數年，芹溪（吳應熊）、脂硯（吳三桂）、杏齋（鄭經）諸子皆相繼別去」，在時間及次序上真是一絲不苟，註記得完全吻合歷史事實。

這一條脂批向來廣為權威紅學家們引用，據以認定《紅樓夢》作者曹雪芹（芹溪）、批書人脂硯、杏齋，在乾隆三十二年丁亥年以前的數年間，相繼死亡別去，而畸笏叟（朽物）死於此後不久，並配合〔甲戌本〕第一回原文描寫「至脂硯齋甲戌抄閱再評，仍用石頭記」，及其他脂批資料，如第一回〔靖藏本附紙特批〕評注說：「此是第一首標題詩。能解者方有辛酸之淚，哭成此書。壬午除夕。書未成，芹為淚盡而逝。余常哭芹，淚亦待盡。……今而後，願造化主再出一芹一脂，是書有成，余二人亦大快遂心于九原矣。甲申八月淚筆」等等，編訂出《紅樓夢》寫作、刪編及各批書人批點評註的年表。另並窮蒐江寧織造曹寅家族史料，考證各批書人屬於江寧織造曹家家族中的角色，構成一個極為複雜的曹家家事考證派紅學結構基盤。不過自從胡適開始，這些曹家紅學的考證研究已經將近百年，迄今仍考證不到曹雪芹是曹寅族譜中的那一位子孫，更考證不到脂硯齋、畸笏叟等幾位批書人是曹家中的那些家族成員。縱然如此，還是吸引一大群後起紅學專家跟風去研讀這些曹家考證權威們汗牛充棟的滔滔巨著，弄得眼睏神疲，而腦中實是茫茫然，真是浪費寶貴的歲月年華。看過筆者解析《紅樓夢》真相的讀者，應該都能看出胡適派有關曹家新紅學論述的錯誤根源，在於將作者曹雪芹、批書人脂硯齋、畸笏叟等人，原應是影射吳三桂、吳應熊等，卻誤判為是影射江寧織造曹家的家族成員，犯了第一層嚴重的錯誤。又將原文和脂批中標記日期的干支甲戌、壬午、丁亥等，誤解為是標記年度的干支，犯了第二層嚴重的錯誤。由於犯了這兩層嚴重的錯誤，胡適派曹家新紅學所考證的總體結論，尤其是《紅樓夢》寫作、增刪、批書年表這個曹家新紅學理論基盤的部份，都是誤入歧途的錯誤推論。因此，筆者謹奉勸後起紅學家千萬要記取前車之鑑，不要再繼續從事曹家新紅學路線的考證研究，以免白白浪費青春歲月。

◈真相破譯：

到了康熙十二年十一月二十一日這一天，賈母吳三桂就在他昆明平西藩王府宮殿內，搭建發起了一個以他家常雲南藩王政權為基礎的規模小而奇巧的朝閣，作為新政權搬演各項政軍戲碼的舞臺（家常小巧戲台），宣佈起兵反清。吳三桂制定封授了一批演出小朝閣政軍戲碼的新出爐官員，其中好像唱南方崑曲腔調溫文婉柔的文官，和好像唱北方弋陽腔腔調高亢殺伐的武官都有，而且有留守南方昆明的，也有往北方征戰的（崑弋兩腔皆有）。就在賈母吳三桂雲南轄區上方的貴州、湖南、四川地區，以家常雲南藩王政權的規格，排演了幾場與清軍的戰爭厮殺，有如吃酒席划拳哄鬧一般。並無一個外客，只有薛姨媽影射的派駐該地區的總督、巡撫、提督等清朝官員，史湘雲影射的奉派雲南監督撤藩的使臣折爾肯等人，及在外表故事上被安排為壽星的寶釵影射的吳三桂反清新政權是外客，其餘都是吳三桂反清陣營的自己人（按根據脂批提示包括參與聯合反清的林黛玉反清復明勢力）。

這日一早起來，寶玉吳三桂因發現林黛玉反清復明勢力參與共同反清的熱情不見了，便到主張反清復明人士的處所來尋找他們，想鼓舞他們同心參與聯合反清，只見林黛玉復明人士不怎麼提得起興致，就好像一個人沒精神而歪躺在炕床上一樣。寶玉吳三桂笑著說：「起來參加慶祝反清新政權誕生的好像團聚吃飯的集會活動去，就要展開反清的戲碼了。你愛看那樣的一齣戲碼？我好點選給你看。」林黛玉復明勢力冷笑說：「你寶玉吳三桂既然這樣說，那你就特別叫一班別樣的戲班人馬來，揀選我愛聽的恢復明朝戲碼唱給我看。這會兒不必依靠著寶釵影射的雲南吳藩勢力那些人，假借擁護你吳三桂名義的光彩，問我復明勢力愛看什麼樣的反清戲碼。」寶玉吳三桂笑說道：「你們復明勢力說的這個有什麼困難的，明天就這樣做，我就特別安排你們愛聽的恢復明朝的戲碼演給你們看，叫他們借咱們恢復明朝的光，而一起來反清（按言外之意是，吳三桂於是採取了率領三軍祭奠南明永曆帝陵的措施，以激發反清復明的意識，及在討清檄文上，加入了『推奉三太子，郊天祭地，恭登大寶』等詞句，打出復明的旗號等措施）。」寶玉吳三桂一面說著做了，一面就提拉、振作起黛玉復明勢力的反清熱情來，於是寶玉吳三桂勢力和黛玉復明勢力兩個集團就攜手聯合起來，出去反清了。

在好像團聚吃了飯，集會決定應付撤藩大計，要點選具體的應對戲碼、策略的時候，賈母吳三桂一定要先叫寶釵所影射的雲南平西藩王政權幕僚群的首要謀士方光琛點選出策。寶釵方光琛一再推讓，但三桂一再紆尊降貴就教，方光琛沒有辦法，只得點選建議了一個猶如《西遊記》暗通諧音「西遊計」的計策，就是平西藩王從雲南往外出遊伐清的計策（或猶如《西遊記》主題「三藏取經」暗通「三藏取京」，所隱寓「三桂潛藏而出攻取京師」的計策）。賈母吳三桂自然是很歡喜而接納，依計而行，然後就逼命得鳳姐康熙要點選出應對策略來。鳳姐康熙也知道賈母吳三桂向來喜歡戰爭、搞背叛這些熱鬧場面，而早就疑忌他會背叛，又知道吳三桂更喜歡他康熙朝廷所製造撤藩、安撫兼施的兩手策略，逗弄得他忽憂忽喜，揣測朝廷疑忌他時，就憂慮得自動上書自請裁軍、削權，見到朝廷安撫他時（按如允許吳應熊回雲南省親等），又喜得自認朝廷必不敢撤他，非常滑稽可笑，猶如戲臺上戲謔說笑插科打諢的戲碼一樣。於是鳳姐康熙便點選了如同《劉二當衣》的戲碼，採取像戲中開當鋪的劉二，用計扣下親戚的當物以抵前帳的類似手段，用計扣下、撤銷賈母吳三桂立世家當的藩王爵位，以抵補朝廷被他侵吞的軍餉財貨，後來更扣押其留質北京作當物的長子吳應熊與長孫，加以縊殺。這樣正好點中賈母吳三桂的要害，使他悲極絕望之餘，果真轉為更又喜歡似地，樂得放手大戰一場，經此刺激，然後便設法命使黛玉復明勢力點選出他們的戰爭戲碼，拉攏他們聯合抗清。黛玉因而想讓薛姨媽、王夫人等所影射的清朝派駐在雲南、貴州一帶的總督、巡撫、提督、王公大人等滿清文武官員，先行表態點選出他們是擁護清朝或擁護吳三桂的應對戲碼。賈母吳三桂說：「今日原是我吳三桂特地帶着你們雲南藩鎮勢力及復明勢力反清，博取漢族世人開心一笑，咱們只管咱們同心反清的事，別理他們要怎麼樣。

我吳三桂巴巴期望成大事的極力糾集，發動這場好像唱戲擺酒一般的反清戰爭大熱鬧，難道是為了和他們打戰不成？他們這一批清朝官員靠著我駐鎮雲南，在我雲、貴地盤這裡白聽白吃做太平官，已經便宜他們了，還讓他們自由點選他們的立場呢？（言外之意是他們平常既依賴我吳三桂白聽白吃，現在就只有聽我命令從叛反清而已）」賈母吳三桂這樣說着也就照做了，沒讓雲、貴的滿清文武官員有自己點選立場的機會（按雲、貴的清朝文武官員，少數不從叛的或被殺或被捕，其餘大多數都投降從叛，都沒能自由點選立場），旗開得勝大家都開心笑了，這時黛玉復明勢力才順勢點了一齣戲碼，附和著眾人參與反清行動（按根據脂批提示，這裡作者寫黛玉推讓一番才點了一齣戲，而且「不題何戲」，是暗示黛玉復明勢力不喜歡看吳三桂這種不以復明為目的的反清戲碼）。然後寶玉吳三桂、史湘雲護清勢力、探春影射的台灣鄭經延平王朝，及迎春、惜春、李紈等所影射的各方勢力陸續加入，俱都點選、上演了他們各自的戲碼，戰爭一幕接一幕演出。

第四節　戲中演唱〈寄生草〉曲文故事的真相

◈原文：

至上酒席時，賈母又命寶釵點。寶釵點了一齣《魯智深醉鬧五台山》(1)。寶玉道：「只好點這些戲。」寶釵道：「你白聽了這幾年的戲，那裡知道這齣戲的好處，排場又好，詞藻更妙。」寶玉道：「我從來怕這些熱鬧。」寶釵笑道：「要說這一齣熱鬧，你還算不知戲呢(2)！你過來，我告訴你，這一齣戲熱鬧不熱鬧。是一套北〈點絳唇〉(3)，鏗鏘頓挫，音律不用說是好的了；只那詞藻中有一支〈寄生草〉(4)，填的極妙，你何曾知道。」寶玉見說的這般好，便湊近來央告：「好姐姐，念與我聽聽。」寶釵便念道：

> 漫搵英雄淚，相離處士家(5)。謝慈悲剃度在蓮台下(6)。沒緣法轉眼分離乍(7)。赤條條來去無牽掛(8)。那裏討烟簑雨笠捲單行(9)？一任俺芒鞋破鉢隨緣化(10)！

寶玉聽了，喜的拍膝畫圈，稱賞不已(11)，又讚寶釵無書不知。林黛玉道：「安靜看戲罷，還沒唱《山門》，你倒《粧瘋》了。(12)」說的湘雲也笑了。於是大家看戲。

◈脂批、注釋、解密：

(1)「至上酒席時，賈母又命寶釵點。寶釵點了一齣《魯智深醉鬧五台山》」：《魯智深醉鬧五台山》，又叫《山門》，或《醉打山門》，是清初邱園（或作朱佐朝）所作《虎囊彈》傳奇中的一齣，現存《綴白裘》中；演《水滸傳》中魯智深打死惡霸鄭屠後，先到七寶村的趙員外家避難，因走漏風聲，只得離開那裡，改到五台山佛寺剃髮出家當和尚安身，後來因貪圖塵俗享受，不守佛門清規，破戒吃肉喝酒，有一次喝到酒醉，而大鬧寺院山門，被他師父智真長老打發離山的故事㊵。在內層真事上，寶釵影射擁護吳三桂的雲南吳藩親信部屬集團。

魯智深，影射吳三桂，因為魯智深剃髮在五台山當和尚安身，很類似吳三桂剃髮降清，前腦剃得光禿如和尚，而在五華山當雲南藩王安身的情況。五台山，寓指五華山，吳三桂的雲南平西王府宮殿群就在昆明五華山周圍。《魯智深醉鬧五台山》這齣戲很妙，因為以上的劇情主題很類似吳三桂降清以至叛清的概要事跡。首先魯智深打死惡霸鄭屠後，先到七寶村的趙員外家避難，很類似吳三桂引清兵入關打敗當時橫霸北京的李自成之後，就誠心歸降滿清（按趙員外可寓指滿清，因滿清姓愛新覺羅，而歷史上有覺羅姓趙的說法㊶）；其改到五台山佛寺剃髮出家當和尚安身，很類似吳三桂剃髮降清前腦光禿如和尚，而改封到雲南昆明五華山為藩王安身；其貪圖塵俗享受，不守佛門清規，破戒醉酒，而大鬧寺院山門，被他師父智真長老打發離山，則很類似吳三桂貪圖塵俗藩王歌舞富貴享受，不守清朝規矩，逾規斂聚財貨，導致被滿清藉口撤藩，要將他趕離昆明五華山，因而在昆明五華山藩王府起兵反清大鬧的情況。這三句是寓寫到了好像上酒席划拳喝酒喧鬧一般，要起兵開戰鬥鬧的時候，賈母吳三桂又命使寶釵影射的雲南吳藩親信部屬集團點選戰爭戲碼，寶釵吳藩親信部屬集團點選了一齣類似《魯智深醉鬧五台山》的戰爭戲碼，也就是魯智深影射的吳三桂因遭撤藩，身心承受不了而行為變亂，如同不勝酒力而酒醉亂性一般，因而在昆明五華山藩王府起兵反清，在其大門口的雲南、貴州地區征戰大鬧的戲碼。

看到這裡料想各位讀者一定已經發覺，上面賈寶玉、薛寶釵與賈母身分重疊，都同指吳三桂，或其政權，這就是前面所說的「一人多名」筆法。在這一回裡，這三個名號所寓指的意義大同而小異，大約三者除了都同樣影射吳三桂之外，還有一點小差異，即賈母還兼指超然獨立的整體歷史、局勢演變之孕生驅命的角色，即有點代表作者敘述歷史的角色；寶玉則兼指往上提升至居於帝位、王位的吳三桂角色（因為名中的「玉」字隱寓有「玉璽」所代表帝王權位的意義）；寶釵則偏向指往下降為擁護吳三桂之雲南吳藩部屬勢力集團的角色。

筆者一直強調《紅樓夢》慣用「一人多名」或「一名多人」的筆法，以欺瞞讀者眼目，是構成《紅樓夢》神秘色彩的重要因素，很多讀者都感到很困惑，懷疑筆者這種說法是否真實有據，因為這樣的筆法把《紅樓夢》的內容弄得很複雜，令人難以捉摸。不過，筆者這種說法並不是自己憑空想像出來的，而是有堅強根據的，除了根據〔甲戌本〕《石頭記》「凡例」對甄士隱、賈雨村之隱義的提示，因而領悟演繹出來之外（詳情請參閱第一冊「南佳人紅學提要」及第二章第三節），還有以下《紅樓夢》原文及脂批的有力根據。第九十八回原文描寫寶玉聽說黛玉亡故時，心神恍惚，夢至陰司地獄，要尋訪黛玉下落，遇到一個人，那人對他說：「林黛玉生不同人，死不同鬼，無魂無魄，何處尋訪！」可見林黛玉這一個名號，還活著的時候影射好多個不同的人，死後才會影射好多個不同的鬼，這就是作者藉機以林黛玉為例，提示《紅樓夢》中各角色的名號是一個名號影射幾個不同的真實人物，也就是「一名多人」的筆法。另外，在第四十二回的回前總批，有脂批評注說：「釵玉名雖二個，人却一身，此幻筆也。今書至三十八回，時已過三分之一有餘，故寫是回，使二人合而為一。請看黛玉逝後寶釵文字，便知余言不謬矣。」釵玉，是指寶釵和寶玉，不過一般紅學家却都把釵玉解讀為寶釵和黛玉，這應是有所偏差，因為脂批合稱薛寶釵和林黛玉一般是用薛林、釵黛、釵顰，而不稱作釵玉。這一則脂批是提示說：「書中的寶釵、寶玉名字雖然有二個，所影射的却是同一個人吳三桂，這是作者欺人眼目的幻化筆法，也就是說同一個人吳三桂因其身分、立場變換而分別使用寶釵、寶玉這二個不同的名字來加以影射（按指以寶玉影射吳三桂，而以寶釵影射擔任雲南藩王的吳三桂，實際都是影射吳三桂一個人）。現今書中故事寫至三十八回，時間已超過三分之一有餘了，故特別寫四十二回這一回，使寶釵與寶玉二個人合而為一（按這應是寓指到了這時吳三桂起兵反清，由雲南藩王政權轉化籌組為反清周王新政權，自稱周王，便使得前面影射吳三桂的寶玉，和影射雲南藩王吳三桂的寶釵合而為一，兩者都影射同一個反清新政權周王的吳三桂了）。請讀者看書中林黛玉逝世（按應是寓指吳三桂正式自立稱帝建大周王朝，放棄擁立朱三太子，黛玉影射的復明希望消亡）之後，作者描寫寶釵與寶玉結婚，兩人結合為一體共同生活的描述文字（按是寓寫吳三桂登基為大周皇帝，於是寶釵雲南藩王吳三桂與寶玉吳三桂大周皇帝便合而為一，就像男女兩人結婚為一體一樣），便會知道我所說『釵玉名雖二個，人却一身』的話沒有謬誤了。」這是批書人對紅樓夢書中角色，兩個名號同指一個真實人物，最為明確的提示了，也是筆者主張《紅樓夢》使用「一人多名」筆法的鐵證。

(2)「寶釵笑道：『要說這一齣熱鬧，你還算不知戲呢！』」：這是描寫寶釵認為《魯智深醉鬧五台山》這齣常人以為是熱鬧逗趣的戲碼，其實內容是演魯智深有家歸不得，被迫寄生五台山當和尚，破戒醉鬧五台山後，被師父趕走，又要孤單流浪天涯的一齣悲苦無告的戲碼，所以對寶玉說：「要是說這一齣戲熱鬧逗趣，你還算不知這齣戲的實質內容呢！」就內層真事說，這是寓寫寶釵影射的雲南吳藩部屬集團笑對寶玉吳三桂說：「要是說這一齣類似《魯智深醉鬧五台山》的寶玉吳三桂因遭撤藩而起兵反清，在其大門口的雲南、貴州地區征戰大鬧的戲碼，是一齣熱鬧歡樂的戰爭戲碼，你還算不知這齣戲的實質內容呢（按因為骨子裡是吳三桂遭滿清無情撤藩，極度悲苦無奈，被迫千山我獨行地孤苦奮戰自立的一齣戰爭戲碼）！」

〔庚辰本雙行批〕等評注說：「是極。寶釵可謂博學矣，不似黛玉只一《牡丹亭》，便心身不自主矣。真有學問如此，寶釵是也。」寶釵可謂博學矣，這句是評論寶釵可以說讀書很廣博淵通，所以能夠看透《魯智深醉鬧五台山》這一齣並非熱鬧逗趣的戲碼，而另有更深的意義。《牡丹亭》，係晚明湯顯祖所著的戲曲，清初仍極流行，比美《西廂記》。「黛玉只一《牡丹亭》，便心身不自主矣」，是指第二十三回下半回「牡丹亭艷曲警芳心」的故事中，描寫林黛玉走到梨香院的牆角上，聽到牆內傳出女子唱《牡丹亭》戲曲中，女主角杜麗娘傷春自憐的一些詞句，聯想到自已寄人籬下，愛情不順的處境，不覺心動神搖，如醉如痴，站立不住，便蹲身在一塊山子石上，細嚼「如花美眷，似水流年」八個字的滋味，「不覺心痛神痴，眼中落淚」，這樣只聽《牡丹亭》曲詞，就被迷住，傷感得心身不能自主了，那能夠再評判《牡丹亭》戲曲的深一層意義。

就內層真事來解析，意義就曲折複雜得多了。寶釵可謂博學矣，這句是評論寶釵吳三桂雲南藩王勢力集團，在經歷過臣屬明朝、李自成大順朝（降後又毀約）、清朝、雲南平西藩王等數個王朝、政權之後，場面見識廣博，適應力很強，所以能夠認定這一齣類似《魯智深醉鬧五台山》的寶玉吳三桂因遭撤藩而起兵反清的大戰，不是一齣鬧著玩的熱鬧戰爭戲碼，而是吳三桂遭滿清無情撤藩，極度悲苦無奈，被迫孤苦奮戰，擺脫滿清，自立建朝的戰爭戲碼。牡丹，花朵碩大，花瓣豐富，艷冠群芳，有象徵富貴的意義。第六十三回上半回「壽怡紅群芳開夜宴」的故事中，描寫眾人開夜宴為寶玉過生日，占花名籤作樂，寶釵抽到的籤上畫著牡丹，眾人看了，都笑說：「巧的很，你也原配牡丹花」。寶釵抽到牡丹是暗示寶釵是影射牡丹花所象徵的富貴人物，對應到明清交替歷史，則是影射富貴冠天下的滿清王朝、吳三桂平西藩王政權，或其領袖人物吳三桂、多爾袞等，在這一回是影射富貴至極的吳三桂、其平西藩王政權、或吳藩部屬集團。《牡丹亭》，這裡是象徵富貴人物的亭台、宮殿，亦即富貴的藩王國度，或貪求獲得藩王富貴國度的意圖。「黛玉只一《牡丹亭》，便心身不自主矣」，是指第二十三回下半回「牡丹亭艷曲警芳心」的故事中，描寫林黛玉走到梨香院的牆角上，聽到牆內笛聲悠揚，傳出女子唱《牡丹亭》戲曲的聲音，偶然兩句吹到耳內，唱道是「原來姹紫嫣紅開遍，似這般都付與斷井頹垣」，黛玉聽了感覺十分感慨纏綿，便止步側耳細聽；又聽唱道是「良辰美景奈何天，賞心樂事誰家院」，不覺點頭自嘆；又側耳時只聽唱道「則為你如花美眷，似水流年」，黛玉聽了這兩句，不覺心動神搖；後來又聽唱道「你在閨中自憐」等句，益發如醉如痴，站立不住，便蹲身在一塊山子石上，細嚼「如花美眷，似水流年」八個字的滋味；聯想到自己的處境，「仔細忖度，不覺心痛神痴，眼中落泪」，心身不能自主的情景。而這一段故事，實際上是假借《牡丹亭》〈驚夢〉一折唱曲中的部份關鍵詞句，所描寫女主角杜麗娘於暮春三月遊園賞花，傷春自憐，渴望得到佳偶的情節，來寓寫黛玉明朝在崇禎十七年暮春三月遭遇李自成圍攻北京，明朝國勢所寄託的奉命入關勤王的吳三桂軍，從寧遠趕至山海關一帶長城的牆角處，這時從李自成的勢力圈（梨香院、李香院），傳出李自成一路大敗明軍逼城，明朝原來美好的江山，變得處處殘破，猶如暮春三月花開於斷井頹垣間，良辰美景、賞心樂事不再，奈何不了天意，不覺點頭自嘆；隔一陣子又打聽到李自成攻破北京，明朝國命猶似「如花美眷，似水流年」，不覺心動神搖；再隔一陣子又打聽到李自成攻破內城皇宮，崇禎帝「在閨（皇宮）中自憐」，自縊而亡，黛玉明朝勤王的吳三桂軍聽到這個消息，益發如醉如痴，震驚得傻呆了，站立不住，便率軍轉回蹲踞、駐守在山海關上（一塊山子石上），細嚼「如花美眷，似水流年」八個字所寓示明朝美好歲月可能如流水般流逝的亡國滋味，仔細忖度今後何去何從，「不覺心痛神痴，眼中落泪」的情況。由此，繼而尋求聯盟偶伴，企圖聯清滅李，竟在貪圖滿清許諾「必封以故土，晉為藩王」（牡丹亭）的誘惑下，心身不能自主地剃髮降清了。

由以上的解析，並參酌後面寶釵所唸〈寄生草〉，暗通諧音「寄生朝」，及曲詞中「赤條條來去無牽掛」、「一任俺芒鞋破鉢隨緣化」隱寓有吳三桂自立建朝的意義，這一則脂批是評論說：「原文寶釵說的極是。這時的寶釵吳三桂雲南藩王勢力，在經歷過二、三十年大風大浪的歷練之後，可以說是博學多識了，不像從前黛玉所影射的山海關事件時期的吳三桂復明勢力，幼稚得只是一個《牡丹亭》所寓示的（滿清許諾）封藩富貴的誘惑，便心身不由自主地投降滿清了。真有學問能夠如此定位這一齣類似《魯智深醉鬧五台山》的寶玉吳三桂因遭撤藩而起兵反清的大戰，不是一齣鬧著玩的熱鬧戰爭戲碼，而是吳三桂遭滿清無情撤藩，被迫孤苦奮戰，擺脫滿清，自立建朝的戰爭戲碼，只有已久經歷練的寶釵吳三桂雲南藩王勢力集團，才能如是了。」

(3)是一套北〈點絳唇〉：〈點絳唇〉，「曲牌名，由同名詞牌演變而來。有南曲、北曲兩種。南曲入黃鐘宮，用詞的全闋。北曲入仙呂宮，只用詞的前半闋，通章押韻。《山門》的唱段是用的一套北曲，以仙呂〈點絳唇〉開頭，所以說『是一套北〈點絳唇〉』。㊷」〈點絳唇〉，除了曲牌名之外，這三個字字面的意思是說把嘴唇點擦上暗紅的絳色。在內層真事上，〈點絳唇〉的「絳」字，暗點第一回所寫神話中的絳珠草，那則神話說在天界西方靈河岸上三生石畔有絳珠草一株，後來絳珠草下凡降生為林黛玉，而筆者在第一冊已說明絳珠草通諧音「絳朱朝」，或通「珠」拆字為「朱王」的「絳朱王朝」，影射明朝末期國力已由大紅朱色衰降為暗紅絳色的朱明王朝。〈點絳唇〉，點綴著絳珠草的口唇，寓指吳三桂反清政權，點綴著恢復絳珠草影射的朱明王朝為藉口、名義，因為在其討清檄文中，標示有「推奉三太子，郊天祭地，恭登大寶」的詞句，而三太子就是明崇禎帝的兒子，明顯標榜著要恢復朱明王朝，但實際上吳三桂只是假借三太子絳珠草的名義作為點綴而已，當時吳陣營中實際上並沒有三太子其人，而且也不真正重視恢復明朝的事。是一套北〈點絳唇〉，連結前面的話是說《魯智深醉鬧五台山》的唱曲內容是一套北〈點絳唇〉，這是寓寫這一齣類似《魯智深醉鬧五台山》的寶玉吳三桂因遭撤藩而起兵反清的大戰，是一套點綴著恢復絳珠草影射的朱明王朝為藉口、名義（點絳唇），向北方征伐的戰爭戲碼。

(4)只那詞藻中有一支〈寄生草〉：〈寄生草〉，「曲牌名，是〈點絳唇〉套曲中的一支曲子。在《山門》中為魯智深拜別師父（五台山智真長老）時所唱。㊸」在內層真事上，這裏〈寄生草〉三個字的字面，隱含有三層寓意，其一是〈寄生草〉的「草」字暗點「絳珠草」，故

〈寄生草〉是寓指吳三桂反清檄文中標明「推奉三太子，……恭登大寶」，故其反清政權之中寄生有一股絳珠草影射的恢復明朝勢力在內，因為復明勢力不被重視，只是附和的角色所以叫做寄生；其二是〈寄生草〉暗通諧音「寄生朝」，寓指吳三桂反清檄文中，插寫有「建元周咨」的詞句，寄生了吳三桂自建周朝的意圖；其三寓指吳三桂因為遭撤藩而領悟到他在清朝只是好像一枝微不足道的寄生草，任人宰制，於是決心反清。只那詞藻中有一支〈寄生草〉，是寓指在吳三桂反清檄文的詞藻之中，有「推奉三太子，……恭登大寶」的詞句，標榜著恢復絳珠草朱明王朝，但只是做為假借的名義，復明勢力只是寄生在其中而已，而檄文中又插寫有「建元周咨」的詞句，寄生了吳三桂自建周朝的意圖。

按以下寶釵所念〈寄生草〉唱曲的詞句，是作者借用來代為隱述吳三桂被撤藩逼反叛清時的悲愴無奈情懷，及自立建朝決策的形成過程與心境；而特意安排由寶釵念出，則表示這是寶釵吳藩親信部屬集團方光琛、胡國柱等向吳三桂的分析與建議。茲就內外雙重意義，逐句解析如下：

(5)漫搵英雄泪，相離處士家：漫，隨意地，不經意地。搵，音問，以手撩物貌，擦拭。處士，古時稱士子或有學識才能的人不出仕做官，而隱處在家的人為處士，這些人大多是封建社會中地方上的地主豪紳。處士家，指魯智深曾經避居過的七寶村趙員外家。這兩句是魯智深要離開五台山拜別師父智真長老時，唱出自己猶如「寄生草」的淒涼處境，唱說：「我不禁胡亂擦拭著英雄落難的傷心淚，和收容我的七寶村處士趙員外家相別離（按因走漏風聲）。」

在內層真事上，魯智深影射吳三桂。處士家，指趙員外家，而趙員外家則寓指滿清國度，因為歷史上對於滿清愛新覺羅氏，流傳有「覺羅姓趙」的說法。這種說法可能是由於姓趙的宋朝，原先在對抗契丹族的遼國時，曾經聯合女真族，與女真族很有交流，或許有通婚的情形，後來女真壯大滅遼，建立金國（歷史上稱為前金，稱滿清為後金），又滅了北宋，擄走北宋最後兩位皇帝宋徽宗、宋欽宗，徽宗、欽宗也可能留有後代在金國，民間便根據這樣的歷史現象，加以附會，而流傳出覺羅姓趙的說法。到了明末清初，由於李自成農民軍攻陷北京，明崇禎皇帝自縊而亡，大大磨損了朱明王朝國力，經吳三桂引清兵入關，驅滅李自成王朝，朱明王朝天下就輕易地奉送給關外的滿清，對於這樣轉折的明、清交替歷史，當時江、淮間流傳有一首民謠說：

朱家面，李家磨，
做成一個大饃饃，
送給對巷趙大哥。㊹

其中所謂的「趙大哥」，就是沿襲以上流傳「覺羅姓趙」的說法，而寓指愛新覺羅氏的滿清。魯智深這兩句唱詞，是寓寫吳三桂遭撤藩後，率領三軍祭奠南明永曆帝，號啕大哭，不禁擦拭著翊贊滿清建國首功，却被兔死狗烹撤藩的英雄末路傷心淚，決心起兵反清，而和處士趙員外所寓指「覺羅姓趙」的愛新覺羅氏清朝決裂相別離。

(6) 謝慈悲剃度在蓮台下：剃度，「佛教用語。指佛教徒剃去鬚髮，接受戒規，出家為僧的儀式。佛教認為這是超度人們脫離生死苦難之始，故稱『剃度』。㊺」蓮台，指佛座，因佛像所坐的台座都作成蓮花形狀，故稱做蓮台，又叫蓮華台，或蓮花台。」謝慈悲剃度在蓮台下，這句是魯智深唱說：「感謝師父（智真長老）把我剃髮度化在佛菩薩蓮花台下為佛門弟子，收留在五台山。」

在內層真事上，筆者在前面第一冊解析第一回石頭在青埂峰遇見一僧一道故事的真相時，曾考證證明那個僧人是影射前腦剃得光禿如和尚的滿清領袖攝政王多爾袞，並申論滿人將頭頂中線以前的頭髮剃光，後腦頭髮結成一條長辮垂在背後，從正面看去，因為看不到後腦杓的頭髮，只見前腦光禿如和尚，故《紅樓夢》作者以光頭的僧人來影射前腦光禿如和尚的滿清人。故而這裡魯智深剃髮成光頭作和尚，就是寓寫吳三桂剃髮成前腦光禿如和尚的滿清髮式，而投降滿清。又劇中的五台山寓指吳三桂平西藩王府所在的昆明五華山。謝慈悲剃度在蓮台下，這句是寓寫吳三桂懷想過去藩王富貴生涯，很感謝猶如和尚師父的滿清把他剃度成前腦光禿如和尚的滿人髮式，投降在滿清王朝的座下，很慈悲地封他在昆明五華山下的藩王府為雲南藩王。

(7) 沒緣法轉眼分離乍：緣法，即緣分，命中注定人與人或事物之間彼此發生聯繫的可能性，叫做緣分，而佛教較專業的說法則說成是緣法或因緣，稱能隨緣分的相投契而進入佛教法門為「有緣法」，反之，不相投契叫做「沒緣法」。乍，乍然，忽然，倉促之間。沒緣法轉眼分離乍，這句是魯智深唱說：「我根性與佛教法門沒有緣分，竟破戒喝醉酒大鬧寺院山門，觸犯佛門清規，在五台山的好時光轉眼過去，倉促之間就要和師父（智真長老）分離了。」

在內層真事上，這句是寓寫吳三桂感嘆，他和滿清沒有互相投契的緣分，血戰靖邊護衛清朝天下，却被疑忌會造反而遭撤藩，十來年藩王富貴轉眼過去，倉促之間就要和禿頭如和尚師父的滿清分離了。

(8)赤條條來去無牽掛：赤條條，同赤裸裸，完全不穿衣服，光著身體的樣子。赤條條來去，人出生時，光著身體赤裸裸來到人間，死亡時，什麼東西都帶不走，原有的東西丟得精光，空著手一身而去，如同赤裸裸而去，故俗話常說人的生與死是「赤條條而來，赤條條而去」，簡單說就是「赤條條來去」；既然人生是赤條條的空空而來，又空空而去，所以「赤條條而來，赤條條而去」，或「赤條條來去」，一般就含有規勸世人不必汲汲營營，拼命追求財富地位，徒生煩惱的勸世意味；但這裡是指魯智深沒家眷財產的拖累，只是孑然一身，可以單獨一個人自由來來去去。赤條條來去無牽掛，這句是魯智深唱說：「離開五台山後，赤條條的單身羅漢腳仔一個，沒家眷財產的拖累，可以自由來來去去，而沒有什麼好牽掛的。」

在內層上，這句具有雙重涵義。一方面是寓寫吳三桂既被撤藩之後，昔日的權勢富貴被剝削一空，就好像一個人赤身裸體，一絲不掛一樣，好可憐。一方面是寓寫吳三桂已反清之後，思量既已不臣屬清朝，沒有君臣關係的掛慮，可以自由決定自己的前途，就好像一個人沒家眷財產的拖累，可以自由來來去去一樣，既然這樣，何不選擇自立建朝，這樣赤條條一個人稱孤道寡，來去行動自如，便無須牽念掛慮別人的旨意如何了。

(9)那裏討烟簑雨笠捲單行：簑，蓑的異體字，指蓑衣，為用蓑草編成的雨衣。笠，斗笠，為用竹篾編成底架，再以竹葉編覆在外層，用於遮雨或防曬的淺斗形寬帽子。烟簑雨笠，防禦烟霧浸濕、雨水淋身的蓑衣斗笠。捲單，「佛教名詞。『單』，指僧堂東西兩序的名單，衣鉢就掛搭在名單下面，故稱（掛單）。亦稱『掛錫（錫杖）』、『掛搭』、『掛褡』（見《釋氏要覽》卷下）。游方僧人入寺寄寓，須將衣鉢袋掛在僧堂（名單下面的）鈎上，得到住持的許可，方能住下。這種手續叫做『掛單』（『掛搭』）。離寺則叫『卷（捲）單』（按因將名單捲收起來，拿走衣鉢袋）。㊻」那裏討烟簑雨笠捲單行，這句是魯智深唱說：「那裏能夠討得蓑衣斗笠遮蔽煙霧雨滴，好可收拾行囊衣鉢離寺而走呢？」

在內層上，這句是寓寫吳三桂又急思那裏討得如蓑衣斗笠般的各方響應蔽護的勢力（按於是想到擁立三太子，假借恢復明朝的名義），以抵擋滿清軍隊所散佈出猶如煙霧雨滴的打擊，好可以脫離清朝而走出去呢？

(10)

一任俺芒鞋破鉢隨緣化：俺，北方人自稱我。一任俺，一切任由我。芒鞋，即草鞋，因常用芒草編成，故稱芒鞋。鉢，音撥，傳統上是指一種用金屬、陶瓷或硬石製成的碗盆，可以用來盛放東西或研磨藥物的器具；這裡則是梵語音譯的用字，為梵語「鉢多羅」的省稱，是指和尚盛飯的類似傳統鉢形的器具。化，即化緣，僧尼向有緣人乞食勸募，叫做「化緣」。隨緣化，隨順機緣到處化緣乞食，隨遇而安。這句是魯智深唱說：「一切就任由我穿著草鞋拿著破碗鉢，隨順機緣到處向眾生化緣乞食，任由機緣造化定前程了。」

在內層上，這句是寓寫吳三桂起兵反清，獲得必要的響應勢力支持之後，而在左右為難的反清名義方面，最後決定不以恢復明朝為名義，而採取「一切任由我做主」（一任俺）的方式，以自立建朝為目標（按故而自稱周王），前途成敗完全任由自己籌謀運作，於是猶如和尚穿草鞋持破鉢化緣似地，向各方勸募求援，共襄盛舉，盡力而為，隨順著情勢發展及天時命運的因緣而轉化了。

〔庚辰本雙行批〕等評注說：「此闋出自《山門》傳奇，近之唱者將『一任俺』改為『早辭却』，無理不通之甚。必從『一任俺』三字，則『隨緣』二字方不脫落。」闋，音確，詞、曲一首，正式稱為一闋。此闋出自《山門》傳奇，是提示原文〈寄生草〉這一支曲子是出自《山門》傳奇之中。這一條脂批是評論在《山門》傳奇之中的〈寄生草〉曲子，原本寫的是「一任俺」，但是晚近的演唱者却將「一任俺」改為「早辭却」，使得後面的「隨緣」二字失去與前面的呼應連繫，實在非常無理不通，必定要遵從原版本的「一任俺」三字，這樣後面的「隨緣」二字才不致於脫落斷裂，而使得文意前後不相連貫。這樣的評論就文章修辭來說，實在很有見地，不過這並不是這條脂批真正的用意。這條脂批還有更重要的用意，先是提示「原文〈寄生草〉這一支曲子所寫魯智深感嘆他的命運如寄生草的事，其實是寓寫出自吳三桂門戶（《山門》通諧音「三門」）之中的類似傳奇事跡，也就是吳三桂因為遭撤藩而領悟到他在清朝只是好像一枝微不足道的寄生草，於是決心反清的事跡。接著再借用新近版本將原版本「一任俺」改為「早辭却」的不當，來強調「一任俺」三字不可更易的重要性，從而提醒讀者特別注意到「一任俺」三字所隱藏的更深一層重要意義，也就是「一任俺」三字實是寓指吳三桂反清的目的後來變化為「一切任由我（一任俺）」做主的自立建朝，而捨棄原先反清檄文所宣告擁立三太子，恢復明朝的反清目的。此事發生在康熙十三年元旦，吳三桂師至貴陽，基本上掌控雲、貴兩省，內心甚為得意，便正式自稱

「周王」（原先只稱「天下都招討兵馬大元帥」），改元「利用」，暴露出他自立建朝的野心。此舉雖然引來復明人士的強烈反彈，呼籲他要擁立朱明後裔，改定大明名號，改回恢復明朝的立場，但是由於其藩下親信部屬群方光琛、胡國柱的堅決反對，吳三桂也就無意更改名號，此後吳三桂遂不再言復明，而明顯偏向「一切任由我（一任俺）」做主的自立建朝立場㊼。

(11) 寶玉聽了，喜的拍膝畫圈，稱賞不已：在外表故事上，寶玉聽了寶釵唸出魯智深所唱自己猶如寄生草的悲慘命運，酒醉鬧事後，離開五台山，又得隻身流浪，過著沿門托鉢乞討度日的可憐生活，竟然「喜的拍膝畫圈」，實在很不協調，所以單就外表故事來閱讀，這裡這樣描寫實在讓人無法理解，難道寶玉是個鐵石心場，毫無同情心的人？在內層上，拍膝，是暗喻猶如用手拍打膝蓋般的軍事攻擊行動，而畫圈是暗喻猶如用手畫圈圈般的攻城掠地，圈佔地盤的行動。這三句是寓寫吳三桂聽取寶釵所影射吳藩親信部屬集團詳析情勢，既遭撤藩，在清朝猶如寄生草，不如結合各方勢力反清，並在其中寄生自立建朝的意圖，如歌詞「一任俺」一般的一切任由自己做主，這樣可以自由揮灑，不會有受制於人的牽掛，就好像一個人赤條條來去無牽掛一樣，聽後認為很合心意而採納了，於是率兵伐清，展開猶如用手拍打膝蓋般的軍事攻擊行動，所向披靡，而猶如用手畫圈圈般的攻城掠地，佔領地盤，迅速攻抵湖南長江南岸，高興得不得了，心中對於寶釵藩下親信部屬們讚賞不已。

(12) 「林黛玉道：『安靜看戲罷，還沒唱《山門》，你倒《粧瘋》了。』」：《山門》，「山門」原本是指寺廟前面的大牌樓外門，《魯智深醉鬧五台山》這齣戲的主要重點，是魯智深醉酒而在五台山寺廟前面的大門打架鬧事，所以又叫《山門》或《醉打山門》。粧，妝的俗字，裝扮、裝作。《粧瘋》，即《妝瘋》，「北曲折子戲，演唐代尉遲敬德（按即尉遲恭）因不肯掛帥出征而假裝瘋病的故事。本元代無名氏雜劇《功臣宴敬德不伏老》第三折，俗稱《妝瘋》。⑱」這幾句是描寫林黛玉諷刺賈寶玉，還沒有開始唱《山門》的戲，只聽寶釵先唸出戲中魯智深所唱〈寄生草〉的詞句，就「喜的拍膝畫圈，稱賞不已」，興奮過了頭，就好像《粧瘋》戲中所演尉遲敬德因不肯掛帥出征而裝瘋賣傻的模樣。

在內層上，《山門》，寓指猶如寺廟前面大門的滿清皇宮所在的北京大門，又暗通諧音「三門」，寓指吳三桂的門派、事業、政權集團等。《粧瘋》，隱含有雙重寓意，其一是寓指吳三桂進兵到湖南的長江南岸，就休兵不肯再越江北進，此時長江北岸清兵還未完全集結，他却放棄乘虛進擊的大好時機，而在長江上飲酒作樂，簡直是大勝得樂昏了頭，極似《粧瘋》戲中所演唐代尉遲敬德因不肯掛帥出征而裝瘋賣傻的情狀。其二是《粧瘋》暗通諧音「莊封」，意為「以莊周自封」，寓指吳三桂「以周王自封」，自稱周王的事。按這第二層《粧瘋》寓指吳三桂「自封周王」的意義，是承接前一章寫寶玉讀《莊子》、看《南華經》，寓寫寶玉吳三桂籌劃在華南地區建立周王朝的意義，而且與後面脂批「（黛玉）一段醋意」的意思相貫通。這幾句是寓寫林黛玉復明勢力，見到吳三桂聽從寶釵吳藩親信勢力集團的建言，起兵反清後，所發生的以上兩種情況，便對寶玉吳三桂諷勸說：「你吳三桂安心靜氣下來，好好看清這場反清大戰戲碼的整體情勢罷！還沒有打到滿清皇宮所在的北京大門口（山門），只剛打到長江，你就休兵，不肯再率兵越江北征，而竟日逍遙作樂，有如《粧瘋》戲中所演尉遲敬德不肯掛帥出征而裝瘋賣傻的情況。尤其甚者，你竟自封為周王，企圖自立建朝，這樣將會失去廣大漢人復明勢力的支持。」

按以上「還沒唱《山門》，你倒《粧瘋》」所暗寓的這兩個事件，是吳三桂反清運動終歸失敗的最關鍵因素。第一件吳三桂進攻至長江就勒兵不前，而在那裡逍遙作樂的事，前面已說過是因為吳三桂暗中修書託請欽差大人折爾肯等赴北京向康熙奏請議和，正靜候康熙回應，而其部屬都被蒙在鼓裡不知情。吳三桂在長江休兵作樂三個多月，恰好給被打得措手不及的清朝，有充裕時間調集大軍趕赴長江北岸，以荊州為重心築成牢不可破的長江防線。此後吳三桂再怎麼發動攻擊都沒能夠突破清兵的長江防線。而吳三桂佔地較小，兵力糧餉等資源有限，利於速戰速決，而不耐久戰，這樣一來正好落入康熙所制定的持久消耗戰的圈套之中，曠日持久下來，資源逐漸消耗，軍力支持不住，版圖就被清軍逐步壓縮消萎，終歸破碎而敗亡了。當時吳三桂在長江南岸按兵不動，逍遙作樂的舉動，引起有識之士的關注，其中留守昆明的吳三桂重要謀士劉玄初，他原為明朝故臣，是主張復明的重要人士，急得上書勸說：

> 愚計此時當直擣黃龍而痛飲矣，乃阻兵不進，河上逍遙，坐失機宜，以待四方兵集，愚不知其為何說也……今雲南一隅之地，不足當東南一郡，而吳越之財貨，山陝之武勇，皆雲翔猥集於荊、襄、江、漢之間。乃按兵不舉，思與久持，是何異弱者與強者角力，而貧者與富者競財也。噫！唯望天早生聖人以靖中華耳。㊾

劉玄初之言，可謂一針見血，語語見道，可惜並未引起吳三桂的重視。

第二件《粧瘋》通諧音「莊封」，所寓指吳三桂「以周王自封」的事。原本吳三桂以恢復明朝為號召，很符合廣大漢人反清復明的願望，所以他一起兵北伐，除了他各地的心腹舊將群起響應之外，很多原明朝降清的文官武將（其中很多是心懷復明的人士）也紛紛響應，因而他才能很快攻克雲南、貴州、湖南、四川四省。但自康熙十三年元月伊始，吳三桂在貴陽正式自稱「周王」，引起復明人士的強烈反彈，提出重回復明立場的呼籲，又不被接納，使得復明人士甚感失望，對他的反清運動就變為消極，失去廣大漢人復明勢力的積極擁護，吳三桂也就失去號召天下的力量，聲勢難以再壯大，也是他終歸失敗的重要因素。吳三桂在貴陽自稱「周王」後，引起許多復明人士的不滿和唾棄。例如，吳三桂聽說昔日的故友謝世新在安徽徽州，便派人潛往徽州延聘。謝世新乃當時的一位通人處士，在遼東時就為吳三桂所仰慕，二人還有過一段交情。誰知，這一回謝世新對吳三桂的『盛情』非但不領，反而作了一首語詞辛辣的詩回復他。詩中寫道：

李陵心事久風塵，三十年來詎臥薪（按質疑吳三十年來豈是臥薪嚐膽）？
復楚未能先覆楚（按指吳滅南明殺永曆），**帝秦何必又亡秦**（按指吳事清又叛清）。
丹心早為紅顏改（按指忠於朱明之心早因陳圓圓而改變），**青史難寬白髮人**（按時吳已六十三歲）。

永夜角聲應不寐，那堪思子又思親（按指那堪得住思念死於北京的兒子吳應熊和父親吳襄）。

這入木三分的譏諷，使吳三桂感到無地自容，他大罵謝世新是『福薄小人！』[50]」這裡原文「林黛玉道：『安靜看戲罷，還沒唱《山門》，你倒《粧瘋》了』」，就是綜合寓指以上劉玄初、謝世新等復明人士，對吳三桂所作的以上各項勸告或譏諷的言論。

〔庚辰本雙行批〕等評注說：「趣極。今古利口莫過於優伶，此一詼諧，優伶亦不得如此急速得趣，可謂才人百技也。一段醋意可知。」優伶，指排優與樂工，為舊時對戲劇樂曲演員的通稱，他們是專業表演以取悅觀眾，獲取報償錢財謀生的人，所以是古今口舌最伶俐、最會討好取悅人的一批人，這裡批者是諷刺寶釵影射的雲南吳藩親信勢力集團猶如優伶一樣口舌伶俐，極善揣摩逢迎吳三桂心意，鼓動他自立建朝，以博取其歡心，而不顧恢復明朝的民族大義。這一條脂批是對於以上寶釵雲南吳藩親信勢力與黛玉復明勢力雙方過招，爭取寶玉吳三桂採納他們主張的結果，加以總評並闡明說：「真是有趣極了！能博通今（清）古（明）兩朝歷史演變而口齒銳利者，莫過於猶如優伶般的寶釵吳藩親信勢力集團了，他們揣摩逢迎寶玉吳三桂的心意，以銳利言詞鼓動吳三桂自立建朝，而討得其歡心。然而原文『還沒唱《山門》，你倒《粧瘋》了』這一詼諧戲碼、語句，隱寓出林黛玉復明人士諷勸吳三桂不應該還沒有打到滿清皇宮所在的北京大門口（山門），就自封周王（《粧瘋》暗通諧音『莊封』），放棄復明，而失去廣大漢人復明勢力的支持，此舉使得猶如利口優伶的寶釵吳藩親信勢力集團，也不得如此急速稱心如意地獲得吳三桂登基稱帝建朝的旨趣、目的（按吳三桂因復明人士的諷勸，顧慮失去復明勢力的支持，而延遲正式稱帝建朝至數年之後），這些黛玉復明人士可謂是滿腹經綸的飽學才人，身懷百技，筆椽如鋒，灑墨成兵了。從這一段文章，明顯可知是寓寫林黛玉復明勢力，對於寶釵吳藩親信勢力集團鼓動吳三桂自立建朝，而拋棄復明的一段醋意。」

按《紅樓夢》作者把歷史上雲南吳藩親信部屬勢力（寶釵）鼓動吳三桂（寶玉）自立建朝，以博取其歡心，與復明勢力（黛玉）勸告吳三桂要擁立朱明後裔，恢復明朝，雙方為爭取吳三桂（寶玉）採納他們各自的主張，因而發生爭執辯駁的情況，轉化鋪寫成外表小說林黛玉、薛寶釵兩位女子，爭取賈寶玉愛情，因而互相爭風吃醋的三角戀愛故事。而寶玉、黛玉、寶釵三角戀愛故事，正是《紅樓夢》外表小說故事的主題，故而作者對於這個主題著墨特別多，所以讀者對於這個主題背後所依據的寶玉吳三桂、寶釵吳藩親信勢力、黛玉復明勢力三方面，有關吳三桂採取自立建朝或恢復明朝立場的爭執和演變的歷史，應特別注重，瞭解得越透徹，越有助於窺破寶玉、黛玉、寶釵三角戀愛故事背後的歷史真相，也越能領會這個三角戀愛故事的妙趣。茲再綜合簡述吳三桂反清運動中，有關恢復明朝與自立建朝的糾葛、演變過程，及其與外表寶玉、黛玉、寶釵三角戀愛小說故事情節之關系的大略架構如下。

當吳三桂在計劃反清階段，訂定反清名義時，就有兩派不同意見，其藩下明朝故臣的復明人士主張擁立朱明後裔，以恢復明朝為名義、目的，其藩下婿侄等親信部屬則反對恢復明朝，而應自立名號，因為他們都希望能當吳氏新王朝的開國勳臣。這兩派各持己見，不相妥協。吳三桂本人比較偏向自立名號，並且已私下想好「周」國的名號，但為統合這兩大派勢力都共同支持他的反清大業，他只好妥協於兩大派勢力之間，兼採兩大派的意見。所以起兵時一方面自立名號稱「天下都招討兵馬大元帥」，將這一名號鑄刻成印章，以作發令行事之用。另一方面則在其討伐清朝的軍事檄文中，聲稱「原鎮守山海關總兵官、今奉旨總統天下水陸大師興明討虜大將軍吳，檄告天下文武官吏軍民人等知悉」，以明朝故臣身分，奉旨統兵興明討虜（滿清）；又宣告說：「卜取甲寅年正月元旦寅刻，推奉三太子，郊天祭地，恭登大寶，建元周啟（咨）」，明顯是打著擁立朱明後裔的崇禎帝三太子復位，恢復明朝的名號。可是當時他身邊並無三太子其人，又說「建元周咨」，摻混、寄生了自立建「周」國的意圖。所以他的反清新政權是折衷兼採了恢復明朝與自立名號兩大派勢力的意見，但是一個政權只能有一個名號，他却包含著標榜「興明」，又「建元周」的雙重名號，實質上是一個不倫不類的矛盾政體。不過，也正因為吳三桂公開以恢復明朝號召天下，又暗插入「建元周」的自立建朝的意圖，滿足了復明勢力與其親信勢力兩大派的願望，而獲得這兩大派的積極擁護或響應，他才能勢如破竹地迅速攻佔雲、貴、川、湖四省。然而自康熙十三年元月，吳三桂在貴陽自稱周王，暴露出他自立建朝的企圖，其反清新政權原本潛存的以上雙重名號的內部矛盾，便發酵而再爆衝突。例如，以上李長祥向吳三桂建言：「亟改大明名號以收拾人心，立懷宗（崇禎）後裔以鼓舞忠義。」「三桂把長祥的話拿來向方光琛和胡國柱徵求意見。他們堅決反對，說『當初項羽立義帝後，又把他給殺了，反而動了天下之兵；而今天下在王（三桂）掌握之中，它日又置懷宗後裔於何地呢！』說來說去，他們就是要建自己的一代王朝，……他們也自恃天下已在掌握之中，用不着再打已故明朝的名號為自己壯聲勢。三桂在這個問題上，確無自己的肯定性意見，不過是大家怎麼說怎麼辦。方、胡是三桂的重要謀士和智囊人物，他們一言既出，就馬上影響到三桂，他也就無意更改名號。長祥一看，三桂不為他的話所動，自感心冷，一揖而別，離開了三桂。51」其他很多復明人士也感到非常失望，而離開吳三桂陣營。此後吳三桂遂不再言復明，而明顯偏向自立建朝的立場，顯然是寶釵吳藩親信勢力壓過黛玉復明勢力，取得優勢。但是吳三桂受了黛玉所影射的以上李長祥、謝四新等復明人士的譏刺，為了顧慮到復明勢力可能反感而相繼離去，所以也不敢立即登基稱皇帝建朝，還是盡力在拉攏台灣鄭經等復明勢力。這段期間主張恢復明朝的黛玉復明勢力，和主張自立建朝的寶釵吳藩親信勢力兩大派之間，為爭取寶玉吳三桂採取他們各自主張的行動，就被作者轉化寫成是黛玉和寶釵競爭寶玉愛情、婚姻的三角戀愛小說故事，而兩派勢力為爭取吳三桂所發生的爭執、妒忌等情況，則被寫成黛玉、寶釵兩個情敵爭風吃醋的小說故事情節。直到數年後的康熙十七年三月三日，吳三桂才正式登基稱皇帝，建國號為大周。這時寶玉吳三桂正式採納寶釵吳藩親信勢力的主張而自立建朝，同時正式棄絕黛玉復明勢力的恢復明朝主張，使得黛玉復明勢力的復明希望完全破滅的情況，就被轉化寫成寶玉與寶釵結婚，而黛玉在同一時間病亡的小說故事（第九十七、九十八回）。再過幾個月，到康熙十七年八月十八日，寶玉吳三桂本人病亡，丟下大周王朝而去，留下寶釵吳藩親信勢力獨力撐持大周王朝的情況，則被轉化寫成寶玉離家出走，留下寶釵守寡度餘生的小說故事。

◈真相破譯：

到了好像上酒席划拳喝酒喧鬧一般，要起兵開戰鬥鬧的時候，賈母吳三桂又命使寶釵影射的雲南吳藩親信部屬集團點選戰爭戲碼。寶釵吳藩親信部屬集團點選了一齣類似《魯智深醉鬧五台山》的戰爭戲碼，也就是魯智深影射的吳三桂因遭撤藩，身心承受不了而行為變亂，如同不勝酒力而酒醉亂性一般，因而在昆明五華山藩王府起兵反清，在其大門口的雲南、貴州地區征戰大鬧的戲碼。寶玉吳三桂無奈地說：「別無良策，只好點選這些戲碼。」寶釵吳藩親信部屬集團說：「你吳三桂白聽了這幾年被清朝逼迫削權、裁軍、以至撤藩的戲碼了，那裡知道這齣起兵反清戲碼的好處，可以自立做主的排場又好光彩，而且反清檄文中，標榜恢復明朝，又說建立周國，做雙重號召，詞藻更是堂皇美妙。」寶玉吳三桂說：「我從來怕這些與清朝鬧翻對戰的熱鬧，只求安享雲南藩王富貴。」寶釵吳藩部屬集團笑說：「要是說這一齣類似《魯智深醉鬧五台山》的寶玉吳三桂起兵反清，在其大門口的雲南、貴州地區征戰大鬧的戲碼，是一齣熱鬧逗樂的戰爭戲碼，你還算不知這齣戲的實質內容呢（按因為骨子裡是吳三桂被迫撤藩，極度悲苦無奈，只得孤苦奮戰自立的一齣戰爭戲碼）！你過來，我分析告訴你實際情況，看這一齣反清戲碼熱鬧不熱鬧。是一套點綴著恢復絳珠草所影射的朱明王朝為藉口（點絳唇），向北方伐清的戰爭戲碼，其間刀槍碰擊鏗鏘有聲，戰況慘烈，有勝有負，頓挫起伏，而以反清復漢相號召，勢必博得世人同聲讚譽，名聲不用說是好的了；只那吳三桂反清檄文的詞藻之中，有『建元周啓』的詞句，寄生了自建周朝（寄生草，暗通諧音『寄生朝』）的意圖，插填得極妙，你何曾知道。」寶玉吳三桂聽見說得這樣好，便移樽就教，凑近來至寶釵影射的方光琛等老資格部屬之處，央求說：「你這猶如好姐姐般的老部屬，就請把舉兵反清的情勢、前途詳細分析，念給我聽聽看。」於是寶釵方光琛等老部屬便詳析情勢，念道：

魯智深影射的吳三桂遭撤藩後，率領三軍祭奠南明永曆帝，號啕大哭，不經意擦拭著翊贊滿清建國首功，却被兔死狗烹撤藩的英雄末路傷心淚，而決心和處士趙員外所寓指「覺羅姓趙」的愛新覺羅氏清朝決裂相別離。很感謝猶如和尚師父的滿清，過去很慈悲地把我剃度成前腦光禿如和尚的滿人髮式，投降在滿清王朝的座下為雲南藩王。只可惜和清朝沒有互相投契的緣分，血戰靖邊護衛清朝天下，却被疑忌會造反而遭撤藩，十來年藩王富貴轉眼過去，倉促之間就要和禿頭如和尚師父的清朝分離了。心想此後不臣屬清朝，赤條條一個人稱孤道寡，來去行動自如，便無須牽念掛慮別人的旨意如何了。又急思那裏討得如蓑衣斗笠般的各方響應蔽護的勢力（按於是想到擁立三太子，假借恢復明朝的名義），以抵擋清軍所散佈出猶如煙霧雨滴的打擊，好可以脫離清朝而走出去呢？在獲得必要的響應勢力支持之後，傾向於採取「一切任由我做主（一任俺）」的自立建朝為目標（按故而自稱周王），前途成敗完全任由好像和尚穿草鞋持破鉢化緣一般，向各方勸募求援，盡力而為，隨順著情勢發展及天時命運的因緣而轉化了！

寶玉吳三桂聽了，很合心意而採納了，於是率兵往北伐清，展開像是用手拍打膝蓋般的軍事攻擊行動，所向披靡，而猶如用手畫圈圈般的攻城掠地，佔領地盤，迅速攻抵湖南長江南岸，高見識卓越。林黛玉復明人士興得不得了，稱心讚賞不已，又稱讚寶釵方光琛等老部屬無書不知，見識卓越。林黛玉復明人士見到吳三桂一時大勝就樂昏了頭的情狀，對寶玉吳三桂諷勸說：「你吳三桂安心靜氣下來，好好看清這場反清大戰戲碼是以雲貴一隅之地對抗滿清全國的整體情勢罷！還沒有打到滿清皇宮所在的北京大門口（山門），只剛打到長江，你倒像《粧瘋》戲中所演尉遲敬德不肯掛帥出征而裝瘋賣傻一樣，竟日逍遙作樂，不肯再率兵越江北征（按時間在康熙十三年三月至六月中旬）；而且你竟自封為周王（按時為康熙十三年元月在貴陽；《粧瘋》暗通諧音『莊封』，以莊周自封），企圖自立建朝，這樣將會失去廣大漢人復明勢力的支持。」黛玉復明人士說的吳三桂這種情況，就連湘雲所影射保衛清朝勢力的清軍也樂得笑了，因為他們因而有充裕時間可以調集佈署。之後大家就認真作戰，注意觀看這場吳、清大戰戲碼的發展。

附註：

①引述並引錄自以上《一代梟雄吳三桂》，第二二九、二四二、二四六、二四七、二五〇頁；並參考以上《吳三桂大傳》下冊，第五一八、五一九、五二七、五二九、五三三頁。

②引述自以上《吳三桂大傳》上冊，第三一六、三三〇頁（該書自註係根據《清世祖實錄》卷一二四，頁一四至一五）。

③引錄自以上《吳三桂大傳》上冊，第二九八頁。

④參考並引錄自以上《吳三桂大傳》下冊，第五三一至五三九頁。

⑤引錄自以上《吳三桂大傳》下冊，第五五四頁。

⑥引述並引錄自以上《一代梟雄吳三桂》，第二九二、二九三頁。

⑦有關丁亥夏為康熙十三年夏季五月二十四丁亥日，係根據以上《近世中西史日對照表》，第三一七頁。

⑧參述自以上《細說吳三桂》，第一六二至一六三頁；及以上《一代梟雄吳三桂》，第二八九至二九五頁。

⑨綜合參述、引錄自以上《一代梟雄吳三桂》，第二二五至二二八、二四一至二五二、二八五至三〇二頁；及以上《吳三桂大傳》下冊，第五〇六至五一三、五一八至五二二、五二九、五五三至五五九、六二七至六三五頁。

⑩引述自以上《吳三桂大傳》下冊，第五二九、五三〇頁。

⑪引錄自以上《一代梟雄吳三桂》，第八五頁；及以上《吳三桂大傳》上冊，第一四四頁。

⑫綜合參述自以上《細說吳三桂》，第一一九至一二〇頁；及以上《吳三桂大傳》下冊，第四一一至四一六頁。

⑬引錄自以上《吳三桂大傳》上冊，第三三七頁；並參述自以上《細說吳三桂》，第一二九至一三〇頁。

⑭引錄自《吳三桂傳》，霍必烈著，台北市，國際文化事業有限公司發行，一九九〇年，十二月版，第一五六頁。

⑮參述自以上《細說吳三桂》，第一三〇至一三一頁。

⑯引錄自《紅樓夢校注（一）》，馮其庸等校注，台北市，里仁書局發行，民國八十四年十月十五日初版四刷，第三五二頁，注二。

⑰綜合引述自以上《細說吳三桂》，第一三一至一四一頁；及以上《吳三桂傳》，第一六一至一六六頁；並參考以上《吳三桂大傳》下冊，第四六五至四七三頁；及以上《一代梟雄吳三桂》，第二〇八至二一二頁。

⑱引錄自以上《細說吳三桂》，第一四二頁。

⑲引述自以上《一代梟雄吳三桂》，第二一三至二一六頁。

⑳引述自以上《吳三桂大傳》下冊，第四七四頁。

㉑有關壬午九月為康熙十二年九月十六壬午日，係根據以上《近世中西史日對照表》，第三一六頁。

㉒引錄自《紅樓夢注釋（上）》，北京維尼綸廠、北京師大中文系《紅樓夢注釋》小組編注，廣州日報社翻印，一九七六年七月版，第二一八頁。

㉓引錄自《清史列傳選》之〈吳三桂傳〉，臺灣銀行經濟研究室編輯，臺灣省文獻委員會印行，民國八十四年十二月三十一日，第一一三頁。

㉔引錄自以上《吳三桂大傳》下冊，第四九五頁。

㉕引錄自以上《吳三桂大傳》下冊，第四九五至四九六頁。

㉖引錄自以上《一代梟雄吳三桂》，第二二一頁。

㉗引錄自以上《吳三桂大傳》下冊，第五三一頁。

㉘引錄自以上《吳三桂大傳》下冊，第五一八頁。

㉙引述自以上《吳三桂大傳》下冊，第五一八、五一九、五二六、五二七頁；及以上《一代梟雄吳三桂》，第二二九、二三一頁。

㉚引錄自以上《吳三桂大傳》下冊，第五二六頁。

㉛引述自以上《吳三桂大傳》上冊，第三四六至三八〇頁；及以上《一代梟雄吳三桂》，第一五一至一六一頁。

㉜引錄自以上《一代梟雄吳三桂》，第二三五至二三六頁。

㉝引錄自以上《吳三桂大傳》下冊，第五一〇頁。

㉞引錄自以上《紅樓夢校注（一）》，第三五二頁，注六。

㉟引錄自以上《吳三桂大傳》下冊，第五二四至五二五頁。

㊱引述自以上《吳三桂大傳》下冊，第五三〇、五四一、五四二頁。

㊲有關丁亥夏為康熙二十年夏季六月六日丁亥日，係根據以上《近世中西史日對照表》，第三三二頁。

㊳參述自以上《吳三桂大傳》下冊，第七五二至七六七頁。

㊴有關鄭經死於康熙二十年一月，係根據《臺灣史》，臺灣省文獻委員會編，眾文圖書公司印行，民國八十三年五月，一版四刷，第二三二至二三三頁。

㊵綜合參引自以上《紅樓夢辭典》，第三七五頁；及以上《紅樓夢校注（一）》，第三五二至三五三頁，注七及注九。

㊶參引自《清朝全史》，日本稻葉君山原著，但燾譯，臺灣中華書局印行，民國七十四年四月，臺五版，上一，第七一頁。

㊷引錄自以上《紅樓夢校注（一）》，第三五三頁，注八。

㊸引錄自以上《紅樓夢校注（一）》，第三五三頁，注九。
㊹引錄自《清朝史話》，顧俊發行，台北市，木鐸出版社出版，民國七十七年九月初版，第四八頁。
㊺引錄自以上《紅樓夢辭典》，第五九三頁。
㊻引錄自《紅樓夢（上）》，馮其庸編注，台北市，地球出版社出版，民國八十九年元月再版，第三九六頁，注一〇。
㊼參述自以上《吳三桂大傳》下冊，第五四二至五四五頁；及以上《一代梟雄吳三桂》，第二八六至二八八頁。
㊽引錄自以上《紅樓夢校注（一）》，第三五四頁，注一八。
㊾引錄自以上《一代梟雄吳三桂》，第二八九至二九〇頁。
㊿引錄自以上《細說吳三桂》，第一五九至一六一頁。
51引錄自以上《吳三桂大傳》下冊，第五四三頁。

聽曲文寶玉悟禪機故事的真相

第一節　賈寶玉惹惱史湘雲而遭貶謗故事的真相

◈原文：

至晚席散時，賈母深愛那作小旦的與一個作小丑的，因命人帶進來，細看時益發可憐見(1)。因問年紀，那小旦才十一歲，小丑才九歲(2)，大家嘆息一回。賈母令人另拿些肉果與他兩個，又另外賞錢兩串。鳳姐笑道：「這個孩子扮上活像一個人(3)，你們再看不出來。」寶釵心裡也知道，便只一笑不肯說(4)。寶玉也猜着了，亦不敢說(5)。史湘雲接着笑道：「倒像林妹妹的模樣兒。(6)」寶玉聽了，忙把湘雲瞅了一眼，使個眼色(7)。眾人却都聽了這話，留神細看，都笑起來了，說果然不錯。一時散了。

晚間，湘雲更衣時，便命翠縷把衣包打開收拾，都包了起來(8)。翠縷道：「忙什麼，等去的日子再包不遲。(9)」湘雲道：「明兒一早就走，在這裡作什麼？看人家的鼻子眼睛，什麼意思！(10)」寶玉聽了這話，忙趕近前拉他(11)，說道：「好妹妹，你錯怪了我。林妹妹是個多心的人，別人分明知道，不肯說出來，也皆因怕他惱。誰知你不防頭就說了出來，他豈不惱你。我是怕你得罪了他，所以才使眼色(12)。你這會子惱我，不但辜負了我，而且反倒委曲了我。若是別人，那怕他得罪了十個人，與我何干呢？」湘雲摔手道：「你那花言巧語別哄我。我也原不如你林妹妹，別人說他，拿他取笑都使得，只我說了就有不是。我原不配說他，他是小姐主子，我是奴才丫頭，得罪了他使不得！(13)」寶玉急的說道：「我倒是為你，反為出不是來了。我要有外心，立刻就化成灰，叫萬人踐踹！(14)」湘雲道：「大正月裡，少信嘴胡說(15)。這些沒要緊的惡誓、散話、歪話，說給那些小性兒、行動愛惱的人、會轄治你的人聽去！別叫我啐你。(16)」說着，一逕至賈母裡間，忿忿的躺着去了(17)。

◈脂批、注釋、解密：

(1)賈母深愛那作小旦的與一個作小丑的，因命人帶進來，細看時益發可憐見：小旦，戲劇中扮演年輕女子的角色名稱。小丑，戲劇中扮演動作言語滑稽，逗人喜笑之人的角色名稱。在內層上，賈母影射吳三桂。小旦，旦為日剛出地面放亮的時候，而日出東方，故小旦是影射東方的台灣鄭經延平王朝。小丑，通諧音「小醜」，是影射相貌醜陋的靖南王耿精忠福建藩王政權；康熙間洪若皋所著《閩難記》記載說：「精忠生而醜陋、性兇險，立為世子。……庚戌（按係康熙九年），（耿）繼茂卒，精忠嗣。①」原文這幾句是寓寫賈母吳三桂在發動這場反清運動的戲碼中，深愛那作小旦的所影射的台灣鄭經延平王朝，與一個作小丑的所影射的相貌醜陋的靖南王耿精忠福建藩王政權這兩個勢力的奧援，因而命人去邀約他們，帶他們進來參加他的反清陣營，細看他們的處境時益發可憐見，因為鄭經王朝被滿清打敗而渡逃到台灣，而耿精忠福建藩王也和他一樣被滿清撤藩。

鄭經王朝本來就是堅決反清復明的，而耿精忠也被滿清撤藩，心中非常不滿，早有連繫鄭經聯合反清的動作，所以吳三桂計劃起兵反清時，就特別關注鄭經與耿精忠這兩個勢力，在他起兵發佈的討清檄文中就已將這兩個勢力納入，而寫說：「移會總統兵馬上將耿（精忠）、招討大將軍總統使世子鄭（經），調集水陸官兵三百六十萬員，直搗燕山。」可見吳三桂早就和他們有所連繫。退守台灣的鄭經矢志反清復明，於康熙九年就曾遣使赴雲南邀約吳三桂聯合反清復明，三桂不應。康熙十二年七月九日，耿精忠繼吳三桂之後上疏康熙假意自請撤藩，康熙很快批准吳、耿撤藩之請，耿精忠就有意叛清，八月即糾集人馬，並派使賚書攜款，至台灣邀約鄭經舉事會師。鄭經大喜，抽調屯兵，率師至澎湖以待。十一月吳三桂叛，清廷忽停撤耿精忠，精忠因而延緩發動叛清，再派人辭退鄭師，鄭經復回台灣。而吳三桂既叛，也遣使致書反覆招誘耿精忠同叛。耿精忠心動，開始籌備反清，又派使邀約鄭經舉事。隨後耿精忠於康熙十三年三月十五日正式在福州起兵反清。鄭經於是在康熙十三年五月，率舟師渡海至廈門，此時又接獲吳三桂派使來書邀約反清，要他「速整貔貅，大引舟師，徑取金陵；或抵天津，斷其糧道，絕其咽喉」，因而加入吳三桂聯合反清的行列，但鄭經是奉南明永曆帝正朔，打的是恢復明朝的旗號。②

〔庚辰本雙行批〕等評注說：「是賈母眼中之內之想。」這是提示這裡原文描寫「賈母深愛那作小旦的與一個作小丑的，因命人帶進來，細看時益發可憐見」，並不是說賈母真的看見、帶進那小旦和小丑到他眼前，而是描寫賈母眼中之內的想法而已。這樣提示主要是設法挑起讀者的懷疑，讓讀者注意到那小旦和小丑其實並不是賈母所看見的戲台上演戲的小旦和小丑，從而聯想到這其實是寓寫賈母吳三桂眼中之內的想法，深切盼望那小旦影射的鄭經，和那小丑影射的耿精忠兩個勢力的加入，於是派使去邀約，將他們帶進來他的反清陣營。

(2) 那小旦才十一歲，小丑才九歲：在內層上，前面已說過《紅樓夢》中角色的年齡，常是寓指某王朝、帝王的紀年，故「那小旦才十一歲」，是寓指小旦影射的鄭經王朝第十一年而言。鄭成功於永曆十六年（康熙元年）五月八日病死於台灣，鄭經同年繼位延平王[3]，但歷史慣例前後王交替的年度是算前王的年份，後王的年份從次年起算，所以鄭經任延平王元年是永曆十七年（康熙二年），轉成小說說法就是小旦一歲，至賈母吳三桂反清的康熙十二年，是鄭經延平王第十一年，小說寫法剛好就是小旦十一歲，完全合乎歷史事實。至於「小丑才九歲」，原應是寓指小丑影射的耿精忠任福建靖南藩王第九年而言，不過這並不合事實，因為耿精忠是於康熙九年（或說十年），其父耿繼茂病亡，而嗣位靖南王，依歷史慣例耿精忠靖南王元年為次年的康熙十年，至賈母吳三桂反清的康熙十二年，耿精忠任藩王才第三年，改為小說寫法應是小丑三歲，但一個三歲的小孩根本不可能上台演戲，所以為了遷就外表小說故事的合理性，作者只好改以「九歲」暗點康熙「九年」，而「小丑才九歲」是寓指康熙九年才嗣位靖南王的耿精忠，這樣在外表小說故事上九歲的小孩演小丑才能合理。

(3)「鳳姐笑道：『這個孩子扮上活像一個人』」：這個孩子，是指小旦。這句話是鳳姐笑說戲台上那個小旦扮相上活像某一個人。其實鳳姐已經知道是像林黛玉，但不說出是像誰，因為在古時演戲的優伶身份很低賤，把富貴人家的小姐比做演戲的小旦有蔑視的意味，是會得罪人的。在內層真事上，是寓寫鳳姐康熙獲知小旦影射的鄭經（王朝）參與了吳三桂的反清行動，並查覺到他的扮相立場上和吳三桂有所不同，活像是另外某一個人的立場，但不明說出鄭經的立場是林黛玉復明的立場。這是因為康熙在戰略上，刻意要把這場吳三桂與鄭經等復明勢力聯合的反清運動，定位為是吳三桂背叛清朝的叛亂行為，而不願提及其中還涉有反清復明的成份在內，因為這樣會使得清朝對吳三桂的單純平叛行動，涉入對抗朱明復明勢力的成份，而轉化為滿清與明朝漢族的對抗，這樣將會刺激廣大漢人敵愾同仇，群起反清，而對清朝極為不利。

〔庚辰本夾批〕評注說：「明明不教人說出。」這是提示原文寫鳳姐康熙這樣說，明明是暗寫鳳姐康熙不教人公開說出那個小旦影射的鄭經（王朝）活像扮演著林黛玉恢復朱明王朝的立場，以免造成滿清與朱明王朝對抗的局勢，而對清朝不利。

(4)寶釵心裡也知道，便只一笑不肯說：在內層真事上，是寓寫主張吳三桂自立建朝的寶釵吳藩親信部屬集團，心裡也知道小旦影射的鄭經活像扮演著林黛玉恢復朱明王朝的立場，但是為了避免彼此磨擦，以維持大家共同抗清，因此便只一笑置之，不肯說出、議論鄭經標舉恢復朱明王朝的舉動。

〔庚辰本雙行批〕等評注說：「寶釵如此。」這是提示寶釵吳藩親信部屬集團，為顧全大體，只要大家共同抗清就好，的確如此不去數說鄭經標舉恢復朱明王朝的作為。

(5) 寶玉也猜着了，亦不敢說：在內層真事上，這是寓寫寶玉吳三桂不用觀看，用猜的也猜着了小旦影射的鄭經必定是扮演著他一貫抱持的林黛玉恢復朱明王朝的立場，和他只是假借恢復明朝為號召是不一樣的，但也不敢去數說鄭經標舉恢復朱明王朝的作為，生怕產生磨擦，破壞團結。

〔庚辰本雙行批〕等評注說：「不敢少。」這是提示寶玉吳三桂不敢數說鄭經鮮明的恢復明朝立場，是因為不敢少掉鄭經這股共同抗清的勢力。按鄭經應吳三桂、耿精忠之邀，是「奉永曆二十八年正朔，渡海而西」④，參與聯合反清，打的是恢復明朝的旗幟，這對於吳、耿是構成相當壓力的，因為吳三桂及耿精忠祖父耿仲明原都是明朝的故臣，鄭經奉永曆年號，代表明朝，就把吳、耿壓低為明朝下的臣子，所以吳、耿心裡很不是滋味，他們都自立名號，尤其吳三桂更是以盟主自居，那裡肯遵奉明朝，屈居明臣。但是吳三桂為顧及團結反清，不敢議論鄭經標舉恢復朱明王朝的舉動。

(6) 「史湘雲接着笑道：『倒像林妹妹的模樣兒。』」：史湘雲說出小旦倒像林黛玉的模樣兒，等於說林黛玉的模樣像小旦，把貴族小姐的林黛玉比做身份很低賤的優伶小旦，是很有蔑視、侮辱意味的。在內層真事上，這裡史湘雲從前面影射湖南（湘）、雲南（雲）一帶的保衛清朝政軍勢力集團，轉而影射原本也屬於護清勢力集團之一的福建靖南王耿精忠、或其政權，而這時耿精忠已響應吳三桂，據福建起兵叛清。這裡原文是寓寫史湘雲影射的耿精忠接着笑說：「那小旦影射的鄭經（王朝）倒像扮演著林黛玉恢復明朝的模樣、立場。」言外之意是鄭經標榜著林黛玉恢復明朝的旗號，猶如小旦演戲裝模作樣一般，耍弄恢復明朝的招牌，自抬身價，並壓低他。這是作者以簡得不能再簡，而且模糊到不行的語句，先暗寫出史湘雲耿精忠議論鄭經標舉林黛玉恢復明朝立場，猶如小旦一般裝模作樣，後面再繼續寫出他對鄭經不滿的詳細內容。

耿精忠與鄭經的敵友關係變化十分戲劇性。當耿精忠決心反清之初，顧慮本身實力不足，「精忠復差黃鏞過臺灣，請鄭經會師，且以全閩沿海戰艦許之。『貴藩將水、吾將陸，江、浙唾手可得也』。」及至鄭經於康熙十三年五月率兵至廈門，精忠檄令屬下駐守漳浦的定遠將軍劉炎差員出接鄭經。「炎隨遣胞弟煜往廈門接經。經雖優禮煜，煜見廈門瓦礫滿地、茅草盈野，船隻散處停泊，民居寂寥，心甚輕之。歸對炎曰：『海上兵不滿二千、船不過百隻，安能濟事』？炎以其弟言報精忠，忠信之。即通行各沿海邊界，照前禁例：『寸板不許下海』！絕鄭經來往。」「經見精忠禁嚴，差協理禮官柯平入福州見精忠，責其背約。精忠謂平曰：『歸道爾主，各地自守，毋作妄想』！平回報，經大怒。」鄭經於是派兵攻佔精忠的地盤同安、海澄[5]。於是耿、鄭交惡。雙方相約會師反清，聯盟交好沒幾個月就交惡，主要原因出在「耿精忠初叛時，『慮漳、泉下游文武不服，故遣黃鏞渡海請鄭經以作聲援』。許以全閩沿海戰艦，約水陸並進。然起兵後，『乃不一月，全閩蜂附，浙之溫、處，江右之廣信，粵東之潮州，相繼納款，聲威大振』。[6]」因而精忠自認實力已夠堅強，不需要鄭經的奧援了。沒想到激怒了鄭經，造成他清軍在前，鄭經在後，前後夾擊的不利態勢，後患無窮。後來，耿精忠聞同安、海澄被鄭經攻佔，「即遣馮國詮到廈門見鄭經，索地請和。欲以沿邊海島屬經，不禁往來，通商貿易。」鄭經不允，和議不成。其後鄭經更攻佔泉州、漳州[7]。

鄭、耿之間除了領土之爭外，還為主從的關係發生矛盾，「精忠以盟主自居，向鄭錦（按鄭經又名『錦』）發號施令，封鄭錦為『大將軍』，派人送去敕印。鄭錦很不服氣，說：『靖南王乃食清朝的俸祿，且係明朝叛逆，為何封我鄭錦！』心中很是惱怒。鄭錦以其實力和領有地盤，自然不肯屈居精忠之下，何況他是明朝『叛逆』，而自己是堂堂正正的明朝的海中孤忠，豈能受他敕封？他自感受辱。」尤其「他們之間又在是否遵奉明朝的問題上加劇了矛盾，以至鬧到公開指責的地步。」例如，「進據漳浦、海澄的鄭錦的守將出示佈告，在聲討清朝竊據中原文字之後，先讚三桂『隱忍滇黔，生聚教訓，……。』緊接著就指責精忠自三月十五日『建旗之後』，頒發指令，『俱稱敕』，皆用皇家專用的黃綾，『從不遵大明正統』。……佈告稱頌『鄭王』……不剃髮，『尊王朔』，『老存繼主』，可謂『忠孝凜然』。我們本願與耿王『屈體聯合』，『齊驅並駕』，不料耿王『妄自尊大』，把我等視為『附庸』，『僭竊尊號』，已可見其人之心！佈告中還提到，他們只『遵照吳王原檄布，中興大義，惟鄭王為盟主，復我大明三百餘年之基業，澄清東南之半壁』。……」「耿精忠很擔心鄭氏與清兵的夾攻，便謀求三桂之助」⑧。

這裡作者是先以濃筆重墨由鄭經（黛玉）、耿精忠（湘雲）在遵奉明朝立場的衝突切入，再繼續寫出鄭、耿的主從矛盾，又特別重筆描寫吳三桂（寶玉）介入調停，遭受雙方貶謗的情況，而對於最重要的鄭、耿的領土之爭反以淡筆寫出，以這樣異於一般史書偏重鄭、耿領土之爭的敘述方式，來描寫鄭、耿衝突的歷史事件。

〔庚辰本雙行批〕等評注說：「口直心快，無有不可說之事。」這是評論史湘雲影射的耿精忠個性口直心快，無有不可說的事，所以才會議論鄭經標舉林黛玉恢復明朝立場，猶如小旦一般裝模作樣。

〔庚辰本夾批〕評注說：「事無不可對人言。」這是評論史湘雲影射的耿精忠個性直率，凡事無不可對人說，所以才會議論鄭經如小旦一般標舉林黛玉恢復明朝立場，擺架子壓低他。

〔庚辰本眉批〕評注說：「湘雲、探春二卿，正事無不可對人言芳性。丁亥夏，畸笏叟。」探春，在外表故事上，是榮國府二房賈政側室趙姨娘的女兒，就賈府整體排行則是三小姐；在內層真事上，筆者在前面第二冊已考證指出，探春是影射福建地區的南明隆武王朝，或其繼承勢力的鄭成功明鄭延平王朝，在這裡則是影射鄭經或其延平王朝。「湘雲、探春二卿，正事無不可對人言芳性」，這兩句是點示湘雲影射的耿精忠、探春影射的鄭經二位，具有正事無不可對人宣說自己心性、想法的率直性格，所以才會互相數說、爭執起來。這裡外表故事是描寫湘雲、黛玉兩人發生爭執的故事，而這條脂批却批點這兩人發生爭執的原因是「湘雲、探春二卿，正事無不可對人言芳性」，似乎把黛玉誤為探春，牛頭不對馬嘴，但其實脂批正是要點示這裡的黛玉也就是探春，因為黛玉影射的範圍較廣泛，包括明朝、南明、明鄭延平王朝、各地復明勢力，批書人顧慮讀者比較不容易猜到這裡黛玉所影射的特定對象，而探春影射的範圍較小，指特定在閩、台地區的隆武王朝、明鄭延平王朝，這樣讀者比較容易聯想到這裡的黛玉就是探春所影射的延平王朝鄭經，故而特意作了這樣的批示。「丁亥夏。畸笏叟」，這是標注這裡湘雲耿精忠和探春（即黛玉）鄭經發生爭執事件的時間，在康熙十三年夏季五月二十四日丁亥日⑨，而這個事件是有關畸笏叟吳三桂反清政權聯盟的事（按耿、鄭都是應吳三桂邀約，而與吳三桂聯盟反清者）。耿精忠和鄭經發生爭執的事件，發生在康熙十三年五月鄭經率兵西渡至廈門之後，所以這裡脂批標注在康熙十三年夏季五月二十四日丁亥日，是十分準確的。這一條脂批是非常有價值的，本來筆者經歷數年的苦思，都無法悟出這裡湘雲、黛玉兩人發生口角爭執故事的歷史真相，後來才由這則脂批悟到原來湘雲、黛玉的爭執就是湘雲、探春的爭執，由探春影射延平王朝的鄭經，再聯想到歷史上與鄭經發生嚴重爭執的是靖南王耿精忠，因而悟出這裡的湘雲已轉變為影射耿精忠，從而才悟出這裡湘雲、黛玉爭執的故事是寓寫耿精忠、鄭經發生爭執的事件。

(7) 寶玉聽了，忙把湘雲瞅了一眼，使個眼色：瞅，音丑，看。這三句是描寫寶玉聽了湘雲說出林黛玉和演戲的小旦模樣兒相像，怕會使得林黛玉不高興，所以急忙地把湘雲看了一眼，使個眼色，示意她這樣說不好，不要再說下去了。寶玉這個舉動就好像在護著他平日所關愛的黛玉，因此同樣是暗戀著寶玉的湘雲心裡就很不舒服，內心一股醋意油然而生，對寶玉、黛玉都十分不滿，後面就是續寫這三個少年男女三角戀愛，為此細故而爭風吃醋的故事。

在內層真事上，這是寓寫寶玉吳三桂聽說了湘雲耿精忠議論鄭經標舉黛玉恢復明朝立場，猶如小旦一般裝模作樣，急忙派人前去調停，示意湘雲耿精忠不要議論鄭經的恢復明朝立場，就好像對一個人瞅了一眼，使個眼色示意阻止一樣。當吳三桂聽報耿、鄭發生衝突，顧慮反清聯盟內鬨，將對整體反清情勢不利，很是著急，就派禮曹錢黠（或作錢點）到福建進行雙方的和解工作。錢黯奔走於耿、鄭雙方，盡力疏通調解。但因耿、鄭基本立場不同，企圖的目標不一，各持一端。「錢點無法化解鄭、耿的矛盾，連三桂一方與鄭經的矛盾也解決不了，……只好灰溜溜地離開了福建。⑩」錢黯還帶來吳三桂的書信，上呈鄭經，其中有說：「先朝盛德，何日忘之？然藉擁護以呼召人心，乃草創故智；不慎於始，後必終兇。項氏之於義帝、諸劉之於更始，可鑑也！……倡義除暴，首當削號，故改為『周』。」「經覽畢，嘆曰『吳藩萌念已差！不但不能取信天下，號召英雄；實為後世羞耳』！⑪」鄭經的大將劉國軒更說：「吾家在海外數十年，稱奉明朝，今吳號『周』，耿稱『甲寅』。所以，我帶兵來是要攻你們兩家的。如你們歸正奉明號，我不難進鎮江，上南京，否則你們兩家都是我的敵國！⑫」可見吳三桂派錢黯前來調解，不但沒能說服鄭、耿和解，還添加了鄭經陣營對吳三桂的不滿。

(8) 晚間，湘雲更衣時，便命翠縷把衣包打開收拾，都包了起來：翠縷，伏侍湘雲的丫頭。在內層真事上，翠縷，是影射耿精忠屬下重要謀士、部將等。這幾句是寓寫湘雲耿精忠聽了吳三桂代表錢黯示意他不要議論鄭經復明的立場，以免得罪鄭經的意見之後的稍晚時間，既不滿鄭經侵佔其地盤，又認為吳三桂偏袒鄭經，想要調兵對付鄭經，變更軍隊部署、政治姿態，就好像更換衣服一般時，便命翠縷影射的耿精忠部屬，準備把部署各地抗清的部隊、裝備，都收拾包封起來，索性退出吳三桂聯盟反清的陣營。

(9) 「翠縷道：『忙什麼，等去的日子再包不遲。』」：去的日子，是指離去榮國府的日子，按湘雲是前來暫住在她祖姑賈母的榮國府，故有此說。在內層真事上，所謂「去的日子」，是寓指脫離吳三桂反清聯盟而去的日子。這幾句是寓寫翠縷影射的耿精忠部屬，進言說：「忙什麼，等真正要脫離吳三桂反清聯盟而去的日子，再將各地的抗清部署收拾包封起來，也還不遲。」按耿精忠後來到了康熙十五年九月，因戰敗而歸降清朝⑬，脫離吳三桂反清聯盟而去，所以這裡這麼寫。

(10)「湘雲道：『明兒一早就走，在這裡作什麼？看人家的鼻子眼睛，什麼意思！』」：在這裡，是指湘雲暫住在她祖姑賈母榮國府這裡。在內層上，所謂「在這裡」，是寓指湘雲耿精忠加入在吳三桂反清聯盟陣營這裡面。這幾句是寓寫湘雲耿精忠惱怒地說：「明天一早就脫離走人，加入在這個吳三桂反清聯盟陣營裡面作什麼？要看人家的鼻子眼睛的表情、顏色，有什麼意思！」

〔庚辰本雙行批〕等評注說：「此是真惱，非顰兒之惱可比，然錯怪寶玉矣。亦不可不惱。」這是評示說：「這是寓寫湘雲耿精忠是真的惱怒了，不是後面所寫顰兒黛玉所影射之鄭經的氣惱可比，然而却錯怪寶玉吳三桂了。但是湘雲耿精忠也不可不惱。」按鄭經侵佔耿精忠泉州、漳州一大片地盤，耿精忠已是極為惱怒，吳三桂派使前來調解，又勸不動鄭經，却勸耿精忠不要批評鄭經，以免惹惱鄭經，耿精忠當然連吳三桂也遷怒在內，而真的惱怒了。而後面所寫黛玉鄭經對寶玉吳三桂的氣惱，主要是不滿吳三桂拋棄復明，及有關要他讓出侵佔耿精忠地盤的事，鄭經是佔人地盤，而不是地盤被佔，當然他的惱怒不是動真火的惱怒，與耿精忠地盤被佔的真惱怒，是絕對不能相比的，怪不得耿精忠擺出要脫離吳三桂反清聯盟陣營的強硬姿態。至於耿精忠在吳三桂派使前來調解的談判過程中，是否真的惱怒到擺出要脫離吳三桂反清聯盟陣營的強硬姿態，在筆者所接觸到的史料中，並找不到具體的佐證資料，這可能是因為吳、耿在歷史上都是反叛清朝的敗者為寇的角色，他們朝閣所存的檔案資料大都被戰勝者的清朝所焚毀，所以後世的史書作者無從記載。但是《紅樓夢》是清初康雍時期某些復明立場的人士所著作的明清秘史，他們所搜羅的反清復明史料，必然比後世的史書作者來得豐富而真實，所以筆者相信這裡所寓寫耿精忠當時在談判過程中，向吳三桂擺出不惜脫離吳三桂反清聯盟陣營姿態的事，應該是確有其事的。

(11)寶玉聽了這話，忙趕近前拉他：在內層真事上，這是寓寫寶玉吳三桂聽了稟報湘雲耿精忠這樣的話，急忙又派遣使者趕到耿精忠近前，來拉攏耿精忠。按吳三桂於康熙十三年（一六七四年）九月，再派禮曹員外郎周文驥赴福建調停鄭、耿衝突，時鄭、耿正在泉州展開爭奪戰期間⑭。三桂致鄭經的勸和書，有說：「頃接大章及錢黯回口述，知與耿殿下大有異議。耿殿下乃殿下唇齒之邦、輔車之勢，分兵速進，則兩相資也；持疑拒守，則兩相斃也。釋仇人而凌與國，忽遠慮而爭目前，利害相懸，奚啻什百？且大仇未滅，何以家為？……伏惟殿下，鑑我愚忠！不佞刻期定荊武，本擬誓師北渡；但念先朝，便當揚帆建業（按即南京），期與殿下、耿殿下縞素三軍，展拜孝陵（按即明太祖朱元璋陵墓）。……殿下智勇絕倫，當不待余辭之畢，而兩家早為親睦矣。將軍趙得勝（按在福建，為三桂舊將），一生忠直，不佞之所深知。已諭其善為調停，務期兩地和好，速爾進兵，示義於天下後世非淺也！」「經厚待文驥，送之福省見精忠。⑮」至於周文驥赴福州見耿精忠，進行調解的具體內容，則缺乏資料，不得而知，《紅樓夢》這裡有關寶玉和湘雲的對話，恰好可以彌補這一史料的缺漏。

(12)「林妹妹是個多心的人，別人分明知道，不肯說出來，也皆因怕他惱。誰知你不防頭就說了出來，他豈不惱你。我是怕你得罪了他，所以才使眼色」：在內層真事上，這是寓寫寶玉吳三桂的使者向湘雲耿精忠說明：「林黛玉鄭經是個多心的人，別人分明知道他是稱奉明朝，堅持復明立場，但是都不肯論說、批評出來，也都是因為怕他惱怒。誰知你沒遮防就論說、批評了出來，他豈不惱怒你。我吳方是怕你得罪了他，所以先前才派使者前來好像使眼色般地向你示意。」鄭經對於稱奉明朝是非常在意的，當初他在回答吳三桂邀約反清的覆書中，就特別向吳三桂獻言說：「故獻一言：自古成天下之大業，必先建天下之大義。以殿下之忠貞，而擇立先帝之苗裔，則足以號召人心，而感奮忠義。不佞所以區區道及，亦欲依日月之末光，早建匡復之業。⑯」連吳三桂他都要求他要「擇立先帝之苗裔」，所以其他人不稱奉明朝，他都是很不滿的，又那能容忍別人批評他稱奉明朝，在這一點上面，他是很多心的，而對此吳三桂是感受很深刻的，所以派使特別提醒耿精忠不要去挑剔鄭經的復明立場。然而在當時混亂的局勢中，鄭經過份注重稱奉明朝，而與耿精忠、甚至吳三桂等抗清夥伴不合作、不和睦，後來甚至與耿精忠發生內鬥，徒然削弱抗清的整體力量，未免矯枉過正，不識大體。

(13)「湘雲摔手道：『你那花言巧語別哄我。我也原不如你林妹妹，別人說他，拿他取笑都使得，只我說了就有不是。我原不配說他，他是小姐主子，我是奴才丫頭，得罪了他使不得！』」：這幾句充分顯露湘雲非常氣憤寶玉護著黛玉，而責怪她惹惱、得罪黛玉，一副小女兒爭風吃醋的情態。在內層上，這是寓寫湘雲耿精忠非常氣憤寶玉吳三桂使者，在調停中偏袒黛玉鄭經，而怪罪他取笑鄭經稱奉明朝的作為，因而惹惱、得罪了鄭經。其中「我原不配說他，他是小姐主子，我是奴才丫頭，得罪了他使不得」，正是暗點出耿精忠痛恨鄭經的焦點，在於鄭經標榜稱奉明朝，擺出代表明朝主子的架式來欺負他，耿精忠要求他歸還所侵佔的地盤，他却說那些地盤原本是明朝的地盤，不是耿精忠的，讓耿精忠好像奴才丫頭一般，向鄭經要求什麼都是得罪明朝主子的行為。當鄭經攻佔同安、海澄時，耿精忠「即遣馮國詮到廈見鄭經，索地請和。欲以沿邊海島屬經，不禁往來，通商貿易。經笑曰：『天下乃我太祖之天下，與爾主何干？況漳、泉係本藩父母之邦，又是爾主請本藩渡海，戮力匡勷，共扶明室，故本藩不惜跋涉，提師前來。豈墨跡未乾，遂爾背約？本藩蓄精銳，屢欲西問，恨未有便。以前日之全盛，尚欲與之爭衡吳越（按指鄭成功進攻南京事）；今爾區區一旅，何足道哉』？國詮無以對。議不成，詮回省。[17]」鄭經這種擺出明朝主子的超高姿態，讓背約在先而理虧的耿精忠非常頭痛。後來鄭經更進一步攻佔漳、泉的大片土地，而高擺明朝主子的姿態，仍然不改，耿精忠實在氣炸了，這裡作者描寫說「湘雲摔手道」，「摔手」二字真是很傳神。

(14)我要有外心，立刻就化成灰，叫萬人踐踹：外心，談論主題以外的心思，另外的心思，也就是說寶玉辨白說他除了「怕你得罪了他，所以才使眼色」之外，並沒有別的意思，也就是並沒有湘雲所指責寶玉認為她原不如黛玉，而不配說她，得罪了她使不得的這些另外的意思。化成灰，化成灰塵，比喻死亡。踐踹，踐踏踹擊。讀者試想少年男女看戲，為了說某人模樣像演戲的小旦這樣的小細故，而發生爭吵，會嚴重到男主角要發下「立刻就化成灰，叫萬理的。

人踐踹」這樣的毒誓嗎？所以單從外表的小說故事來理解，這裡的故事情節實在是很不合情

在內層上，這是寓寫寶玉吳三桂使者，聽見湘雲耿精忠氣憤地指責吳三桂偏袒黛玉鄭經，認為他原不如鄭經，而不配說他，得罪了他使不得的這些重話，聯想到這就是先前耿精忠想要脫離吳三桂反清陣營而去的原因，所以急得不得了，因而宣明吳三桂方面絕對沒有認為耿精忠不如鄭經，因而不可得罪鄭經的另外心意，要是有的話，吳方就立刻化灰死去，叫萬人踐踏敗亡，以這樣的惡誓來自白，並企圖取信耿精忠。按這裡作者這樣寫是一種文學筆法，因為吳三桂後來真的中途就病亡，死去化灰，他的大周王朝也真的被成千上萬清軍踐踏敗亡，所以這樣描寫。至於吳三桂使者應該不至於在耿精忠面前發下這樣的惡誓，在史料中也找不到相關的佐證資料。

〔庚辰本雙行批〕等評注說：「千古未聞之誓，懇切盡情，寶玉此刻之心為如何。」這是評注說：「原文『我要有外心，立刻就化成灰，叫萬人踐踹』，是千古以來未曾聽聞過的誓言，懇切而盡情，寶玉吳三桂（使者）此刻的心思是如何，從這幾句誓言就能充分理解。」

〔庚辰本夾批〕評注說：「玉兄急了。」這是評注說：「這樣的惡誓，是顯示寶玉吳三桂（使者）切實著急了。」按若無法化解湘雲耿精忠這樣惱怒吳三桂偏袒黛玉鄭經的情緒，耿精忠將會脫離吳三桂反清陣營而去，倒向清朝，問題將極為嚴重，所以這裡才以小說筆法來戲劇化寶玉吳三桂（使者）著急得口不擇言的情狀。

(15)「湘雲道：『大正月裡，少信嘴胡說。』」：前面寫說寶釵生日是二十一日，這裡寫出寶釵生日演戲是在「大正月裡」，可見外表故事的寶釵生日，是正月二十一日。然而內層真事上，寶釵生日所寓寫的吳三桂起兵反清，誕生反清新政權的日子卻是（康熙十二年）十一月二十一日，和外表故事的月份不同。這裡湘雲所說的「正月」，在內層上，其實也不是指農曆的正月或元月，而是暗通諧音「征月」，寓指「征戰的歲月」。這兩句是寓寫湘雲耿精忠說道：「在這對清朝大征伐的歲月裡，少信嘴胡說『立刻就化成灰，叫萬人踐踹』這些不吉利的話。」

〔庚辰本夾批〕評注說：「回護石兄。」石兄，指第一回所寫「石頭記」故事的作者石頭，寓指吳三桂。這句脂批是評注說：「這裡湘雲耿精忠這麼說，是迴護石兄或寶玉吳三桂，不希望寶玉吳三桂真的『立刻就化成灰，叫萬人踐踹』。」

(16)「這些沒要緊的惡誓、散話、歪話，說給那些小性兒、行動愛惱的人、會轄治你的人聽去！別叫我啐你。」：散話，散漫而不著重點的話。歪話，歪曲事實的話。小性兒，心性胸襟狹小的人。轄治，管束整治。啐，吐痰。這幾句寫出湘雲對寶玉偏愛黛玉的一股濃濃醋意，並強烈批評情敵黛玉是心胸狹小、行動愛惱怒、專會管束整治寶玉的人。在內層上，小性兒具有雙重意義，除了指黛玉鄭經是心胸狹小的人之外，又暗通諧音「小姓兒」，暗點鄭經姓鄭是旁姓的小姓，而不是朱明嫡裔的大姓「朱」姓，諷刺鄭經以小姓的鄭姓，擺出繼承大姓「朱」姓之朱明王朝的大模大樣來。鄭經延平王朝之所以能夠以小姓的鄭姓繼承大姓朱姓的朱明王朝，是源於其父鄭森蒙南明隆武帝賜姓改名為朱成功，並收認為乾駙馬的緣故。行動愛惱的人，這是暗批鄭經一直惱怒耿精忠初時背約及不遵大明正統，而採取侵佔耿精忠地盤的行動。會轄治你的人，這是暗批鄭經是專會以遵奉明朝、擇立朱明後裔，來管束整治寶玉吳三桂，而不配合吳三桂聯合反清戰略的人。原本耿精忠和吳三桂邀約鄭經反清，都是希望他率領舟師由海道北上，進攻江、浙或天津，以分敵勢，鄭經卻率兵進佔閩南的耿精忠地盤，而一直不肯北上，所持理由除了惱怒耿精忠先前背約之外，更重要的是他以繼承朱明王朝自居，認為天下本屬明朝，吳、耿不遵奉明朝，都是明朝的敵人，他攻佔耿精忠地盤，是收復明朝失土，以此來管束、抵制吳三桂勸告他歸還閩南地盤，及率兵北上的要求，所以這裡湘雲耿精忠怒指黛玉鄭經是「會轄治你（吳三桂）的人」，是很符合歷史事實的。

〔庚辰本夾批〕評注說：「此人為誰？」這是提醒讀者要注意這個「小性兒、行動愛惱的人、會轄治你（寶玉吳三桂）的人」，究竟是誰？那就是林黛玉啊！而林黛玉又是影射誰，也應追究，希望讀者能夠想到這個人是鄭經。

(17) 說着，一逕至賈母裡間，忿忿的躺着去了：賈母，影射吳三桂。這三句是寓寫湘雲耿精忠說了那些話之後，就一直走到賈母吳三桂反清陣營的較裡面處，忿忿的好像去躺着休息似的，聯合抗清的心態變得沮喪了。

◈真相破譯：

到了稍晚起兵集會散場時，賈母吳三桂深愛這場反清戲碼中那作小旦的所影射的日出放旦東方的台灣鄭經延平王朝，和一個作小丑（通諧音小醜）的所影射的相貌醜陋的靖南王耿精忠福建藩王政權這兩個勢力的奧援，因而命人去邀約他們，帶他們進來參加他的反清陣營，詳細查看他們的處境時，鄭經是被滿清打敗而渡逃到台灣，耿精忠是和他一樣被滿清撤藩，益發見得很可憐，和吳三桂遭撤藩處境類同，應該不難招致。因而查問起他們繼位的年數或起始年度，那小旦影射的鄭經王朝今年才第十一年（那小旦才十一歲），而小丑影射的耿精忠靖南王，才剛在康熙九年嗣位（小丑才九歲），大家對於他們被滿清欺壓的處境同情地嘆息一回。賈母吳三桂令使者前去邀約，另外拿了一些猶如肉品果物等獎賞的名銜封賞給他們兩個人（按封鄭經為招討大將軍總統使，封耿精忠為總統兵馬上將），又另外賞賜他們一些錢兩作餉款。鳳姐康熙笑道：「這個作小旦的孩子影射的鄭經（王朝），扮相立場上活像另外一個人，而和吳三桂有所不同，你們再看不出來（按言外之意是康熙看出鄭經活像扮演著林黛玉復明的立場，但不公開明白說出，以避免這場清朝與吳三桂背叛的戰爭，轉化為清朝與明朝漢族的對抗，這樣將對清朝極為不利）。」寶釵影射的反對復明的吳藩親信部屬集團，心裡也知道小旦影射的鄭經活像扮演著林黛玉恢復朱明王朝的立場，但是為了避免彼此磨擦，因此便只一笑置之，不肯說出、議論鄭經標舉恢復朱明王朝的舉動。寶玉吳三桂不用觀看，用猜的也猜着了小旦影射的鄭經是扮演著他一貫抱持的林黛玉恢復朱明王朝的立場，和他只是假借恢復明朝為號召不相同，但也不敢去數說鄭經標舉恢復朱明王朝的作為（按因生怕彼此發生衝突，破壞團結抗清）。史湘雲影射的耿精忠接着笑說：「那小旦影射的鄭經（王朝）倒像扮演著林黛玉恢復朱明王朝的模樣、立場。（按這裡言外之意是耿精忠說出、議論鄭經扮演著林黛玉恢復明朝的立場，猶如小旦演戲裝模作樣一般，自抬身價，而壓低他）」寶玉吳三桂聽說了湘雲耿精忠這樣數說鄭經，急忙派遣使者（禮曹錢黠）前去調停，示意湘雲耿精忠不要數說鄭經的恢復明朝立場，就好像對一個人盯看了一眼，使個眼色示意阻止一樣。各方眾人却都聽見了湘雲耿精忠數說鄭經的這些話，留神詳細觀看耿、鄭衝突的內情，都笑起來了，說果然不錯，鄭經是扮演著林黛玉恢復明朝的角色，裝模作樣擺架子。一時之間調停沒有結果，大家也就散了。

稍晚時間，湘雲耿精忠就像更換衣服似地，盤算要變更政治姿態、軍隊部署時（按因鄭經侵佔其地盤，又認為吳三桂偏袒鄭經），便命翠縷影射的耿精忠部屬，準備把部署各地抗清的部隊、裝備，都收拾包封起來。翠縷影射的耿精忠部屬，進言說：「忙什麼，等真正要脫離吳三桂反清聯盟而去的日子，再將各地的抗清部署收拾包封起來，也還不遲。」湘雲耿精忠憤怒地說：「明天一早就脫離走人，加入在這個吳三桂反清聯盟陣營裡面作什麼？要看人家的鼻子眼睛的表情、顏色，有什麼意思！」寶玉吳三桂聽了稟報湘雲耿精忠這樣的話，急忙又派遣使者（禮曹員外郎周文驥）趕到耿精忠近前，來拉攏耿精忠，說明道：「我的好妹妹一般的親密夥伴，你錯怪我吳方了。林黛玉鄭經是個多心的人，別人分明知道他是遵奉明朝，堅持復明立場，但是都不肯論說、批評出來，也都是因為怕他惱怒。誰知你沒遮防就論說、批評了出來，他豈不惱怒你。我吳方是怕你得罪了他，所以先前才派使者前來好像使眼色般地向你示意，以免衝突擴大。你這會子惱怒我吳方，不但辜負了我方前來調解的好意，而且反倒委曲了作為和事老的我吳方。若是那些沒有和我們聯合抗清的別人，那怕他得罪了十個人，與我吳方有什麼相干呢？」湘雲氣憤得摔手說道：「你那些花言巧語別來哄騙我。在你看來我也原不如你的抗清夥伴林黛玉鄭經，別人說他，拿他扮演朱明王朝的模樣來取笑他都使得，只有我論說了他的遵奉明朝立場就有不是。你認為我原不配說他，他是代表明朝主子的小姐主子，我是明朝舊臣後裔的奴才丫頭（按其祖父耿仲明原為明朝臣子），所以得罪了他就使不得！（按耿精忠所以這樣遷怒吳三桂，是因為鄭經侵佔其閩南地盤，吳三桂不但勸不動鄭經歸還，還勸耿精忠不要數說鄭經遵奉明朝的立場）」寶玉吳方使者急得不得了，說道：「我吳方倒是為你好，希望化解你和鄭經的衝突，却反而調停出不是來了。我吳方絕對沒有認為你耿精忠不如鄭經，因而不可得罪鄭經的另外心意，要是有的話，我吳方就立刻化灰死去，叫萬人踐踏敗亡。」湘雲耿精忠說道：「在這對清朝大征伐的歲月裡，少信嘴胡說『（吳方）立刻就化成灰，叫萬人踐踹』這樣不吉利的話。這些沒要緊的惡毒誓言、散漫不著重點的話、歪曲事實的話，你去說給那些不是朱明嫡裔的大姓朱姓，而且心性胸襟狹小的小姓鄭姓的人（按原文『小性兒』暗通諧音『小姓兒』，寓指非朱姓的小姓者鄭經）、行動愛惱怒別人的人（按寓指鄭經惱怒耿精忠初時背約及不遵大明正統，而採取行動侵佔耿精忠的地盤）、會管束整治你寶玉吳三桂的人，去聽吧！別光在這裡勸我，叫我向你吐痰。」說著這些話之後，湘雲耿精忠就一直走到賈母吳三桂反清陣營的較裡面處，忿忿的好像去躺着休息似的，聯合抗清的心態變得沮喪了。

第二節　賈寶玉遭林黛玉貶謗故事的真相

◈原文：

寶玉沒趣，只得又來尋黛玉。剛到門檻前，黛玉便推出來，將門關上。寶玉又不解何意，在窗外只是吞聲叫好妹妹。黛玉總不理他(1)。寶玉悶悶的垂頭自審。襲人早知端的，當此時斷不能勸(2)。那寶玉只是呆呆的站在那裡。黛玉只當他回房去了，便起來開門，只見寶玉還站在那裡(3)。黛玉反不好意思，不好再關，只得抽身上床躺着。寶玉隨進來(4)，問道：「凡事都有個原故，說出來人也不委曲。好好的就惱了，終是什麼原故起的？」黛玉冷笑道：「問的我倒好，我也不為什麼原故。我原是給你們取笑的，拿我比戲子取笑。(5)」寶玉道：「我並沒有比你，我並沒笑，為什麼惱我呢？」黛玉道：「你還要比？你還要笑？你不比不笑，比人比了笑了的還厲害呢！(6)」寶玉聽說，無可分辯，不則一聲(7)。

黛玉又道：「這一節還恕得，再你為什麼又和雲兒使眼色，這安的是什麼心？莫不是他和我玩，他就自輕自賤了？他原是公侯的小姐，我原是貧民的丫頭，他和我玩，設若我回了口，豈不他自惹人輕賤呢！是這主意不是(8)？這却也是你的好心，只是那一個偏又不領你這好情，一般也惱了(9)。你又拿我作情，倒說我小性兒，行動肯惱(10)。你又怕他得罪了我，我惱他。我惱他與你何干？他得罪了我，又與你何干？(11)」(12)

◈脂批、注釋、解密：

(1)「寶玉沒趣，只得又來尋黛玉。剛到門檻前，黛玉便推出來，將門關上。寶玉又不解何意，在窗外只是吞聲叫好妹妹。黛玉總不理他。」──：這幾句在內層真事上，是寓寫：「寶玉吳三桂使者周文驥甚感沒趣，只得又來尋找黛玉鄭經商談。但剛到鄭經的所在地之前，就被黛玉鄭經推拒出來，將談判之門關上。寶玉吳方使者又不瞭解是什麼意思，於是在外圍的某地區滯留，只是忍氣吞聲地要求晉見鄭經。但黛玉鄭經總是不理他。」按史書上並查不到吳三桂使者周文驥晉見耿精忠後，再回頭晉見鄭經，受到鄭經推拒刁難的記載，但是從諸史書只記載吳三桂使者周文驥初來時曾晉見鄭經與耿精忠，而未有記載其後續調停情況、成果，及其後鄭經還繼續攻取泉州、漳浦，逼得耿精忠一再派使與鄭經交涉求和，而達成以泉州楓亭為界的協議，並不是由周文驥促成這項耿、鄭停戰協議。從這樣的情況來看，則周文驥在後續的調停工作上顯然困難重重，而當時鄭經在對耿作戰上正是得意之際，自然不願受到吳三桂使者調停停戰的干擾，因而不難想像周文驥很可能真的有受到鄭經拒見刁難的情況。所以這裡所描寫吳三桂（使者）調停耿、鄭停戰交好的後續情形，恰好可以彌補諸史書記載的缺漏。

(2)襲人早知端的，當此時斷不能勸：端的，原委、底細。襲人是與寶玉同居處的頭號大丫頭，最瞭解寶玉的身心情況，體會到寶玉出於一片好心調解雙方誤會，卻受重要小情侶史湘雲一方的貶謗，又受另一方最愛的小情侶林黛玉的推拒不理，兩面不是人，其內心正是悽苦之至，因而襲人判斷在這個時候絕對不能規勸他，免得再促動他內心的傷痛。在內層真事上，襲人暗通諧音「昔人」，意謂「昔日舊人」，在這裡應是影射吳三桂的昔日舊將趙得勝。趙得勝原為吳三桂心腹部將，後來奉調福建海澄總兵。「當吳三桂之將反，差祝治國、劉定先齎書二、札一、諭二，於二十五日（按為康熙十三年三月）到海澄見趙得勝。勝開三桂諭，有曰：『……特差該員祝治國、劉定先齎來耿藩書一封、鄭藩書一封、黃海澄（按為海澄公黃梧）札一封、興化總兵馬惟興諭一封，將軍斟酌鄭氏之書如何送出、耿藩之書如何送投，黃海澄之札不妨直與之，馬惟興將諭差人送去。速會馬惟興起兵，會師錢塘。……』⑱」顯見吳三桂委託舊將趙得勝策動耿精忠、鄭經、黃梧、馬惟興等起兵反清，而這四人也都響應吳三桂反清，趙得勝充分發揮替吳三桂居間聯繫的作用。趙得勝本人叛清後，先加入耿精忠陣營，受封為威遠將軍，仍駐海澄，後來獻海澄投鄭經，受封興明伯、左提督。及至康熙十三年九月，吳三桂再派周文驥前來福建調停鄭、耿衝突，三桂在致鄭經的勸和書中，還特別提到說：「將軍趙得勝，一生忠直，不佞之所深知。已諭其善為調停，務期兩地和好，速爾進兵，示義於天下後世非淺也！」可見此時趙得勝還受吳三桂之託，發揮著協助使者周文驥調停鄭、耿衝突的功能。

〔庚辰本雙行批〕等評注說：「寶玉在此時一勸必崩了，襲人見機，甚妙。」這是評注說吳三桂使者周文驥這時遭受耿、鄭雙方的貶謗、推拒，已非常難過，如果再加勸言必然要崩潰，襲人影射的吳三桂昔日舊將趙得勝能看見這樣的機宜，而不亂規勸進言，真是很妙。

(3) 黛玉只當他回房去了，便起來開門，只見寶玉還站在那裡：在內層上，回房，寓指使者周文驥回到湖南吳三桂處。在那裡，應是指在海澄。按使者周文驥被鄭經拒見後，不回吳三桂處，而只呆在那裡，料必是呆在吳三桂昔日舊將趙得勝所在的海澄。這幾句是寓寫：「黛玉鄭經只當作他回湖南吳三桂處去了，便派人出門去查看，只見寶玉吳方使者周文驥還站在附近（海澄）那裡」。

(4) 「黛玉反不好意思，不好再關，只得抽身上床躺着。寶玉隨進來」：這是寫黛玉生氣歸生氣，內心還是愛著寶玉，所以放不下心，而開門去查看寶玉動態，見寶玉還呆站在那裡，痴心地想要見她，因而門不關上，而抽身床上躺著，誘引寶玉進來，於是寶玉見機就隨著進來了。到這裡幾句將少年兒女戀愛鬧彆扭，扭捏作態的情狀，描寫得很生動有趣。在內層上，抽身上床躺着，是以比喻筆法寓寫黛玉鄭經故意好像躺在床上休息似的，擺出很不情願接見吳方使者周文驥的態度，而不是鄭經真的抽身去躺在床上。這幾句是寓寫：「黛玉鄭經反而感到不好意思，不好再關閉談判之門（按以免破壞與吳三桂的關係），只得好像抽身上床躺着似的，擺出一副很不情願接受吳方調停談判的態度來。寶玉吳方使者周文驥隨著就進來晉見黛玉鄭經」，於是重啟吳方對鄭經的調停談判工作。

(5) 我原是給你們取笑的，拿我比戲子取笑：文章到這裡才正式點出前面大家都不敢說出小旦模樣像林黛玉，只有史湘雲說出，而惹得黛玉惱怒的原因，原來是黛玉很生氣大家拿她比作戲子來取笑。這種情況現代的讀者很難理解，在現代說某人像某演戲者的模樣，根本不會有人在意或生氣，因為在現代社會裡演員和士農工商地位平等，傑出演員甚至還是大眾欽慕的偶像，被說是模樣兒像某演員明星，高興都來不及，哪還生什麼氣。但是在古時封建社會裡，演戲的優人戲子身份非常低賤，被說是模樣兒像某戲子，就有蔑視取笑的意味，尤其是將賈府這種公侯貴族的千金小姐如林黛玉等比作模樣兒像某戲子，更是莫大的侮辱、取笑，因而黛玉才會生這麼大的氣。所以我們閱讀《紅樓夢》要能設身處地融入清初封建社會的生活情況，才能體會文章的真意，而讀出趣味來。

在內層上，這是寓寫黛玉鄭經對吳方使者生氣地說：「我原來是給你們取笑的，你們拿我遵奉明朝比作是像戲子演戲裝模作樣一般地取笑。」按鄭經繼承其父鄭成功的遺志，真誠遵奉明朝，也希望吳三桂反清大聯盟都遵奉明朝，擁立朱明後裔，以號召廣大漢族同胞團結推翻滿清。然而現實上講究的是實力，鄭經率兵至廈門、漳、泉一帶，處於寄託在耿精忠籬下的態勢，比他兵多勢大的吳三桂、耿精忠等哪裡聽他那一套，他們不但不遵奉明朝，還認為鄭經只是標榜遵奉明朝，來裝模作樣擺高架子，就像戲子演戲一般，對於鄭經遵奉明朝，都以一種取笑的態度來看待，這一點惹得鄭經非常生氣，前面所引鄭經對吳、耿不遵奉明朝的批評，就是很明顯的例證。

(6)

「黛玉道：『你還要比？你還要笑？你不比不笑，比人比了笑了的還厲害呢！』」：黛玉這樣說實在令人有強詞奪理，過份蠻橫的感覺，怎麼寶玉不比不笑，會比湘雲比了笑了的還利害呢？實在是不通。這要從內層真事來看，才說得通。在內層上，因為吳三桂身居反清大聯盟盟主的地位，卻自毀承諾，半途拋棄遵奉明朝，而自稱周王，影響當然比耿精忠還嚴重，所以黛玉鄭經生氣地說：「你吳方還需要把我比作戲子嗎？還需要取笑我的復明立場嗎？你吳三桂帶頭拋棄遵奉明朝，而自稱周王，即使不把我鄭經比作戲子，也不取笑我鄭經遵奉明朝，比起湘雲耿精忠把我鄭經比作戲子，取笑我遵奉明朝，還要厲害呢！」

〔庚辰本夾批〕評注說：「可謂官斷十條路是也。」官斷十條路，是指官兵截斷十條道路，讓犯人無路可逃，或官爺強硬斷案，截斷嫌犯所有抗辯說詞的情況。這是評論說：「黛玉鄭經對寶玉吳方使者說出吳三桂自稱周王，比起湘雲耿精忠將他遵奉明朝比作戲子演戲來取笑，還要更厲害這樣強烈指責吳三桂的話，可以說好像是官方截斷十條路一樣地，把吳方使者想要調停鄭經的各種說詞都截斷了，讓他無法再分辯調停下去。」

(7) 寶玉聽說，無可分辯，不則一聲：寶玉原是好心居中調解湘雲和黛玉互鬧意氣，沒想到雙方都不聽，反而把矛頭轉向他，都貶謗他的不是，公親變事主，實在窩囊之至。如今黛玉甚至說他不比不笑，比湘雲比了笑了的還厲害，等於指責寶玉侮辱黛玉，更勝過湘雲，真是讓作和事老的寶玉氣結，因而寶玉聽黛玉這樣說，氣得無可分辯，不作一聲。但和事老的寶玉被說成比敵對的湘雲更侮辱黛玉，實在很不合理，寶玉遭受這樣無理的天大屈辱，竟然忍氣吞聲到「無可分辯，不則一聲」的程度，更是不合理，所以單從表面故事來看，實在讓人看得一頭霧水，無從理解作者為什麼要將故事寫得這樣不合常理。但若從內層真事來看，就感覺合情合理了。前文黛玉鄭經指責寶玉吳三桂的話，因為確屬實情，吳三桂違背承諾，半途拋棄遵奉明朝，而改為自稱周王，確實比湘雲耿精忠取笑鄭經遵奉明朝猶如演戲的戲子，影響還要更厲害，吳方理虧，因而寶玉吳三桂使者聽黛玉鄭經這麼說，無可分辯，無法再調停下去，所以不作一聲走了，實在寫得合情入理。

〔庚辰本雙行批〕等評注說：「何便無言可辯，真令人不解。前文湘雲方來，『正言彈妬意』（按為第二十回）一篇中，顰、玉角口後收至褂子（按指原文的青肷披風）一篇，余已注明不解矣。回思自心自身是玉、顰之心，則洞然可解，否則無可解也。身非寶玉則有辯有答，若（是）寶玉則再不能辯不能答。何也？總在二人心上想來。」余已注明不解矣，這句是指在第二十回「王熙鳳正言彈妬意，林黛玉俏語謔嬌音」中，黛玉、寶玉發生口角的情節處，針對原文寶玉道：「難道你就知你的心，不知我的心不成」，有一則脂批評注說：「此二語不獨觀者不解，料作者亦未必解；不但作者未必解，想石頭亦不解；不過述寶、林二人之語耳。石頭既未必解，寶、林此刻更自己亦不解，皆隨口說出耳。若觀者必欲要解，須自揣自身是寶、林之流，則洞然可解；若自料不是寶、林之流，則不必求解矣。萬不可記此二句不解，錯謗寶、林及石頭、作者等人。」這條脂批是對於上面外表故事黛玉無理指責和事老寶玉，寶玉橫遭屈辱竟然無言可辯，令人不可理解的不合理情節，特以文意有點斷裂的極為隱微的方式，提示其正確閱讀、理解的方法說：「這裡描寫居中作和事老的寶玉，遭受黛玉那麼無理的屈辱，何以便無言可辯，真是令人不能理解其中道理。前文描寫湘雲剛來賈府的故事，在第二十回『王熙鳳正言彈妬意，林黛玉俏語謔嬌音』那一篇中，描寫黛玉、寶玉發生角口，後來收至黛玉關心寶玉天氣冷怎麼把青肷披風褂子脫了，兩人突然又和好起來的這一篇故事處，我已注明這樣的外表故事情節實在令人不能理解了。像前面第二十回和這裡這樣外表上實在令人不能理解的故事情節，它的閱讀方法，就是讀者要回頭思想自心自身是寶玉、黛玉所影射的歷史真實人物的心思，那麼這些故事情節就洞然明白而可以理解了，否則就無法可以理解這些情節的真意了。像這裡的情節，如果本身不是寶玉所影射的真實人物（吳三桂或其使者）則能夠有辯有答，若真是寶玉所影射的真實人物（吳三桂或其使者）則再不能辯不能答。為什麼呢？因為作者總要在寶玉、黛玉這二人所影射的真實人物（按一為吳三桂或其使者，一為鄭經）的心思上來設想而據實描寫（按言外之意是吳三桂違反諾言拋棄復明，自稱周王理虧，鄭經點中其要害，吳三桂使者無言可辯，是很合理的事）。」

(8)「他原是公侯的小姐，我原是貧民的丫頭，他和我玩，設若我回了口，豈不他自惹人輕賤呢！是這主意不是？」：這是寫出黛玉怪責寶玉把情敵湘雲當公侯的小姐一般地捧著，對自己卻視如貧民的丫頭，醋勁十足。在內層上，他原是公侯的小姐，這句是作者有意暗點湘雲所影射的對象原是具有公侯身份的人物，而耿精忠原為清朝的靖南王，正是公侯級的人物。我原是貧民的丫頭，這句是喻寫黛玉鄭經自台灣率兵初至廈門，在福建地區原本地盤小，兵源、糧餉不足，如貧民丫頭的窘境。「他和我玩，設若我回了口，豈不他自惹人輕賤呢」，這幾句意思很微妙，是寓寫耿精忠從前對鄭經玩了一些毀約背信的把戲，遣使「請鄭經會師，且以全閩沿海戰艦許之」，等到鄭經率兵至廈門，卻翻臉毀約，而且通令各沿海邊界：「照前禁例『寸板不許下海』！絕鄭經來往」，因而鄭經回了口指責他的背約，並派兵攻佔同安、海澄、漳州、泉州等地作為回應，耿精忠失信又失地，豈不是自己惹得別人看輕賤視他，因而就有辱他高貴的身份，你吳方是這個主意、想法，是不是？言外之意是所以你吳方就認為我鄭經不可以回應他耿精忠的背約失信，而率兵攻佔他的地盤。

(9)這卻也是你的好心，只是那一個偏又不領你這好情，一般也惱了：這幾句是寓寫黛玉鄭經說：「你吳方這樣的偏袒他，卻也是你吳方對他的好心，只是那一個耿精忠偏又不領你吳方這個好情，照樣也惱怒了。」

〔庚辰本雙行批〕等評注說：「顰兒自知雲兒惱，用心甚矣！」這是驚訝地評注說：「黛玉自己竟然知道湘雲惱怒寶玉，她對於寶玉與湘雲談話的狀況真是極為用心打探啊！」批書人這樣批注，主要是要挑起讀者的懷疑心，懷疑才十三歲少女的林黛玉談戀愛，怎麼會對於自己看不到的寶玉與湘雲私下談話，竟能夠瞭如指掌，難道她小小年紀就心機重到預先在寶玉、湘雲身邊佈下眼線，偵探他們的動態不成？讀者細思的結果自然會感覺黛玉小小年紀不可能做出這種埋奸刺探情敵動態的事，從而進一步懷疑到這可能不是描寫小兒女戀愛的情事，而應是寓寫某些大人世界爭執的事件，並再深入去探索內裡所隱藏的真相。如果能夠聯想到這是暗寫吳三桂派使者調停耿、鄭衝突的事件，那麼黛玉鄭經偵知寶玉三桂使者與湘雲耿精忠談判的情況，那就不足為奇了。蓋福建尤其是閩南地區，原是鄭氏故鄉，及原本統領的地盤，其鄉親故舊遍佈，在與耿精忠爭奪地盤期間，自然要佈置眼線隨時偵探耿精忠的動態，尤其吳三桂派使者前來調停，他更是要特別用心偵探吳、耿談判的情況，所以鄭經對他們談判的內容瞭若指掌，是在情理之中的。

(10)你又拿我作情，倒說我小性兒，行動肯惱：肯惱，堅執而愛惱怒他人。前面描寫湘雲對寶玉說：「這些沒要緊的惡誓、散話、歪話，說給那些小性兒、行動愛惱的人、會轄治你的人聽去！」可見這裡黛玉所說「倒說我小性兒，行動肯惱」，事實上是湘雲批評她的話，不過之前寶玉曾對湘雲說：「林妹妹是個多心的人，別人分明知道，不肯說出來，也皆因怕他惱。誰知你不防頭就說了出來，他豈不惱你。」其中「多心的人」、「皆因怕他惱」、「他豈不惱你」這些話，也有黛玉性格「小性兒，行動肯惱」的意味，所以如今黛玉才會指責寶玉說她「小性兒、行動愛惱」。不過，黛玉一個十三歲小少女，居然能把寶玉和湘雲私下的對話打聽得那麼仔細，也未免太精明可怕了，實在很不合情理。

〔庚辰本雙行批〕等評注說：「顰兒却又聽見，用心甚矣！」這是批書人藉著驚嘆「顰兒黛玉却又能聽見寶玉與湘雲談話的詳情，黛玉實在用心很甚啊！」來挑起讀者懷疑黛玉一個小少女怎麼可能對寶玉、湘雲的談話用心到打探得那麼詳細，從而進一步深入去探索這個情節背後所隱寫的世間真事。這是批書人第二次以驚訝的語調來質疑黛玉怎麼會對寶玉與湘雲談話那麼用心打探，顯然批書人強烈地企圖要借外表故事情節的不合情理，來挑起讀者的懷疑心，而深入去探索故事情節背後所寓寫的世間真事。所以筆者一再強調研究《紅樓夢》真相要慢慢讀，細細想，並借助脂批的提示，才能察覺不合理、甚至矛盾不通的情節，從而善起懷疑心，進一步深入探索這些不合理、矛盾不通情節背後的真相，而使之合理暢通，則庶幾可以有點小成就。若是像時下流行的某些紅學研究模式，設定一、二年為期限，趕著提出研究報告，申領獎助金，為剋期求功而匆匆閱讀，那就很難獲得有價值的研究成果了。畢竟《紅樓夢》的特性和其他小說截然不同，不能採取和其他小說相同的研究方法。

(11)

「我惱他與你何干？他得罪了我，又與你何干？」：在內層真事上，這三句是寓寫黛玉鄭經對寶玉吳三桂使者說：「我鄭經惱怒他湘雲耿精忠與你吳三桂方面有什麼相干？他耿精忠得罪了我，又與你吳方有什麼相干？」按吳三桂使者周文驥於康熙十三年九月到達福建時，鄭經已奪佔泉州，耿精忠正在另行調兵反撲奪回，周文驥前去福州晉見耿精忠再回來晉見鄭經時，應已到十月份，時鄭、耿正在泉州展開爭奪戰，而鄭經處於優勢⑲，雅不願吳方使者的調停干擾，故會說出這樣鄭、耿互惱相鬥與吳方何干的排拒吳方調停的強勢說詞。而鄭經這樣的口氣，聽起來全不把大家聯盟抗清的基本立場放在心上，使得吳方為之氣結，而不想多言分辯。

〔庚辰本雙行批〕等評注說：「問的却極是，但未必心應。若能如此，將來泪盡夭亡已化烏有，世間亦無此一部紅樓夢矣。」但未必心應，意思是黛玉鄭經嘴巴上雖然這樣說，但是心裡却未必相應一致，亦即鄭經嘴巴上雖說鄭、耿相爭與寶玉吳三桂不相干，心裡却未必相應一致，還是惦記著彼此聯盟反清的大業，所以後來還是接受吳方的調停，而與湘雲耿精忠停戰和好了。這條脂批是評示說：「黛玉鄭經這樣質問寶玉吳三桂使者，却也質問得極有道理，但是未必心口相應一致。若真能照他說的這樣做（即鄭、耿相爭與吳三桂不相干，而不接受吳方調停），則彼此早早散夥而各行其是，將來黛玉鄭經所代表的復明勢力獨自奮戰失敗，傷心淚盡夭亡，已化為烏有，就沒有繼續與吳三桂聯合反清的事跡，世間也就沒有這一部寓寫以寶玉吳三桂和黛玉鄭經為代表的復明勢力聯合反清事跡為主題重點的《紅樓夢》了。」按《紅樓夢》主題是寓寫明清交替的百年歷史，而重點則擺在最後十年寶玉吳三桂和黛玉鄭經為代表的復明勢力聯合反清的事跡。這最後十年的吳、鄭聯盟反清事跡，在《紅樓夢》中一再特為標示強調，最早版本甲戌本《石頭記》獨有的楔子詩中，詠嘆說是「十年辛苦不尋常」；在第一回「石頭記」來歷的故事中，記寫為「後因曹雪芹于悼紅軒中披閱十載，增刪五次，纂成目錄，分出章回，則題曰『金陵十二釵』」；在第五回紅樓夢曲第二支咏嘆賈寶玉吳三桂命運的〈終身誤〉一曲中，則記寫為「木石盟」。

(12)寶玉、黛玉口角一段：〔庚辰本眉批〕評注說：「此書如此等文章多多，不能救（枚）舉，機括神思自從天分而有。其毛錐寫人口氣傳神攝魄處，怎不令人拍案稱奇叫絕。丁亥夏，畸笏叟。」毛錐，指毛筆筆尖形狀如錐形，而作者筆鋒如尖錐般銳利。這條脂批是評注說：「這部書像這裡黛玉、寶玉兩人口角，黛玉和湘雲有爭執，竟然遷怒到和事老寶玉這樣奇怪不合情理的文章很多，不能一一列舉，他們兩人口角對話的機括神思，自然是作者採取自他們所影射真實人物（鄭經、吳三桂）的天分性行而有的（按即作者根據史料所記載這些人物的言行事跡而有的）。但是作者筆鋒銳利如尖錐一般，刻劃細膩，將人物的口氣寫到傳人神韻、攝人魂魄的地步，怎不令人拍案稱奇叫絕。這項黛玉鄭經因與湘雲耿精忠發生爭執，而貶謗調停人寶玉吳三桂使者的事件，發生在康熙十三年夏季五月二十四日丁亥日，而這個事件是有關畸笏叟吳三桂反清政權聯盟的事。」按吳三桂使者周文驥遭鄭經貶謗的事件雖然約發生在康熙十三年九、十月間，但是鄭經和耿精忠發生爭執起於該年五月間，且吳三桂第一次派使者錢黯到福建調停鄭、耿衝突，早於周文驥數月，故而批書人將吳三桂遣使調停鄭、耿衝突，而受到鄭經貶謗的事，標注在當年夏季五月二十四日丁亥日，還不算離譜。

〔庚辰本眉批〕又評注說：「神工乎！鬼工乎！文思至此盡矣。丁亥夏，畸笏。」這是對於這裡作者竟然能將歷史上吳三桂使者調停鄭、耿衝突，而遭到鄭經排拒貶謗的情形，轉化鋪寫成少年兒女戀愛鬧彆扭，小女生黛玉吃醋拒見小男生寶玉，終是不捨，扭捏作態地欲迎還拒，兩人像捉迷藏似的，既見面而小女生又醋勁大發，如連珠炮數落小男生的生動有趣小說情節，讚嘆說：「這樣的文學技術真是神工呀！或是鬼工呀！文學才思到達這樣的程度真是發揮到極頂盡處了！這項黛玉鄭經排拒貶謗吳三桂（使者）的事件，發生在康熙十三年夏季五月二十四日丁亥日，而這個事件是有關畸零持笏漢臣（畸笏）吳三桂反清政權聯盟的事。」

◈真相破譯：

寶玉吳三桂使者（周文驥）受到湘雲耿精忠貶謗之後，甚感沒趣，只得又來尋找黛玉鄭經商談。但剛到鄭經的駐在地（按在廈門或泉州一帶）之前，就被黛玉鄭經推拒出來，將談判之門關上。寶玉吳方使者（周文驥）又不瞭解是什麼意思，於是在外圍的某地區滯留（按應是在海澄），只是忍氣吞聲地要求晉見鄭經。但黛玉鄭經總是不理會他。寶玉吳方使者（周文驥）悶悶的垂著頭自己審查檢討。襲人（按暗通諧音「昔人」，意謂「昔日舊人」）影射的吳三桂昔日舊將趙得勝（按時駐海澄，已改投鄭經），早就知道事情的原委，判斷當這時吳方使者（周文驥）遭受耿、鄭雙方的貶謗、推拒，心情沮喪難過至極，不能再進言勸告（按依脂批評注，若再勸則他必會崩潰），就袖手不管。那寶玉吳方使者（周文驥）只是呆呆的停留在那裡（按應是在海澄趙得勝處），不知如何是好。黛玉鄭經只當作他回湖南吳三桂處覆命去了，便派人出門去查看，只見寶玉吳方使者（周文驥）還停留在附近那裡（按應是海澄）。黛玉鄭經反而感到不好意思，不好再關閉談判之門（按以免破壞與吳三桂的關係），只得好像抽身上床躺着似的，擺出一副很不情願接受吳方調停談判的態度來。寶玉吳方使者（周文驥）見機就隨著進來晉見黛玉鄭經，於是重啟吳方對鄭經的調停談判，因而問說：「凡事都有個原故，說出來人也才不會委曲。好好的就惱怒了，終究是什麼原故而起的呢？」黛玉鄭經冷笑說：「你問的我倒好，我也不為什麼原故。我原來是給你們取笑的，你們拿我遵奉明朝比作是像戲子演戲裝模作樣一般地取笑。」寶玉吳三桂使者（周文驥）說道：「我吳方並沒有把你比作戲子，我吳方也並沒有取笑你遵奉明朝的立場，你為什麼要氣惱我吳方呢？」黛玉鄭經說：「你吳方還需要把我比作戲子嗎？還需要取笑我遵奉明朝的立場嗎？你吳三桂帶頭半途拋棄遵奉明朝，而自稱周王，即使不把我鄭經比作戲子，也不取笑我遵奉明朝的立場，比起人家湘雲耿精忠把我鄭經比作戲子，取笑我遵奉明朝，還要厲害呢（按因為吳三桂身居反清大聯盟盟主的地位，却帶頭拋棄遵奉明朝，影響當然比耿精忠還嚴重）！」寶玉吳方使者（周文驥）聽到黛玉鄭經這麼說，被點中要害，吳方理虧，無話可分辯，不作一聲。

黛玉鄭經又說：「這一節還可以寬恕，還有你為什麼又和湘雲耿精忠使眼色討好，這安的是什麼心啊？莫非是你吳方認為他耿精忠和我玩些爭戰奪地的遊戲，他就自輕自賤了？他耿精忠原是清朝的靖南王，你就把他當作公侯的小姐高捧著，而把我鄭經在福建地區原本地盤小，兵源、糧餉不足，視如貧民的丫頭，他耿精忠從前和我玩了一些毀約背信的把戲，設若我鄭經回了口指責他，而出兵奪佔他一些地盤作為回應，這樣他耿精忠失信又失地，豈不是自己惹得別人看輕賤視他，而有辱他的高貴身份！你吳方是這個主意、想法，是不是啊（按言外之意是，所以你吳方就認為我鄭經不可以回應他耿精忠的背約失信，而率兵攻佔他的地盤）？這樣的偏袒他却也是你吳方對他的好心，只是那一個耿精忠偏又不領你吳方這個好情，照樣也惱怒了。你吳方又拿我對他作人情，倒說我鄭經姓鄭，不是朱明嫡裔的大姓朱姓，所以是小姓兒，心性胸襟狹小，行動堅執而愛惱怒他人。你吳方又怕他得罪了我，我會惱怒他。我鄭經惱怒他湘雲耿精忠與你吳方有什麼相干？他耿精忠得罪了我，又與你吳方有什麼相干？」

第三節　賈寶玉由〈寄生草〉曲文悟禪機故事的真相

◈原文：

寶玉見說，方才與湘雲私談，他也聽見了。細想自己原為他二人，怕生隙惱，方在其中調和，不想並未調停成功，反已落了兩處的貶謗(1)。正合着前日所看《南華經》上，有：

巧者勞而智者憂，無能者無所求，飽食而遨遊，汎若不繫之舟(2)。

又曰：

山木自寇(3)，源泉自盜(4)

等語。因此越想越無趣。再細想來，目下不過這兩個人，尚未應酬妥協，將來猶欲何為(5)？想到其間，也無庸分辯回答，自己轉身回房來(6)。林黛玉見他去了，便知回思無趣，賭氣去了，一言也不曾發，不禁自己越發添了氣(7)，便說道：「這一去一輩子也別來，也別說話。」

寶玉不理(8)，回房躺在床上，只是瞪瞪的。襲人深知原委，不敢就說(9)，只得以他事來解釋，因說道：「今兒看了戲，又勾出幾天戲來，寶姑娘一定要還席的。(10)」寶玉冷笑道：「他還不還，管誰什麼相干？(11)」襲人見這話不是往日的口吻，因又笑道：「這是怎麼說！好好的大正月裡，娘兒們姊妹們都喜喜歡歡的，你又怎麼這個形景了。(12)」寶玉冷笑道：「他們娘兒們姊妹們歡喜不歡喜，也與我無干。(13)」襲人笑道：「他們既隨和，你也隨和，豈不大家彼此有趣。」寶玉道：「什麼是『大家彼此』？他們有『大家彼此』，我是『赤條條來去無牽掛』(14)。」談及此句，不覺淚下(15)。襲人見此光景，不肯再說。寶玉細想這句趣味，不禁大哭起來(16)。翻身起來至案，遂提筆立占一偈云(17)：

你證我證，心證意證。
是無有證，斯可云證。
無可云證，是立足境。(18)

寫畢，自雖解悟，又恐人看此不解(19)，因此亦填了一支〈寄生草〉，也寫在偈後(20)。自己又念一遍，自覺無掛碍，中心自得，便上床睡了(21)。

誰想黛玉見寶玉此番果斷而去，故以尋襲人為由，來視動靜(22)。襲人笑回：「已經睡了。(23)」黛玉聽說，便要回去。襲人笑道：「姑娘請站住。有一個字帖兒，瞧瞧是什麼話。」

說着，便將方才那曲子與偈語悄悄拿來，遞與黛玉看(24)。黛玉看了，知是寶玉一時感忿而作，不覺可笑可嘆(25)，便向襲人道：「作的是玩意兒，沒甚關係。(26)」說畢，便攜了回房去，與湘雲同看(27)。次日，又與寶釵看。寶釵看其詞(28)：

無我原非你，從他不解伊(29)。肆行無碍憑來去(30)。茫茫着甚悲愁喜，紛紛說甚親疎密(31)？從前碌碌却因何？到如今，回頭試思真無趣(32)！(33)

看畢，又看那偈語。又笑道：「這個人悟了。都是我的不是，都是我昨兒一支曲子惹出來的。這些道書禪機最能移性(34)。明兒認真說起這些瘋話來，存了這個意思，都是從我這一支曲子上來，我成了個罪魁了。(35)」說着，便撕了個粉碎，遞與丫頭們，說：「快燒了罷！」黛玉笑道：「不該撕，等我問他。你們跟我來，包管叫他收了這個痴心邪話。(36)」

◈脂批、注釋、解密：

(1)細想自己原為他二人，怕生隙惱，方在其中調和，不想並未調停成功，反已落了兩處的貶謗：這幾句是寓寫寶玉吳方使者周文驥，仔細思想這件事，吳方自己原本是為了他耿精忠、鄭經二人好，怕他們發生嫌隙，內鬥不休，而抵消聯合抗清的力量，才在其中調解談和，沒想到並未調停成功，反已落得了耿、鄭兩處的交相貶責毀謗。」

(2)「正合着前日所看《南華經》上，有：『巧者勞而智者憂，無能者無所求，飽食而遨遊，汎若不繫之舟』」：《南華經》，為《莊子》的別名。這四句出自《莊子》〈雜篇、列禦寇〉，《莊子》原文還有第五句「虛而遨遊者也」，這裡省略未引。《莊子》這幾句話的意思是：「靈巧的人總是勞碌，聰智的人多憂慮，自認無能的人無所求，吃飽了就到處遨遊，隨水漂流就好像沒有繫綁繩索的舟船（，空虛無繫累而任運遨遊逍遙）。」這裡作者是借用《莊子》這幾句話，來諷喻吳三桂自認為靈巧聰智，憂慮耿、鄭相爭會影響聯盟反清大業，因而勞碌地從千里之外派遣使者去調和雙方，結果不但未能調停成功，反而遭受耿、鄭雙方交相貶謗，聰明反被聰明累，勞祿而無功，更招謗辱煩憂上身，還不如自認無能，袖手不管，反而來得逍遙自在的情況。讀到這裡，不得不讓人驚嘆作者不但博通群書，而且能靈活運用群書，信手拈來，經典中的詞句都能代作者說法，將所隱述的歷史事件注解、諷喻得極為貼切。

(3)山木自寇：這句出自《莊子》〈內篇、人間世〉。《莊子》原文說：「山木自寇也，膏火自煎也。」王先謙《莊子集解》注解說：「司馬云：『木為斧柄，還自伐；膏起火，還自消。』⑳」筆者老師台師大黃錦鋐教授，根據王先謙集解，在其《新譯莊子讀本》中，語譯為：「山木被做成斧柄反轉來砍伐自己。油膏引燃了火苗反轉來煎熬本身。㉑」根據這樣的注釋，「山木自寇」完整的意思是山上的樹木因為成材有用，引來人們折枝做成斧柄，然後斧柄帶著斧頭反轉來砍伐樹木自身，自己砍伐寇掠自己，含有兩層寓意，其一是比喻有聰明才能的人，常因自恃其聰明才能而自招禍害，其二是人們常因自恃其聰明多能，而自相寇掠內鬥。在這裡一方面是暗喻寶玉吳方使者領悟到吳方自恃聰明多能，而出面調停耿、鄭相爭，未能調停成功，反遭雙方貶謗，自己招禍上身的心境；另一方面是暗示這裡所描寫湘雲、黛玉、寶玉之間爭執的故事，是在寓寫一場自家人各恃聰明智能，而自相寇掠內鬥的事件，也就是寓寫湘雲耿精忠、黛玉鄭經、寶玉吳三桂之間發生內鬥爭執的事件。

〔庚辰本雙行批〕等評注說：「按原注，山木漆樹也，精脈自出，豈人所使之，故云自寇，言自相戕賊也。」這裡批書人特別指出他當時所閱讀的《莊子》版本上，原有注解說山木是指漆樹而言，漆樹精脈自出，常會流出一條一條的漆汁在外面，而被人們看到，才會引來人們敲砍取汁，豈是人們所主動去盜取的，故而《莊子》原文說是「（山木）自寇」，意思是說人自恃才能而「自相戕賊」的意思。這則脂批最後特別歸結出山木自寇是比喻「自相戕賊」的意思，是有意提示這裡湘雲、黛玉互相惱怒，寶玉又加入調和起爭執的故事，實是寓寫一場人們自恃才能而「自相戕賊」內鬥的事件，以激發讀者聯想到是寓寫湘雲耿精忠、黛玉鄭經內鬥，寶玉吳三桂加入調和而起爭執的事件。

(4)源泉自盜：其實《莊子》中並沒有「源泉自盜」這句話。不過，「源泉自盜」應是作者從《莊子》〈外篇、山木〉中的「甘井先竭」變化而來。《莊子》原文說：「直木先伐，甘井先竭」，意思是長得直的樹木好做器材，會先被砍伐，甘美的井水很好喝，會先被汲取乾竭，都是比喻人自恃有才能，會招來禍害。源泉自盜也是同樣的意義，指有源頭的泉水清涼甘美，自己招引人獸來盜取飲喝，比喻人自恃有才能，會自招禍害，這裡是暗喻寶玉吳三桂自恃有才能，而派人出面調停耿、鄭相爭，而遭到雙方貶謗，自取其辱的情況。

〔庚辰本雙行批〕等評注說：「源泉味甘，然後人爭取之，自尋乾涸也；亦如山木，意皆寓人智能聰明多知之害也。前文無心云看《南華經》，不過襲人等惱時，無聊之甚，偶以釋悶耳。殊不知用于今日，大解悟大覺迷之功甚矣。市徒見此，必云：『前日看的是外篇〈胠篋〉，如何今日又知若許篇？』然則彼只曾看外篇數語乎？想其理，自然默默看過幾篇，適至外篇，故偶觸其機，方續之也。若云只看了那幾句便續，則寶玉彼時之心是有意續《莊子》，並非釋悶時偶續之也。且更有見前所續，則曰續的不通，更可笑矣。試思寶玉雖愚，豈有安心立意與莊叟爭衡哉？且寶玉有生以來，此身此心為諸女兒應酬不暇，眼前多少現（成）有益之事，尚無暇去作，豈忽然要分心於腐言糟粕之中哉？可知除閨閣之外，並無一事是寶玉立意作出來的。大則天地陰陽，小則功名榮枯，以及吟篇啄句，皆是隨分觸情，偶得之不喜，失之不悲，若當作有心（則）謬矣。只看大觀園題咏之文，已算平生得意之句，得意之事矣，然亦總不見再咏一句，再題一事，據此可見矣。然後可知前夜是無心順手拈了一本《莊子》在手，且酒興醺醺，芳愁默默，順手不計工拙，草草一續也。若使順手拈一本現時鼓詞，或如《鍾無艷赴會，齊太子走國》等草野風邪之傳，必亦續之矣。觀者試看此批，然後謂余不謬。所以可恨者，彼夜卻不曾拈了《山門》一齣傳奇，若使《山門》在案，彼時捻（拈）着，又不知于〈寄生草〉後，續出何等超凡入聖、大覺大悟諸語錄來。」

《鍾無艷赴會，齊太子走國》，「鍾無艷傳為戰國時齊國無鹽（今山東東平）人，名鍾離春，貌極丑（醜），獻策，齊宣王納為后，封為無鹽君。『列國志』、『新列國志』及『東周列國志』各小說均敘及之。彈詞有『鍾無艷全傳』，廣東南音有『鍾無艷娘娘』等，未知有關否？㉒」這一則脂批最前面五句是詮釋「源泉自盜」亦如「山木自寇」一樣，其意義都是寓指「人智能聰明多知之害也。」其後很長的一段文字，是把這裡寫到寶玉聯想到前日所看《南華經》，受到影響的情形，和前面第二十一回所寫寶玉初看《南華經》的情形，互相連貫在一起，作一個綜合的詮釋。主要是詮釋了兩層重點，其一是說明前面第二十一回所寫寶玉看《南華經》，是寶玉因為襲人等人氣惱，無聊之甚，為了釋悶而默默看過幾篇《莊子》文章，適好看至外篇〈胠篋〉篇，而偶然觸機，方才偶然起意續《莊子》的，並非有意續《莊子》，然而到了第二十二回所寫今日寶玉調和湘雲、黛玉嫌隙，反而落得兩人的貶謗時，由於聯想到正合着前日所看《南華經》上的詞句，因而觸發他由〈寄生草〉曲文而悟禪機大解悟大覺迷，於是作偈證道，並續填〈寄生草〉，一副安心立意要和莊子爭衡較量一番的模樣，終於調解湘雲、黛玉恢復和好，顯見前面不經意看、續《莊子》的事，對於今日的事，却真的發生甚大的功用。這一層在內層真事上，是提示寶玉吳三桂，剛遭撤藩時，因為襲人所影射的吳藩下心腹部屬集團恃寵而含嬌帶怒地慫恿他反清自立，為了釋解遭滿清撤藩的悶局，而自己默默地好像看過《莊子》《南華經》的外篇〈胠篋〉篇，受到啟發似地，才偶然起意在華南地區建立周王朝，並非一開始就有意要建立周王朝，然而到了今日寶玉吳三桂遣使調和湘雲耿精忠、黛玉鄭經的衝突，反而落得兩人的貶謗時，受到這樣的刺激，吳三桂深自檢討，好像悟禪機大解悟大覺迷似地，悟出一個奇招，裝出有意要建立周王朝稱帝的態勢，結果發生很大功效，嚇唬得耿精忠和鄭經為交換吳三桂不要稱帝建朝，終於同意停戰修好。另一層更重要的重點是提示說，讀者看到作者寫寶玉續《莊子》，而認為寶玉真的有意續《莊子》，或者甚至看見前面寶玉所續《莊子》的文字，而評論續得不通，這都是很可笑的事。試想寶玉雖愚笨，豈有笨到安心立意要與千古文章聖手的莊子爭衡文章義理的高下？而是另有隱寓的。蓋因為作者筆下的寶玉所影射的吳三桂，除了「閨閣」所影射的「朝閣」、政權之外，並無一事是寶玉吳三桂立意作出來的。更且寶玉影射的吳三桂有生以來，此身此心為「諸女兒」所影射的「諸方政權、勢力」應酬不暇，眼前多少現成有益的事，尚且無暇去作，豈有忽然要分心於續《莊子》或作詩填詞等腐言糟粕之中的事？可見書中有關描寫寶玉言行的文字，大則有關寶玉縱論天地陰陽的言論（如說山川日月之精秀只鍾於女兒，男子只不過是鬚眉濁物等），小則有關寶玉對功名榮枯的言論（如稱讀書上進的人為「祿蠹」等），以及吟篇啄句，都是隨著寶玉影射的歷史人物身分、事實，並觸接寶玉這個角色的表面故事情節來假託而寫作的。就一般文章義理來看，偶然寫得恰當不足為喜，寫得失當也不足為悲，若當作作者是有心要創作這些理論或文章詩詞，認真在文章義理上爭勝，那就認知謬誤了。只看寶玉遊大觀園時所題咏的文字，已算平生得意的詞句，得意的事了，然而也總不見他再咏一句，再題一事，據此就可見作者描寫寶玉續《莊子》、題字、作詩填詞等，並不是有意在文章詩詞上與人爭勝，而是在隱寫寶玉影射的歷史人物的事跡。這一條脂批非常重要，批書人很難得大費唇舌，以這麼長的文字，來提示後世讀者看透《紅樓夢》中如寶玉續《莊子》、作詩填詞等，都不是作者真正有意要表現其文章詩詞才華，而是另有隱寓，有這樣的正確認知，才是解讀《紅樓夢》的正確方法。批書人為了指引讀者脫出作者的文字迷障，可以說提示得很愷切，只是提示文字本身也十分晦澀難懂，也是很難悟通其真意的。

〔庚辰本雙行批〕等又評注說：「黛玉一生是聰明所悞（誤）。寶玉是多事所悞（誤），（多事）者，情之事也，非世事也。多情曰多事，亦宗莊筆而來。蓋余亦偏矣，可笑。阿鳳是機心所悞（誤）。寶釵是博知所悞（誤）。湘雲是自愛所悞（誤）。襲人是好勝所悞（誤）。皆不能跳出莊叟言外，悲亦甚矣。再筆。」這是就本回賈母捐資交與鳳姐辦酒戲為薛寶釵作生日的故事，所寓寫吳三桂因遭撤藩而起兵反清的大戰亂事件，對所涉各方勢力的重要人物，作一番評論說：「黛玉鄭經復明勢力一生是自恃聰明所誤。寶玉吳三桂是多事所誤，所謂多事，是指親情、愛情等私情的事，不是指政軍等世局大事。稱多情是多事，也是宗本於莊子的文筆而來。蓋我批書人脂硯齋或畸笏叟本身所影射的反清時期的吳三桂，也同樣犯了多情多事的偏差，所以才招致敗亡，真是可笑。阿鳳康熙皇帝是機心重，好巧詐所誤。寶釵方光琛是博知廣識所誤。湘雲耿精忠是自愛自私所誤。襲人影射的吳藩下心腹部將集團是恃強好勝所誤。他們這些聰明、多情多事、機心、博知、自愛、好勝的性行特質，都不能跳出莊子絕聖棄智、山木自寇等言語教訓之外，真是非常悲哀。批書人再次下筆批注。」

按黛玉鄭經復明勢力聰明地標榜遵奉明朝，而以復明來嚴以責人，却寬以律己，不配合反清聯盟戰略，率舟師北上江、浙伐清，而在閩南猛挖耿精忠牆角，造成鄭、耿內鬥，終至兩敗俱傷，讓滿清漁翁得利，確實是自恃聰明所誤。寶玉吳三桂在起兵反清的大事之外，又多事地為了兒孫私情，上疏向康熙帝乞求釋放其子吳應熊及諸孫，因而在長江南岸休兵等待康熙的回覆長達三個多月，延誤軍機而致敗；前在山海關事件時，更是在國家民族大事之外，為了愛妾陳圓圓的私情，而引清兵入關，導致賣國賣族，故吳三桂確實是被多情多事所誤。吳三桂本無反叛之心，阿鳳康熙皇帝却主觀認定吳三桂撤亦反，不撤亦反，而一再耍弄心機，藉裁軍調將、撤藩等手段，逗弄得吳三桂深感受辱受騙而真的造反，因而釀成一場長達八年的大戰亂浩劫，確實是為機心所誤。寶釵方光琛為吳三桂的首席智囊，博通古今歷史知識，他以歷代功臣被兔死狗烹的先例警示吳三桂，慫恿他反清，又以吳三桂絞殺南明永曆帝的今事，勸阻他擁護朱明後裔，而強力建議他自立建朝，因而失去廣大漢族復明勢力的支持，導致吳三桂反清運動的失敗，故方光琛確實是被其博知所誤。湘雲耿精忠在遭撤藩之初，原已響應吳三桂號召而決定要反清，後來清廷得知吳三桂反叛，緊急停撤耿精忠，耿精忠便取消反清，安享其藩王爵祿，到吳三桂勢如破竹，迅速坐大，耿精忠便又倒向吳三桂而叛清；此外，他初決意叛清時，顧慮實力不足，而遣使邀約鄭經會師相助，並許諾給予全閩沿海戰艦，及至起事一個月後，情勢意外順利，不但迅速控制福建，且攻入浙、贛，就嫌鄭經實力差，而通令各沿海邊界「寸板不許下海」，斷絕與鄭經來往，毀約背信，其作為十足的自愛傷友，後來惹得鄭經大怒，派兵攻佔其閩南地盤，耿精忠在前有清兵，後有鄭經，前後夾擊的局勢下，終於被拖垮敗亡，確實是被其自私自愛的作為所誤。襲人所影射的吳藩下心腹婿侄等部將集團，胡國柱、夏國相、吳應期、馬寶等人是吳三桂所倚賴的核心武力，他們都是能征善戰的悍將，一向好戰，好勝心極強，當撤藩之初，他們就憑藉其實力，慫恿甚至逼迫吳三桂反清，起事後又自恃只憑其實力就可打敗清朝得天下，不必依賴復明勢力，因而失去廣大漢族復明勢力的支持，導致吳三桂反清聯盟的失敗，故他們確實是為其恃勇好勝所誤。可見這則脂批對於以上各人物的評論都是一針見血的史評，而且只用兩個字就概括評定了他們的歷史過錯，實在是太高明了。

(5) 再細想來，目下不過這兩個人，尚未應酬妥協，將來猶欲何為：這四句話讀者若仔細思考，就會感覺實在很不通。試想現在是描寫寶釵十五歲作生日，而寶玉、黛玉、湘雲都比寶釵小，難道年紀這麼小的寶玉非得要將黛玉、湘雲兩個小友伴之間的嫌隙應酬妥協，將來才會有所作為嗎？或者難道寶玉這麼小就有心要通娶黛玉、湘雲、寶釵等為妻妾，所以現在不處理妥當，將來就無法處理好這些妻妾間的爭執嗎？這些都是很不合情理的。就內層真事說，這四句話是寓寫寶玉吳三桂再仔細想來，眼前剛展開反清戰爭的初期，只不過湘雲耿精忠和黛玉鄭經這兩個人的爭執，尚且未能應酬調停妥協，將來反清戰爭規模擴大之時，各種情況更為複雜，還想要有什麼作為呢？言外之意是，所以非得再想方設法，盡力調停得耿、鄭雙方停戰議和，使他們再度交好，而聯手抗清不可。

〔庚辰本雙行批〕等評注說：「看他只這一筆，寫得寶玉又如何用心於世道。言閨中紅粉尚不能週全，何碌碌僭欲治世待人接物哉。視閨中自然女兒戲，視世道如虎狼矣，誰言不然。」閨中，是仿傚屈原《離騷》中的辭句「閨中既已邃遠兮，哲王又不寤」的筆法，以「閨中」隱喻「朝中」的意思。閨中紅粉，則是隱喻朝中的朝臣。又「視閨中自然女兒戲，視世道如虎狼矣」這兩句語意不順，很可能是抄錄者誤抄，筆者以為應該是「視閨中自然女兒戲，如世道虎狼矣」才對。這是評示說：「看他只這一筆四句話，寫得寶玉吳三桂又如何用心於天下世道。意思是說反清大聯盟朝閣中的成員尚不能處置週全，如何勞勞碌碌地僭越想要治世待人接物呢？所以說寶玉吳三桂視朝閣中各成員間自然產生的嘻戲爭執，如同世道的虎狼相鬥一樣，誰說不是這樣呢。」所以讀者也要持同樣的看法，要把書中所寫的閨中女兒嘻戲爭執的故事，視同是暗寫世道上各方勢力的虎狼相鬥來看待，才能正確理解這些故事情節。

(6) 想到其間，也無庸分辯回答，自己轉身回房來：在內層真事上，這裡寶玉「自己轉身回房來」，是寓寫吳三桂使者周文驥從鄭經處轉身回到襲人所影射的趙得勝駐地海澄的寓所來，此外應還包括他一方面又派人回去湖南向吳三桂報告遭受耿、鄭雙方貶謗的情況。

〔庚辰本雙行批〕等評注說：「顰兒云『與你何干』，寶玉如此一回，則曰『與我何干』可也，口雖未出，心已悞（悟）矣，但恐不常耳。若常存此念，無此一部書矣。看他下文如何轉折。」這是評示說：「顰兒黛玉影射的鄭經說他惱怒湘雲耿精忠『與你（寶玉吳方）何干』，寶玉吳三桂使者如此一回去，就回答你鄭、耿相爭『與我何干』也就可以了，口中雖然未曾說出，然而吳方心裡已經有所領悟了，但恐怕不能常保這種『與我何干』的心態而已。若是吳方常存著鄭、耿相爭『與我何干』這樣的念頭，就沒有《紅樓夢》這一部寓寫吳三桂等三藩與鄭經復明勢力聯盟抗清的書了。所以讀者要注意看他下文如何轉折（按即提示下文將寫出寶玉吳方如何轉轉折折想出其他方法，繼續調和鄭、耿相爭的文字來）。」

(7) 不禁自己越發添了氣：這是寓寫黛玉鄭經在吳三桂使者賭氣離去了之後，想到吳方偏袒耿精忠，不禁自己越發添了氣。

〔庚辰本雙行批〕等評注說：「只此一句又勾起波浪，去則去，來則來，又何氣哉？總是斷不了這根孽腸，忘不了這個禍害，既無而又有也。」這是評示說：「只這麼一句話又勾起波浪，寶玉吳三桂使者要去就去，要來就來，隨他要怎麼樣，黛玉鄭經又何必生氣呢？作者這樣的寫法是表示黛玉鄭經總是斷不了這根與寶玉吳三桂聯盟反清的孽腸，忘不了吳三桂這個曾經聯合清兵滅亡明朝的禍害，鄭經的心態是既無存念這個滅明的吳三桂，而又有存念他吳三桂，因為目前他是反清聯盟的盟主，不好完全排拒不理的。」

(8) 寶玉不理：〔庚辰本雙行批〕等評注說：「此是極心死處，將來如何？」這是評示說：「原文寫『寶玉不理（黛玉）』，這是寓寫寶玉吳三桂（使者）對於黛玉鄭經，到了極度心死的地步，但將來究竟如何呢？」言外之意是將來寶玉吳方真的心死而不理黛玉鄭經了嗎？那可不見得。

(9) 襲人深知原委，不敢就說：這是說襲人深知寶玉「回房躺在床上，只是瞪瞪的」的原委，是因為受了他自認為最關愛的小情侶黛玉的冤枉貶謗之故，實在太傷心了，所以不敢就直接勸說。在內層上，則是寓寫襲人影射的趙得勝深知寶玉吳方使者周文驥回到寓所後，就好像「躺在床上，只是瞪瞪的」一般地氣呆了的原委，不敢就直接勸說。

〔庚辰本雙行批〕等評注說：「一說必崩。」這是評論在這種情況下，襲人趙得勝一旦直接勸說，寶玉吳方使者周文驥必定會傷心喪志到崩潰，再也提不起精神繼續斡旋鄭、耿和解的事了。

(10) 「只得以他事來解釋，因說道：『今兒看了戲，又勾出幾天戲來，寶姑娘一定要還席的。』」：這是寓寫襲人趙得勝只得委婉地以其他的事情來切入解釋，因而說道：「今兒看了吳三桂起兵反清的戲碼，隨後又勾出好像延續幾天戲碼的其他蔓延開來的戰爭戲碼來（如耿、鄭的加入，並發生爭執等事），（你既已派人回去報告了）寶釵影射的方光琛等吳三桂身邊的謀略人物，一定要像宴客還席似地還覆過來某些後續的調停策略的。」

(11)「寶玉冷笑道：『他還不還，管誰什麼相干？』」：這是描寫寶玉因為受到黛玉、湘雲的冤枉貶謗，氣急敗壞，心灰意冷，竟連壽星寶釵要還席，也冷笑說：「他還不還席，跟誰有什麼相干？」在內層上，是寓寫寶玉吳方使者周文驥因為受到黛玉鄭經、湘雲耿精忠的冤枉貶謗，氣急敗壞，喪志得不想再碰這場調停鄭、耿爭執的事，因而冷笑說：「他寶釵方光琛等謀略人物，還不還覆來後續的調停策略，跟誰有什麼相干？（按因為我不想再淌這調停鄭、耿爭執的渾水了）」

〔庚辰本雙行批〕等評注說：「大奇大神之文。此相干之語，仍是近文，與顰兒之語之相干也。上文來說終存於心，却於寶釵身上發洩。素厚者惟顰、雲，今為彼等尚存此心，況於素不契者，有不直言者乎？情理筆墨，無不盡矣。」這是評示說：「這是大奇特大神妙的文筆。這裡寶玉吳方使者周文驥所說『管誰什麼相干』的話，仍然是相近的文字，與前面顰兒黛玉鄭經所說『與你何干』的話有相關。上文他來說和時，被鄭經辱謗『（我惱他、他得罪了我）與你何干』，（雖未曾立即向鄭經回嗆說你們爭執的事『與我何干』）終究是存記在心中，今日却在寶釵方光琛等謀略人物的身上發洩說出來。他素來交情深厚者只有顰兒黛玉鄭經和湘雲耿精忠（按能奉派擔任調停爭執的使者，常是與爭執雙方都有深厚關係的人物），如今為調停他們兩人的事，尚且對他們暗存有『與我何干』這樣的心，何況對素來不相契合的寶釵方光琛等謀略人物，哪有不直接說出『管誰什麼相干』這樣的話呢？這些話顯示作者描寫人物間情理關係的筆墨，無不描繪到極盡了。」

(12) 好好的大正月裡，娘兒們姊妹們都喜喜歡歡的，你又怎麼這個形景了：這是寓寫襲人趙得勝笑臉地對使者周文驥說：「在這好好的大征伐滿清的歲月裡，如同娘兒姊妹們的各方反清勢力都喜喜歡歡的，你身為反清盟主吳三桂的代表又怎麼會頹喪到這麼個形景模樣了。」

(13) 「寶玉冷笑道：『他們娘兒們姊妹們歡喜不歡喜，也與我無干。』」：這是寓寫寶玉吳方使者周文驥沮喪至極，冷笑說：「他們那些如同娘兒們姊妹們的各方反清勢力歡喜不歡喜，也與我不相干。」

〔庚辰本雙行批〕等評注說：「先及寶釵，後及眾人，皆一顰之禍，流毒於眾人。寶玉之心，實僅有一顰乎？」這是提示這樣的描寫是寓寫寶玉吳方使者氣憤沮喪，先波及寶釵，說出「他還不還（覆調停策略），管誰什麼相干」的話，後來又擴及眾人，說出「他們（反清）歡喜不歡喜，也與我無干」的話，這都是一個顰兒黛玉鄭經先辱謗吳方使者「（我惱他、他得罪了我）與你何干」的禍害，使得寶玉吳方使者氣憤沮喪至極，因而擴大流毒於反清勢力眾人。寶玉吳方使者氣憤沮喪的心情，實際上只有針對一個顰兒黛玉鄭經嗎？言外之意是當然不只，還擴及其他反清勢力眾人。

(14) 他們有大家彼此，我是「赤條條來去無牽掛」：赤條條來去無牽掛，這句話是前面大家吃酒席時，寶釵點了一齣《魯智深醉鬧五台山》，並先將戲中〈寄生草〉的曲文唸給寶玉聽之中的一句話，原意是一個人赤身裸體，走來走去沒有一絲一縷衣服的牽掛阻礙；比喻一個人一無所有，沒有家眷財產的拖累，自己來來去去，好可憐；在戲中是魯智深被趕離五台山時，唱出這句話來感嘆他此後無依無靠，天涯茫茫，只能孤獨地自來自去的可憐處境；另外在佛教禪理上，是說一個人出生時是赤條條而來到世上，死亡時也是赤條條而離去，看透這一層生死的基本事實，則人生沒什麼得失好計較，心中就沒有什麼好牽掛的。

在內層上，這句話在前面寶釵唸給寶玉聽時具有雙重涵義，一方面是寓寫吳三桂既被撤藩之後，昔日的權勢富貴被剝削一空，就好像一個人赤身裸體，一絲不掛一樣，好可憐；一方面是寓寫吳三桂已反清之後，思量既已不臣屬清朝，沒有君臣關係的掛慮，何不選擇自立建朝，這樣赤條條一個人稱孤道寡，來去行動自如，便無須牽掛別人的旨意如何了。這裡原文這兩句話，是寓寫寶玉吳方使者周文驥回答襲人趙得勝說：「他們各方反清勢力有大家隨和，彼此關照有趣的情誼，我是猶如戲中魯智深被趕離五台山時，所唱〈寄生草〉詞句『赤條條來去無牽掛』的情況，只有一個人赤條條孤獨無助地來來去去奔走調停說和，却沒有人理會我。」

〔庚辰本雙行批〕等評注說：「拍案叫好。當此一發，西方諸佛亦來聽此棒喝，參此語錄。」這是評示說，作者寫出寶玉吳方使者周文驥說「我是赤條條來去無牽掛」，令人拍案叫好，就在他來回奔走，不受耿、鄭尊重理會，孤單無助的當口，發出「赤條條來去無牽掛」這句富含禪理的話語，西方諸佛也來聽這句棒喝人開悟禪理的話，來幫忙參悟這句猶如佛家語錄的話，究竟蘊藏什麼玄機奧義。

(15)談及此句，不覺淚下：這是寓寫寶玉吳方使者周文驥談及「我是赤條條來去無牽掛」這句話，聯想到他兩面不是人，孤寂無助的處境，不自覺地流下眼淚。

〔庚辰本雙行批〕等評注說：「還是心中不淨不了，斬不斷之故。」這是提示說：「寶玉吳方（使者周文驥）談及『我是赤條條來去無牽掛』這句話，會不自覺地流下眼淚，是表示他還是心中不乾淨不能了斷，斬不斷調和鄭、耿衝突這件事的原故。」也就是提示說，雖然吳方前面說出「與我無干」的話，這裡又說出「我是赤條條來去無牽掛」的話，而後面這句話在佛教禪理上，有看空一切，心中毫無牽掛的意義，應該只有法喜，而不會傷心流淚，如今文章却描寫他流下眼淚來，可見他吳方並沒有辦法看空而真的毫無牽掛，還是斬不斷調和鄭、耿衝突的事，繼續為未達成這件事在煩惱著，並不是嘴巴上說出「與我無干」、「我是赤條條來去無牽掛」這些話，吳方就真的將這件事割捨掉而不管了。可見這裡的寶玉所影射的對象，已逐漸由使者周文驥，擴大兼包涉吳三桂及吳三桂政權在內了。

(16)

寶玉細想這句趣味，不禁大哭起來：寶玉，到這裡不單是影射吳方使者周文驥，而已轉化為影射綜合體的吳三桂周王政權。這兩句是寓寫寶玉吳三桂周王政權方面，細想「我是赤條條來去無牽掛」這句話蘊含多重涵義的趣味，不禁大哭起來，並有如破啼悟道似地，從中悟出調和鄭、耿的新妙策來。

〔庚辰本雙行批〕等評注說：「此是忘機大悟，世人所謂瘋顛是也。」忘機，忘掉機謀，心靜無爭。瘋顛，在這裡是暗通諧音「封滇」，寓指吳三桂以滇省（雲南）為根據地自封周王建朝的意思，和前面黛玉譏諷寶玉「粧瘋」（暗通諧音「莊封」，意為「以莊周自封」），寓指吳三桂「自封周王」的意義類同。這條脂批是提示說：「這裡原文寫寶玉『細想這句趣味，不禁大哭起來』，並不是一般的單純大哭，而是在不自禁大哭之中，發洩完情緒，不期然忘掉凡常處世的機謀，身心放空之際，靈光乍現，而大悟妙理的一種破啼悟道的奇特現象，而他所忘機大悟的妙理，就是世人所謂『瘋顛』的諧音『封滇』，寓指以滇省（雲南）為根據地自封周王建朝的這個妙理、妙策。」說得直接淺白一點，就是提示原文這兩句是寓寫寶玉吳三桂周王政權方面，仔細推想「我是赤條條來去無牽掛」這句話的多層面涵義，在調停失敗而傷心大哭之餘，想到這句話還有一層涵義是寓指吳三桂赤條條一個人稱孤道寡，來去行動自如，無須牽掛別人旨意，而自立建朝的意思，因而忘機大悟到一個利用吳三桂假稱要以滇省（雲南）為根據地自建周朝稱皇帝（瘋顛、封滇）的妙策來，以此向鄭、耿要脅你們若不接受我吳方的調停講和，我吳三桂就甘脆自己稱皇帝建周朝。這一則脂批意義非常玄奧隱微，極不容易悟透，但是非常關鍵，要不是這一則脂批的提示，筆者說什麼也悟不透這裡及後面一長段故事情節的歷史真相。

(17)翻身起來至案，遂提筆立占一偈云：占，心裡想好話語，以口說出，或連帶寫出。偈，意為「頌」，是佛經中蘊含、闡發佛理的讚頌詩。這裡是描寫寶玉細想〈寄生草〉的曲文「赤條條來去無牽掛」這句的趣味，不禁大哭起來，突然有所感悟，就趕快翻身起來到案桌邊，於是提起筆來立即口中唸著寫下一首闡發佛理的偈語詩，所以下面「你證我證」的這首偈詩主要是表達寶玉對於佛理、禪理的證悟，這是本回上半回回目標題為「聽曲文寶玉悟禪機」的原因，可見這裡以下就是本回上半回故事情節的精彩重點所在。但是因為內容涉及參禪悟道，同時又兼涉外表的愛情故事，及隱喻內裡的歷史真事，可以說是《紅樓夢》中最玄之又玄的部份，非精通佛道、禪理者很難將作者的原意詮釋得通透盡意，筆者學識有限，只有勉力而為而已。

在內層真事上，這兩句是暗寫寶玉吳三桂政權因為從「赤條條來去無牽掛」所暗寓的吳三桂赤條條一個人稱孤道寡，自立建朝稱帝的意義層面上，領悟出一個調和鄭、耿的新妙策，於是翻身起來將這個妙策以好像蘊含神秘佛理之偈語的神秘錦囊妙計寫下來，準備送出去執行。

(18)「你證我證，心證意證。是無有證，斯可云證。無可云證，是立足境。」：證，印證，佛教對於禪修日久，破除一切迷妄，證悟到佛、禪的真諦，稱作「證」，另外佛教用語中證字又作領悟解。這首偈語詩意思是說：「你我都禪修印證佛法真諦，誠心淨意地努力印證佛法真諦。印證再印證，是要到了破除一切迷妄，沒有任何虛相可印證，如此才可稱作證悟。到達證無可證，萬相皆空，才是立足的境界。」這六句偈語的意義很像《金剛經》著名的四句偈：「凡所有相，皆是虛妄。若見諸相非相，即見如來。」就外表面故事寶玉面對黛玉、湘雲兩位小情侶爭風吃醋的衝擊，而有所領悟，不再理會她們的情節來理解，這六句偈語「其大意是：彼此都想從對方得到感情的印證而頻添煩惱；看來只有到了滅絕情意，無須再證驗時，方談得上感情上的徹悟；到了萬境歸空，什麼都無可證驗之時，才是真正的立足之境。㉓」

在內層真事上，偈中的證字暗通諧音「朕」字，寓指皇帝。這首偈語詩變成：「你朕我朕，心朕意朕。是無有朕，斯可云朕。無可云朕，是立足境。」實際上是寓寫寶玉吳三桂因為受到鄭經、耿精忠都各自尊大，互不相讓，因而才會衝突不合，於是冷靜檢討整體反清大聯盟吳、耿、鄭等各方抗清勢力不相統屬合作的病根，在於大家都各立名號，他自己自稱周王，改元利用，耿精忠以干支甲寅、乙卯等為紀年，鄭經遵奉明朝，使用南明永曆年號，其他各地還有一些擁護朱三太子或明朝宗室的抗清勢力，儼然王朝林立，你我他大家都是皇帝（朕）的現象。由此想到若要解決鄭、耿衝突，甚至統合、團結各方抗清勢力，就應提倡消除大家都是皇帝（朕）的亂象，而向他們宣導說：「目前現象是你當皇帝（朕），我當皇帝（朕），心念著皇帝（朕），意想著皇帝（朕），人人都是皇帝，這樣必致混亂內鬥。是要大家之間都沒有皇帝（朕），這樣才能團結打敗清朝，而真正可以稱天下皇帝（朕）。所以大家都無可稱帝（朕）自為，才是我們反清大聯盟能夠立足的境地。」尤其要以此作為一個新妙策，再度去說服耿、鄭拋棄自認為類似是皇帝的本位主義，以調和耿、鄭的衝突。

〔庚辰本雙行批〕等評注說：「已悟已覺，是好偈矣。寶玉悟禪亦由情，讀書亦由情，讀『莊』亦由情，可笑。」這是評示說：「這表示寶玉吳三桂對於反清大聯盟的病根已經有所覺悟，是很好的類似佛偈的悟通事理的覺悟詩。不過從原文表面故事情節看來，這裡寶玉悟禪也由於愛情，第五回警幻仙姑導引寶玉讀書也是藉由愛情（許配以其妹秦可卿），第二十一回寶玉讀《莊子》也是由於愛情，真是可笑。」言外之意是，像寶玉這樣一個世家少年公子，為了自己的功名事業理應主動讀書進取，卻都是由於愛情才讀東讀西，尤其才十三、四歲就因愛情而參禪，真是很可笑，十分不合情理，讀者應該看出這樣的破綻，從而悟知這樣不合情理的情節，應該是另有隱寓的。

(19) 寫畢，自雖解悟，又恐人看此不解：〔庚辰本雙行批〕等評注說：「自悟則自了，又何用人亦解哉？此正是猶未正覺大悟也。」這是提示說：「一般修佛參禪的情況，自己證悟了佛法真諦則自己了解就好，又何用別人也了解你已經悟道呢？原文這樣描寫寶玉吳三桂還要對外宣揚，讓別人也了解他已經悟道，正是暗寫他還沒有正覺大悟。」也就是提示說，寶玉吳三桂雖然已經覺悟到反清大聯盟的病根，在於大家都想當皇帝，所以想向其他各方勢力宣導放棄皇帝自為的心態，而這樣的做法正是表示寶玉吳三桂本身還未正覺大悟，自己並不想放棄當皇帝，只是要別人放棄當皇帝而已。由此可以推想下面寶玉所填的一支〈寄生草〉，就是隱寓寶玉吳三桂還未正覺大悟，還想當皇帝的一些謎樣文字。

(20)因此亦填了一支〈寄生草〉，也寫在偈後：因為前面寶玉是由於細想「我是赤條條來去無牽掛」這句話的趣味，有所感悟而寫下以上的佛偈，而「赤條條來去無牽掛」是前面所演《魯智深醉鬧五台山》（《山門》）傳奇中，所唱〈寄生草〉曲文之中的一句話，所以這裡再寫寶玉續〈寄生草〉，以發揮他細想其中詞句「赤條條來去無牽掛」之趣味的其他感悟，而以下所續〈寄生草〉，既是從「赤條條來去無牽掛」這句話感悟而發，可見得其意義必是與「赤條條來去無牽掛」有所關聯。在內層上，上面已說過寶玉吳三桂細想「赤條條來去無牽掛」這句話的趣味，是玩味出吳三桂赤條條一個人稱孤道寡，而自立建朝稱帝的意義來，因此可以初步推想以下寶玉所續的〈寄生草〉文字，也應與吳三桂自立建朝稱帝的意義有所關聯。

〔庚辰本雙行批〕等評注說：「此處亦續〈寄生草〉，余前批云不曾見續，今却見之，是意外之幸也。蓋前夜《莊子》是道悟，此日是禪悟，天花散漫之文也。」余前批云不曾見續，是指前面評注原文「源泉自盜」的那一則很長的脂批，最後說：「所以可恨者，彼夜却不曾拈了《山門》一齣傳奇，若使《山門》在案，彼時捻（拈）着，又不知于〈寄生草〉

後，續出何等超凡入聖、大覺大悟諸語錄來。」前夜《莊子》是道悟，指上一回寶玉讀《莊子》後，有所感悟而續《莊子》，因為《莊子》（《南華經》）是道家修道的書，故說是道悟。禪，梵語音譯「禪那」的略稱，原意是思惟靜慮的意思，類似西方所說冥思的意義。禪悟，參禪者靜慮冥思，證悟到禪理的意思。此日是禪悟，指這裡寶玉細想「赤條條來去無牽掛」這句話，有所感悟而續〈寄生草〉，因為「赤條條來去無牽掛」是蘊含禪機的一句話，由禪機的話語證悟到禪理，故說是禪悟。天花，又作天華，佛學上稱天上的妙花，一般則用於形容事物極盡美妙。天花散漫，意同天花亂墜，是佛家語，傳說南朝梁武帝時，有一個和尚講佛經感動了上天，天上的妙花紛紛地飄落，叫做天花亂墜，天花散漫也同樣是佛理精妙，動天感人的意思；另外，又用於形容言詞巧妙富麗或過於誇張而動聽，但不切實際。

在內層上，這裡的禪字，讀音善，意指禪讓、禪位，古時堯帝讓位於賢人舜，舜帝讓位於賢人禹，叫做「禪讓」。後世各朝代雖然天下是武力打出來的，但得天下者，常也敷衍堯、舜禪位的儀式，在三讓的儀式之後，才登基當皇帝，以表示皇帝位是前一個朝代的皇帝禪位給他的，所以禪讓、禪位又有登基稱帝的普遍意義。這一則脂批是評注說：「這裡寫寶玉吳三桂也續〈寄生草〉，我前面批說他那一夜不曾拈了《山門》傳奇，因而不曾見到他續〈寄生草〉，如今却見到他續〈寄生草〉，是意外的幸運。蓋上一回寫前夜寶玉吳三桂好像讀《莊子》後受到啟發，而續《南華經》（《莊子》）似地，決定在華南地區建立周王朝反清的情況，是寫吳三桂在遭到撤藩，慌亂不知所措之際，領悟到他應走的道路（道悟）；這裡寫今日寶玉吳三桂好像由於細想『赤條條來去無牽掛』這句含有禪機的話，有所領悟而續

〈寄生草〉的情況，則是寓寫寶玉吳三桂在調和鄭、耿遭到雙方貶謗的刺激下，領悟到應該仿照古代帝王禪讓制度，禪位稱皇帝建朝（禪悟），但這實際上是好像天花散漫一般，言詞動聽却誇張不實的文字。」也就是提示說，後面寶玉續〈寄生草〉的文字，是暗寫寶玉吳三桂領悟到要擺出禪位稱皇帝建朝的聳人聽聞的姿態，但實際上是誇張不實的，他並不會真的立即登基稱帝建朝，只是擺出這樣的姿態以作為交換鄭、耿接受其調停而講和的籌碼而已。

(21) 自己又念一遍，自覺無掛碍，中心自得，便上床睡了：〔庚辰本雙行批〕等評注說：「前夜已悟，今夜又悟，二次翻身不出，故一世墮落無成也。不寫出曲文何辭，却留與寶釵眼中寫出，是交代過節也。」這是提示說：「雖然原文故事文章寫寶玉吳三桂前夜續《莊子》已悟道，今夜續〈寄生草〉又悟禪，實際上都不是真悟道、真悟禪，他二次都翻身不出，心裡還是想當皇帝，並不能如真悟道、悟禪者看破世間權勢富貴，故而他一世墮落無成（如其大周王朝終歸敗亡）。這裡只寫寶玉吳三桂續〈寄生草〉，而不立即寫出所續〈寄生草〉的曲文是如何的辭句，却留到後面讓寶釵影射的方光琛等吳方謀士眼中看到才寫出來，這樣的寫法是要交代吳三桂政權推出假稱吳三桂要稱皇帝建朝的談判妙策的過程、環節。」也就是提示說，吳三桂政權推出假稱吳三桂要稱皇帝建朝這個談判妙策的過程、環節，並不是寶玉吳三桂自己想出來的，而是寶釵影射的方光琛等吳方謀士所想出來，再經吳三桂同意而推出來的，所以將所續〈寄生草〉的辭句，保留到後面讓寶釵眼中看到，才由寶釵說出來。

(22) 誰想黛玉見寶玉此番果斷而去，故以尋襲人為由，來視動靜：前面黛玉把寶玉氣跑了，還說狠話：「這一去一輩子也別來，也別說話」，如今却又不甘寂寞，以尋襲人為藉口，出來探視寶玉的動靜，像這樣真是把小情侶鬧彆扭，活像躲貓貓的情況，描寫得極為生動有趣。在內層上，這是寓寫黛玉鄭經見寶玉吳方使者周文驥被他貶罵，而果斷離去後，心有不安，怕會真的和反清盟主的吳三桂撕破臉，故而以尋襲人趙得勝為理由，派人出來探視吳方使者的動靜。

〔庚辰本雙行批〕等評注說：「這又何必？總因慧刀不利，未斬毒龍之故也。大都如此，嘆嘆！」斬毒龍，修佛參禪的人在靜坐修煉中，妄念常紛至沓來，翻滾躍動如龍，是追求禪定的毒害，比喻稱為毒龍，至修持功深，完全斬除妄念，叫做斬毒龍，然後才能進入一念不起，一心不亂的狀況，而達到真如禪定的境界。這裡毒龍又暗喻吳三桂，是批書人謗罵他曾是出賣明朝漢族的人物，如今反清仍不以復明為目標，猶如阻礙禪修者修得正道的毒龍一樣，是陷害漢族國家民族不能走上正道的毒龍。這是評注說：「黛玉鄭經既氣憤得將吳方使者罵跑，這又何必派人出來尋探吳方使者的動靜呢？總是因為慧刀不夠利，未能斬斷與那陷害漢族國家民族不能走上正道的毒龍寶玉吳三桂的關係之故。不過現實世界大都是如此，這時吳三桂勢力強大，不得不依賴他來聯合抗清，真是可嘆啊！」

(23)「襲人笑回：『已經睡了。』」：在內層上，這句應是寓指寶玉吳三桂的使者周文驥好像已經睡了不管事似的，暫時不擔任調停的工作了，或甚至已經回去湖南吳三桂處了。

(24)「襲人笑道：『姑娘請站住。有一個字帖兒，瞧瞧是什麼話。』說着，便將方才那曲子與偈語悄悄拿來，遞與黛玉看」：在內層上，這是寓寫吳三桂政權把調停鄭、耿的任務，改為委託襲人趙得勝執行，並將上面寶玉所作的佛偈和所續的〈寄生草〉曲文，所隱寓的兩項新談判策略，寫成一個字帖兒交由襲人趙得勝，轉交給黛玉鄭經使者觀看。

(25)黛玉看了，知是寶玉一時感忿而作，不覺可笑可嘆：在內層上，這是寓寫黛玉鄭經使者看了吳三桂政權的兩項新說詞（按即佛偈是隱寓勸導大家要拋棄皇帝心態的本位主義，彼此停戰和解，團結對外抗清，而〈寄生草〉曲文則是隱寓如果鄭、耿不拋棄皇帝心態和解，吳三桂就首先登基稱帝建朝），知道這是寶玉吳方一時感慨激憤而作出的，不覺感到很可笑又很可嘆。

〔庚辰本雙行批〕等評注說：「是個善知覺，何不趁此大家一解，齊証上乘，甘心墮落迷津哉？」這是評示說：「寶玉吳三桂、黛玉鄭經、湘雲耿精忠這些人，若真是個善於知覺真理的人物，何不趁這個機會大家都解悟團結反清的重要性，解除名號，拋棄稱王稱帝，而齊力推翻滿清，以奪得、印証最上乘的天下皇帝寶位，却甘心墮落入各立名號，分裂內耗的迷津之中呢？」

(26)作的是玩意兒，沒甚關係：玩意兒，同玩藝兒，具有玩具、遊藝玩樂的事、東西、輕視語氣等多重意義。是玩意兒，這裡是表示是個東西，有點意思。這兩句是寫黛玉評論寶玉所作的偈語及〈寄生草〉曲文，作的是有點內容、有點意思的，因為已經表露他已悟到佛道禪理的某種境界了，不過沒有什麼關係，她會說服、阻止寶玉走入修佛參禪的道路，使得他不至於因此而放棄仕途經濟，或甚至出家當和尚。在內層上，這是寓寫黛玉鄭經使者看過偈語及〈寄生草〉曲文所隱寓的寶玉吳方的調停新說詞之後，認為佛偈所隱寓的勸告大家拋棄皇帝心態和解，團結抗清的部份，還蠻有點道理的，至於〈寄生草〉曲文所隱寓的吳方威脅如果鄭、耿不拋棄皇帝心態和解，吳三桂就要首先登基稱帝建朝的部份，他鄭方會說服、阻止吳三桂這麼做的，所以沒有什麼關係，不會影響整體抗清大局的。

〔庚辰本雙行批〕等評注說：「黛玉說無關係，將來必無關係。余正恐顰、玉從此一悟，則無妙文可看矣。不想顰兒視之為漠然，更曰無關係，可知寶玉不能悟也，余心稍慰。蓋寶玉一生行為，顰知最確，故余聞顰語則信而又信，不必定玉而後證之方信也。余云恐他二人一悟則無妙文可看，然欲為開我懷，為醒我目，却願他二人永墮迷津，生出孽障，余心甚不公矣。世云損人利己者，余此願是矣，試思之可發一笑。今日自呈於此，亦可為後人一笑，以助茶前飯後之興耳，而今後天地間豈不又添一趣談乎！凡書皆以趣談讀去，其理自明，其趣自得矣。」這是評注說：「黛玉鄭經說沒有關係，將來必定是沒有關係，寶玉吳三桂不會真的立即稱帝建朝的。我批書人正恐顰兒黛玉鄭經、寶玉吳三桂從此一悟，都拋棄皇帝心態，而團結抗清成功，那麼就沒有《紅樓夢》這部寓寫吳、鄭聯盟抗清失敗的妙文可以看了。沒想到顰兒黛玉鄭經看了寶玉吳三桂威脅要登基稱帝的調停新說詞，態度顯得冷漠的樣子，更說沒有關係，可知寶玉吳三桂不能好像悟通禪理似的立即就禪位稱帝，也不會真的悟通而徹底拋棄皇帝心態，我的心情稍微寬慰。因為寶玉吳三桂一生的行為，顰兒黛玉鄭經所代表的復明勢力知道得最確實，故我批書人聽到顰兒黛玉鄭經說出沒什麼關係的話語就相信而又相信，不必一定要本回爾後的文章證實寶玉吳三桂真的沒有立即禪位稱帝方才相信。我前面說恐怕他們吳、鄭二人從此一悟而都拋棄皇帝心態，團結抗清成功，那就沒有《紅樓夢》這部妙文可以看了，然而為求有《紅樓夢》這部妙文，得以使我開懷，得以醒我的眼目，却寧願他們吳、鄭二人永墮迷津中，不能覺悟，而不拋棄皇帝心態，並且生出孽障，不能同心抗清而失敗，我身為批書人為了得以閱讀、批點《紅樓夢》妙文，懷著這樣的心願甚是不公正啊！世人有說『損人利己』的話，我批書人這樣的心願正是所謂的『損人利己』了，試著仔細思考其中的意味，真可發一笑。今日我批書人在這裡自己呈露這樣『損人利己』的心態，也可為後人仔細思考其中的奧妙，而開心一笑，以助茶前飯後的興致，而今後天地間豈不因為我這樣自我呈露而又增添一個趣談了嘛！凡是讀書都以趣談去閱讀，其中的道理自然就明白，其中的趣味自然就能獲得了。」有關批書人自呈他為求有《紅樓夢》這部妙文得以開懷醒目，却寧願寶玉、黛玉他們二人永墮迷津，生出孽障，其心甚不公，是世人所說「損人利己」的心態，自己試思可發一笑，亦可為後人一笑，實際上是以極其奇異隱微的方式，提示後世讀者要仔細推敲他這樣自呈的真正意義，是一種自我諷刺的說法，也就是說他「願他們寶玉吳三桂、黛玉鄭經二人永墮迷津，生出孽障，因而抗清失敗」，以便有《紅樓夢》妙文可以開懷醒目，是一種世人漢族大眾心目中「損人利己」的心態，瞭解這一層意義，就會對他批書人自呈其心甚不公，正是世人「損人利己」的心態的說法，開心一笑。

(27)說畢，便携了回房去，與湘雲同看：在內層上，這是寓寫黛玉鄭經使者看完寶玉吳方新的調停說帖之後，便携帶回去稟報鄭經，然後派使者去和湘雲耿精忠一同觀看，參考吳方放棄皇帝心態本位主義，以聯合抗清為重的意見，彼此商討一番，而有意和湘雲耿精忠和解了。按原文描寫黛玉携了寶玉的字帖去與湘雲同看這樣的動作本身，已經暗示黛玉、湘雲和好起來了。

〔庚辰本雙行批〕等評注說：「却不同湘雲分崩，有趣。」這是提示表面故事上黛玉原本對湘雲惱怒得極為嚴重，甚至遷怒到和事老寶玉身上，如今却突然將寶玉所作的偈語及〈寄生草〉曲文拿去與湘雲同看，和湘雲和好起來，而不和湘雲分崩鬧翻，這樣實在太過有趣，讀者應該注意到這個不合情理的奇怪現象，而進一步去探索其背後的真相。在內層上，這是提示這裡描寫黛玉鄭方使者攜帶寶玉吳方新的調停說帖去與湘雲耿精忠同看商討，却不同湘雲耿精忠分崩鬧翻，而有和好的跡象了，真是有趣的寫法。

(28)次日，又與寶釵看，寶釵看其詞：在內層上，這是寓寫黛玉鄭經方面和湘雲耿精忠方面一同商討，有意和解之後，又派人去和吳方代表談判，瞭解寶釵所影射的以方光琛為代表的吳方謀士群的觀點，究竟吳三桂揚言要禪位稱帝是怎麼一回事（按因為吳三桂要稱帝建朝原是由方光琛等謀士所策動的），吳方代表傳述寶釵等謀士看過了而推出的吳方說詞如下。

〔庚辰本雙行批〕等評注說：「出自寶釵目中，正是大關鍵處。」這是鄭重提示這裡文章將寶玉所作的〈寄生草〉曲文，安排自寶釵眼目中看過而寫出，正是故事情節的大關鍵所在，也就是前面所批的「（寶玉剛作時）不寫出曲文何辭，却留與寶釵眼中寫出，是交代過節也。」在內層上，這是提示這裡文章結構上將寶玉吳方〈寄生草〉曲文所隱寓的調停新說詞內容，安排自寶釵方光琛等吳方謀士眼目中寫出，正是大關鍵所在，因為這樣寫法的目的是要交代這個調停新說詞產生的過程環節，原是出自寶釵方光琛等吳方謀士群的建議，這樣出自始作俑者寶釵的眼目中而寫出，最是妙筆了。由此可見，事實上並不是黛玉鄭經方面派人去和吳方交涉，寶釵方光琛等吳方謀士才曉得吳方以吳三桂要禪位稱帝做為談判新說詞的事，這裡是作者為了要交代吳方這一談判新策略、說詞產生的過程環節，而將歷史事實加上適當剪裁，顛倒變化，以補述方式寫出這一談判新策略是出自寶釵方光琛等吳方謀士，以達到文章奇詭妙趣的目的。

(29) 無我原非你，從他不解伊：無我，「佛教名詞。梵文 Niratman 的意譯，亦稱『非我』、『非身』。佛教的『三法印』（諸行無常、諸法無我、涅槃寂靜）之一，為佛教根本思想之一，認為世界一切事物皆無物質性的實在自體（即所謂『我』）存在，包括人無我（人空）和法無我（法空）。《瑜珈師地論》卷九十三：『人無我者，謂離一切緣生行外，別有實我不可得故；法無我者，謂即一切緣生諸行性非實我，是無常故。』㉔」從，任從、任憑。伊，彼，那個人，常用於對情人的暱稱。寶玉所作的這一〈寄生草〉曲文，是以禪理再進一步闡釋前面那首「你證我證」的佛偈，在外表故事上是以禪說情，在內層真事上則是以禪說史。開頭這兩句意思是既然佛法說一切事物都無我性，我原非我，我是不存在的，那麼你也原非你，你也是不存在的；那麼就任憑他（黛玉）去不瞭解你（寶玉）的情意，又何必在意；更何況依從了他，就解決不了另一方。

在內層上，這是寓寫寶玉吳方的調停新說詞所說的是，我們吳方提倡大家都不要稱朕當皇帝，自然我方吳三桂是帶頭無自我稱帝的事了，但這原不是說你黛玉鄭經就可擺出稱奉明朝的皇帝架式（湘雲耿精忠也是一樣），若是我吳方順從他湘雲耿精忠的意見，就不能解決另一方鄭經的難題，獲得其諒解，所以我方做為中間調解人是不會有所偏袒的。

(30) 肆行無碍憑來去：無碍，佛教用語，意思是一旦悟通一切事物皆無我的空性之後，就可以通達自在，而毫無掛碍。這句意思是既然你我原都不存在，任憑他黛玉不瞭解你寶玉的情意也無所謂了，那麼我寶玉就可以不在意他人的愛恨，而肆意行動，任憑來去，愛怎麼樣就怎麼樣，都沒有什麼掛碍了。在內層上，這是寓寫寶玉吳方的調停新說詞所說的是，若是你們不放棄皇帝心態和解，而肆行無礙任憑來去地胡為起來，我方吳三桂首先就肆行無礙任憑來去地胡為起來，而稱朕當皇帝建朝。

(31) 茫茫着甚悲愁喜，紛紛說甚親疏密：這兩句意思是說人生茫茫看不清，充滿無常性（因佛法說諸行無常），為著什麼要忽悲愁忽歡喜，又紛紛吵鬧說什麼誰親密誰疏遠呢？所以我寶玉大可不必因黛玉、湘雲對我的愛惡而忽悲愁忽歡喜，她們紛紛吵鬧說我親愛誰疏遠誰，也沒有什麼意義，我又何必在意呢？在內層上，這是寓寫寶玉吳方向鄭、耿說目前反清戰爭的前途茫茫不可測，你們兩方為著什麼而你爭我奪，戰敗失地就悲愁，戰勝得地就欣喜，又紛紛說什麼我吳方立場偏袒，對誰親密對誰疏遠，這一切有什麼意義呢？

(32) 「從前碌碌却因何？到如今，回頭試思真無趣！」：這三句意思是說，既然人生無常，悲喜親疏並無意義，那麼我從前為了黛玉、湘雲等悲喜親疏的俗事而勞勞碌碌，却是因為什麼呢？到如今，回頭試想起來真是無趣啊！在內層上，這是寓寫寶玉吳方向鄭、耿說，大家從前勞師動眾勞勞碌碌地聯合發動反清戰爭，却是因為什麼原因呢？到如今大家却各自為政，甚至互相內鬥，回頭試想這樣的變化真是無趣啊！

(33) 〈寄生草〉曲文一段：〔庚辰本雙行批〕等評注說：「看此一曲，試思作者當日發願不作此書，却立意要作傳奇，則又不知有如何詞曲矣。」作者，指第一回楔子石頭記故事的創作者石頭，影射吳三桂。書，寓指曆法書、王朝而言。作此書，並不是指創作《紅樓夢》這本書，而是寓指創作曆法書、建立王朝，指吳三桂創作大周王朝。作傳奇，指第一回的石頭在青埂蜂一塊大石上刻述石頭記，並留下四句偈詩，最後一句是「倩誰記去作奇傳」，並說服經過該地的空空道人將石頭記抄錄回去「問世傳奇」的故事。而這一故事的真相筆者在第一冊已經詳細考證，破解出是寓寫石頭吳三桂引清兵入關，共同消滅李自成大順王朝後，被調至關外錦州冷凍起來，心恐被滿清疑慮其仍心懷明朝而予以殺害，於是屢次上書清廷，請求調赴前線效命，結果被滿清領袖多爾袞（空空道人）同意，調回參與征滅南明的戰爭，創作出世間漢人都被剃成前腦光禿如石頭的滿清王朝（石頭記），而令世人傳告稱奇（傳奇）的事跡。這一條脂批是評注說：「看他寶玉吳三桂作這一〈寄生草〉曲文，暗寓他想要建立大周王朝稱帝，試著聯想作者吳三桂當日在山海關、錦州時，發願不創作曆法書自建王朝，却立意要創作那以漢滅漢，扶立滿清王朝的令世人傳告稱奇的事，則又不知他有怎樣的詞曲可作，來暗寓他既有當日扶立滿清王朝之舉，又何必有今日自建大周王朝反清之舉。」

(34)

這些道書禪機最能移性：道書，道家的書，這裡主要是指寶玉所讀的《莊子》《南華經》。禪機，禪的機要妙諦，這裡主要是指寶玉所細想〈寄生草〉曲文中那句「赤條條來去無牽掛」所蘊含的禪理。這句原文意思是寶釵認為這些寶玉所讀的《莊子》等道家的書，和寶玉所細想的〈寄生草〉曲文「赤條條來去無牽掛」等所蘊含的禪理，最能移易人的性情，使人看破塵世，而想出家去修道參禪，當道士或和尚。在內層上，這是寓寫吳方代表提到寶釵方光琛等吳方謀士分析寶玉吳三桂的心意，說寶玉吳三桂腦中存有道家書《莊子》《南華經》所隱寓的在華南地區建立周王朝的念頭，以及〈寄生草〉曲文中「赤條條來去無牽掛」的禪理所隱寓的禪位稱皇帝的念頭，這些最能移易他的性情，使他轉而想要禪位稱皇帝建立周王朝。

〔庚辰本雙行批〕等評注說：「拍案叫絕。此方是大悟徹語錄，非寶卿不能談此也。」這是評示說：「寶釵方光琛等吳方謀士這樣分析寶玉吳三桂有轉變為想要稱帝建朝的心意，真是令人拍案叫絕（按因為這樣說是有意嚇唬鄭、耿雙方，是極高明的談判策略）。這才是對寶玉吳三桂作偈語及續〈寄生草〉所隱寓的調停談判策略，真正大悟徹的語錄、說法，不是寶釵方光琛等吳方謀士（按為這個新調停策略的原設計者）不能談論得這麼明白徹底。」

(35) 明兒認真說起這些瘋話來，存了這個意思，都是從我這一支曲子上來，我成了個罪魁了：我這一支曲子，指前面寶釵念給寶玉聽的《山門》傳奇中的〈寄生草〉曲文，其中含有「赤條條來去無牽掛」這句蘊含禪機的話。這幾句是描寫寶釵說如果以後寶玉認真說起這些參禪修道的瘋話來，存了想要出家參禪修道的這個意思，都是從我前面念給他聽的〈寄生草〉這一支曲子上來的，我就成了一個罪魁禍首了。在內層上，這是寓寫吳方代表談判時，提到寶釵方光琛等吳方謀士說，如果明兒以後寶玉吳三桂好像參禪悟道而厭倦紅塵現實生活一般，認真說起這些厭倦現實反清各自為政情況的瘋話來，存了這個禪位稱帝建朝的意思，都是從我從前念給他聽的〈寄生草〉這一支曲子，所暗寓他一個人赤條條稱孤建朝，便可以來去無牽掛的意義上引發出來的，我就成了一個罪魁禍首了。

(36) 「黛玉笑道：『不該撕，等我問他。你們跟我來，包管叫他收了這個痴心邪話。』」：黛玉聽寶釵分析寶玉可能會存有出家參禪的意思，想到寶玉會參禪是受到她的謗罵所致，而且她內心又深愛著寶玉，深恐寶玉真的厭棄塵世而出家參禪，所以這裡寫她心裡緊張起來，自告奮勇帶領寶釵、湘雲要去說服寶玉，無論如何要包管叫寶玉收了這個參禪修道的痴心邪話，消除出家參禪修道的心念。在內層上，這是寓寫黛玉鄭方聽了吳方代表提到寶釵方光琛等吳方謀士分析寶玉吳三桂受了他鄭方的刺激，有轉而禪位稱帝建朝的念頭，因而嚇唬得要帶頭去說服寶玉吳方，叫吳三桂收起這個禪位稱帝建朝的痴心邪話，顯然已經中了吳方所設計的新調停談判計謀了。

◈真相破譯：

寶玉吳三桂使者（周文驥）見黛玉鄭經這麼說，知道方才他與湘雲耿精忠的私下談判，鄭經也打聽到了。仔細思想吳方自己原本是為了他耿精忠、鄭經二人好，怕他們發生嫌隙，內鬥不休，而抵消聯合抗清的力量，才在其中調停和解，沒想到並未調停成功，反而已落得了耿、鄭兩處交相貶責毀謗。這種情況正合著前日所看《南華經》（《莊子》）上，有下面的幾句話：

巧者勞而智者憂（靈巧的人總是勞碌，而聰智的人多憂慮），**無能者無所求**（自認無能的人無所求），**飽食而遨遊**（吃飽了就到處遨遊），**汎若不繫之舟**（隨水漂流就好像沒有繫綁繩索的舟船，毫無繫累而任運遨遊逍遙）。就像這幾句話所說的，我吳方自認靈巧聰智，插手調和耿、鄭相爭，反而惹來雙方交相貶責毀謗的麻煩憂愁，還不如自認無能，袖手不管，反而來得逍遙自在。

又有說：

山木自寇（山上的樹木因為成材有用，而引來人們砍伐，等於自己砍伐寇掠自己，比喻人自恃聰明多能而自招禍害），**源泉自盜**（按這句是從《莊子》〈外篇、山木〉中的「甘井先竭」變化而來；意思是有源頭的泉水清涼甘美，自己招引人獸來盜取飲喝，比喻人自恃有才能，會自招禍害）。就像這兩句話所說的，我寶玉吳方自恃聰明高才，而出面調停耿、鄭相爭，所以才會反遭雙方貶謗，自己招禍上身；另一方面他們湘雲耿精忠、黛玉鄭經二方，及我寶玉吳方也是像這樣都自恃聰明高才，才會發生內鬥爭執的事件。

等話語。因此越想越無趣。再仔細想來，我寶玉吳方身為反清聯盟盟主，眼前剛展開反清戰爭的初期，只不過湘雲耿精忠和黛玉鄭經這兩個人的爭執，尚且未能應酬調停妥協，將來反清戰爭規模擴大之時，各種情況更為複雜，還想要有什麼作為呢（言外之意是，所以吳方非得再想方設法，盡力調停得耿、鄭雙方停戰議和，使他們再度交好，而聯手抗清不可）？吳方使者（周文驥）想到其間，也無庸與黛玉鄭經分辯回答，自己轉身回到襲人影射的趙得勝駐地（海澄）的寓所來，一方面又派人回去湖南向吳三桂報告遭受耿、鄭雙方貶謗的情況。林黛玉鄭經見吳方使者去了，就知道他回想調停得很無趣，賭氣去了，離去時一句話也不曾發出，想到吳方偏袒耿精忠，不禁自己越發添了氣，便說道：「這一去一輩子也別來，也別再來說話調停。」

寶玉吳方使者（周文驥）對於黛玉鄭經不予理會，回到寓所後好像躺在床上，眼睛只是呆瞪著似的，沮喪氣呆了。襲人影射的趙得勝深知事情的原委，不敢就直接勸說，只得委婉地以其他的事情來切入解釋，因而說道：「今兒看了吳三桂起兵反清的戲碼，隨後又勾出其他蔓延開來的幾場戰爭戲碼來（如耿、鄭的加入，並發生爭執等事），（你既已派人回去報告了）寶釵影射的方光琛等吳三桂身邊的謀士，一定要像宴客還席似地還覆過來某些後續的調停策略的。」寶玉吳方使者（周文驥）冷笑說：「他寶釵方光琛等謀士，還不還覆來後續的調停策略，跟誰有什麼相干（按因為我不想再淌這調停鄭、耿爭執的渾水了）？」襲人趙得勝見這話不是他往日的口吻，因而又笑著溫和地說：「這是怎麼說呀！在這好好的大征伐滿清的歲月裡（原文『正月』暗通諧音『征月』），如同娘兒姊妹們的各方反清勢力都喜喜歡歡的，你身為反清盟主吳三桂的代表又怎麼會頹喪到這麼個形景模樣了。」寶玉吳方使者（周文驥）沮喪至極，冷笑說：「他們那些如同娘兒姊妹們的各方反清勢力歡喜不歡喜，也和我不相干。」襲人趙得勝笑道：「他們既隨和，你也隨和，豈不是大家彼此有趣。」寶玉吳方使者（周文驥）說：「什麼是『大家彼此』？他們各方反清勢力有『大家彼此』隨和有趣的情誼，我是猶如戲中魯智深被趕離五台山時，所唱〈寄生草〉詞句『赤條條來去無牽掛』的情況，只有一個人赤條條孤獨無助地來來去去奔走調停說和，却沒有人理會我。」談及「赤條條來去無牽掛」這句話，聯想到他兩面不是人，孤寂無助的處境，寶玉吳方使者（周文驥）不自覺地流下眼淚。襲人趙得勝看見這樣的情景，不肯再對他說什麼。寶玉影射的吳三桂周王政權方面，細想「赤條條來去無牽掛」這句話蘊含多重涵義的趣味，不禁悲傷得大哭起來。並好像破啼悟道似的，從這句話所暗寓的吳三桂赤條條一個人稱孤道寡，自立建朝稱帝的意義層面上，悟出調和鄭、耿的新妙策來，於是翻身起來到案桌邊，立刻提筆將這個妙策以好像蘊含神秘佛理之偈語的神秘錦囊妙計寫下來，準備送出去執行，這首偈語詩如下：

你證我證，心證意證。
是無有證，斯可云證。
無可云證，是立足境。

這首偈語詩意思是說：「你我都禪修印證佛法真諦，誠心淨意地努力印證佛法真諦。印證再印證，是要到了破除一切迷妄，沒有任何虛相可印證，如此才可稱作證悟。到達證無可證，萬相皆空，才是立足的境界。」就外表面故事寶玉面對黛玉、湘雲兩位小情侶爭風吃醋的衝擊，而有所領悟，不再理會她們的情節來理解，這首六句偈大意是：「彼此都想從對方得到感情的印證而頻添煩惱；看來只有到了滅絕情意，無須再證驗時，方談得上感情上的徹悟；到了萬境歸空，什麼都無可證驗之時，才是真正的立足之境。」

在內層歷史真事上，偈中的證字暗通諧音「朕」字，寓指皇帝。這首偈語詩變成：

你朕我朕，心朕意朕。
是無有朕，斯可云朕。
無可云朕，是立足境。

實際上是寓寫寶玉吳三桂政權冷靜檢討整體反清大聯盟吳、耿、鄭等各方抗清勢力不相統屬合作的病根，在於大家都你朕我朕地各立名號（按如吳三桂自己自稱周王，改元利用，耿精忠以干支甲寅、乙卯等為年號，鄭經遵奉明朝，使用南明永曆年號，其他各地還有一些擁護朱三太子或明朝宗室的抗清勢力）。由此想到若要解決鄭、耿衝突，甚至統合、團結各方抗清勢力，就應提倡消除你朕我朕的亂象，而向他們宣導說：「目前現象是你當皇帝（朕），我當皇帝（朕），心念著皇帝（朕），意想著皇帝（朕），人人都是皇帝，這樣必致混亂內鬥。是要大家之間都沒有皇帝（朕），這樣才能團結打敗清朝，而真正可以稱天下皇帝（朕）。所以大家都無可稱帝（朕）自為，才是我們反清大聯盟能夠立足的境地。」尤其要以此作為一個新妙策，再度去說服鄭、耿拋棄皇帝心態而停戰談和。

寫完畢之後，吳三桂政權方面自己雖然解悟，又恐怕別人看了不能解悟這首偈語詩所隱寓的實際內容，因此也填了一支〈寄生草〉曲文，也一併寫在偈語詩後面，來進一步補充闡釋這首偈語詩所隱寓的以上新調停策略。寶玉吳三桂自己又念一遍，自覺好像悟道沒有掛碍一般，心中自覺很得當安適，應該可以沒有掛碍地調停成功，便好像上床睡覺似地放鬆心情了。

誰想黛玉鄭經見寶玉吳三桂使者（周文驥）這次被他貶罵，而果斷離去後，生怕會真的和反清盟主的吳三桂撕破臉，故而以尋找襲人趙得勝為理由，派人出來探視吳方使者的動靜。襲人趙得勝笑著回答說：「寶玉吳方使者（周文驥）好像已經睡了似地，暫時不管調停的工作了（或甚至已經回去湖南吳三桂處了）。」黛玉鄭經使者聽說，便要回去。襲人趙得勝笑說：「黛玉鄭方使者大人請站住。寶玉吳三桂方面有一個字帖兒，請你看看是說些什麼話。」說着，就將上面寶玉吳方所作的那〈寄生草〉曲子與偈語所隱寓的兩項新調停說詞悄悄拿來，遞給黛玉鄭方使者觀看（可見吳三桂政權已把調停鄭、耿的事，改為委託襲人趙得勝就近居間傳達進行了）。黛玉鄭方使者看了，知道這是寶玉吳方一時感慨激憤而作出的，不覺感到很可笑又很可嘆，便向襲人趙得勝說道：「吳方這兩項說詞，偈語所隱寓的勸告大家拋棄皇帝心態和解，團結抗清的部份，作的是玩意兒，還蠻有點道理的，至於〈寄生草〉曲文所隱寓的吳方揚言如果大家不拋棄皇帝心態和解，吳三桂就要首先登基稱帝建朝的部份，我鄭方會說服、阻止吳三桂這麼做的，所以沒有什麼關係，不會影響整體抗清大局的。」說完畢了，便携帶回去向鄭經稟報，然後鄭經便派使者去和湘雲耿精忠一同觀看，參考吳方放棄皇帝心態本位主義，以聯合抗清為重的意見，彼此商討一番（顯然是有意和耿精忠和解了）。次後，黛玉鄭經方面又派人去和寶釵所影射的以方光琛為代表的吳方謀士觀看，談判有關吳方揚言吳三桂要禪位稱帝的事。寶釵方光琛等吳方謀士看了吳方的說詞如下（根據脂批的提示，前面寫寶玉吳方續〈寄生草〉時，不立即寫出所續〈寄生草〉曲文的辭句，却留到這裡寶釵看過後，才寫出〈寄生草〉曲文的辭句，主要目的是要補述、交代吳方推出這項新調停妙策的過程、環節，原本是寶釵方光琛等謀士所擬議，再經吳三桂同意而推出的，所以並不是鄭經真的派人遠赴湖南去和寶釵方光琛等謀士商議）：

無我原非你，從他不解伊（我參禪悟通佛法說一切事物都無我性，我原非是我，那麼你也原非是你，你我都是不存在的，那麼就任憑他黛玉、湘雲去不瞭解你寶玉的情意，又何必在意；更何況依從了他，就解決不了另一方）。**肆行無碍憑來去**（如此一來，我寶玉就可以不在意他人的愛恨，而肆意行動，任憑來去，愛怎麼樣就怎麼樣，都沒有什麼掛碍了）。**茫茫着甚悲愁喜，紛紛說甚親疎密**（佛法說諸行無常，人生茫茫看不清，充滿無常性，為著什麼要忽悲愁忽歡喜，又紛紛吵鬧說什麼我和誰親密和誰疏遠呢）？**從前碌碌却**

因何？到如今，回頭試思真無趣（那麼我從前為了黛玉、湘雲等悲喜親疎的俗事而勞勞碌碌，却是因為什麼呢？到如今，回頭試想起來真是無趣啊）！

在內層歷史真事上，這曲子是寓寫寶玉吳三桂方面的調停新說詞所說的是，我們吳方提倡大家都不要稱朕當皇帝，自然我方吳三桂是帶頭無自我稱帝的事了（無我），但這原非是說你黛玉鄭經（及湘雲耿精忠）就可擺出皇帝架式（原非你），若是我吳方順從他湘雲耿精忠的意思（從他），就不能解決另一方鄭經的難題（不解伊），獲得其諒解，所以我吳方做為中間調解人是不會有所偏袒的。若是你們不放棄皇帝心態和解，而肆行無碍任憑來去地胡為起來，我方吳三桂首先就肆行無碍任憑來去地胡為起來，而稱朕當皇帝（肆行無碍憑來去）。目前反清戰爭的前途茫茫不可測，你們兩方為著什麼而內鬥，戰敗失地就悲愁，戰勝得地就欣喜（茫茫着甚悲愁喜），又紛紛說什麼我吳方立場偏袒，對誰親密對誰疏遠（紛紛說甚親疎密），這一切有什麼意義呢？大家從前勞師動眾勞勞碌碌地聯合發動反清戰爭，却是因為什麼原因呢（從前碌碌却因何）？到如今大家却各自為政，甚至互爭內鬥，回頭試想這樣的變化真是無趣啊（到如今，回頭試思真無趣）！

吳方提到寶釵方光琛等謀士看完〈寄生草〉曲文所隱寓的調停說詞，又看那偈語所隱寓的調停說詞，然後又分析笑說：「我方吳三桂這個人悟通了。都是我的不是，都是我從前念給他聽的一支〈寄生草〉曲子，所惹出來的禍，他寶玉吳三桂所看的《莊子》《南華經》的道書，暗寓他有在華南地區建立周王朝的念頭，而〈寄生草〉曲文中「赤條條來去無牽掛」的禪理，暗寓他有禪位稱皇帝的念頭，這些最能使他移易性情。明兒以後，若是他寶玉吳三桂好像參禪悟道厭倦紅塵現實生活一般，認真說起這些厭倦現實反清陣營各自為政情況的瘋話來，存了這個禪位稱帝建朝的意思，都是從我從前念給他聽的〈寄生草〉這一支曲子，暗寓有他一個人赤條條稱帝建朝，便可以來去無牽掛的意義上引發出來的，我就成了一個罪魁禍首了。」說着，便把偈語和〈寄生草〉曲文所隱寓的調停說詞撕了個粉碎，遞交與下屬們，說：「快燒了罷！」黛玉鄭方聽後笑說：「不該撕掉，等我質問他寶玉吳三桂。你們跟我來，包管叫他收了這個禪位稱帝建朝的痴心邪話（按吳方提到寶釵方光琛等謀士分析寶玉吳三桂受了他鄭經的刺激，有轉而禪位稱帝建朝的念頭，因而嚇唬得黛玉鄭方要帶頭去說服寶玉吳方，叫吳三桂收起這個禪位稱帝建朝的痴心邪話，顯然已經中了吳方所設計的新調停談判計謀了）。」

第四節　賈寶玉參禪遭林黛玉、薛寶釵貶抑而收斂故事的真相

◈原文：

三人果然都往寶玉屋裡來(1)。一進來，黛玉便笑道：「寶玉我問你：『至貴者是寶，至堅者是玉。爾有何貴？爾有何堅？(2)』」寶玉竟不能答。三人拍手笑道：「這樣愚鈍，還參禪呢！(3)」黛玉又道：「你那偈子末句云：『無可云證，是立足境』，固然好了，只是據我看，還未盡善。我再續兩句在後。」因念云：

無立足境，是方乾淨。(4)

寶釵道：「實在這方悟徹。當日南宗六祖惠能，初尋師至韶州，聞五祖弘忍在黃梅，他便充役火頭僧。五祖欲求法嗣，令徒弟諸僧各出一偈(5)。上座神秀說道：『身是菩提樹，心如明鏡台。時時勤拂拭，莫使有塵埃。(6)』惠能在廚房碓米，聽了這偈，說道：『美則美矣，了則未了。』因自念一偈曰：『菩提本非樹，明鏡亦非台。本來無一物，何處染塵埃？(7)』五祖便將衣鉢傳他(8)。今兒這偈語亦同此意了(9)。只是方才這句機鋒，尚未完全了結，這便丟開手不成？(10)」黛玉笑道：「彼時不能答就算輸了，這回子答上了，也不為出奇，只是以後再不許談禪了(11)。連我們兩個所知所能的，你還不知不能呢，還去參禪呢！」

寶玉自以為覺悟，不想忽被黛玉一問，便不能答；寶釵又比出「語錄」來(12)，此皆素日不見他們能者。自己想了一想，原來他們比我的知覺在先，尚未解悟，我如今自尋苦惱！想畢，便笑道：「誰又參禪，不過一時玩話罷了！(13)」說着，四人仍復如舊(14)。

◈脂批、注釋、解密：

(1)三人果然都往寶玉屋裡來：這是描寫黛玉果然帶著寶釵、湘雲，三個人都往寶玉屋裡來，要說服寶玉收起參禪悟道的痴念。在內層上，這好像是暗寫黛玉鄭經、寶釵方光琛等吳方謀士、湘雲耿精忠等三個人，果然都往寶玉吳三桂的駐地湖南北部來，但這是不可能的，歷史上也沒有這樣的事實。實際上，這裡描寫黛玉、寶釵、湘雲、寶玉對話的故事，都只是寓寫吳、鄭、耿三方代表談判對話的情況，吳三桂、方光琛等吳方謀士、鄭經、耿精忠都是不在場的，而是當吳方代表談論到吳三桂本人的觀點如何，就寫說寶玉說如何，談論到方光琛等吳方謀士的觀點如何，就寫說寶釵說如何，鄭方、耿方的情況也是一樣。所以原文這一句話實際上是寓寫鄭、耿、吳三方代表三個人，果然都集中往寶玉吳三桂的觀點、作為來辯論、談判一番。

(2)「一進來，黛玉便笑道：『寶玉我問你：至貴者是寶，至堅者是玉。爾有何貴？爾有何堅？』」：這是描寫黛玉問賈寶玉說，世間最貴重的東西是寶，最堅硬的東西是玉，而你的名字就叫寶玉，那麼你究竟有什麼貴重，又有什麼堅固的呢？一下子就問得寶玉答不出話來。但是我們仔細思考，在清初的時代說世間最貴重的東西是寶石、珠寶，還說得過去，但是說世間最堅硬的東西是玉，就大有問題，因為大部份的玉摔得用力一點就會破裂，絕對比不上當時就已有的鋼鐵、花崗石等來得堅硬，所以按照表面的小說故事來說，這樣的話是顯然不通的。在內層上，寶，是寓指天下皇帝寶位。玉，是寓指玉璽所代表的天下皇帝位、帝權。因此這裡是寓寫三方代表一進入商談吳三桂的事來，黛玉鄭方代表便質問吳方代表說，天下間最尊貴的地位是皇帝寶位，最堅固的勢力是玉璽所代表的掌控天下的帝位、帝權。那麼你們吳三桂不是朱明王室的族裔，有何尊貴可言？你們吳三桂勢力有限，才只掌控雲、貴、湘、蜀西南一隅之地，有何堅不可破可言？而竟然敢想要禪位稱帝建朝。如此尖銳一問，就問得寶玉吳方代表不能作答了。

〔庚辰本雙行批〕等評注說：「拍案叫絕。大和尚來答此機鋒，想亦不能答也。非顰兒，第二人無此靈心慧性也。」這是評示說：「黛玉鄭方代表這樣尖銳的質問真是令人拍案叫絕。即使是大和尚來回答黛玉所問『至貴者是寶，至堅者是玉。爾有何貴？爾有何堅？』的這一機鋒，料想也不能答得出來。除非顰兒黛玉鄭經這種矢志遵奉朱明王朝的人物，特別忌恨不是朱明族裔而僭稱皇帝的事，才能說出這樣的話，否則其他第二個人不會有這樣的靈心慧性可以這樣質問寶玉吳三桂的。」

(3) 這樣愚鈍，還參禪呢：參禪，佛教用語，意思是靜坐參究佛理。這是描寫黛玉說寶玉你連自己名字的意義都不能答得出來，這樣愚蠢魯鈍，還想要去做那極度玄奧的參究佛理的事呢！在內層上，參禪，寓指參考古代帝王的禪讓制度，而禪位稱皇帝建朝的意思。這兩句是寓寫三方代表不禁失笑說，寶玉吳三桂這樣愚蠢魯鈍，連自己非出身朱明王室族裔，而且勢力有限的基本情勢都不能認識清楚，竟然還想要參考古代禪讓制度，而禪位稱皇帝建朝呢！

(4) 無立足境，是方乾淨：禪宗認為參禪悟道的最高境界，是「菩提本無樹，本來無一物」的無相境界，而寶玉證悟到「無可云證，是立足境」，有立足境還是執著在一種有相的境界中，所以黛玉批評他還不夠徹悟，要更上一層樓，悟到「無立足境」，心如虛空無所住，才是乾淨得毫無妄念的大徹大悟。在內層上，原文這兩句是寓寫黛玉鄭方進一步批評寶玉吳三桂光是提倡「大家不稱朕當皇帝，就是立足境」，但其實際反清作為却很不積極，只知立足在長江以南的境界內，以保固他視為立足境的雲、貴老地盤，是非常不當的戰略，應該不設定長江以南的立足境地，而越過長江以北，不限處所地到處長驅直入（無立足境），才是將清兵掃除乾淨（是方乾淨），推翻滿清的徹底戰略。

〔庚辰本雙行批〕等評注說：「拍案叫絕。此又深一層也。亦如諺云：『去年貧，只立錐；今年貧，錐也無。』其理一也。」這是以反方向思考，評論吳三桂只知固守長江以南立足境地之錯誤戰略的後果，說道：「鄭方批評寶玉吳三桂說『無立足境，是方乾淨』的話，真是令人拍案叫絕。這又可指吳三桂抗清往後深一層發展的情況，挫敗到連雲、貴老地盤的立足境地，都丟得乾乾淨淨。這樣的情況也如俗諺所說：『去年貧窮，只有好像立個尖錐般地勉強維生；今年更貧窮，連立個尖錐的情況也沒有了。』其道理是一樣的。」

(5)

「當日南宗六祖惠能，初尋師至韶州，聞五祖弘忍在黃梅，他便充役火頭僧。五祖欲求法嗣，令徒弟諸僧各出一偈」：南宗六祖惠能，中國禪宗初祖為從印度東來的達摩祖師，傳至第六代祖師為嶺南的惠能，他開創了南方頓悟法門的禪宗，所以稱惠能為禪宗南宗六祖。惠能，俗家父親姓盧，名行瑫，本貫河北范陽，母李氏，父遭降職流放至嶺南新州為百姓；惠能生於唐代貞觀十二年，生時豪光騰空，異香滿室，有二位異僧前來為其命名為惠能，說：「惠者，以法惠施眾生；能者，能作佛事」；父早亡，移至南海（在廣州南），艱辛貧乏，不識字，賣柴為生；某日聽一客人念誦《金剛經》，聞經開悟，問知該客是學經自湖北黃梅縣東山東禪寺的五祖弘忍；於是長途跋涉至黃梅禮拜五祖為師習禪，被安排做劈木柴踏舂米碓的工作，做了八月餘；一日五祖欲求法嗣，命諸門人取自本心般若之性，各作一偈呈上，惠能因而作了一首偈語，請人代寫說：「菩提本無樹，明鏡亦非台。本來無一物，何處惹塵埃？」五祖認為他已明心見性，遂傳予禪宗頓教及衣鉢，而唯恐其他門人妒忌加害，五祖命其努力南行；惠能南遁至嶺南曹溪，又被惡人尋逐，乃避難於獵人隊中，凡十五年；後出至廣州法性寺聽印宗法師講《涅槃經》，被印宗看重，為他剃髮，並願降身事奉他為師，於是惠能遂於菩提樹下開演東山頓宗法門；次年春，辭別眾人歸至曹溪寶林寺弘法；於唐玄宗先天二年（即開元元年）癸丑歲滅度歸西，享年七十六歲，年二十四傳衣鉢，三十九祝髮，說法利生三十七年，門人法海記錄其弘法之言，輯為《六祖壇經》一書；六祖惠能大師為中國禪宗祖師中非常傳奇性的人物，經其弘法禪宗頓悟法門大為盛行，《六祖壇經》成為禪宗的重要經典，其創建發揚的南宗禪學，成為後世最習知的中國禪學[25]。韶州，明、清時府名，在廣東北部，府治在曲江。五祖弘忍，「中國禪宗第五代祖師，湖北蘄州黃梅縣人，俗姓周，法名弘忍，十三歲拜謁四祖道信，隨從三十年而得法，主化於東山（在黃梅縣西南一里之處）的東禪寺，傳法於六祖惠能，七十四歲圓寂，諡號大滿禪師。[26]」黃梅，位於湖北省極東鄰近安徽，江西九江之北的縣份。火頭僧，掌理廚房柴火、炊事的僧人。法嗣，佛教宗派法門的嗣位人、繼承人。

(6)「上座神秀說道：『身是菩提樹，心如明鏡台。時時勤拂拭，莫使有塵埃。』」：上座，僧寺的職名，位在住持之下，其他無人高過其上，因而稱為上座。神秀，「俗姓李，洛陽尉氏人，少覽經史，博綜多聞，後依五祖出家。唐高宗上元中，五祖入滅後，神秀出住荊州的江陵當陽山，緇徒（按即佛徒）嚮風，道譽甚盛，是為北禪之始。武后則天聞神秀的聲名，召赴長安，供養盡禮；又敕在當陽山建築度門寺，以表揚神秀的禪德。於唐中宗神龍年中卒，諡號大通禪師。[27]」神秀在武則天王朝裡，被尊為國師的地位，他所發揚的禪宗北宗，是以漸悟為主的禪學法門，惠能所發揚的禪宗南宗，則是以頓悟為主的禪學法門，在當時他們師兄弟兩人，對於朝野的影響，形成南北上下兩股交滙的巨流，並駕齊驅都很盛行，到後來惠能一支的禪宗南宗，則大大風行於全國及後世，主要是由於提倡不立文字，直指人心，頓悟而明心見性，教理簡單大眾化，而且能人輩出，尤其是三傳之後，有馬祖道一禪師、及弟子百丈禪師兩位能人的銳意改革，開創中國式的叢林制度，影響後世甚巨[28]。菩提，「梵文Budhi的對音，華譯為覺，是指能覺法性的智慧說的，也就是正覺無相的真智，也就是漏盡人的智慧，故曰『菩提名諸佛道』。[29]」菩提樹，「原名畢鉢羅樹。畢鉢羅，為梵語Pippala的對音；樹為常綠亞喬木，屬桑科，高十多丈。……產於東印度。昔釋迦牟尼佛在畢鉢羅樹下完成正等正覺，因此稱畢鉢羅樹為菩提樹。[30]」

「身是菩提樹，心如明鏡台。時時勤拂拭，莫使有塵埃。」其中的「莫使有塵埃」句，《六祖壇經》原文作「勿使惹塵埃」。這四句偈意思是說「身體是菩提樹，心靈如明鏡台。時時勤加拂拭，勿使惹著塵埃。」「神秀偈中，句句有相。又，時時勤拂拭是看心，看心則心有所住；勿使惹塵埃是看淨，看淨則心住淨相；故看亦是妄。妄在又那得見性來？這是很明顯地站在漸次進修的方便上，由勤息煩惱而期妄盡入覺的法門。這可以說是漸修禪，實未悟得祖師頓門（按即頓悟法門）大意。[31]」

(7)「惠能在廚房碓米，聽了這偈，說道：『菩提本非樹，明鏡亦非台。本來無一物，何處染塵埃？』五祖便將衣鉢傳他。」：碓，音隊，舂米穀的器具，這裡作動詞用，意思同舂。碓米，即舂米。這一偈子中的「菩提本非樹」及「何處染塵埃」，在《六祖壇經》原文中作「菩提本無樹」及「何處惹塵埃」，不過意思相同。這四句偈意思是：「菩提本來沒有樹，明鏡本亦不是台。自性原無一物相，何處染著塵埃來？㉜」六祖惠能這一偈子，顯示他證悟到自性無相的境界，高於神秀的偈子，還只證悟到有相的境界，所以五祖便將禪宗衣鉢傳給六祖惠能。

〔庚辰本雙行批〕等評注說：「出語錄，總寫寶卿博學宏覽，勝諸才人。顰兒却聰慧靈智，非學力所致，皆絕世絕倫之人也。寶玉寧不愧殺。」這是評示說：「這裡寫出禪宗的語錄來比喻、評論，總是寓寫寶釵方光琛等吳方謀士博學宏覽，勝過諸位才人。而顰兒鄭經却天性聰慧靈智，非後天學力所致，都是絕世絕倫的人物，所以能夠那樣引用禪宗典故、禪理來評論寶玉吳三桂想要稱帝建朝及劃地自限之作為的不當。相較之下，寶玉吳三桂學識、聰智都相形見拙，豈不是慚愧死了！」

(8)「當日南宗六祖」至「五祖便將衣鉢傳他」一段：〔庚辰本眉批〕評注說：「用得妥當之極。」這是評示吳方代表引述寶釵方光琛等吳方謀士的觀點，使用禪宗五祖傳衣鉢時，其弟子神秀和惠能所作的偈語，來比喻、評論寶玉所作偈語中「無可云證，是立足境」兩句，所暗寓的以上吳三桂戰略作為，和黛玉所說「無立足境，是方乾淨」所暗寓的以上鄭經戰略觀點，實在用得妥當之極。

(9)今兒這偈語亦同此意了：這偈語，指寶玉所作偈語中的「無可云證，是立足境」兩句，及黛玉所續作的兩句偈語「無立足境，是方乾淨」。這句是描寫寶釵評論現今寶玉所作的偈語和你黛玉所作的偈語，兩者意境的高下，也和神秀、惠能這兩首偈語意境的高下同樣的意思了。說得更具體明白一點，就是說寶玉的「無可云證，是立足境」兩句，和神秀「身是菩提樹」那首偈語一樣，都還只證悟到有相的境界，證悟的境界較低，而黛玉的「無立足境，是方乾淨」兩句，和惠能「菩提本非樹」那首偈語一樣，都已證悟到無相的境界，證悟的境界較高。

在內層上，原文這一句是寓寫吳方代表引述寶釵方光琛等吳方謀士的觀點，評論說寶玉吳三桂提倡「大家不稱朕當皇帝，就是立足境」，而劃地自限在長江以南的境界內立足不進的作為，如同神秀那首偈語一樣，是見解不夠透徹的；而你黛玉鄭經方面所說「無立足境，是方乾淨」，所暗寓應該不設定長江以南為立足境地，而應越過長江不限處所地將清兵掃除乾淨的主張，則如同惠能那首偈語一樣，是見解更高、更透徹的。

(10)只是方才這句機鋒，尚未完全了結，這便丟開手不成：機鋒，佛教禪宗的用語，禪家稱言詞鋒利迅速，不落痕跡，而可以刺激、啟發人的靈機，以悟破禪機的語句為機鋒語。這句機鋒，指前面黛玉問寶玉的那四句話：「至貴者是寶，至堅者是玉。爾有何貴？爾有何堅？」原文這幾句是描寫寶釵說，只是剛才你黛玉問寶玉的這四句機鋒語，寶玉不能答，尚未完全了結，不要再叫寶玉回答，就這樣丟開手不理了嗎？

在內層上，原文這幾句是寓寫吳方代表引述寶釵方光琛等吳方謀士的觀點，說剛才你黛玉鄭方問寶玉吳三桂的這四句機鋒語：「至貴者是寶，至堅者是玉。爾有何貴？爾有何堅？」究詰寶玉吳三桂不是朱明王室的族裔，且勢力、地盤有限，有何尊貴、堅固可言，竟然敢想要禪位天下最尊貴地位的皇帝寶位，建立天下最堅固勢力的王朝這件事，吳方雖然一時不能答出來，可是吳方還想答辯，尚未完全了結，難道就這樣丟開手不理了不成？

(11)彼時不能答就算輸了，這回子答上了，也不為出奇，只是以後再不許談禪了：這幾句是呼應前面黛玉帶領寶釵、湘雲來找寶玉，要親自質問寶玉，「包管叫他收了這個痴心邪話」，打消參禪修道的念頭，經過對寶玉的一番詰問、貶抑，歸結到黛玉說寶玉那時不能回答出有關他名字「寶玉」兩字的意義，顯示他資質愚鈍，根本不配去作那需要高度聰明靈慧的參禪修道的事，就算輸了，這回子拖了這麼久即使答上了，也不能算是靈慧出奇，因此，寶玉你只是以後再不許談禪了。文章描寫黛玉這樣的苦心，阻止寶玉走入參禪修道之路，是因為寶玉是受了黛玉的無理謗罵而參禪的，她內心極為內疚，因而非要盡力阻止不可，以消除自己的罪過，同時也顯示黛玉內心深愛著寶玉，深恐寶玉真的出家參禪修道，那麼她的愛情婚姻就落空了。

在內層上，這幾句是寓寫寶玉吳三桂方面推出調停新妙策，拋出一個新議題，故意宣說寶玉吳三桂因為受了鄭、耿都抱皇帝心態，互不相讓，不肯停戰和解，又貶謗調停的吳方偏袒不公的刺激，而想要參考古代帝王禪讓制度，禪位稱帝建朝。嚇唬得黛玉鄭經方面唯恐吳三桂真的禪位稱帝建朝，影響反清復明大業，果然中計，而急得詰責吳三桂身非朱明王室的族裔，且勢力、地盤有限，有何尊貴、堅固可言，竟然敢想要禪位稱帝建朝。問得寶玉吳方一時自覺理屈而答不話來，於是想就此壓服吳方，而不讓吳方再想出其他出奇的理由來辯護吳三桂稱帝建朝的事，強逼著吳方只能接受吳三桂以後再也不許談論想要禪位稱帝建朝之事的這一結論，這樣鄭方才會接受吳方的調停。

(12)寶釵又比出「語錄」來：語錄，佛教僧徒記錄師父講授的話語，使用通俗的口語記錄，稱作「語錄」，這裡是指以上《六祖壇經》這本禪宗語錄所記載五祖傳衣鉢時，神秀、惠能作偈的事。這一句意思是寶釵又將寶玉、黛玉所作的偈子，舉出禪宗語錄中神秀、惠能所作的偈子，來加以比擬、評論高下。在內層上，這句是寓寫吳方代表傳達寶釵方光琛等吳方謀士又舉出禪宗語錄中神秀、惠能所作的偈子，來評比寶玉吳三桂和黛玉鄭經兩人有關反清戰略見解的高下，認為鄭經的見解高於吳三桂。

(13)「自己想了一想，原來他們比我的知覺在先，尚未解悟，我如今自尋苦惱！想畢，便笑道：『誰又參禪，不過一時玩話罷了！』」：這是描寫寶玉想到黛玉、寶釵兩人比我寶玉的知覺還要領先，尚且未能解悟禪理，我如今見解還不如他們而去參禪，豈不是自尋苦惱，因此就笑說：「誰又參禪，不過一時開玩笑的話罷了！」也就是說，黛玉果然成功說服寶玉「收了這個痴心邪話」，放棄參禪了。

在內層上，這句是寓寫在三方談判過程中，後來吳方代表傳達寶玉吳三桂的觀點、態度說，吳三桂自己想了一想，原來他們黛玉鄭經和寶釵方光琛等謀士在反清戰略的知覺比我還要領先，尚且未能解悟到在目前情勢下參考古代禪讓制度稱帝建朝有何好處，我如今見解還不如他們而禪位稱帝建朝，豈不是自尋苦惱！想完之後，便笑道：「誰又要禪位稱帝建朝，那只不過一時開玩笑的話罷了！」也就是說，寶玉吳三桂在黛玉鄭經的強烈詰責之下，終於決定放棄參考古代禪讓制度稱帝建朝，以交換黛玉鄭經與湘雲耿精忠接受調停而停戰和解。

〔庚辰本眉批〕評注說：「前以《莊子》為引，故偶續之；又借顰兒詩一鄙駁，兼不寫着落，以為瞞過看官矣。此回用若許曲折，仍用老莊引出一偈來，再續一〈寄生草〉，可為大覺大悟已；以之上承果位，以後無書可作矣。却又輕輕用黛玉一問機鋒，又續偈言二句，並用寶釵講五祖、六祖問答二實偈子，使寶玉無言可答，仍將一大善知識，始終跌不出警幻幻榜中，作下回若干回書。真有機心，遊龍不測之勢，安得不叫絕，且歷來小說萬寫不到者。己卯冬夜。」大善知識，佛教對於「能教眾生遠離惡法修行善法的人，稱為善知識。凡是博學明辨篤行之君子都可稱為善知識」；大善知識是尊稱「偉大的善知識，即善知識中之尤勝者㉝」。這一則脂批是對於以上從前回到本回，描寫寶玉續莊子、作佛偈、續〈寄生草〉的複雜故事情節，所寓寫的吳三桂反清事跡中，有關吳三桂在復明或自立建朝基本立場上之變化的主題，概括其中要點，並評論文章的奧妙說：「前回作者以寶玉閱讀《莊子》〈胠篋〉篇作為導引，故而偶續《莊子》，來寓寫寶玉吳三桂因遭撤藩而起兵反清，並偶然想到要在華南地區建立周王朝；又借顰兒黛玉那首『無端弄筆是何人』的絕句詩鄙駁寶玉續《莊子》，兼不寫出寶玉見到黛玉的詩，使黛玉的詩沒有着落，得不到寶玉的回應，以這樣的方式來寓寫黛玉復明勢力對於寶玉吳三桂自稱周王提出鄙駁反對，吳三桂本人則未明白表示其對於建立周王朝的着落、立場，以為採取這種模糊的態度，就可瞞過觀看他行為動向究竟是復明或自立建朝的世人看官了。這一回作者使用若干曲折的情節，仍然用寶玉閱讀到老莊經典中『巧者勞而智者憂』、『山木自寇』那兩段話，引出寶玉作出『你證我證』那一偈子來，再以寶玉細想戲劇中〈寄生草〉曲文『赤條條來去無牽掛』的趣味，引出寶玉續作出

『無我原非你』那一支〈寄生草〉曲子，可謂參禪而大覺大悟了；以這樣的方式來寓寫寶玉吳三桂因為調停黛玉鄭經、湘雲耿精忠之爭，受到雙方貶謗的強烈刺激，而悟到要參考古代帝王禪讓制度而禪位稱帝（悟禪機），這樣似乎是表示吳三桂真的抗清成功而上承天下皇帝的果位，果真這樣這部書就無法可再續寫下去了。但作者卻又輕輕地用黛玉一問『至貴者是寶』那四句的機鋒，又寫黛玉續作二句偈語『無立足境，是方乾淨』，並用寶釵講五祖、六祖問答的二首實有典故的偈子，使得寶玉無言可答，以這樣的方式來寓寫黛玉鄭經詰責吳三桂非朱明後裔，及劃地自限立足境地的戰略，並用寶釵方光琛等謀士評比鄭經的見解高於吳三桂，使得寶玉吳三桂無言可答，而放棄禪位稱帝，這樣仍然將一大善知識的寶玉吳三桂，寫回是始終跌不出警幻仙姑影射的滿清王朝所宰制的薄命名榜之中，作為下面若干回書繼續書寫。作者曲折的佈局真是很有機心，具有遊龍翻滾不定，動向不可預測的態勢，那能不令人拍案叫絕，而且是歷來小說萬萬寫不到的。這件吳三桂假裝要禪位稱帝而又放棄，藉以調停鄭、耿停戰和解的事件，發生在康熙十三年冬季十一月二十己卯日的夜間。㉞」按吳三桂派遣禮曹員外郎周文驥赴福建調停鄭、耿之爭，時間在康熙十三年九月，至十一月鄭經已相繼攻佔彰州、泉州等地，耿精忠大敗之餘，早已有意和解，但因條件不合而鄭經不肯，吳方幾經周折才促使鄭經有意和解，至康熙十四年元月，鄭、耿雙方才議定以泉州楓亭為界停戰，而正式簽約和解㉟，所以這裡將吳三桂採取假裝要禪位稱帝而又放棄的策略，調停鄭、耿停戰和解的事件，標注在吳方從中勸說得鄭、耿雙方初步有意和解的康熙十三年冬季十一月二十己卯日的夜間，還是十分合理的。

(14)說着，四人仍復如舊：這兩句輕描淡寫的極短句，其實是歸結這一段故事結局的正文所在，非常重要。意思是寶玉說著「誰又參禪，不過一時玩話罷了」這樣的話，表示不會去參禪之後，他的三個小情侶黛玉、湘雲、寶釵由於危機解除，都放鬆心情下來，而四人都恢復和好如舊了，尤其是原來互相惱怒的黛玉、湘雲，鑒於她們之間的互惱鬥氣及交相貶謗寶玉，才逼使寶玉參禪，如今好不容易使得寶玉不再參禪，所以黛玉、湘雲兩人也不再互惱鬥氣，而和好如舊了。

在內層上，這兩短句是寓寫寶玉吳方在調停鄭、耿爭執的談判中，傳達說著吳三桂表態不立即參考古代禪讓制度而禪位稱帝的話之後，黛玉鄭經、湘雲耿精忠終於同意停戰和解，於是寶玉吳三桂、黛玉鄭經、湘雲耿精忠、寶釵方光琛等吳方謀士四方面，仍然恢復和好如舊，聯合抗清了，但是有關各立名號的基本立場上也維持如舊，並未獲得改善。

〔庚辰本雙行批〕等評注說：「輕輕抹去也。『心淨難』三字不謬。」這是評示說：「原文作者故意使用『說着，四人仍復如舊』這兩句籠統模糊而極短的句子，將寶玉吳三桂揚言要禪位稱帝的意圖，黛玉鄭經、湘雲耿精忠互鬥的意圖，以及寶釵方光琛等吳方謀士催促吳三桂自立建朝的意圖，都輕輕抹去了。而此後四人雖然仍恢復和好如舊，但各立名號的基本立場上也維持如舊，各自尊大的心還是未能消除，這正應證了常言說『心淨難』三字果然不錯。」

特別值得一提的是，這裡從前回到本回，有關吳三桂在復明或自立建朝基本立場上的變化、爭執這一主題，作者或是以寶玉讀道書《南華經》、《莊子》，續《南華經》、《莊子》，黛玉作道詩批駁等，這樣道家修道悟道、論道的文字來寓寫，或是以寶玉讀《莊子》感悟，而作佛偈，聽曲文悟禪機而續〈寄生草〉，黛玉問機鋒，作偈句，寶釵引禪宗語錄的偈語來評論等，這樣佛家修佛證道、禪家參禪悟禪、論辯禪佛的文字來寓寫，使得文章蒙上一層深重的修道證佛參禪的秘幕，極為深奧難懂。而《紅樓夢》有很多地方都是像這樣以道家佛家的文字來書寫，有些地方還進一步宣揚著出家修道修佛的思想，尤其最後結局黛玉病亡，寶玉因真愛落空，深感塵世虛幻無常，因而隨著一僧一道飄然出家而去，更明白顯示《紅樓夢》是以富貴世家賈家敗落，及寶、黛愛情失落的故事，宣揚佛教道教的一部書。這一點有不少紅學家已經指出了。而《紅樓夢》正因為擅於敷衍人生的虛幻無常，及藉機談佛說道，而使得原本只是繁瑣不堪的家常人情故事，提升了它的文章深度和思想高度，使得這部書即使單就外表的家常人情故事來閱讀，還是為世人津津樂道，具有永恆價值。不過，其實不論是以佛道說情，或是以人情、愛情故事應證佛道，都還只是《紅樓夢》這部奇書外表的煙幕而已，並不是它的真正面目。《紅樓夢》的真正面目其實是一部假借外表家常人情（含愛情）故事，及外表談佛說道的玄奧文字，來寓寫以吳三桂降清叛清事跡為主線的明清交替歷史，並藉以寄託反清復明思想的小說式歷史。在《紅樓夢》談佛說道的情節中，以這兩回最為典型，最為玄奧難解，筆者勉力從極玄極奧的道言佛語中，破解出其背後所隱寓的歷史真事，就是要證明《紅樓夢》中的談佛說道只是外表的一層煙幕而已，《紅樓夢》的真正本質是以家常人情故事，及談佛說道文字，來寓寫明、清交替歷史的一部書，這是筆者寫作這本第四冊書的四大原因之三。

◈真相破譯：

鄭、耿、吳三方代表三個人，果然都集中往寶玉吳三桂的觀點、作為來辯論、談判一番。一進入商談吳三桂的事來，黛玉鄭方代表就笑說：「我倒要請問你寶玉吳方：『天下間最尊貴的地位是皇帝寶位，最堅固的勢力是玉璽所代表的掌控天下的帝位。那麼你們吳三桂（不是朱明王室的族裔）有何尊貴可言？你們吳三桂（勢力只局限在雲、貴、湘、蜀西南一隅之地）有何堅不可破可言？（而竟然敢想要禪位稱帝建朝）」寶玉吳方竟然不能答得出來。三方代表不禁拍手失笑說：「寶玉吳三桂這樣愚蠢魯鈍，連自己非出身朱明王室族裔，而且勢力有限的基本情勢都不能認識清楚，竟然還想要參考古代禪讓制度，而禪位稱皇帝建朝（參禪）呢！」黛玉鄭方又說：「你們吳三桂那偈子最後兩句說：『無可云證，是立足境』，意謂『大家都無可稱帝（按原文證字暗通諧音朕）自為，才是反清大聯盟能夠立足的境地』，固然說得很好了，只是據我看來，還未盡善（按在佛理上，有立足境還是執著在一種有相的境界中，還不夠徹悟，故說還未盡善）。我再續兩句在後面。」因而念說：

無立足境，是方乾淨。意思是不劃地自限在長江以南為立足的境地，而越過長江以北，不限處所地到處長驅直入（無立足境），才是將清兵掃除乾淨（是方乾淨），推翻滿清的徹底戰略。（按這兩句在佛理上，意思是證悟到「無立足境」，心如虛空無所住，才是乾淨得毫無妄念的大徹大悟。）

吳方代表這時引述寶釵方光琛等吳方謀士的觀點說：「實在是這樣的戰略思想才算悟徹反清大戰的情勢。在禪宗傳承的事跡上，當日唐朝時禪宗南宗六祖惠能，起初尋師到廣東北部的韶州，聽說五祖弘忍在湖北東部的黃梅縣講法，他便去拜在門下，而被分派充當火頭僧，從事廚房柴火、炊事的勞役。後來五祖弘忍因為要尋求禪宗法門的嗣位人，而命使徒弟諸僧各作出一首偈語交上來，好評定他們修證佛道的高下。徒弟中職位僅次於住持的上座神秀作的偈子說：『身是菩提樹，心如明鏡台。時時勤拂拭，莫使有塵埃。』意思是說：『身體是菩提樹，心靈如明鏡台。時時勤加拂拭，勿使沾染有塵埃。』（按神秀偈中，有樹，有台，又注心於塵埃及拂拭的動作，句句有相，心有所住，一般認為只達到漸修悟性的某一有相的高層境界上，但尚未達到徹悟而明心見性的境界。）惠能在廚房舂米，聽了神秀這偈子，說道：『說文詞美則是美了，說了悟自性則尚未了悟。』因而自己念一首偈子，請人代寫（按惠能不識字）呈上，偈子說：『菩提本非樹，明鏡亦非台。本來無一物，何處染塵埃？』意思是說：『菩提正覺本來不是樹，心靈明鏡原本也不是台。自性原本無一物相，何處沾染塵埃來？』（按惠能這一偈子，顯示他證悟到自性無相的境界，一般認為高於神秀還只證悟到有相的境界。）五祖弘忍認為惠能高於神秀，於是便將代表禪宗法門的衣鉢傳給他。如今這裡寶玉吳三桂偈子的最後兩句，和你黛玉鄭經所作兩個偈句所寓示的兩種反清戰略見解比較起來，就如神秀偈子和惠能偈子相比較同樣的意思了，他吳三桂的反清戰略見解還不如你鄭經。只是剛才你黛玉鄭方所說『至貴者是寶』這四句詰問寶玉吳三桂的機鋒語，吳方雖然一時不能答出來，可是吳方還想答辯，尚未完全了結，難道就這樣丟開手不理了不成？」黛玉鄭方笑說：「那時候不能答得出來就算輸了，這下子再想出其他堂皇出奇的理由答辯上來了，也不算是出奇，就只能是這樣子了，以後他寶玉吳三桂再也不許談到想要參考古代禪讓制度而禪位稱帝建朝（參禪）的事了。連我鄭方和他屬下方光琛等謀士兩方面所知所能的反清戰略見解，你們作主子的寶玉吳三桂還不知不能，這樣還敢想要去參考古代禪讓制度而禪位稱帝建朝（參禪）呢！」

後來吳方代表傳達寶玉吳三桂的態度說，寶玉吳三桂原本自以為對反清大情勢已有清楚覺悟把握，而想要禪位稱帝建朝，沒想到忽然被黛玉鄭方一詰問，便不能答得出來，屬下寶釵方光琛等謀士又舉出禪宗語錄中神秀、惠能所作的偈子，來評比他的反清戰略見解還不如鄭經，這些都是素日不曾見到他們所能夠的。他自己想了一想，原來他們黛玉鄭經和屬下寶釵方光琛等謀士對於反清情勢的知覺比我吳三桂還要領先，尚且未能解悟到目前參考古代禪讓制度而稱帝建朝有何好處，我如今見解還不如他們而禪位稱帝建朝，豈不是自尋苦惱！吳三桂想完之後，便笑著表態說：「誰又要參考古代禪讓制度而禪位稱帝建朝（參禪），那只不過一時開玩笑的話罷了！」寶玉吳方代表傳達說著吳三桂表態不禪位稱帝的話之後，黛玉鄭經、湘雲耿精忠終於同意停戰和解，於是黛玉鄭經、湘雲耿精忠、寶玉吳三桂、寶釵方光琛等吳方謀士四方面，仍然恢復和好如舊，聯合抗清了，而有關各立名號的基本立場上也維持如舊，並未獲得改善。

附註：

①引錄自《閩中紀略》所收錄之附錄（一）《閩難記》，清康熙洪若皐著，第二九頁，《閩中紀略》係清康熙許旭著，臺灣銀行經濟研究所編輯，臺灣省文獻委員會印行，民國八十四年八月出版。惟有關耿精忠繼任靖南王的時間，《清聖祖實錄》記為康熙十年，詳見《清聖祖實錄選輯》，臺灣銀行經濟研究所編輯，臺灣省文獻委員會印行，民國八十六年六月出版，第三五至三六頁。

②有關鄭經與耿精忠響應吳三桂與兵反清的事跡，係綜合參述自以上《臺灣史》，第二一三至二一三頁；以上《一代梟雄吳三桂》，第二五六至二五八頁；及以上《吳三桂大傳》下冊，第五七四至五七五頁。

③詳見以上《臺灣史》，第一五〇至一五三頁。

④引錄自以上《臺灣史》，第二一四頁。

⑤引錄、引述自《臺灣外記》，清康熙時江日昇著，臺灣銀行經濟研究所編輯，臺灣省文獻委員會印行，民國八十四年八月出版，第二六二、二六三、二六六、二七〇、二七一頁。

⑥引錄自以上《一代梟雄吳三桂》，第三一八頁。

⑦引述自以上《臺灣外記》，第二七三至二七五頁。

⑧均節錄自以上《吳三桂大傳》下冊，第五八二至五八三頁。

⑨有關丁亥夏為康熙十三年夏季五月二十四日丁亥日，係根據以上《近世中西史日對照表》，第三一七頁。

⑩引錄自以上《吳三桂大傳》下冊，第五八三頁。

⑪引錄自以上《臺灣外記》，第二七四頁。

⑫引錄自以上《吳三桂大傳》下冊，第五八三頁。

⑬根據以上《吳三桂大傳》下冊，第六八四、六八五頁；及以上《一代梟雄吳三桂》，第三一九頁。

⑭引據以上《一代梟雄吳三桂》，第三一八頁。

⑮引錄自以上《臺灣外記》，第二八二頁。

⑯引錄自以上《臺灣外記》，第二六七頁。

⑰引錄自以上《臺灣外記》，第二七三頁。

⑱引錄自以上《臺灣外記》，第二六五頁。

⑲根據以上《臺灣外記》，第二八二至二八三頁。

⑳引錄自《莊子集解》，清宣統元年，王先謙著，第二十九頁（筆者所擁有版本未注明出版者）。

㉑引錄自以上《新譯莊子讀本》，第九五頁。
㉒引錄自《新編石頭記脂硯齋評語輯校》，陳慶浩編著，台北，聯經出版事業公司，民國七十五年十月增訂再版，第四三七頁。
㉓引錄自以上《紅樓夢校注（一）》，第三五四頁，注二一。
㉔引錄自以上《紅樓夢（上）》，馮其庸編注，第三九七頁，注一五。
㉕綜合參考節述自《六祖壇經》，唐教授一玄居士主講，佛光山東方佛教學院第二屆同學編註，星雲法師序，高雄市，佛光出版社出版，民國七十二年三月三版。
㉖引錄自以上《六祖壇經》，第九頁，注一三。
㉗引錄自以上《六祖壇經》，第十七頁，注三。
㉘參述自《中國佛教發展史略述》，南懷瑾述著，台北市，老古文化事業公司出版，壬申一九九二年二月台灣四版，第一一二至一一三頁。
㉙引錄自以上《六祖壇經》，第六頁，注二。
㉚引錄自以上《六祖壇經》，第二一頁，注一。
㉛引錄自以上《六祖壇經》，第二一至二二頁，譯文及論議部份。
㉜引錄自以上《六祖壇經》，第三〇頁，譯文部份。
㉝引錄自以上《六祖壇經》，第六頁，注一，及第五三頁，注四。
㉞有關己卯冬夜為康熙十三年冬季十一月二十日己卯日夜間，係根據以上《近世中西史日對照表》，第三一八頁。
㉟引述自以上《臺灣外記》，第二七〇至二八五，及二八九至二九〇頁。

第四章 製燈謎賈政悲讖語故事的真相

第一節　賈妃娘娘發起猜燈謎活動故事的真相

◈原文：

忽然人報：娘娘差人送出一個燈謎兒，命你們大家去猜，猜着了，每人也作一個進去(1)。四人聽說，忙出去，至賈母上房(2)。只見一個小太監，拿了一盞四角平頭白紗燈，專為燈謎而製，上面已有一個，眾人都爭看亂猜。小太監又下諭道：「眾小姐猜着了，不要說出來，每人只暗暗的寫在紙上，一齊封進宮去，娘娘自驗是否。」寶釵等聽了，近前一看，是一首七言絕句，並無甚新奇，口中少不得稱讚，只說難猜，故意尋思，其實一見就猜着了(3)。寶玉、黛玉、湘雲、探春(4)四個人，也都解了，各自暗暗的寫了半日。一併將賈環、賈蘭等傳來，一齊各揣機心(5)，都猜了寫在紙上，然後各人拈一物，作成一謎，恭楷寫了，掛在燈上。

太監拿了去，至晚出來傳諭：「前娘娘所製俱已猜着，惟二小姐與三爺猜的不是(6)。小姐們作的，也都猜了，不知是否？」說着，也將寫的拿出來，也有猜着的，也有猜不着的，都胡乱說猜着了。太監又將頒賜之物，送與猜着之人，每人一個宮製詩筒(7)，一柄茶筅(8)。獨迎春、賈環二人未得。迎春自為玩笑小事，並不介意(9)，賈環便覺得沒趣。且又聽太監說：「三爺說的這個不通，娘娘也沒猜，叫我帶回問三爺是個什麼？」眾人聽了，都來看他作的什麼，寫道是：

> 大哥有角只八個，二哥有角只兩根。
> 大哥只在床上坐，二哥愛在房上蹲。(10)

眾人看了，大發一笑，賈環只得告訴太監說：「一個枕頭，一個獸頭。(11)」太監記了，領茶而去。

◈脂批、注釋、解密：

(1)娘娘差人送出一個燈謎兒，命你們大家去猜，猜着了，每人也作一個進去：從這一段起是描寫本回下半回「製燈謎賈政悲讖語」的故事。讖，楚蔭切，音讀如趁，驗也，兆也。讖語，詭為隱語，預決未來吉凶之兆的詞語，也就是含有隱語的暗示未來吉凶的預言。這下半回標題「製燈謎賈政悲讖語」，是標示下半回故事的主題是賈母舉辦猜燈謎活動，賈家眾兒女製作燈謎，賈政猜燈謎，感覺這些燈謎都是預示賈家眾兒女悲慘命運的讖語，因而感到很悲傷。而賈母舉辦猜燈謎活動，是仿傚賈妃娘娘而發起的，所以這一節先描寫賈妃娘娘發起猜燈謎活動的故事，後面再描寫賈母仿傚賈妃娘娘發起猜燈謎活動的故事。

就內層真事來說，這下半回的故事，是作者對於吳三桂遭撤藩而起兵反清的事件及後續結果，另磨新墨，轉換一種元宵節猜燈謎的新筆墨來重新描寫。而吳三桂反清的事件大致分為兩個階段，即起初號召各方共同反清的階段，以及後來轉變為自稱周王以至於自建大周王朝稱帝的階段。作者便將起初階段以賈妃娘娘發起猜燈謎活動的故事來加以寓寫，而將後面階段以賈母發起猜燈謎活動，賈政參加猜燈謎的故事來加以寓寫。這裡娘娘即賈政長女賈元春，第十六回上半回「賈元春才選鳳藻宮」，描寫賈元春「晉封為鳳藻宮尚書，加封賢德妃」，成為皇宮中的貴妃娘娘。而筆者在前面已指出貴妃娘娘身分的賈元春所影射的真實身分之一為留質在北京的吳三桂長子吳應熊。這裡的貴妃娘娘賈元春則略為轉變方向，影射吳應熊尚在世時（康熙十三年四月前）的吳三桂初期反清政權。這裡描寫娘娘差人送出一個燈謎兒，是寓寫貴妃娘娘影射的吳三桂雲南藩王政權，遭到撤藩時，向各方發出想要反清的文書（如討清檄文或派使者送信等），作者將這個反清的文書寓寫成一個燈謎，謎底是「反清」，而各方勢力進行猜燈謎，猜對謎底「反清」的，就寓示是贊成吳三桂的反清運動，各人又作一個燈謎進去讓娘娘猜，則是寓寫各方勢力又回應吳三桂表示了他們的意見，若娘娘猜着了，則是寓示吳三桂和這個勢力之間兩方面意氣相契合，可以共同聯合反清。

(2) 四人聽說，忙出去，至賈母上房：四人，指上半回聚在一起爭辯的寶玉、寶釵、黛玉、湘雲等四人。這是描寫以上四人聽說賈妃娘娘派人送出燈謎，命大家猜謎的事，都趕忙出去，來到賈母上房，準備參加猜謎活動。在內層上，這三句是重新回頭寓寫寶玉、寶釵、黛玉、湘雲等四人，所影射的吳三桂核心親信部將群、方光琛等吳方謀士、鄭經等復明勢力、靖南王耿精忠等四方勢力（這是順著上半回這四人爭吵的文勢而這樣寫，轉到這裡下半回，這四人所影射的真實人物對象，配合下半回的情節改變會有所轉變），聽說貴妃娘娘賈元春影射的吳三桂雲南藩王政權向各方發出如燈謎般的反清文書，都趕忙把注意力投注出去，集中關注到賈母吳三桂藩王府閣房的舉動上來，準備回應吳三桂所發出的文書。

(3) 寶釵等聽了，近前一看，是一首七言絕句，並無甚新奇，口中少不得稱讚，只說難猜，故意尋思，其實一見就猜着了：這是描寫賈妃娘娘所送出的燈謎，謎題是以一首每句七個字總共四句的七言絕句詩寫成的。這裡作者故意不寫出這一首七言絕句詩的謎題內容，後面也不寫出謎底，一方面是作者故弄玄虛，一方面是吳三桂反清的事太敏感、太危險了，謎底固然絕對不能寫出，即使是寫出謎題內容，萬一被滿清官方破解出是寓寫吳三桂號召反清的事，作者就會罹犯文字獄，整個家族都會被誅殺，所以只得不寫出，也因為如此，我們後世的讀者想要破解出其中的真相，推敲起來也特別艱難。

在內層上，這幾句原文是寓寫寶釵、黛玉等所影射的各方勢力，聽了吳三桂送出有關撤藩對策的文書，走近前一看，是一首七言四句的絕句詩，感覺這個訊息和吳三桂平日所表露的想法差不多，並沒什麼新奇的地方，但是口中少不得稱讚吳三桂的作為一番，只說吳三桂的心思難猜，故意尋思不表態，其實一見就猜着了吳三桂的心思是想要起兵反清，但是要仔細衡量確認吳三桂決心反清，才順著吳三桂的心意加以附和。這種情況正符合前面筆者所引証方光琛在吳三桂兩次造訪問計時，都不表態主張反清，直到吳三桂第三次造訪，表露出反清心意時，方光琛才隨順吳三桂的心意表態贊同反清，並滔滔陳述其反清策略的歷史事實。

(4) 寶玉、黛玉、湘雲、探春：在內層上，探春是影射台灣的鄭經延平王朝勢力。上半回故事中的黛玉先是影射整體復明勢力，後來與湘雲爭吵的黛玉則轉而專門影射復明勢力中的台灣鄭經勢力，如今到下半回這裡則配合表面故事必須寫出賈府四春姊妹，連帶必須寫出三小姐的探春，而探春是影射台灣的鄭經延平王朝勢力，所以這裡的黛玉便又恢復為影射整體復明勢力了（尤其是圍繞在吳三桂身邊者），這樣才不會和探春影射的對象互相重複。由此可見《紅樓夢》中各個角色所影射的真實人物對象，常會隨著外表故事情節的變化而有所轉變，這是《紅樓夢》故事最為撲朔迷離的一層煙幕，也是破解《紅樓夢》故事背後歷史真相最難突破的障礙。

〔庚辰本雙行批〕等評注說：「此處透出探春，正是草蛇灰線，後文方不突然。」這是提示這裡特別透出探春這個角色所影射的台灣鄭經延平王朝勢力，正是一種草蛇灰線的伏筆，這樣後面文章描寫探春參加賈母所發起的猜燈謎活動，並作有一個謎底是風箏的燈謎，這些情節方才不致於使得讀者感覺很突然。

(5) 一併將賈環、賈蘭等傳來，一齊各揣機心：在內層上，賈環影射環繞吳三桂外圍的勢力。賈蘭，這裡是暗通諧音「賈南」、「賈攔」，影射在吳三桂大本營雲南等內圈地區，攔阻、防撤藩對策的意見。

〔庚辰本雙行批〕等評注說：「寫出猜謎人形景。看他偏於兩次禪機後，寫此機心機事，足見用意至深至遠。」兩次禪機，是指前面寶玉細思〈寄生草〉曲文中「赤條條來去無牽掛」這句蘊含禪理的話，而悟禪機，作出「無可云證，是立足境」那首偈子，並填了一支〈寄生草〉的事；以及隨後黛玉對寶玉提出質問，並以「無可云證，是立足境」兩句偈語予以反駁，寶釵並舉出禪宗《六祖壇經》的語錄，評論黛玉的偈語高出寶玉的偈語，於是寶玉自認其禪理知覺尚不及黛、釵，而放棄參禪的事。而這兩次禪機的故事，是寓寫寶玉吳三桂起兵反清後，想要參考古代帝王禪讓制度而稱帝建朝，經黛玉復明勢力的反對，而暫時放棄稱帝建朝的事跡。這則脂批是提示說：「這裡原文『一齊各揣機心』這句話，是寫出參加猜謎眾人一齊各自揣度機心，絞盡腦汁猜謎的形景。看作者他偏於前面寶玉悟禪機，遭到黛玉批駁又放棄參禪的兩次禪機故事，寓寫寶玉吳三桂想要禪位稱帝建朝，經黛玉復明勢力的反對，而暫時放棄稱帝建朝的事跡之後，接著描寫這個賈府眾人一齊各揣機心猜燈謎的機心機事，這樣的安排，充分可以看見作者有至深至遠的用意，也就是充分表示後面的猜燈謎故事所寓寫的歷史事跡，是接寫前面兩次禪機故事所寓寫的歷史事跡，前後兩個故事所寓寫的歷史事跡是有密切關聯的。」這一條脂批的提示非常有啟發性，極度重要，筆者就是根據這條脂批的提示，才領悟到這下半回猜燈謎的故事和前面的故事是相連貫的，是寓寫前面吳三桂起兵反清事件的後續情況的。

(6) 前娘娘所製俱已猜着，惟二小姐與三爺猜的不是：二小姐，指迎春，迎春為賈赦前妻所生的女兒，在賈家四春中排行老二，故稱為二小姐。三爺，指賈環，賈政生有三男，正妻王夫人生老大賈珠，娶妻生賈蘭後就病死了，老二就是賈寶玉，妾趙姨娘生了賈環，排行老三，故稱三爺。

在內層上，這裡迎春是影射平南王尚可喜或其子尚之信的廣東勢力。這兩句原文是寓寫前面賈妃娘娘吳三桂政權所製發如燈謎般的反清文書，黛玉、寶釵、湘雲等各方勢力俱都已猜着認同，並回應贊成了，惟獨二小姐迎春影射的廣東平南王（尚可喜或其子尚之信）的勢力，與三爺賈環影射的外環一些勢力，猜的不是，不認同響應。

〔庚辰本雙行批〕等評注說：「迎春、賈環也。交錯有法。」這是特別提示原文二小姐是指迎春，而三爺是指賈環；並評論原文這兩句寓寫有人（黛玉、寶釵、湘雲等）認同響應吳三桂反清，也有人（迎春、賈環）不認同響應，是一種交錯有法，忠於歷史事實的有條理筆法。

(7) 每人一個宮製詩筒：〔庚辰本雙行批〕等評注說：「詩筒，身邊所佩之物，以待偶成之句草錄暫收之，其歸至窗前不致有忘也。或茜牙成，或琢香屑，或以綾素為之不一。想來奇特事，從不知也。」這條脂批前面文字主要是注解詩筒的用途及材質，沒有什麼好再解釋的。最後兩句「想來奇特事，從不知也」，是評論說想來賈妃貴為娘娘却從來不知道皇宮中有奇特的事物，所以才會對賈家猜中謎底者只頒賜詩筒這種讀書人身邊所佩帶的極普通物品。這樣的評論主要是想要挑起讀者的懷疑心，懷疑皇宮中奇珍異寶甚多，賈妃貴為娘娘難道會從來不知有奇特事物，而對賈府這種皇親貴族的公子千金，竟只頒賜詩筒（及茶筅）這種很普通的物品做為猜謎的獎品，這顯然是不合理的，從而刺激讀者想到這種不合理的獎品詩筒（及茶筅）可能另有隱藏的特殊意義，而進一步去深思、探索。筆者以為，詩筒應是暗通諧音「師統」，暗指師旅軍隊的統帥。這裡賈妃娘娘對賈府猜中謎底的每個人，都頒賜一個宮中製造的詩筒做為獎品，是寓寫賈妃娘娘影射的吳三桂反清政權對認同響應他反清運動的各方勢力，都頒賜一個吳宮所製頒的「師旅統帥」的官銜作為獎品，好讓他們有權統率軍隊加入反清運動，如頒賜耿精忠「總統兵馬上將」，頒賜鄭經「招討大將軍總統使」等。

(8)

一柄茶筅：筅，音同銑或顯，又作箲，一般叫做筅（箲）帚，是刷鍋子、茶壺等的刷子，古時是用竹篾或植物的根做成的，現在多改用化學纖維製作。茶筅，專用於刷洗茶壺等茶具之積垢的刷子。在內層上，茶筅是以刷洗茶壺積垢的意義，暗寓刷洗中國這個大茶壺被滿清侵佔統治的積垢的意義。這裡賈妃娘娘對賈府猜中謎底的每個人，都頒賜一柄茶筅做為獎品，以刷洗茶具的積垢，是寓寫賈妃娘娘影射的吳三桂反清政權對認同響應他反清運動的各方勢力，授予一個權柄，用以掃除滿清軍隊，刷洗中國這個大茶壺被滿清侵佔的積垢。

〔庚辰本雙行批〕等評注說：「破竹如帚，以淨茶具之積也。」這是注解茶筅的用途及材質，沒有什麼好再解釋的。

〔庚辰本雙行批〕等又評注說：「二物極微極雅。」這是評論詩筒和茶筅二物是極為微薄不貴重的物品，但是用途極雅致，因為是雅致的讀書品茶人所必需用的物品。這樣的評論主要也是想要挑起讀者懷疑賈妃貴為娘娘不應頒賜詩筒、茶筅這種極微薄賤價的物品，做為賈家貴族猜謎的獎品，以刺激讀者進一步探究詩筒、茶筅可能另有隱藏的深義。

(9) 迎春自為玩笑小事，並不介意：在內層上，這是寓寫迎春影射的廣東尚可喜或其子尚之信的平南王政權，未響應吳三桂反清運動，而未獲得吳三桂反清政權頒賜官位，但自認為這只是玩笑小事，內心並不介意。

〔庚辰本雙行批〕等評注說：「大家小姐。」這是評注迎春是大家小姐，所以未獲賈妃娘娘頒賜獎品並不介意。在內層上，這樣的評注是提示迎春所影射的真實人物是類似大家小姐似的王侯之流，筆者就是據此而推斷迎春是初期未響應吳三桂反清的王級人物平南王尚可喜或其子尚之信。

(10) 「大哥有角只八個，二哥有角只兩根。大哥只在床上坐，二哥愛在房上蹲。」：這四句純作猜燈謎的謎題，還可以說得通，若以這裡文章的體例，各人所作燈謎都是預示作燈謎者的狀況、命運的角度來看，則就表面故事來理解，實在是說不通。因為賈環的大哥就是早已亡故的賈珠，他如何有八個角呢？又賈環的二哥就是賈寶玉，他又如何有兩根角呢？

但在內層上就說得通，而且很妙。這裡賈環未猜中賈妃娘娘的燈謎，作燈謎回應娘娘，娘娘又不知其謎題的意義而猜不中，是寓寫賈環影射的外環勢力不認同響應賈妃娘娘所影射吳三桂政權的反清運動，並以這四句的燈謎回應表達了他不響應的意見，而娘娘吳三桂也不認同他的意見，兩者彼此不相投契。賈環這四句燈謎實是寓寫賈環影射的外環一些勢力，表達了他們不認同響應吳三桂政權反清運動的原因。大哥，指賈環大哥賈珠，寓指朱明王朝。

大哥有角只八個，寓指朱明王朝已亡，殘餘勢力只是散處八方。大哥只在床上坐，是寓寫這些朱明王朝餘勢好像只在床上坐著似的，只是坐而空談反清，却沒有起而行的實力。二哥，指賈環二哥賈寶玉，寓指吳三桂政權。二哥有角只兩根，寓指吳三桂政權只有雲南、貴州兩省的勢力，就好像野獸只有兩根角一樣，雖有蠻力，還是不管用。二哥愛在房上蹲，房上暗通諧音「皇上」，這句是寓寫吳三桂愛蹲踞在皇上的位置上，表露出想要稱皇帝建朝的心性行為，這樣會失去廣大漢人復明人士的支持。因為吳三桂反清政權陣營中所包括的兩大勢力集團，大哥朱明王朝復明勢力和二哥吳三桂勢力有這樣的嚴重缺點，所以環繞周圍的一些勢力不想參加吳三桂政權的反清運動。就歷史事實而論，吳三桂反清政權確實有這樣的重大缺點，所以內部團結始終不穩固，外環很多勢力只是觀望而不響應正是為這個原因，吳三桂反清聯盟終歸失敗也導因於這一基本因素。

〔庚辰本雙行批〕等評注說：「可發一笑，真環哥之謎。」這是評論這樣的燈謎文詞可令人看了發笑一番，但却真的是表達賈環影射的外環一些勢力之心思的謎題。

〔庚辰本雙行批〕等又評注說：「諸卿勿笑，難為了作者摹擬。」這是進一步提醒讀者看了這一個燈謎中「有角只八個」、「有角只兩根」等可笑的文字，不要只知道笑，其實真是難為了作者以這樣可笑的文字，把賈環所影射外環一些勢力的心思摹擬得很貼切。

(11) 一個枕頭，一個獸頭：一個枕頭，指「大哥有角只八個」、「大哥只在床上坐」這兩句的謎底是枕頭，舊時的枕頭為長方體，確實是有八個角，而且都是擺放在床上，所以這個大哥的謎題可以說作得很好，很好笑而却很貼切。獸頭，「古代建築塑在屋檐角上的兩角怪獸。明楊慎《升天外集》：『螭吻，好望，今屋上獸頭是也。』俗傳龍生九子，其一為螭吻。①」一個獸頭，指「二哥有角只兩根」、「二哥愛在房上蹲」這兩句的謎底是獸頭，而且是指蹲踞在房屋上的獸頭，而屋檐角上的獸頭螭龍有兩根角，所以這個二哥的謎題也是作得既好笑又貼切。

在內層上，大哥的謎底枕頭，是諷刺地位崇高如大哥般的朱明王朝，在當時只是讓各反清的勢力拿來當枕頭，以墊高其自身地位的工具，如吳三桂反清也以「推奉三太子，恭登大寶」來抬高地位作號召，然而真正的朱明王朝卻被架空了，就好像只被空放在床上的枕頭一樣。二哥的謎底獸頭，是諷刺反清陣營內地位第二的吳三桂政權，軍事勢力強大，好像野獸一樣很有蠻力，但只有雲南、貴州如兩根獸角的實力而已，而且性行蠻橫如野獸，不守臣節遵奉明朝，而想稱帝建朝，真是諷刺得很犀利。

〔庚辰本雙行批〕等評注說：「虧他好才情，怎麼想來。」這是讚嘆說：「虧得他作者有超好的才情，怎麼想像得來，而能夠把當時朱明王朝餘勢及吳三桂勢力的情況分別比喻為枕頭和獸頭。」

◈真相破譯：

忽然有人通報說：貴妃娘娘賈元春影射的吳三桂雲南藩王政權，派人向各方發出一個類似元宵燈謎的暗寓反清的文書，命使各方勢力去進行猜燈謎似的猜測他反清的意向，猜着了的，每人也作一個類似燈謎的回信進去給吳政權，表達認同響應，或者其他的意見。寶玉、寶釵、黛玉、湘雲等四人，所影射的吳三桂核心親信部將群、方光琛等吳方謀士、鄭經延平王朝等復明勢力、靖南王耿精忠等四方勢力（這是順著上半回這四人爭吵的文勢而這樣寫，轉到這裡下半回，這四人所影射的真實人物對象，配合下半回的情節改變會有所轉變），聽說了這個訊息，都趕忙把注意力投注出去，集中關注到賈母吳三桂藩王府閣房的舉動上來。只見一個類似傳旨小太監的使者，拿了類似一盞四角平頭白紗燈的一個昭告四方的物件，專為類似燈謎的暗寓反清的訊息而製作，上面已有一個如燈謎般的文書，眾人都爭著看而乱猜吳三桂的意向。類似小太監的傳信使者又傳下吳藩的意思說道：「你們眾方勢力猜着了，不要說出來，口說無憑，每人只要暗暗的寫在紙上，一齊封成書信，交給我送進吳宮去，讓娘娘吳三桂自己驗看你們是否認同響應。」寶釵等四方勢力聽了，走近前一看，是一首七言四句的絕句詩，感覺這個如燈謎般的文書和吳三桂平日所表露的想法差不多，並沒什麼新奇的地方，但是口中少不得稱讚吳三桂的作為一番，只說吳三桂的心思難猜，故意尋思質疑，其實一見就猜着了吳三桂的心思是想要起兵反清。寶玉影射的吳三桂核心親信部將群、黛玉影射的吳藩較親近的復明勢力、湘雲影射的福建耿精忠勢力、探春影射的台灣鄭經延平王朝勢力等四方勢力，也都解通了吳藩的心思，各自暗暗的考慮他們的應對立場而寫了半日。吳藩政權招攬的範圍很廣大，一併將賈環影射的環繞周圍的外環勢力，及賈蘭（暗通諧音「賈南」、「賈攔」）影射的在內圈雲南等地區攔阻、防範他反清但有交情的勢力都傳喚來，也和以上勢力一齊各自揣度機心出計謀，提供有關撤藩對策的意見，各方勢力都猜度了吳藩的意向，並寫在紙上，然後各人拈選一件物品作謎底，作成一個燈謎，恭敬的用正楷寫了，掛在使者類似白紗燈的傳達文書器具上。

猶如傳旨太監的使者拿了去，到稍晚時間之後出來傳達吳三桂的意思說：「前面賈妃娘娘吳三桂政權所製發如燈謎般的文書，寶玉、寶釵、黛玉、湘雲、探春等各方勢力俱都已猜着認同響應反清了，惟獨二小姐迎春影射的廣東平南王（尚可喜或其子尚之信）的勢力，與三爺賈環影射的外環一些勢力，猜的不是，不認同響應。前述各方勢力所作的回應意見，賈妃娘娘吳三桂也都猜度了，不知是否猜度對了？」說著，也就把娘娘吳三桂所寫的回書拿出來，也有猜度得對的，也有猜度不到真意的，但這些勢力鑒於反清的大目標相同，而不計較其他的小異見，都胡乱說吳藩猜對認同了他們的意見。於是猶如太監的使者又將賈妃娘娘吳三桂反清政權頒賜之物，送給這些認同響應反清運動的各勢力，每一個勢力都頒賜吳宮所製頒的「師旅統帥」（原文詩筒暗通諧音「師統」）的官銜作為獎品（如頒賜耿精忠「總統兵馬上將」，頒賜鄭經「招討大將軍總統使」等），並授予猶如一柄茶筅的掃除滿清軍隊，刷洗中國這個大茶壺被滿清侵佔之積垢的權柄。惟獨迎春影射的廣東（尚可喜或其子尚之信）的平南王政權，和賈環影射的外環一些勢力，因不認同響應反清運動，而未獲得頒賜。迎春影射的廣東平南王政權，因為是藩王世家，未獲得吳藩頒賜官位權柄，自認為這只是玩笑小事，內心並不介意。賈環影射的外環一些勢力，很在意官位權柄，便對吳藩的反清運動覺得很沒興趣。且又聽猶如太監的使者再去瞭解狀況，設法瞭解拉攏說：「三爺賈環影射的各外環勢力回書所說的這個不通，娘娘吳藩也沒猜，叫我帶回來問你們各外環勢力回書說的是表達個什麼意思？」普遍的大眾世人聽了，都來看賈環影射的外環勢力所作的回書是寫的什麼意見，看到寫說是：

大哥賈珠影射的朱明王朝已亡，只剩殘餘勢力散處在八方各角落；二哥賈寶玉影射的吳三桂政權只有雲南、貴州兩省的勢力，就好像野獸只有兩根角一樣，實力不足。

大哥賈珠影射的朱明王朝餘勢好像只在床上坐著似地空談反清，沒有起而行的實力；二哥賈寶玉影射的吳三桂政權愛蹲踞在皇上（原文房上暗通諧音「皇上」）的位置上，妄想稱皇帝建朝，會失去廣大復明漢人的支持。

大眾世人看了，大發譏笑一番，怪他們不肯同心協力反清，賈環影射的外環各勢力只得告訴猶如太監的使者，解釋說：「大哥朱明王朝目前的情況，像揭開謎底般說穿了就好像一個枕頭，只是讓各反清勢力拿來當作枕頭，以墊高其自身地位的工具（暗諷吳三桂反清只以復明作號召，而不實際復明）；而二哥吳三桂政權的情況，說穿了就好像一個屋檐角上兩根角的獸頭一樣，只有雲南、貴州兩省如兩根獸角的實力而已，那能抵抗得過擁有全天下的清朝。」猶如太監的使者記下他們的意見，領受他們的茶水招待而後離去，回去向吳三桂報告了。

第二節　賈母仿傚賈妃發起猜燈謎活動故事的真相

◎原文：

賈母見元春這般有興，自己越發喜樂，便命速作一架小巧精緻圍屏燈來，設於當屋。命他姊妹各自暗暗的作了，寫出來粘於屏上，然後預備下香茶細果以及各色玩物，為猜着之賀(1)。

賈政朝罷，見賈母高興，況在節間，晚上也來承歡取樂(2)。設了酒果，備了玩物，上房懸了綵燈，請賈母賞燈取樂(3)。上面賈母、賈政、寶玉一席(4)，下面王夫人、寶釵、黛玉、湘雲又一席，迎、探、惜三個又一席(5)。地下婆娘、丫嬛站滿(6)。李宮裁、王熙鳳在裡間又一席(7)。賈政因不見賈蘭，便問：「怎麼不見蘭哥？(8)」地下婆娘忙進裡間問李氏，李氏起身笑着回道：「他說方才老爺並沒去叫他，他不肯來。」婆娘回覆了賈政。眾人都笑說：「天生的牛心古怪。(9)」賈政忙遣賈環與兩個婆娘將賈蘭喚來(10)。賈母命他在身旁坐了，抓果品與他吃。大家說笑取樂。

往常間，只有寶玉高談闊論，今日賈政在這裡，便惟唯唯而已(11)。餘者湘雲雖係閨閣弱女，却素喜談論，今日賈政在席，也自緘口禁言(12)。黛玉本性懶與人共，原不肯多語(13)。寶釵原不妄言輕動，便此時亦是坦然自若(14)。故此一席雖是家常取樂，反見拘束不樂(15)。賈母亦知因賈政一人在此所致之故(16)，酒過三巡，便攆賈政去歇息。賈政亦知賈母之意，攆了自己去後，好讓他們姊妹兄弟取樂的。賈政忙陪笑道：「今日原聽見老太太這裡大設春燈雅謎，故也備了綵禮酒席，特來入會。何疼孫子孫女之心，便不略賜予兒子半點？(17)」賈母笑道：「你在這裡，他們都不敢說笑，沒的倒叫我悶。你要猜謎時，我便說一個你猜，猜不着是要罰的。」賈政忙笑道：「自然要罰，若猜着了，也是要領賞的。(18)」賈母道：「這個自然。」

◈脂批、注釋、解密：

(1)賈母見元春這般有興，……為猜着之賀：在內層上，這一小段是寓寫賈母吳三桂見到娘娘元春所影射的初期吳藩反清政權已經號召很多各方勢力參加反清運動，使得初期吳藩反清政權有興發蓬勃的氣象，自己越發喜樂，便下令出兵伐清，要迅速在其雲南、貴州大本營北方的當屋前頭之處，構築出一道小範圍而精銳緻密的圍屏防線，就好像製作出一架小巧精緻的圍屏燈來一樣。並命使他們賈家各姊妹所影射的吳藩各路軍隊，各自暗暗的興作開赴前線反清，共同構築起反清的防線（按最主要的是湖南的長江防線），就好像製作了燈謎，寫出來粘貼在當屋前頭的圍屏上一樣，然後預備下類似香茶細果以及各色玩物的各種加官進祿的獎品，以備封賞立有戰功者，就好像對猜中燈謎者發給賀禮一樣。

(2)賈政朝罷，見賈母高興，況在節間，晚上也來承歡取樂：賈政，為榮國府賈母的次子，字存周。在內層上，賈政字存周的「周」字，寓指吳三桂的周王政權或大周王朝政權，就像前面寶玉讀《莊子》、續《莊子》的故事，以莊子名周的「周」字，寓指吳三桂的周王政權或大周王朝政權一樣，故這裡的賈政是影射吳三桂的周王身分、周王政權或大周王朝政權。朝罷，寓指吳三桂把他的反清朝閣建立完了之後，即吳三桂於康熙十二年十一月二十一日起兵反清，至卜定推奉三太子恭登大寶、建元周的康熙十三年元旦期間，籌建反清政權朝閣完成之後。節間，即燈節期間，而這裡的燈節實際上並不是真正指元宵燈節，而是暗通諧音「登節」，隱寓「登基時節」的意思，這裡所說的節間、燈節期間，實際上是寓指康熙十三年元旦吳三桂要恭奉三太子登基皇帝寶位的期間。這幾句是寓寫在吳三桂起兵把他的反清朝閣建立好了之後，賈政影射的周王身分，見到吳三桂戰勝很高興，況且還在康熙十三年元旦預定恭奉三太子登基皇帝位的期間，稍晚也來加上賈母吳三桂身上，以順承吳三桂旗開大勝的歡心，尋取快樂。換個方式說，就是吳三桂起兵建立好反清朝閣之後，初期出兵旗開大勝，顯得非常高興，這時還在康熙十三年元旦預定恭奉三太子登皇帝位的期間，稍晚一點就趁機改變主意自立為周王（按時為同年元月在貴陽），以順承他伐清戰事勝利的歡心，尋取快樂。

(3)（賈政）設了酒果，備了玩物，上房懸了綵燈，請賈母賞燈取樂：在內層上，這幾句是寓寫吳三桂在貴陽自立為周王時，設了酒果宴席，準備了類似玩物的冠冕袍服等，並在朝房懸掛了綵燈慶祝，群臣請出賈母吳三桂來賞玩登基周王的熱鬧儀式，自我稱王取樂一番。

(4)上面賈母、賈政、寶玉一席：這裡以下所寫賈政所擺設賈家眾人宴席的文字，在內層上是寓寫吳三桂自稱周王，建立周王政權以後，吳三桂周王政權反清聯盟的軍事佈署、態勢。寶玉，這裡是影射吳三桂的核心親信部將群，如胡國柱、吳應期、夏國相、馬寶、王屏藩等。這一句是寓寫吳三桂周王政權反清聯盟在上面北方設有賈母影射的吳三桂、賈政影射的周王朝閣、寶玉影射的吳三桂核心親信部將群構成一個往上面北方進攻的上層統領集團。

(5)下面王夫人、寶釵、黛玉、湘雲又一席，迎、探、惜三個又一席：惜，指賈府四小姐惜春。在內層上，惜春在這裡似是影射廣西的孫延齡勢力，不過後面惜春燈謎所寓指的對象似是指吳三桂的愛妾陳圓圓。這兩句是寓寫下面王夫人影射的吳政權王公大臣、寶釵影射的方光琛等吳政權謀士、黛玉影射的復明勢力、湘雲影射的福建耿精忠勢力，又在下層及下面南方形成一個抗清集團；而迎春影射的廣東尚之信勢力、探春影射的台灣鄭經延平王勢力、惜春影射的廣西孫延齡勢力又在下面南方形成一個抗清集團。有關廣西將軍孫延齡的勢力，是在康熙十三年二月下旬就加入吳三桂反清陣營②。至於廣東平南王勢力，尚可喜始終拒絕響應吳三桂反清運動，但其長子尚之信卻於康熙十五年二月軟禁父親尚可喜，接管平南王的權力，而加入吳三桂反清陣營③。

(6) 地下婆娘、丫嬛站滿：這是寓寫吳三桂周王政權反清聯盟所控制的地盤下，站滿類似婆娘的將領和類似丫嬛的次級將兵。

(7) 李宮裁、王熙鳳在裡間又一席：李宮裁，即李紈，字宮裁，為賈政長子賈珠的遺霜，賈蘭的母親。王熙鳳，賈璉之妻，掌理賈政府內的家務。在內層上，李紈暗通諧音「禮完」，隱寓禮節、禮儀完備或完備禮節、禮儀的意思，在這裡是影射負責派遣使者備禮招致各方勢力加入反清運動的禮部等對外部門。王熙鳳，在這裡是影射負責掌理周政權內部事務的內政部門。這一句原文是寓寫李宮裁李紈影射的掌理對外備禮招致各方勢力加入反清運動的對外部門，和王熙鳳影射的掌理內部事務的內政部門，在周王政權內裡又形成一個集團。

〔庚辰本夾批〕評注說：「細致。」這是評注這句原文還寫到吳三桂周王政權裡面包括李宮裁、王熙鳳所影射的對外、對內部門，真是寫得很細致。

(8) 「賈政因不見賈蘭，便問：『怎麼不見蘭哥？』」：在內層上，這裡以下賈政召喚賈蘭的情節，是回頭暗寫吳三桂起兵初期肅清雲、貴大本營地區，收服該地區滿清軍政官員的情形。

賈蘭，暗通諧音「賈南」、「賈攔」，在這裡是影射派駐雲南、貴州地區而想攔阻吳三桂反清的滿清官員。這兩句是寓寫周王政權首領吳三桂因在他的周王政權內，看不見賈蘭影射的派駐雲南、貴州地區而想攔阻他反清的滿清官員響應加入，便問道：「怎麼不見賈蘭影射的派駐雲、貴而想攔阻他反清的滿清官員，主動加入反清陣營呢？」

〔庚辰本雙行批〕等評注說：「看他透出賈政極愛賈蘭。」這是評注從原文這兩句話，可以看到作者他是透露出賈政影射的周王政權首領吳三桂，極愛賈蘭影射的雲貴大本營滿清軍政官員加入他的周王政權。

(9)「眾人都笑說：『天生的牛心古怪。』」：牛心古怪，「脾氣固執，性格古怪。[4]」在內層上，這句是暗寫吳政權內的眾人都笑說：「賈蘭影射的雲、貴地區滿清軍政官員，天生的脾氣如牛一般的固執倔強，性格古古怪怪的。」這種現象其實並不難理解，蓋雲、貴地區滿清軍政官員既是清朝的臣子，當然是要效忠清朝，若是跟著吳三桂叛變，是會被清朝治罪殺頭的，所以當吳三桂招降的時候，當然特別固執倔強，不肯輕易投降。然而當吳三桂出兵後，其軍事勢力很快籠罩雲、貴地區，這些滿清軍政官員非常惶恐，心想降吳叛清將來可能會被清朝治罪殺頭，但眼下又在吳三桂強勢軍力臨逼之下，若不投降吳三桂，更可能立即遭受吳軍殺滅，所以內心在忠清與降吳之間猶豫惶惑不安，性格自然顯得古古怪怪，有人自殺以示忠清，有人見風轉舵立即投降吳三桂，有人扭扭捏捏，舉止失措，被迫投降。

(10)賈政忙遣賈環與兩個婆娘將賈蘭喚來：在內層上，這裡賈環的「環」字是指環攻包圍的意思，賈環則影射負責環攻包圍的勢力、人物。這句是寓寫說賈政影射的周王政權趕忙派遣賈環影射的負責環攻包圍的大員，與兩個婆娘般的次要將領，前去環攻包圍賈蘭影射的滿清軍政官員中不肯投降的人，招喚逼迫他們投歸周王政權反清陣營來。

(11)往常間，只有寶玉高談闊論，今日賈政在這裡，便惟唯唯而已：唯唯，恭敬答應，聽命順從。在內層上，這幾句是寓寫在往常吳三桂還沒有自稱周王的期間，只有寶玉影射的吳三桂核心親信部將群胡國柱、吳應期等，喜歡高談闊論吳政權不應遵奉明朝，而應自立建朝稱帝等，今日賈政影射的吳三桂周王政權已經成立在這裡了，雖未正式稱帝建朝，但也不便再說什麼，便只有唯唯的恭敬順從而已。

〔庚辰本雙行批〕等評注說：「寫寶玉如此。非世家曾經嚴父之訓者，斷寫不出此一句。」世家，漢代太史公司馬遷所著《史記》，以「本紀」、「世家」、「列傳」三種體式來記寫三種等級人物的傳記，「本紀」專寫帝王，「世家」專寫諸侯國王，「列傳」專寫臣民，以後歷代正史都因襲《史記》的先例，來記寫人物的傳記，成為一種傳統的固定體制；這裡脂批就是比照這種歷代正史的體制，以「世家」來點指明末清初時代的藩王級人物。這條脂批是評注說：「原文『便惟唯唯而已』這一句話，確實寫出寶玉影射的吳三桂核心親信部將群就是如此的情狀。他們若不是身在藩王世家，曾經吳藩王如嚴父般嚴格管訓的人，作者也斷然寫不出他們當時是『便惟唯唯而已』這一句的情狀。」換句話說，就是提示原文「便惟唯唯而已」這一句話，如實透露出寶玉影射的吳三桂核心親信部將群，是吳藩王如嚴父般嚴格管訓的一批人，向來就唯吳三桂之命是從，所以這時吳三桂只自稱周王，雖然不符合他們原先希望吳三桂稱帝建朝的主張，他們也只有唯唯的恭敬順從而已。

(12)湘雲雖係閨閣弱女，卻素喜談論，今日賈政在席，也自緘口禁言：在內層上，這幾句是寓寫湘雲影射的福建耿精忠勢力雖然是在各藩王朝閣中屬於比較弱的勢力，卻素來喜歡談論時局的應對大計，而自作主張（如遭撤藩時先是叛清，清朝停撤時又歸清等），今日吳三桂已自立在周王的席位，建立賈政影射的周王政權，他也就跟從響應吳三桂反清，雖然和他本身自立名號的立場不同，但也就自己閉口禁言，不多作批評。

〔庚辰本雙行批〕等評注說：「非世家經明訓者，斷不知此一句。寫湘雲如此。」這是評注說：「湘雲耿精忠若不是藩王世家經過父輩明訓的人物，斷然不知道謹遵『也自緘口禁言』這一句話，而不去對別人（吳三桂）稱王的事多作批評。原文『也自緘口禁言』這一句話，確實寫出湘雲影射的耿精忠當時就是如此的情況。」

(13)黛玉本性懶與人共，原不肯多語：在內層上，這兩句是寓寫黛玉影射的復明勢力本性一向堅持恢復朱明王朝，懶得與其他主張的人共事相容，原不肯對其他主張的人多話示親，所以這時見吳三桂竟由原本恢復明朝，改變為自稱周王，更是氣結，而與周王政權無話可說，態度冷淡。

〔庚辰本雙行批〕等評注說：「黛玉如此。與人多話則不肯，豈得與寶玉話更多哉。」這是評注說：「原文『原不肯多語』這一句話，確實寫出黛玉復明勢力就是如此的情況。黛玉復明勢力與其他主張的人多話示親都還不肯，對於吳三桂的周王政權，豈能比寶玉影射的吳三桂核心親信部將群話更多、更親暱。」

(14)寶釵原不妄言輕動，便此時亦是坦然自若：在內層上，這兩句是寓寫寶釵影射的吳政權首席謀士方光琛，原本就不自行妄言輕動，而是仔細揣摩吳三桂的心意加以附和，便是這時吳三桂自稱周王，並不符合他期望吳三桂稱帝建朝的想法，也是表現得坦然自若的樣子，不願多話稱讚或批評。。

〔庚辰本雙行批〕等評注說：「瞧他寫寶釵，真是又曾經嚴父慈母之明訓，又是世府千金，自己又天性從禮合節，前三人之長並歸於一身。前三人向有捏作之態，故惟寶釵一人作坦然自若，亦不見踰規踏矩也。」這是評注說：「看他作者以這兩句話來描寫寶釵影射的吳政權首席謀士方光琛，真是寫出他又曾經過上一輩嚴父慈母的明訓，又是在吳藩世家府第受珍惜如千金一般，自己又天性從禮合節，前面寶玉、黛玉、湘雲三人影射的三方勢力的長處並歸於他一身。前面三人影射的三方勢力向來有扭捏做作之態，所以只有寶釵影射的方光琛一人表現出坦然自若的神態，也不見踰踏規矩，越份逼迫、批評吳三桂的行事。」按方光琛為「原明禮部尚書方一藻之子」⑤，確實是曾經嚴父慈母明訓的人物，本身又飽讀經史，修為極高，為老謀深算的謀略人物，擅於揣摩主子的心意，故能成為吳三桂的首席謀士。

(15) 故此一席雖是家常取樂，反見拘束不樂：這是描寫賈政來參加賈母的猜燈謎活動，並擺設酒席宴請賈母及賈府眾人，原本雖是為了賈府家常取樂，但嚴父型的賈政一來，使得兒女輩的寶玉、黛玉、湘雲、寶釵等都恭敬嚴肅起來，而不苟言笑，所以反而顯得大家很拘束而不快樂。

在內層上，這兩句是寓寫吳三桂登上周王這個席位，建立周王政權，雖然自稱周王在層級上還算是屬於吳三桂自家平常取樂的範圍（按不像正式稱帝建朝那樣，宣示是天下的皇帝，會壓低天下所有其他勢力變成低一層的臣子），但是位階還是高出一層，而且不合寶、黛、湘、釵等各方勢力的期望，所以反而顯現得使各方勢力感到拘束而不快樂。按所以造成這樣的情況，是因為吳三桂自稱周王，位階高出其他勢力一層，且又都不符合寶、黛、湘、釵等各方勢力的期望，寶玉影射的吳三桂核心親信部將群，和寶釵影射的首席謀士方光琛所期望的是吳三桂直接登基稱皇帝，黛玉影射的復明勢力所期望的是吳三桂維持剛起兵時宣告恢復明朝的初衷，而湘雲影射的耿精忠期望的是與吳三桂平起平坐，吳三桂稱王無形中就把他壓低了，因此吳三桂自稱周王之舉，反而使得這四方面的勢力都感覺受到其周王位階的拘束而不快樂，因而反應冷漠，尤其是使得黛玉復明勢力此後對吳三桂周王政權產生冷漠疏離，影響重大。

〔庚辰本雙行批〕等評注說：「非世家公子，斷寫不及此。想近時之家，縱其兒女哭笑索飲，長者反以為樂，其無禮不法何如是耶？」這是評注說：「若非寶、黛、湘、釵等人是諸侯、藩王世家公子等級的人物，作者也斷然寫不到嚴父型的賈政在場，這些兒女輩的人會恭敬得感到拘束不快樂這樣的情況。聯想到近時的家庭，放縱其兒女哭哭笑笑，索取酒飲無度，做長者的父母等反而以為是樂事，其無禮不法的狀況如何達到這樣的地步啊？」這樣的批注，主要是要提醒讀者寶、黛、湘、釵等人是諸侯、藩王世家公子等級的人物，而不是一般小富貴人家的兒女，從而悟出故事背後的歷史真相。

(16)賈母亦知因賈政一人在此所致之故：在內層上，這一句是寓寫賈母吳三桂自己也知道寶、黛、湘、釵等各方勢力都感到受拘束不快樂，是因為他自稱周王，使賈政影射的周王政權存在這裡所招致的緣故。

（庚辰本雙行批）等評注說：「這一句又明補出賈母亦是世家明訓之千金也，不然斷想不及此。」這主要是提示這裡的賈母所影射的對象也是諸侯、藩王世家明訓的千金之軀，以啟發讀者往諸侯、藩王世家的人物、事跡去聯想，發現真相。

(17)「賈政忙陪笑道：『今日原聽見老太太這裡大設春燈雅謎，故也備了綵禮酒席，特來入會。何疼孫子孫女之心，便不略賜予兒子半點？』」：賈政這樣抱怨賈母，是因為宴席酒過三巡後，賈母便攆賈政去歇息，好讓寶、黛、湘、釵等姊妹兄弟自在取樂的緣故。在內層上，春燈，暗通諧音「春登」，寓指「春節登基」建國的意思，亦即指吳三桂起兵時散發的討清檄文所宣告「卜取甲寅年（康熙十三年）正月元旦寅刻，推奉三太子，郊天祭地，恭登大寶，建元周⑥」的這件春節登基建國的大典。雅謎，因為這件春節登基建國的大典，吳三桂要恭奉三太子登基皇帝大寶位，恢復朱明王朝，在漢族世人的眼光中，是一件高雅的事，然而當時吳三桂身邊並沒有明崇禎皇帝的三太子這個人，吳三桂究竟要如何恭奉三太子登基皇帝位，真是讓世人如燈謎般的難以猜測理解，有如很有高雅趣味的燈謎，所以作者將這件事比喻為雅謎。特來入會，指賈政特來入會，寓指賈政影射的周王身分特別趁這個恭奉三太子登基皇帝位的盛會，來加入在吳三桂身上，換句話說，就是吳三桂特別趁這個原先預定要恭奉三太子登基皇帝位的盛會，加上周王的稱號，舉行自稱周王的大典，而代替掉恭奉三太子登基皇帝位的事了。

這裡的文字情節是作者將周王身分或周王政權擬人化為一個人的賈政，來和賈母吳三桂對話，以寓寫賈母吳三桂發現他自稱周王，建立周王政權（即賈政來到賈母這裡）之後，造成寶、黛、湘、釵等各方勢力感覺受到其周王位階的拘束而不高興，尤其是黛玉復明勢力的冷漠疏離，於是便設法將周王或周王政權的高地位色彩儘量淡化抹去，好像一個人少管事多休息（攆賈政去歇息）一樣，好讓寶、黛、湘、釵等各方勢力都很樂意參與反清運動。這麼一來周王政權被冷落在一邊休息，就好像一個有情緒的人（賈政）似的，周王政權（包括內部的官員）感到很委屈，而向賈母吳三桂抱怨說：「今日原是聽見老太太吳三桂這裡，大動作出兵伐清大勝，並預設在春節時恭奉三太子登位（春燈暗通諧音『春登』），製作讓世人感覺極高雅，但卻如燈謎般（雅謎）難以猜測理解的恢復朱明王朝的大典。故也備辦了典禮的綵禮酒席，特別趁這個恭奉三太子登基皇帝位的盛會，將周王的稱號加入到你吳三桂的身上，這樣隆重地建立了周王政權。為何你賈母吳三桂疼愛猶如孫子孫女的寶、黛、湘、釵等各方勢力的心，就不能略微賜給你隆重創生如兒子的周王政權半點呢？」作者藉著這樣的奇異筆法，來暗寫吳三桂自稱周王後，在拉攏各方勢力樂於參與反清運動，和設法降低周王政權的高位色彩、安撫政權內部官員低調行事的兩者之間，左右為難的窘況，筆法實在太神奇高妙了。至於在歷史事實上，對於吳三桂自稱周王後，刻意壓低周王政權的高位色彩，以爭取各方勢力樂意參加其反清運動的事，史書雖然沒有很具體的記載，但是從吳三桂自稱周王後，一直不敢冒然正式登基稱皇帝，直到四年多以後的康熙十七年三月（而至八月他就病亡），才正式登基稱帝，建立大周王朝，且他對鄭經遵奉明朝，耿精忠自立名號等，都不加干涉等等事實來看，都足以看出吳三桂確實曾經刻意壓低其周王政權的高位色彩，低調行事，以免刺激各方勢力的不快。

〔庚辰本雙行批〕等評注說：「賈政如此，余亦泪下。」余，即批書人，而一如前面筆者所一再指出的，批書人常會化身為書中主角寶玉或正在敘述的角色所影射的真實人物，而代為發言，在這裡是代替正在敘述的角色賈母所影射的吳三桂來發言。這一條脂批是評注說賈政影射的周王政權如此的委屈，得不到如母親般把它創生下來的賈母吳三桂的半點疼愛，必須極低調的運作，以避免讓各方勢力感到拘束不快樂，我賈母吳三桂也為周王政權這樣可憐的處境感傷得流下眼淚。

(18)

「賈政忙笑道：『自然要罰，若猜着了，也是要領賞的。』」：由此可見賈母雖然攆著賈政叫他去歇息，但是經賈政向她抱怨一番後，賈母還是准許賈政繼續留下來參加猜燈謎了。在內層上，這樣的情況是寓示賈母吳三桂雖然要求賈政影射的周王政權降低姿態，多休息少管事，但是賈政影射的周王政權抱怨一番後，還是被吳三桂保留下來，並沒有被撤銷。由此可想而知，後面描寫賈政繼續留在賈母這裡參加猜燈謎活動的故事，是寓寫吳三桂仍然保留周王稱號，維持著周王政權，繼續進行反清運動的後續發展情況。

這裡以下賈母、及眾人作燈謎、猜燈謎的文字情節，是作者以極其奇特的作燈謎、猜燈謎故事，來寓寫吳三桂周王政權反清聯盟繼續進行反清運動中，吳三桂、周王政權及幾個重要勢力或人物的命運結局。這裡所謂的燈謎，是暗通諧音「登謎」，寓指「登基之謎」，即吳三桂登基周王之位，建立周王政權的命運結局之謎。而各人所作的燈謎，及謎底，都是寓示作燈謎者所影射的各個勢力本身的命運結局。總共有九個燈謎，除了賈政本身的燈謎之外，其他八個燈謎都是由賈政觀看謎題，並說出謎底，這樣的安排是表示這八個燈謎之製作者所代表的八個勢力或人物，都是屬於賈政影射的周王政權反清聯盟的成員，所以他們如燈謎般難以猜測的命運結局都取決於賈政周王政權反清聯盟整體的成敗，因而由賈政周王政權反清聯盟來觀察、揭曉那些預兆他們命運結局的謎題和謎底。換句話說，是作者借由賈政觀看並說出這八人的謎題和謎底的方式，來揭露、敘述周王政權反清聯盟相關的八個勢力或人物的命運結局。另外，這些燈謎都是隱含作燈謎者本身命運結局之預兆的詞語，也就是讖語，而所有燈謎都預兆作燈謎者的命運結局是悲慘的，賈政看了感到很悲傷，所以這下半回製燈謎猜燈謎的故事，在前面回目上標題為「製燈謎賈政悲讖語」。

◈真相破譯：

賈母吳三桂見到娘娘元春影射的初期吳藩反清政權已經號召很多各方勢力參加反清運動，使得初期吳藩反清政權有興發蓬勃的氣象，自己越發喜樂，便下令出兵伐清，要迅速在其雲南、貴州大本營北方的當屋前頭之處，構築出一道小範圍而精銳緻密的圍屏防線，就好像製作出一架小巧精緻的圍屏燈來一樣。並命使他們賈家各姊妹所影射的吳藩各路軍隊，各自暗暗的興作開赴前線反清，貼近前頭如圍屏的防線上（按最主要的是湖南的長江防線），就好像製作了燈謎，寫出來粘貼在當屋前頭的圍屏上一樣，然後預備下類似香茶細果以及各色玩物的各種加官進祿的獎品，以備封賞立有戰功者，就好像對猜中燈謎者發給賀禮一樣。

在吳三桂起兵把他的反清朝閣建立好了之後（賈政朝罷），賈政影射的周王身分，見到吳三桂戰勝很高興，況且還在康熙十三年元旦預定恭奉三太子登基皇帝位的喜氣期間，只稍晚一點也趁機來加上賈母吳三桂身上（按意即吳三桂改變主意自立為周王，時為同年元月在貴陽），以順承吳三桂旗開大勝的歡心，尋取快樂。這時籌備登位周王典禮的閣臣們設了酒果宴席，準備了類似玩物的冠冕袍服等，並在朝房懸掛了綵燈慶祝，請出賈母吳三桂來賞玩登基（賞燈暗通諧音「賞登」）周王的熱鬧儀式，自我稱王取樂一番。隨後吳三桂周王政權反清聯盟便展開軍事佈署，在上面北方有賈母影射的吳三桂、賈政影射的周王朝閣、寶玉影射的吳三桂核心親信部將群（如胡國柱、吳應期、王屏藩等）構成一個往上面北方進攻的上層統領集團；下面王夫人影射的吳政權王公大臣、寶釵影射的方光琛等吳政權謀士、黛玉影射的復明勢力、湘雲影射的福建耿精忠勢力，又在下層及下面南方地區形成一個抗清集團；而迎春影射的廣東尚之信勢力、探春影射的台灣鄭經延平王勢力、惜春影射的廣西孫延齡勢力又在下面南方地區形成一個抗清集團。周王政權反清聯盟所控制的地盤下，站滿類似婆娘的將領和類似丫嬛的次級將兵。李宮裁（即李紈）影射的掌理對外備禮招致各方勢力加入反清運動的對外部門，和王熙鳳影射的掌理內部事務的內政部門，在周王政權內裡又形成一個集團。賈政影射的周王政權首領吳三桂因在他的周王政權內，看不見賈蘭（暗通諧音「賈南」、「賈攔」）影射的派駐雲南、貴州地區而想攔阻他反清的滿清官員前來加入，便問道：「怎麼不見賈蘭影射的派駐雲、貴來攔阻他反清的滿清官員，主動加入反清陣營呢？」底下猶如婆娘的將領趕忙進去裡面問李紈影射的掌理備禮招徠各方勢力的對外部門，該對外部門起身笑着回答說：「他們說方才老爺賈政吳三桂並沒去叫他們，他們不肯來。」猶如婆娘的將領回覆了賈政影射的周王政權首領吳三桂。吳政權內的眾人聽了都笑說：「賈蘭影射的派駐雲南、貴州地區來攔阻吳藩反清的滿清軍政官員，天生的脾氣如牛一般的固執倔強，性格古古怪怪的，不知順應時勢降吳反清。」賈政影射的周王政權趕忙派遣賈環影射的負責環攻包圍的大員，與兩個婆娘般的次要將領，前去環攻包圍賈蘭影射的滿清軍政官員中不肯投降的人，招喚逼迫他們投歸周王政權反清陣營來。賈母吳三桂命他們呆在他身旁周王政權內，抓一些類似果品的官職俸祿賜給他們。大家在同一陣營反清，獲取勝利說笑取樂。

在往常吳三桂還沒有自稱周王的期間，只有寶玉影射的吳三桂核心親信部將群（如胡國柱、吳應期等），喜歡高談闊論吳政權不應遵奉明朝，而應自立建朝稱帝等，今日賈政影射的吳三桂自稱周王、周王政權已經成為事實存在這裡了，雖未正式稱帝建朝，但也不便再說什麼，便只有唯唯的恭敬順從而已。至於其餘的方面，湘雲影射的福建耿精忠勢力雖然是在各藩王朝閣中屬於比較弱的勢力，却素來喜歡談論時局的應對大計，而自作主張（如遭撤藩時先是叛清，清廷停撤時又歸清等），今日吳三桂已自立在賈政影射的周王席位上，他也就跟從響應反清，雖然和他本身自立名號的立場不同，但也就自己閉口禁言，不多作批評。黛玉影射的復明勢力本性一向堅持恢復朱明王朝，懶得與其他主張的人共事相容，原不肯對其他主張的人多話示親，所以這時見吳三桂竟由原本恢復明朝，改變為自立周王，更是氣結，不肯再多話示親，態度冷淡。寶釵影射的吳政權首席謀士方光琛，原本就不自行妄言輕動（而是仔細揣摩吳三桂的心意加以附和），便是這時吳三桂自稱周王，並不符合他期望吳稱帝建朝的想法，也是表現得坦然自若的樣子，不願多話稱讚或批評。故而吳三桂登上周王這個席位，建立周王政權，雖然稱王在層級上還算是屬於吳三桂自家抬高身分的平常取樂範圍內（按不像正式稱帝建朝那樣，宣示是天下的皇帝，會壓低天下所有其他勢力變成低一層的臣子），但是位階還是高出一層，而且不合寶、黛、湘、釵等各方勢力的期望，所以反而顯現得使各方勢力感覺受到其周王位階的拘束，而感到不快樂。賈母吳三桂自己也知道他們都感到受拘束不快樂，是因為他自稱周王，使賈政影射的周王政權高位階存在這裡所招致的緣故。因此在登上周王，建立周王政權過了一段好似酒過三巡的短時間喜慶之後，吳三桂便設法降低周王政權的姿態，將周王的高地位色彩儘量淡化抹去（攆賈政去歇息）。周王政權也知道賈母這樣做的意思，是要將周王政權自身的高地位淡化抹去，好讓寶、黛、湘、釵他們如姊妹兄弟般的各方勢力都很樂意參加反清運動。但是周王政權（包括內部的官員）被冷落在一邊休息，感到很委屈，便趕忙陪笑著向賈母吳三桂抱怨說：「今日原是聽見老太太賈母影射的吳三桂這裡，大動作出兵伐清大勝，並預設在春節時恭奉三太子登位（春燈暗通諧音『春登』，時在康熙十三甲寅年正月元旦），製作讓世人感覺極高雅但不解如謎（雅謎）的恢復朱明王朝的大典。故也備辦了典禮的綵禮酒席，特別趁這個恭奉三太子登基皇帝位的盛會，將周王的稱號加入到你吳三桂的身上（特來入會），這樣隆重地建立了周王政權（按結果恭奉三太子登基的事反而被取消了）。為何你賈母吳三桂疼愛寶、黛、湘、釵等各方勢力猶如孫子孫女的心，便不能略微賜給你隆重創生如兒子的周王政權半點呢？」賈母吳三桂笑說：「你賈政代表的周王高地位加在我身上這裡（意即我吳三桂若老是擺出周王的高地位），他們各方勢力都猶如不敢輕鬆說笑似地，不放心樂意在我反清陣營中共同奮戰反清，沒的任由你留在這裡造成這種狀況，倒叫我吳三桂孤軍奮鬥發悶。你賈政周王政權若一定要留在這裡，猜測我登基周王的前途之謎（猜謎）時，我便說一個給你猜，猜不中是要罰的。」賈政周王政權忙笑說：「我猜不中自然要罰，我若是猜中了，也是要領獎賞的。」賈母吳三桂說：「這個自然。」

第三節　賈母、賈政燈謎故事的真相

◈原文：

（賈母）說着，便念道：

猴子身輕站樹稍(1)。——打一果名。

賈政已知是荔枝(2)，便故意乱猜別的，罰了許多東西；然後方猜着，也得了賈母的東西。然後也念了一個與賈母猜，念道：

身自端方，体自堅硬。

雖不能言，有言必應。(3)——打一用物。

說畢，便悄悄的說與寶玉。寶玉意會，又悄悄的告訴了賈母。賈母想了想(4)，果然不差，便說：「是硯台。(5)」賈政笑道：「到底是老太太，一猜就是。」回頭說：「快把賀彩送來。」地下婦女答應一聲，大盤小盤一齊捧上(6)。賈母逐件看去，都是燈節下所用所玩新巧之物，甚喜，遂命：「給你老爺斟酒。(7)」寶玉執壺，迎春送酒(8)。

◈脂批、注釋、解密：

(1)猴子身輕站樹稍：這裡以下所寫的九個燈謎，最基本的是合乎謎語的格式，即燈謎謎題詞句的意義，合理隱述或比喻了謎底的物品。除此之外，作者還期望隱含有內外兩層意義，其一是寓示作燈謎者的外表故事角色的命運（包括其人的特性、行事、遭遇、禍福、結局等）；其二更重要的是寓示作燈謎者所影射的內層歷史真實人物或勢力的命運。例如，這個燈謎的製作者是賈母，所以這個燈謎的謎題和謎底，便一方面寓示賈母在外表故事角色為賈家老祖母的命運，另一方面又寓示賈母所影射的內層歷史真實人物吳三桂的命運。不過要同時兼顧內外兩層寓意難度極高，在實在無法兼顧的情況下，作者只好選擇顧全寓示內層歷史真實人物的完整性，而放棄寓示外表故事角色的完整性。因而，用這些燈謎的謎題和謎底，來詮釋外表故事角色的命運結局，常會解釋不通。例如，這個賈母的燈謎「猴子身輕站樹稍」和謎底「荔枝」，並不能完全詮釋得通賈母外表角色賈家老祖母或賈家家族的命運結局，但卻能完全詮釋得通賈母內層真實人物吳三桂或其大周政權的命運結局。非常遺憾的是，很多紅學著作卻都是將這些燈謎專門用來詮釋外表小說各角色的命運結局，所以或者詮釋得不通暢，或者東拉西扯歪曲詮釋的情況很多。筆者在這裡是遵循原作者的原意，將重點放在破解出這些燈謎所寓示作燈謎者影射的內層歷史真實人物或勢力的命運、結局，再兼及解析其他兩方面的意義，使得這些燈謎能夠真正詮釋得合理而通暢，以矯正長期以來紅學界解讀偏差，積非成是的弊病，這是筆者寫作這本第四冊書的四大原因之四。

賈母所作的這個燈謎「猴子身輕站樹稍」，意思很淺白，就是一隻猴子因為身子輕，而站立在一棵樹頂端的末稍上。而謎底要「打一果名」，即要人打量、猜測某一種水果的名稱。「站樹稍」三字包含有「站立在樹枝末稍」的意思，簡化說有「立枝」的意思，而「立枝」諧音可通水果「荔枝」，所以賈政一下就猜中謎底是荔枝。就外表故事來說，這個燈謎表層上的寓意，是以樹比喻賈家，以猴子比喻賈母，整句是比喻賈母是賈家家族中輩份權力最頂尖的人物。但是這樣詮釋並不完全通，問題在於其中的「身輕」二字不能詮釋得通，因為在全書中並未見描寫賈母瘦小身輕，而其輩份權力又是賈家份量最重的人物，所以「身輕」二字與賈母狀況是相衝突的。

就內層上說，這一表層上的寓意，是以樹比喻吳三桂的大周政權反清聯盟，以猴子比喻賈母吳三桂，整句是隱喻賈母吳三桂不是朱明王朝宗室的後裔，身分輕微，卻自稱周王，後來更登基為大周皇帝，不自量力地站立在猶如一棵樹般的大周政權反清聯盟的最頂尖位置上。這樣詮釋，「身輕」二字完全適合吳三桂的狀況，全句就完全暢通了。又這時賈母吳三桂已自稱周王，還在自己略為提高地位的範圍內，尚不算不自量力，以輕微身分登上漢族反清聯盟的頂尖地位，所以這裡已是周王身分的賈母吳三桂，作了這個「猴子身輕站樹稍」的燈謎，就隱含吳三桂有登基稱皇帝，而以輕微身分登上漢族反清聯盟的頂端地位的意向。由此不難推知，這一小段賈母與賈政各作燈謎又互猜出謎底的故事，應是寓寫賈母吳三桂登基稱皇帝，建立大周王朝的事跡。另外這個燈謎還有更深層的寓意，就是以下脂批所批示的「樹倒猢猻散」的意義。

〔庚辰本雙行批〕等評注說：「所謂『樹倒猢猻散』是也。」猢猻，音同胡孫，俗稱猴類為猢猻。樹倒猢猻散，本意為樹倒了爬在樹上的猴群就跑散了，比喻有權勢者一旦失勢倒了，依附的眾人隨即就離散了。這句話出自宋朝有關秦檜黨羽的典故，「宋，龐元英《談藪》載：『曹詠侍郎以秦檜之姻黨而顯，方盛時，鄉里奔走承迎惟恐後，獨其妻兄厲德新不然。詠銜怒……檜殂，詠貶新州。德新遣介致書於詠。啟封，乃《樹倒猢猻散》賦一篇。』」又「明，徐謂《雌木蘭》第二出（齣）有句云：『花開蝶滿枝，樹倒猢猻散。』」⑦這一條脂批是提示說：「賈母所作燈謎『猴子身輕站樹稍』，是隱喻賈家會有所謂『樹倒猢猻散』的命運結局。」根據這樣的批示，顯然「猴子身輕站樹稍」這句話，除了站在樹稍的猴子之外，還隱含有很多其他猴子也藏在同一棵樹上的意思，所以這棵樹倒了才有眾多猴子隨著跑掉四散了。另外，下面寫出謎底是荔枝，紅學界大多認為荔枝暗通諧音「離枝」，指站在樹稍的猴子離枝摔死，比喻賈母死亡離世。由此，紅學界都根據這樣的批示，認為這個燈謎是以站在樹稍的猴子和樹兩者來比喻賈母，以藏在同一棵樹上的其他眾多猴子比喻賈家家族眾人，來比喻賈家輩份權力最高的賈母死亡，有如一棵大樹倒了，託庇在賈母大樹裡的賈家眾子孫，無所依託，隨著就敗落四散了。但是這樣的詮釋，就外表小說故事來說，並不符合小說的實際故事情節。因為書中描寫賈母死亡是在第一百十回，而在這之前賈家就因犯罪，而家產被抄，寧國府賈珍及榮國府大房賈赦，分別被革去寧國公、榮國公所傳下來的世職，並分別被流放至海疆、邊疆，榮國府二房賈政也被貶官（不久賈政不但免罪，且被賜予承襲賈赦被革去的榮國公世職）。賈母大孫女元春、二孫女迎春、外孫女黛玉等已死了，三孫女探春也已遠嫁海疆。賈家已敗落，很多重要成員已離散。在賈母死亡之後，雖然還有王熙鳳死亡，寶玉離家出走，惜春為尼等少部份成員繼續離散。但是在另一方面，賈家蒙恩獲得大赦，賈珍、賈赦被免罪調回，賈珍恢復了寧國三等世職，賈政升官，所抄家產全行賞還。探春從海疆風光回來，賈蘭（賈政長孫）中舉人當了朝官。賈家呈現出「沐皇恩延世澤」，「將來蘭桂齊芳，家道復初」的中興氣象。顯然可見將這個賈母的燈謎詮釋為寓指賈母如大樹傾倒般死亡之後，賈家眾子孫就如猴群般隨著敗落四散了，是一種錯誤的解讀。

但是用於詮釋賈母吳三桂反清聯盟的徹底敗落，就完全符合了。這裡脂批提示「賈母所作燈謎『猴子身輕站樹稍』，是隱喻賈家會有所謂『樹倒猢猻散』的命運結局」，實際上是提示賈母吳三桂所作燈謎「猴子身輕站樹稍」的意象，是隱喻賈母吳三桂身分輕微，卻登基為大周皇帝，猶如一隻身輕的猴子顫危危地站立在一棵樹頂端的末稍似的，站立在大周政權反清聯盟的最頂尖位置上，而這樣的意象又深一層隱喻賈母吳三桂身分輕微，卻居皇帝高位，號召力不足，很容易敗亡，所以最後結局是當吳三桂病亡離枝之後，整個大周政權反清聯盟就隨著分崩離析，各相關勢力或人物紛紛敗落散亡，就好像「樹倒猢猻散」一樣。這實在是把吳三桂及其大周政權反清聯盟的命運結局比喻得再貼切不過了。吳三桂正因為改變恢復明朝的初衷，而自稱周王，其後又自立為大周皇帝，身分輕微却居最高位，而引起漢人的反感，失去廣大漢人的支持，因而勢力無法再擴展，終至困守西南一隅，軍力財力不支，而逐漸被滿清壓縮擊潰，所以當吳三桂於康熙十七年八月病亡離世後，其大周王朝本身，及其他聯合抗清的台灣鄭經延平王朝等各方勢力，都跟著迅速敗落，以至於完全被滿清消滅散亡。

(2) 賈政已知是荔枝：在內層上，賈母燈謎的謎底荔枝，隱含有兩層意義，其一是荔枝通諧音「立枝」，具有謎題「站樹稍」所表示的「站立在樹頂端的枝頭末稍」的意思，而隱寓賈母吳三桂將登基為大周皇帝，站立在天下反清聯盟的最頂尖位置上。其二是荔枝又通諧音「離枝」，隱含有該猴子將跌落「離枝」的意義，而隱寓賈母吳三桂的最後結局是登基皇帝高位之後，將會死亡而離開世間及大周反清聯盟。至於原文「賈政已知是荔枝」這一句，則是寓寫賈政影射的周王政權閣臣已經知道賈母吳三桂的心意，是想要如荔枝通諧音「立枝」，所喻指的「站立在樹稍枝頭上」一般地，站立在皇帝的最頂端地位上，即想要登基為大周皇帝。

〔庚辰本雙行批〕等評注說：「的是賈母之謎。」這是評示說：「『荔枝』二字的確是寓示賈母吳三桂之命運的謎底。」因為「荔枝」通諧音「立枝」及「離枝」，確實很切合吳三桂登基稱大周皇帝，站立在皇帝的最高地位，不久就病亡離世的命運結局。

(3) 「身自端方，体自堅硬。雖不能言，有言必應。」：這是賈政作給賈母猜的燈謎，要猜一件使用的物品，這件物品身形本自端正的方形，体質本自堅硬，它雖然不能言語，但是有人以言語問它，它必定會回應。下面脂批中有提示「『必』字隱『筆』字」，就是提示「有言必應」通「有言筆應」，即這件物品是以筆寫文字來回應，這樣很容易就能猜出謎底是「硯台」了。因為硯台方正堅硬，不能言語，卻能磨出墨汁，讓人以筆沾墨汁寫出文字，來回應人們的言語。有些紅學家認為謎底硯台的「硯」字，通諧音「驗」字，所以謎題中的「有言必應」，還有「有言必應驗」的含意。賈政這個燈謎，一般紅學家都認為相當合乎外表故事賈政這個角色的特性。他們說賈政道貌岸然，一本正經，不嫖不賭，行為還算端正有德，合乎「身自端方」；賈政在維護貴族家庭傳統上，作風強硬，如對寶玉的叛逆行為，予以毒打嚴懲，合乎「体自堅硬」⑧；他雖然酷喜讀書，信奉「詩云子曰」，但賦詩題對的本領有限，滔滔說理也無能力，近似口「不能言」；而賈政對有損於封建大家庭長遠利益的事，倒比別人有預見，比如賈珍為秦可卿入殮，選用壞了事的忠義親王老千歲所定的檣木為棺，他認為此物非常人可享，曾加勸阻，又如大觀園正殿十分豪華，他認為太富麗了些，眾人贊之為「蓬萊仙境」，他搖頭不語，再如責寶玉的不正經行為將來必定連累祖上等事，也可算是「有言必應」的⑨。這樣的詮釋在前兩句「身自端方，体自堅硬」的部份，還可說大體上合乎賈政的性格特徵。但是後兩句「雖不能言，有言必應」的部份，就非常勉強。因為賈政「賦詩題對的本領有限，滔滔說理也無能力」，只不過是口才文才不太便給而已，拿來和硯台完全「不能言」的情況相比，實在是出入太大。又賈政對家庭長遠利益之事的預見，頂多只能說是偶而應驗，與「有言必應」所說必定應驗的意思，相差太遠了。所以這個賈政的謎題實際上有一半以上不符合外表故事賈政這個角色的特性。

這個燈謎如果用於詮釋內層上賈政影射的吳三桂周王政權，就能完全符合了。「身自端方，体自堅硬」，這兩句是寓示賈政影射的周王政權眾臣向吳三桂交心剖白說：「這個政權的眾臣本身自來是端正忠心的，而政權、軍力的体質自來是堅硬強壯的」。「雖不能言，有言必應」，這兩句有兩層涵義，其一是寓示政權朝閣的特性說：「政權朝閣雖然不能言語，但是有所進言，必定會以筆寫成文字來回應」，因為政權朝閣是一個機構，機構不會言語說話，只是以詔命文書傳達意旨在運作，即使是現在的政府機構也是如此，口說無憑不算數，只憑公文往返傳達意思在辦事運作。其二更重要是，其中的「有言必應」即「有言要求必定回應」的意思，又含有「有言必定應驗」的意義，因此不但回應，而且是「必定應驗」的有效回應，而不是虛應故事的回應，這是寓示賈政影射的周王政權眾臣向吳三桂表忠說：「我們眾臣雖然不能自作主張、言語發令，但是你主子吳三桂有言發令，我們必定聽命執行回應，而且必定應驗有效」，是「必定應驗」的有效率朝閣政權。

〔庚辰本雙行批〕等評注說：「好極，的是賈老之謎，包藏賈府祖宗自身。『必』字隱『筆』字。妙極，妙極！」賈府祖宗自身，書中常稱賈母為老祖宗，而這裡賈母影射吳三桂，故賈府祖宗自身，就是寓指賈母吳三桂自身。這則脂批是評示說：「好極了，這個燈謎的確是寓示賈政影射的大周王朝政權之特性、命運的謎語，其中還包藏了賈府祖宗賈母吳三桂自身的命運在內。燈謎中的『必』字隱藏有諧音『筆』字的意思。真是妙極了，妙極了啊！」這則脂批非常有價值，特別提示賈政燈謎詞句中還包藏「賈府祖宗（賈母）自身」的命運在內，又特別提示「『必』字隱『筆』字」，這樣筆者才能更確認這個燈謎是寓指專門以筆寫文字回應人們言語的吳三桂大周王朝朝閣。

(4) 賈母想了想：〔庚辰本夾批〕評注說：「太君身分。」太君，對他人母親的尊稱，這裡指賈母的史太君身分；賈母原是「金陵世勳史侯家的小姐」，娘家姓史，故書中及脂批都常稱賈母為史太君。在前面第二冊筆者已指出賈母這個「史太君」身分有時是寓指歷史的母親，歷史的大母源，即決定歷史演化的天命、老天爺，或敘述本書歷史的作者本身，或是歷史事實本身等。這裡脂批特別提示這個賈母還兼具有「（史）太君身分」，就是提示這裡的賈母除了影射吳三桂之外，還兼影射敘述歷史的本書作者，或決定歷史演化的天命、老天爺。根據脂批這樣的提示，可見這裡原文「賈母想了想，果然不差，便說：『是硯台。』」，除了寓寫賈母吳三桂想了想便說出謎底「是硯台」之外，還兼寓寫本書作者（賈母）根據史料，仔細衡量想了一想，而對賈政影射的大周王朝政權的命運結局之謎，寫下他的歷史評論說：「（謎底）是硯台」。

(5) 是硯台：賈政燈謎的謎底是「硯台」，理由已如上述。在內層上，從以上脂批特別提示這裡賈母還兼具有「（史）太君身分」所寓指的敘述本書歷史的作者，可見寓示賈政命運之燈謎的謎底「硯台」二字另藏有很深奧的玄機。那麼「硯台」二字究竟另藏有什麼深奧玄機呢？筆者以為這裡「硯台」二字應該隱寓有雙重意義。其一是「硯台」暗通諧音「驗台」，配合謎題之中「有言必應」句，寓指作燈謎者賈政影射的周王政權，表示這個政權是一個主子吳三桂「有言要求必定回應」，而且是「必定應驗」的有效率朝閣政權，所以賈母吳三桂就把賈政大周王朝政權稱作是「驗台」，意即期望大周王朝是一個「靈驗有效的台閣（朝閣）」。其二更深層的寓意是硯台暗通諧音「偃台」，偃為仰面而倒的意思，「偃台」即「倒台」，寓示本書作者以歷史觀點論斷賈政大周王朝政權的命運結局是「倒台」覆滅。印證到吳三桂創立的大周王朝政權，在皇帝吳三桂病亡後，雖然由太孫吳世璠繼位撐持，但吳軍一再戰敗，不多久就被清軍壓縮回雲南地區，而於三年後的康熙二十年被清朝消滅，大周王朝政權終於「倒台」覆滅，可見「硯台」通「偃台」，寓指「倒台」的意義，完全符合大周王朝政權的最後命運結局。

(6)

「（賈政）回頭說：『快把賀彩送來。』地下婦女答應一聲，大盤小盤一齊捧上」：賀彩，祝賀的彩禮。這是描寫賈政在賈母猜中謎底是「硯台」之後，回頭交代下人說：「快把賀彩送來」，於是在地下侍候的婦女答應一聲，就把大盤小盤的祝賀彩禮一齊捧上來給賈母。在內層上，這是繼前面賈母燈謎寓示賈母吳三桂懷有像「猴子身輕站樹稍」一般，登基稱大周皇帝的心意，及賈政燈謎寓示賈政周王政權眾臣表示吳稱皇帝後的新朝閣，將是「有言要求必定回應」的「靈驗有效的台閣（硯台、驗台）」之後，繼續寓寫賈政周王政權的主事者就實際辦理起吳三桂登基稱帝建朝的事宜，而回頭交辦說：「快把祝賀吳三桂登基稱帝建朝大典的彩禮送來」，於是屬下如服役婦女般的籌辦官員們答應一聲，就把大盤小盤的祝賀彩禮一齊捧上來給賈母吳三桂。

(7)

「賈母逐件看去，都是燈節下所用所玩新巧之物，甚喜，遂命：『給你老爺斟酒。』」：在內層上，燈節，通諧音「登節」，隱寓「登基時節」的意思，這裡是寓指吳三桂於康熙十七年三月三日（或說三月一日）登基大周皇帝的時節⑩。所用所玩新巧之物，指登基皇帝典禮所需使用和玩賞的新穎奇巧的物件，如翼善冠、朱衣、玉璽、儀仗、鹵簿、彩燈、花飾等等。甚喜，這極簡短的兩個字其實含蘊很廣，是寓寫賈母吳三桂看到這些登基皇帝典禮的新穎奇巧的物件，內心甚為喜悅，並且就完成了典禮，正式登基為大周皇帝。老爺，指賈政，影射新的大周王朝朝閣、政權。給你老爺斟酒，寓指吳三桂在登基大周皇帝後，猶如斟酒祝賀似地，下令以酒宴、大封群臣等，來慶祝大周王朝朝閣的建立，並鼓舞閣臣更奮發有為。這一小段文字是以輕描淡寫的方式描寫賈母吳三桂在衡州登基為大周皇帝，建立賈政影射的大周王朝朝閣的大典，這就是前面賈母為寶釵作生日辦酒戲故事中，脂批再三提示的所謂「東閣盛設」、「禮筵大典」、「另有大禮所用之戲台」。我們看所謂「東閣盛設」、「禮筵大典」的吳三桂登基大周皇帝的大典，作者卻反而這樣草草淡寫，真是出人意料之外，而這就是《紅樓夢》，作者筆似游龍，永遠讓人模不著看不透。

有關吳三桂登基大周皇帝的情況，《吳三桂大傳》一書描述說：「三桂接受了諸將官的勸進，決定即位當皇帝。先占卜吉日，選定康熙十七年三月一日（按他書或說是三日）在衡州繼位。他的部屬匆匆在市郊南嶽之麓先築一壇，置辦御用儀仗、鹵簿一應必用之物。……三月一日這天，三桂頭戴翼善冠，身穿大紅衣，騎着馬，出宮至郊外，登壇，行袞冕禮。……三桂即皇帝位，宣佈國號大周，從三月改元『昭武』，以衡州為都城，改名為『定天府』。他當了皇帝，置百官，屬下也改易官稱，逐一冊封。首先封他的妻子張氏為『皇后』，封應熊庶子吳世藩為『太孫』。加郭壯圖為『大學士』，仍守雲南，設雲南五軍府、兵馬司，改留守為曹六部。大封諸將，『首國公，次郡公，亞以侯、伯。』晉升胡國柱、吳應期、吳國貴、吳世琮、馬寶等為大將軍，封王屏藩為東寧侯，賜尚方劍。其餘皆按等次晉爵。造新曆，製新錢幣，曰『昭武通寶』。⑪」這其中對於吳三桂登基稱皇帝的動機，認為是「三桂接受了諸將官的勸進，決定即位當皇帝」。但是其他多種史書則持不同觀點，認為是「（吳三桂）窮迫之中，便萌動了稱帝自娛的癡念，以為如此即便不能流芳百世，也不枉英雄一場。於是，在他的授意下，眾人相率勸進，又找人寫了一篇辭藻華麗的勸進表，吳三桂便在眾人的『擁戴』下做起『大周』皇帝來。⑫」本書顯然是採取後一種觀點，不過對於吳三桂稱帝建朝的過程交代得更為細膩詳實，認為是賈母吳三桂先萌動、暗示了稱帝的心意，賈政周王政權眾臣小心旁敲側擊，觀察確定吳三桂確實有稱帝的心意，才加以附和，並由寶玉影射的吳三桂核心親信部將群（如胡國柱、吳應期等）代表向吳三桂勸進，而這裡賈政所作的燈謎就是類似「勸進表」的東西，於是吳三桂便在眾臣勸進、擁戴下，登基稱皇帝，建立大周王朝。可見《紅樓夢》對於吳三桂登基稱帝建朝的歷史細節，比其他史書瞭解、記述得更透徹，所以筆者一再強調《紅樓夢》不但具有不朽的文學價值，而且還具有真實記述被官修史書所刪削之明清詳實信史的歷史價值。

(8)寶玉執壺，迎春送酒：在內層上，寶玉，影射吳三桂核心親信部將群。執壺，不是指真正的執持酒壺，而是寓指執持兵器去抗清殺敵。迎春，影射吳三桂在三月登基發起的春季攻勢軍力。送酒，不是指真正的送酒，而是寓指發動春季攻勢，灌送給清軍，使其醉酒戰敗。這兩句是寓寫吳三桂既稱帝建朝，便重整旗鼓，命寶玉影射的核心親信部將群，執持兵器去抗清，如送酒般發起迎春影射的春季攻勢，企圖灌注給清軍醉酒戰敗，用這樣的實際行動來祝賀賈政影射的大周新王朝。

◈真相破譯：

賈母吳三桂這樣說着，隨著就唸說（按以下筆者先照錄燈謎原文，並翻譯成括號內的白話文，再詮釋、破譯所隱寓的歷史真相，後面賈政等八個燈謎亦同）：

猴子身輕站樹稍。——打一果名。（一隻猴子身子輕盈，站立在一棵樹頂端的末稍上。——要打量猜測某一種水果的名稱。）

這句燈謎寓示賈母吳三桂不是朱明王朝宗室的後裔，身分輕微，却想要登基為大周皇帝，猶如一隻身子輕的猴子站立在一棵樹稍頂端一般地，站立在大周政權反清聯盟的最頂尖位置上；其結果是身分輕微，號召力不足，軍事失利，就像顫危危站立樹稍的猴子，樹倒就跌落離枝一樣，中途就病亡離世，而其大周政權反清聯盟也就隨著分崩離析，各相關勢力或人物紛紛敗落散亡，就好像「樹倒猢猻散」一樣。

賈政影射的周王政權眾臣已經知道賈母燈謎的謎底是荔枝，透露出吳三桂的心意是想要如荔枝通諧音「立枝」，所喻指的「站立在樹稍枝頭上」一般地，站立在皇帝的最頂端地位上，即想要由周王再登基為大周皇帝（另外荔枝又通諧音「離枝」，隱含有該猴子將跌落「離枝」的意義，而寓示賈母吳三桂的最後結局是登上皇帝高位之後，將會死亡而離開世間及大周反清聯盟），但因恐隨便說出來會遭來橫禍，便故意旁敲側擊地乱猜別的，引得賈母吳三桂不高興而被罰了許多東西；經過一再觀察確認，然後方才猜着說出吳三桂心中的謎底是荔枝通諧音「立枝」，所寓示的登基稱帝，而加以勸進，也博得了賈母吳三桂的歡心而獲得獎賞的東西。然後也作了一個燈謎給賈母吳三桂猜度他們的心意，而唸說：

身自端方，体自堅硬。（身形本自端正的方形，体質本自堅硬。）

雖不能言，有言必應。——打一用物。（雖然不能言語，但是有人以言語發問，却必定回應。——要猜一件使用的物品。）（根據脂批提示「『必』字隱『筆』字」，故知「有言必應」通「有言筆應」，即這件物品是以筆寫文字來回應，這樣很容易就能猜出謎底是「硯台」了。）

這個燈謎前兩句「身自端方，体自堅硬」，是寓示賈政影射的周王政權眾臣向吳三桂交心剖白說：「這個政權的眾臣本身自來是端正忠心的，而政權、軍力的体質自來是堅硬強壯的。」

後面兩句「雖不能言，有言必應」，是寓示賈政影射的周王政權眾臣向吳三桂表忠說：「我們雖然不能自作主張、言語發令，但是你吳三桂有言發令，我們必定聽命執行回應，而且必定應驗有效。」

賈政影射的周王政權說完之後，就將眾臣心中的謎底悄悄的說給寶玉影射的吳三桂核心親信部將群（如胡國柱、吳應期等）。寶玉影射的核心親信部將群意會到周王政權眾臣的心意，又悄悄的稟告了賈母吳三桂，勸其登基稱皇帝。賈母吳三桂想了一想，賈政周王政權眾臣果然忠心擁戴不差，便說：「大周王朝政權的謎底是硯台，其意義暗通諧音『驗台』，將呈現是一個『靈驗有效的台閣（朝閣）』。」（更深層的意義是硯台暗通諧音「偃台」，寓示本書作者以歷史觀點論斷賈政大周王朝政權的命運結局是「倒台」覆滅。）賈政周王政權眾臣笑著說：「到底是老太太賈母吳三桂，一猜就知道我們眾臣竭誠擁戴，盡力應命，務期靈驗有效的心意。」君臣意見既一致，賈政大周政權的主事者就實際辦理起吳三桂登基稱帝建朝的事宜，而回頭交辦說：「快把祝賀賈母吳三桂登基稱帝建朝大典的彩禮送來」，於是屬下如服役婦女般的籌辦官員們答應一聲，就把大盤小盤的祝賀彩禮一齊捧上來給賈母吳三桂。賈母吳三桂逐件看去，都是登基大周皇帝的時節（原文燈節暗通諧音「登節」，寓指「登基稱帝的時節」）所需使用和玩賞的新穎奇巧的物件（如翼善冠、朱衣、玉璽、儀仗、鹵簿、彩燈、花飾等等），心中甚為喜悅，於是就登基大周皇帝，建立大周王朝（時間在康熙十七年三月三日，或說一日）。然後遂命令說：「給你們老爺賈政影射的大周王朝朝閣猶如斟酒祝賀似地，以酒宴、大封群臣等，來慶祝大周王朝朝閣的建立，並鼓舞閣臣更奮發有為。」於是重整旗鼓，命令寶玉影射的核心親信部將群，如執酒壺般地執持兵器去抗清，如送酒般發起迎春影射的春季攻勢，企圖灌注給清軍醉酒戰敗，用這樣的實際行動來祝賀賈政影射的大周新王朝。

第四節　元、迎、探、惜四春燈謎故事的真相

◈原文：

賈母因說：「你瞧瞧那屏上，都是他姊妹們做的，再猜一猜我聽。(1)」賈政答應，起身走至屏前，只見頭一個寫道是：

能使妖魔胆盡摧，身如束帛氣如雷。
一聲震得人方恐，回首相看已化灰。(2)——打一玩物（這四字根據〔程甲本〕增補）。

賈政道：「這是炮竹嗄！」寶玉答道：「是。」(3)

賈政又看道：

天運人功理不窮，有功無運也難逢。
因何鎮日紛紛乱，只為陰陽數不同。(4)——打一用物（這四字根據〔程甲本〕增補）。

賈政道：「是算盤。」迎春笑道：「是。」

又往下看是：

階下兒童仰面時，清明粧點最堪宜。

遊絲一斷渾無力，莫向東風怨別離。(5)——打一玩物（這四字根據〈程甲本〉增補）。

賈政道：「這是風箏。」探春笑道：「是。」

又看道是：

前身色相總無成，不聽菱歌聽佛經。

莫道此生沉黑海，性中自有大光明。(6)

(7)

賈政道：「這是佛前海燈嘎！(8)」惜春笑答道：「是海燈。」（自本行起引錄自《紅樓夢校注》所抄錄之〈戚序本〉）

賈政心內沉思道：「娘娘所作爆竹，此乃一響而散之物。迎春所作算盤，是打動乱如麻。探春所作風箏，乃飄飄浮蕩之物。惜春所作海燈，一發清淨孤獨。今乃上元佳節，如何皆作此不祥之物為戲耶？(9)」心內愈思愈悶，因在賈母之前，不敢形於色，只得仍勉強往下看去。

（以上引錄自《紅樓夢校注》所抄錄之〈戚序本〉）

◈脂批、注釋、解密：

(1)「賈母因說：『你瞧瞧那屏上，都是他姊妹們做的，再猜一猜我聽。』」：這是賈母看到賈政既已猜中她所作的燈謎，因而又叫賈政去看一看擺在屋前的圍屏上面，都粘貼著賈家姊妹們所做的燈謎，看過之後再猜一猜各個燈謎的謎底，說出來給她聽，看看猜得對不對，好決定要獎賞還是要處罰。在內層上，所謂賈家屋前擺設的圍屏，是寓指吳三桂大周反清聯盟地盤前方圍堵清軍的屏障防線，主要就是從川北、漢中、川東，東轉至湘北長江沿線，再南轉至湘、贛交界沿線，再東轉至閩、贛及閩、浙交界沿線，這樣的一條綿延數千里的抗清前線。所謂賈家姊妹們（事實上還包括寶玉），是寓指吳三桂政權本身及鄭經等加盟的各路抗清勢力。而賈家姊妹們都做燈謎粘在圍屏上，是寓寫吳三桂反清大聯盟的各路勢力，都派兵到前線去抗清，而把他們如燈謎般難以猜測的前途命運都粘貼、交付在前線抗清的成敗上面了。至於賈母叫賈政去圍屏上看賈家姊妹們所做的燈謎，並猜出其謎底，則是寓寫賈母吳三桂命賈政大周王朝政權要去如圍屏般的抗清前線上，負責起調度、監督各路勢力的實際抗清行動，觀察他們的抗清進展情況，並猜度出他們如燈謎般難以猜測的前途命運。因為賈政影射的大周王朝政權反清的成敗決定各路抗清勢力的命運結局，所以作者就採取賈政觀看賈家姊妹（含寶玉）七人所作燈謎，並猜出其謎底的方式，來寓寫與吳三桂大周王朝反清大聯盟反清運動相關的七個重要勢力或人物的命運、結局，這是這裡文章的大結構。不過，雖然文章寫到這裡已經寓寫到康熙十七年三月吳三桂登基為大周皇帝，但是以下賈政猜燈謎所寓寫的與吳三桂反清運動相關的七個重要勢力或人物的命運、結局，並不限定是吳三桂稱帝之後的人或事，有一部份還追溯到吳三桂稱帝之前的人或事，因為在吳三桂稱帝之前，有些勢力或人物的命運前途早就受到他反清運動的嚴重影響，甚至已有最後結局了。

(2)「能使妖魔胆盡摧，身如束帛氣如雷。一聲震得人方恐，回首相看已化灰。」：能使妖魔胆盡摧，世俗傳說爆竹的爆裂聲能驚嚇驅趕妖魔鬼怪（梁宗懍《荊楚歲時記》：「先于庭前爆竹，以辟山臊惡鬼⑬」），故說能夠使得妖魔全都被摧破胆。身如束帛，身体有如捲束的布帛。氣如雷，聲氣如打雷一般。化灰，化成灰燼。這個謎語要「打一玩物」，即要猜某一種玩樂的東西，從謎題詞句很具體的形狀和聲響的描述，讀者很容易就能猜出謎底是爆竹或炮竹。

〔庚辰本雙行批〕等評注說：「此元春之謎。才得僥倖，奈壽不長，可悲哉！」這是提示這個燈謎是賈元春所作的燈謎，而且是兆示元春的命運、結局，才得僥倖獲選為皇妃，聲勢地位如炮竹爆炸聲一樣，使得如妖魔般的政敵盡都被摧破胆，奈何壽命不長，聲勢隨著消逝，宛如炮竹一爆炸就化成灰一般，真是可悲啊！這種情況大致上符合表面故事賈元春身為皇妃的顯赫聲勢，而其壽命不長（先賈母而逝）的情況，但是並不完全吻合，因為書中描寫賈元春在第十六回獲選為皇妃，直到第九十五回才病逝，可見她獲選為皇妃之後還活了相當長的時間，並不符合這個燈謎後兩句「一聲震得人方恐，回首相看已化灰」，所比喻她方才受封皇妃顯赫，很快就死亡化灰的情況。

這個元春的燈謎若就內層真事來理解，用以比喻吳應熊的命運、結局，那就完全吻合了。能使妖魔胆盡摧，這句是喻寫吳三桂起兵反清，勢如破竹，而其子吳應熊人又在北京，使得如妖魔般的政敵清朝顧慮吳應熊和吳三桂父子連心，在京師發動反清，簡直胆都被摧破了。身如束帛氣如雷，是喻寫吳應熊在北京作人質，身體被管束只能居住在北京，就如被捆束的布帛一樣，可是他貴為駙馬、親王的地位，其父吳三桂又是藩鎮首霸，且用心廣結朝中權貴，其權勢聲氣簡直響亮得如雷貫耳。「一聲震得人方恐，回首相看已化灰」，這兩句是喻寫吳三桂突然起兵，爆發反清戰爭，一路勢如破竹大勝，就好像爆竹突然爆炸一聲，才剛震得清朝及世人驚恐不安，回頭相看北京的吳應熊，已然被康熙下令處死，其情況就好像爆竹爆炸一聲過後，就化成灰燼一樣。（請參閱第三冊第二章第三節有關寓示元春命運之圖畫及判詞的解說）

(3)「賈政道：『這是炮竹嗄！』寶玉答道：『是。』」：炮竹，即爆竹、鞭炮，古時以火燒竹子，使竹子爆裂，發出嗶嗶剝剝的聲響，稱為爆竹，相傳為驅鬼之用，後世改以紙包捲火藥，用繩線捆緊，或用漿糊黏緊，點燃引線引燃火藥，使其爆裂，發出強大聲響，雖不用竹子，但仍稱爆竹，於過年、喜慶時燃放，爆裂作響，以增加熱鬧、喜慶氣氛，兼或仍有驅邪逐魔意義。嗄，音阿第二聲（陽平），表示疑問或反詰的驚訝聲。這裡的體例是賈政猜出某燈謎的謎底，製作該燈謎的人就回答是否猜對，用這樣的方式來點示燈謎的製作人，並點示該燈謎及謎底就是預兆該人的命運結局，如下面迎春、探春、寶玉等的燈謎都是這樣子。這裡元春的謎却不由元春答應，而例外地由寶玉代為回答。這種現象在表面小說故事來說，是因為元春身在宮中為皇妃，不在賈府裡。在內裡歷史真事來說，是因為元春影射的吳應熊身在北京，不在賈政影射的吳三桂反清大聯盟的領域內，所以由寶玉影射的吳三桂核心部將群代為回答，因為當初是由該部將群之中的吳三桂女婿胡國柱，派人至北京接應吳應熊一家人，不過吳應熊因不願叛清而不肯逃回雲南，以致於被康熙處死，他的命運結局原本是由胡國柱派人接應負責的，所以作者就安排由寶玉影射的吳氏核心部將群（包含胡國柱）來代為回答。

(4)「天運人功理不窮，有功無運也難逢。因何鎮日紛紛亂，只為陰陽數不同。」：天運，天命運數，天體的運行，或天然固定的運算法則等。理不窮，理路衍化無窮，結果不能盡知。人功，人為的功夫、操作。天運人功理不窮，意思是某件物品具有天命運數或天然固定的運算法則，和人為功夫的操作交互影響的特性、功能，其發展理路不能窮盡，結果不能盡知。難逢，難以遭逢到理想的、正確的結果。有功無運也難逢，意思是使用這件物品如果只有人為功夫的操作，而沒有天命運數或天然固定的運算法則的配合促成，還是難以遭逢、獲得理想的、正確的結果。鎮日，整日。數，數字、氣數、運數、命運。陰陽數，即奇偶數字，《易經》將數字分陰陽，一、三、五等奇數為陽數，二、四、六等偶數為陰數；另外陰陽又指正反或吉凶，陰陽數又指正反或吉凶的運數、命運。「因何鎮日紛紛亂，只為陰陽數不同」，意思是使用這件物品因何難以遭逢到理想的、正確的結果，以至於需要反覆使用這件物品，而使得這件物品整日亂紛紛，檢討其根本原因，只是因為陰陽奇偶數字不能相同符合，或正反立場、吉凶的運數不相同。這個燈謎的詞句涵義比較深奧，並不容易猜出謎底，後面描寫賈政說出謎底「是算盤」，我們由謎底算盤來思考，則謎題的詞句實在把人使用算盤計算數字的原理和細節，描述得很深入。因為算盤是遵循天然固定的運算法則和使用手指撥動算盤珠子的人為功夫來計算數字，兩者交互影響使得計算發展的理路不能窮盡，計算結果不能盡知，如果只有人為功夫的手指撥動算珠撥得靈活迅速，但是算盤的運算法則弄錯了，還是難以計算出、遭逢到正確的結果數字；如果計算結果一錯再錯，就得不停重算，而整日用手指把算盤上的珠子撥弄得亂紛紛的，檢討因何如此的根本原因，則只有一個，就是因為數字的陰陽奇偶弄錯了，不是陽數的一、三、五等弄錯了，就是陰數的二、四、六等弄錯了，使得結果數字不能相同符合的緣故。

〔庚辰本雙行批〕等評注說：「此迎春一生遭際，惜不得其夫何！」這是提示這個燈謎是賈迎春所作的燈謎，而且是預兆迎春一生的遭遇，可惜不能嫁得良好的丈夫，徒喚奈何！這個燈謎大致符合表面故事迎春的一生命運，即迎春父親賈赦下了很大的人為功夫慎重挑選，將他許配給一個世交之孫的孫紹祖，其家資富饒，在兵部任指揮之職，人品家當都和賈家相稱合，誰知嫁過去之後，才發現孫紹祖一味好色縱淫，好賭酗酒，又因賈赦積欠他五千銀子索討兩三次不得，因而對迎春百般虐待，夫妻經年累月抄鬧得亂紛紛，結婚年餘，不料就飽受孫家虐待以致身亡，這種天運姻緣不濟，人算不如天算，而難逢佳偶的情況。（較詳情況請參閱第三冊第二章第三節有關寓示迎春命運之圖畫及判詞的解說）

就內層真事來理解，迎春這個燈謎應是比喻廣東尚氏平南王勢力的命運、結局。當吳三桂剛起兵反清之際，曾派遣使者至廣東策動平南王尚可喜反清，尚可喜不但拒絕，而且還將吳方使者及約他反清的「逆書」一並解往北京，以示對清朝矢志忠貞。稍後尚可喜鑒於自己已高齡七十餘，體弱多病，不足以應付當時的緊急軍事變局，而決定將其平南王王爵讓給兒子襲封。又考慮長子尚之信雖神勇善戰，但酗酒嗜殺，殘暴不仁，便在康熙十三年四月呈奏將王爵讓予「律己端慎，馭下寬厚」的次子尚之孝繼承，獲得康熙皇帝批准。此舉引起長子尚之信極度不滿，於是發動兵變，幽禁父親尚可喜，於康熙十五年二月轉而投靠吳三桂，接受吳三桂周政權「招討大將軍」的封號。投吳後，他並不積極出兵攻清，而只消極地抵禦清兵攻入其廣東領域。後來整個反清聯盟戰事愈加失利，福建耿精忠在戰敗之餘，於康熙十五年九月歸降清朝，清軍於是有餘力加強對廣東的進攻，廣東局勢岌岌可危。於是尚之信效法耿精忠派人向清軍乞降，康熙十六年三月，尚之信見到康熙准降赦罪的詔書，便納款，五月四日，率文武官兵歸降清朝。康熙以其歸誠之功，命他襲封平南親王⑭。及至清軍擊潰吳軍，消滅大周王朝在即，康熙便秋後算帳，以尚之信「不忠不孝，罪大惡極」，下詔「賜死」，康熙十九年閏八月十七日，尚之信吊帛自盡於廣州⑮。綜觀以上情況，廣東平南王政權內部有父子間的紛亂，外部有敵軍侵攻的紛亂，經年累月不斷，其關鍵原因在於忠清反清陰陽順逆立場的反覆不定，很符合這個燈謎後兩句「因何鎮日紛紛亂，只為陰陽數不同」的意義，而其猶如撥算盤般地算計利害，在忠清忠吳之間極盡所能地作人為功夫的操作，終究敵不過隨著反清聯盟覆亡而被清朝清算消滅的天命，而得不到避難求福的理想結果，則很符合前兩句「天運人功理不窮，有功無運也難逢」的意義。

(5)

「階下兒童仰面時，清明粧點最堪宜。遊絲一斷渾無力，莫向東風怨別離。」：粧點，本作妝點，本指婦女點脂擦粉裝扮容貌，也泛指花草樹木等點綴大自然風景，或建築物的裝飾點綴等。遊絲，蜘蛛或昆蟲所吐，而在空中飄浮遊動的絲，俗稱遊絲，通作游絲，又泛指其他纖細而浮動的絲線、鬚髮等物，這裡是指纖細而浮動的放風箏的線。渾，渾然，全然。這個燈謎從謎題中「兒童仰面時」、「遊絲一斷渾無力」、「莫向東風怨別離」等詞句，很容易聯想到兒童仰面看天空，風箏斷線而被風吹走飄離的情景，所以很容易猜到謎底是風箏。

〔庚辰本雙行批〕等評注說：「此探春遠適之讖也。使此人不遠去，將來事敗，諸子孫不致流散也，悲哉，傷哉！」這是提示說：「這個燈謎是賈探春所作的燈謎，而且是預示探春遠嫁海疆離去的讖語。假使探春此人不遠嫁離去，將來賈家事敗，眾子孫就不致於流散了，真是悲哀啊，傷痛啊！」但是這個燈謎基本上並不符合表面故事探春遠嫁海疆的實際情況。前面兩句說：「階下兒童仰面時，清明粧點最堪宜」，可是仔細比對書中後面描寫探春出嫁的情節，是描寫賈赦向兒子賈璉轉述說：「前兒你二叔（即賈政）帶書子來說，探春於某日到了任所（按賈政當時外放江西糧道），擇了某日吉時送了你妹子到了海疆，路上風恬浪靜，合家不必掛念。（第一百二回）」還有後來賈政因案被降調回京時，又描寫說：「賈母問探春消息。賈政將許嫁探春的事都稟明了。還說：『兒子起身急促，難過重陽，雖沒有親見，聽見那邊親家的人來說的極好。親家老爺太太都說請老太太的安；還說今冬明春大約還可調進京來，這便好了。如今聞得海疆有事，只怕那時還不能調。』（第一百四回）」。可見探春出嫁的時間可能是在重陽節（九月九日）之前不久，而不是在三月份左右的清明時節，粧點打扮出嫁的，所以時間上不能符合。後面兩句說：「遊絲一斷渾無力，莫向東風怨別離」，顯然是以風箏斷線被風飄走，來預示探春遠嫁海疆，而怨歎一去不能回的命運結局，這也不符合探春遠嫁海疆之後的實際情況。因為書中第一百一十九回還描寫探春回京說：「到了明日，果然探春回來。眾人遠遠接着，見探春出挑得比先前更好了，服采鮮明。……再明兒，三姑爺也來了。」顯然探春遠嫁海疆結局十分光彩，而且還回到京城，並沒有如斷線風箏般飄離不回而怨歎的不幸遭遇。又脂批評注說：「使此人（探春）不遠去，將來事敗，諸子孫不致流散也」，就表面故事來看，也是不合情理的。一來故事結局賈家並未徹底敗落到諸子孫都流散的程度，二來在舊時封建社會，嫁出去的女兒如同潑出去的水，家道並不是靠嫁出去的女兒在撐持，也不太可能一個能幹的女兒不遠嫁，像賈家這樣龐大家族的眾多子孫就能夠有所依託而不致於流散的。

這個燈謎若就內層真事來比喻台灣鄭經王朝的命運、結局，就能完全吻合了。按鄭經響應吳三桂，於永曆二十八年（清康熙十三年）五月，從台灣率領舟師至廈門、金門進行反清作戰，在閩南、粵東地區轉戰數年，至「永曆三十四年（康熙十九年）正月，鄭經海戰失利。三月（按當年清明節在三月六日），盡棄沿海島嶼，撤退臺灣」，隔年正月病逝⑯」。可見鄭經確實是於清明時節，裝備打點軍隊舟艦東渡台灣，在那裡空對著東風怨歎別離故鄉閩南，就像斷線風箏被風飄走一樣，不能再回去，而老死在他鄉的台灣，這樣的命運結局完全符合這個謎題詞句的意境。（請參閱第三冊第二章第三節有關寓示探春命運之圖畫及判詞的解說）

(6)「前身色相總無成，不聽菱歌聽佛經。莫道此生沉黑海，性中自有大光明。」：前身，即前生。此生，即今生。佛教基本理論有三世因果、六道輪迴的說法，三世為前世、今世、來世（或稱三生，即前生、今生、來生），六道為天道、人道、阿修羅道、畜生道、餓鬼道、地獄道。佛教認為眾生生命的本體是靈魂，軀體只是表相（色相），靈魂寄生在一個軀體而存活著，軀體會壞死，但靈魂不死，而在六道眾生的軀體中輪迴投胎轉生；轉生的規律是前一世行善行惡的業因，決定後一世轉生某道眾生的果。譬如一個人如果前世行善累積善因，今世就會投胎轉生為較幸福的人，甚至投胎轉生為比人類更為多樂少苦的天道眾生；又如一個人如果今世行惡而累積惡因，來世就可能轉生為更下層的畜生道，去作牛作馬等，這樣的情況叫做三世因果、六道輪迴。所以佛教勸戒世人要戒惡行善，少積惡因多積善因，以求來生免於墮落入畜生、地獄等惡道，而轉生為更好的人或上升天道的果。但是這樣還是沒有脫離六道輪迴的範圍，不是徹底的解脫苦難的辦法，所以佛法更勸世人要修習佛法，以求明心見性，這樣今世軀體死亡後，靈魂就可以跳脫具有不同程度苦難的六道範圍，而轉生到西方極樂世界，那裡是一個純樂無苦而永生不死的境界，不會再落入六道輪迴之中，這就是佛教最根本的教義。色相，佛教語，指稱外在有形質、色彩、相貌的一切事物，如前述六道的所有眾生的軀體都是色相，但是靈魂無形無色，不是色相；又指女子的顏色相貌。菱歌，世俗採菱角時所唱的歌，漢晉樂府詩中的菱歌（或蓮曲），多是青年男女的情歌，故不聽菱歌就有看破含有情愛因素之紅塵的意味。黑海，佛教僧侶都穿緇衣，即黑衣，故佛門又稱緇門，這裡則以黑海喻指穿黑衣的緇門、佛門。性，指本性、自性。性中自有大光明，就佛理上說，意思是自性中本來就有大光明，佛教認為人的自性本質與佛性相通，人只要依照佛教的修煉方法，認真打坐禪修，就能澈悟而明心見性，見證到自性及佛性，而那是一個無窮時空的無盡量大光明的境界，因為與宇宙本體相融一體；另外，這句又指若歸入佛門，禪修見證到自性及佛性，而且經常勤修，常保禪定不移，則軀體喪亡時，靈魂就能由阿彌陀佛接引至西方極樂世界，獲得永不墮落六道輪迴的大光明前途；就一般意義來說，這句的意思是某種物品的本性中自然具有大放光明的功能。這個燈謎的詞句都是蘊含佛教的特殊用語或佛理，涵義非常深奧，所以謎底也非常難猜。後面描寫賈政說出謎底是佛前海燈，由謎底來逆向理解謎題，這四句話則是描述說「它（佛前海燈）的前身（海燈）總沒有發揮其色相（海燈）所應有的功能（照亮海湖），（因為不裝置在湖邊）它不聽世俗男女所唱的採菱情歌，而去聽僧尼唸誦佛經（因為裝置在寺廟佛像前）。不要議論說它今生沉淪在僧尼都穿黑衣的佛海（黑海）中，它（佛前海燈）的本性中本自具有大放光明的功能。」

〔庚辰本雙行批〕等評注說：「此惜春為尼之讖也。公府千金至緇衣乞食，寧不悲夫！」這是提示說：「這個燈謎是賈惜春所作的燈謎，而且是預示惜春最後去作尼姑的讖語。惜春原本是公府的富貴千金，竟至於皈依佛門作尼姑，穿著黑色緇衣乞食，怎能不令人悲傷呢！」這個燈謎基本上符合表面故事惜春最後去作尼姑的命運結局。但是書中描寫惜春最後去作尼姑的實際情況，是在賈府自家的基趾內，原本供給妙玉住宿修行的櫳翠庵帶髮修行，生活所需仍然由賈府供應（詳見第一百十五回及第一百十八回），並沒有落到穿著尼姑黑色緇衣乞食的可憐境地，所以並不符合這一條脂批所批注「公府千金至緇衣乞食」的情況。同時可見根據這一條脂批，這裡惜春的真正身分應該是另外寓指某一個命運結局是由公府千金落魄到緇衣乞食窘境的人物。（請參閱第三冊第二章第三節有關寓示惜春命運之圖畫及判詞的解說）

這個燈謎若用以比喻內層真實人物陳圓圓的命運、結局，就能既符合謎題詞句，又符合脂批「公府千金至緇衣乞食」的意義了。陳圓圓原是蘇州名伎，為明末江南四大名伎之一，色相美艷絕倫不用說，更難得的是她又知書達禮。後來被國丈田弘遇贖買，原欲奉獻給明崇禎皇帝，然而崇禎因國亂方殷無心美色而未被接納，就留在田府。其後吳三桂等奉詔打敗入侵的清兵，田國丈邀宴慶功，吳見陳圓圓驚為天人，陳很有愛國情懷，亦仰慕吳為抗清英雄，兩人一見鍾情，吳三桂便以千金買下陳圓圓為妾。短暫相聚後，吳三桂返回關外寧遠駐地，陳圓圓留住北京吳父吳襄府邸。後來李自成攻陷北京，崇禎帝自縊煤山，明朝滅亡。李自成拘禁吳襄，陳圓圓則被其部將劉宗敏所佔。為此之故，吳三桂與李自成反目成仇，引清兵入關驅逐李自成，奪回愛妾陳圓圓。然而陳圓圓原本期望吳三桂能力挽明朝，不意吳三桂竟然引清兵入關，消滅李自成後，又助清消滅祖國明朝，富有愛國心的陳圓圓內心很不是滋味，但身為舊時代嫁雞隨雞的弱女子也無可如何。到了吳三桂封藩雲南，吳原欲冊封陳圓圓為王妃，陳却考慮吳正妻張氏善妒，且吳已另有年青貌美新歡，自己則漸年老色衰，因而固辭不受妃位。及至吳三桂遭撤藩欲起兵反清之時，陳圓圓鑒於吳已久事清朝，享足富貴，極力反對，但吳不聽。她便徵得三桂同意，在昆明城外另闢一淨室，帶髮茹素禮佛。但是對於陳圓圓的最後結局，至今是個未解的謎，歷史上有多種說法，一說康熙二十年清軍攻破昆明城時，她自縊而死；一說絕食而死；又一說投滇池而死；又有一種流傳很盛的說法是她逃匿去當尼姑而得以善終，墓在昆明商山寺，但都不能獲得證實。「直到本（二十）世紀八十年代初，據報載，在貴州岑鞏縣水尾鄉馬家寨發現了陳圓圓墓，有碑一通，上面鐫刻：『吳門聶氏之墓』六字。『吳門』非指為吳（三桂）家人，而暗示圓圓籍貫蘇州，亦即『吳門』之意。至於『聶氏』，也是用他人之姓代用的。這大概是為了避諱政治嫌疑才隱姓瞞名的，碑文明載當年圓圓由昆明來到貴州岑鞏平西庵為尼（庵今仍存，在今岑鞏縣大有鄉桐木寨）。

何時到此？大抵是三桂反後，兵駐湖南，或許她為避禍，而悄悄遠離昆明，來此僻地隱居，故能得以善終。⑰」

對照以上陳圓圓的事跡，這個燈謎前面兩句「前身色相總無成，不聽菱歌聽佛經」，實是寓寫前期的陳圓圓（前身）雖然色相美艷無雙，但是總沒什麼真正的成就，沒能成功促使吳三桂聽從她的勸告（如前期的力挽明朝江山，後期的不興兵叛清），也沒能成就藩王正妃的名分，於是後來三桂叛清，她便看破與三桂的紅塵情愛（不聽菱歌），毅然移居僻室茹素禮佛，後來更遠離昆明，逃遁到隱僻的寺廟當尼姑聽佛經。後面兩句「莫道此生沉黑海，性中自有大光明」，則是寓寫世人莫要議論後期的陳圓圓（此生）由富貴的藩王寵妾沉淪入穿黑色緇衣的佛門（沉黑海）當尼姑，她天性光明磊落，本命中自有預見時局而遁入佛門的眼光，因而避過戰禍得以善終的大光明結局。由此可見《紅樓夢》的觀點，是認為陳圓圓最後的命運結局是遁入佛門為尼而得以善終。而脂批批注「公府千金至緇衣乞食」，更進一步補充提供細節，說明陳圓圓遁入寺廟當尼姑的時期，由於清軍擊敗吳軍以至消滅吳王朝之後，到處搜捕吳三桂家族及部眾，她曾經窘迫到穿著尼姑黑色緇衣到處竄逃乞食的可憐境地。而由於《紅樓夢》是史料很真實的信史，根據《紅樓夢》原文及脂批這樣的觀點，更可澄清歷來有關陳圓圓最後結局的紛紜眾說中，應該是以遁入佛門為尼而得以善終的說法才是正確的。（請參閱第三冊第二章第三節有關寓示惜春命運之圖畫及判詞的解說）

(7)惜春謎一段：〔庚辰本眉批〕評注說：「此後破失，俟再補。」這是〔庚辰本〕的批書人特別批注〔庚辰本〕本回至惜春燈謎以後都破失了，等到將來如果能夠搜尋到破失的部份，再行補充上去。在此順便說明筆者這套書所採用的《紅樓夢》原文，主要是〔甲戌本〕、〔己卯本〕、〔庚辰本〕三種最古版本的《石頭記》，尤其是紅學界公認迄今所發現最早版本的〔甲戌本〕。筆者所著的前面三冊書主要都是採用〔甲戌本〕《石頭記》的原文，但是本冊所破解的第二十一回及第二十二回，由於〔甲戌本〕和〔己卯本〕剛好都缺失，只好採用〔庚辰本〕的原文。而很不巧的是〔庚辰本〕自惜春燈謎最後一句「性中自有大光明」以後，又都破失，所以筆者只好另行斟酌採用較後出的〔甲辰本〕、〔戚序本〕及〔程甲本〕加以補全。

(8)「賈政道：『這是佛前海燈嘎！』」：佛前海燈，「即長明燈，供於寺廟佛像前，燈內大量貯油，中燃一燄，長年不滅。⑱」

(9)今乃上元佳節，如何皆作此不祥之物為戲耶：上元佳節，元月十五日元宵節又稱上元節，故上元佳節即元宵佳節。這是描寫賈政看完賈家四春所作的燈謎，並猜出其謎底後，沉思爆竹是一響而散之物，算盤是打動乱如麻之物，風箏是飄飄浮蕩之物，佛前海燈是清淨孤獨之物，內心感觸如今為歡樂的元宵佳節，為何她們都以這些不祥之物製作為猜燈謎的遊戲，擔心她們的命運結局將會應驗這些燈謎所寓示的情況。

在內層上，上元，暗通諧音「皇上改元」，上元佳節實是寓指吳三桂登基「皇上」，「改元」建朝的佳節。這兩句的寓意是作者假借賈政影射的大周王朝政權的視角，檢視吳三桂大周王朝反清聯盟的戰況，而感慨地敘述說如今乃是吳三桂登基「皇上」，「改元」建朝的佳美時節，為何賈家四春所影射的吳應熊、廣東尚氏平南王勢力、台灣鄭經延平王朝、陳圓圓等四個人物或勢力，都分別作出爆竹、算盤、風箏、佛前海燈這些不祥之物，來作為他們在這場勝負結局難測如燈謎般的戰爭遊戲中的命運謎底呀！

◈真相破譯：

賈母吳三桂因而命令賈政影射的大周王朝政權說：「你看看那如圍屏般的圍堵清軍的抗清前線上，如同姊妹們一般的各路勢力都派兵在抗清，製作著他們如燈謎般難以猜測的成敗命運，你要派人前去調度、監督、觀察他們抗清的實際情況，並猜度他們的命運前途，隨時報告給我聽。」賈政大周王朝政權答應了，就派人起身到達如圍屏般的抗清前線去監督、觀察戰況，只見頭一個戰況，用燈謎方式寫說是：

能使妖魔胆盡摧，身如束帛氣如雷。（它能夠使得妖魔全都被摧破胆，身体有如捲束的布帛，聲氣有如打雷一般。）

一聲震得人方恐，回首相看已化灰。——打一玩物。（它突然爆炸一聲，震響得人們才剛驚恐不安，回頭相看，它已經化成灰了。——要猜某一種玩樂的東西。）

這個燈謎是寓示元春影射的吳應熊的命運、結局。前面兩句「能使妖魔胆盡摧，身如束帛氣如雷」，是寓示說：「吳三桂起兵反清初期大勝，元春影射的吳應熊在北京，使得如妖魔般的政敵清朝顧慮他會配合發動反清，簡直胆都被摧破了；吳應熊身體被管束在北京作人質，就如被捆束的布帛一樣，可是他貴為駙馬、親王的地位，父親吳三桂又是藩鎮首霸，其權勢聲氣簡直響亮得如雷貫耳。」後面兩句「一聲震得人方恐，回首相看已化灰」，是寓示說：「吳三桂突然起兵，爆發反清戰爭，一路勢如破竹大勝，就好像爆竹突然爆炸一聲，才剛震得清朝及世人驚恐不安，回頭相看北京的吳應熊，已經被康熙下令處死，其情況就好像爆竹爆炸一聲過後，就化成灰燼一樣。」

賈政大周政權說：「這個燈謎的謎底是炮竹啊！」當初負責接應吳應熊逃出北京的寶玉影射的吳三桂核心部將群（按當初是由其中的胡國柱負責接應，惟吳應熊不肯叛清離京），代為回答說：「是的。」

賈政大周政權又看另一個戰況，寫說是：

天運人功理不窮，有功無運也難逢。（它具有天命運數或天然固定的運算法則，和人為功夫的操作兩者交互影響的性能，其發展理路不能窮盡而難料；它如果單有人為功夫的操作，而沒有天命運數或天然固定的運算法則的配合促成，也是難以遭逢、獲得理想、正確的結果。）

因何鎮日紛紛亂，只為陰陽數不同。——**打一用物。**（它因何難以遭逢到理想、正確的結果，以至於需要反覆使用，而變得整日亂紛紛，只是因為陰陽奇偶數字、正反立場、吉凶運數不相同所致。——要猜某一種使用的物品。）

這個燈謎是寓示迎春影射的廣東尚可喜父子平南王勢力的命運、結局。前面兩句「天運人功理不窮，有功無運也難逢」，是寓示說：「世間天命運數和人為功夫的操作交互影響，其發展理路不能窮盡而難料；迎春影射的廣東尚可喜、尚之信父子的平南王勢力猶如撥算盤般地算計利害，在忠清忠吳之間極盡所能地作人為功夫的操作，但是沒有天命運數的配合，也難以遭逢、獲得到避難求福的理想結果，終究敵不過隨著反清聯盟覆亡而被清朝清算消滅的天命。」後面兩句「因何鎮日紛紛乱，只為陰陽數不同」，是寓示說：「廣東平南王政權內部有父子間的紛亂，外部有敵軍侵攻的紛亂，整日終年不斷，其關鍵原因在於忠清反清陰陽順逆立場的反覆不定。」

賈政大周政權說：「這個燈謎的謎底是算盤。」迎春影射的廣東尚氏平南王勢力笑著回答說：「是的。」

賈政大周王朝政權又往下觀看另一個戰況，寫說是：

階下兒童仰面時，清明粧點最堪宜。（它當著台階下的兒童仰面看天空的時候，在清明時節用來裝飾點綴風景最為適宜。）

遊絲一斷渾無力，莫向東風怨別離。——打一玩物。（它纖細浮遊的絲線一旦斷了就變得全然無力，這時莫要向東風埋怨把它飄走別離而去。——要猜某一種玩樂的東西。）

這個燈謎是寓示探春影射的台灣鄭經王朝的命運、結局。前面兩句「階下兒童仰面時，清明粧點最堪宜」，是寓示說：「探春影射的鄭經在台階下兒童仰面看天空放風箏的清明時節，裝備打點軍隊舟艦東渡台灣，最為適宜當時抗清失敗的情勢及風向潮流。」

後面兩句「遊絲一斷渾無力，莫向東風怨別離」，是寓示說：「這種情況就好像風箏纖細浮遊的絲線一旦斷了，就全然無力而被風飄走一樣，因而莫要徒然向著東風埋怨不吹送舟師再揚帆西歸，而別離故鄉閩南，老死台灣。」

賈政大周王朝政權說：「這個燈謎的謎底是風箏。」探春影射的台灣鄭經王朝笑著回答說：「是的。」

賈政大周王朝政權又觀看到另一個戰爭情況，寫說是：

前身色相總無成，不聽菱歌聽佛經。（它的前身總沒有發揮其形貌色相所應成就的功能，它不在湖邊聽世俗男女所唱的採菱情歌，而到寺廟去聽僧尼唸誦佛經。）

莫道此生沉黑海，性中自有大光明。（不要議論說它今生沉淪在僧尼都穿黑衣的佛海中，它的本性中本自具有大放光明的功能。）

這個燈謎是寓示惜春影射的陳圓圓的命運、結局。前面兩句「前身色相總無成，不聽菱歌聽佛經」，是寓示說：「惜春影射的陳圓圓的前期生涯（前身）雖然色相美豔無雙，但是總沒什麼真正的成就（如沒能成功勸使吳三桂力挽明朝江山、或不興兵叛清，也沒能成就藩王正妃的名分等），於是後來三桂叛清後，她便看破與三桂的紅塵情愛，毅然遁入寺廟當尼姑聽佛經。」

後面兩句「莫道此生沉黑海，性中自有大光明」，是寓示說：「世人莫要議論陳圓圓的後期生涯（此生）由榮寵富貴沉淪入穿黑色緇衣的孤寂佛門（沉黑海）當尼姑，她天性光明磊落，本命中自有相度時局遁入佛門的眼光，因而避過戰禍得以善終的大光明結局。」

賈政大周王朝政權說：「這個燈謎的謎底是佛前海燈啊！」惜春影射的陳圓圓笑著回答說：「是海燈。」

賈政大周王朝政權心內沉思說：「賈妃娘娘元春影射的吳應熊所作燈謎的爆竹，乃是爆炸一響就碎散的東西。迎春影射的廣東尚氏平南王勢力所作燈謎的算盤，是打動就乱如麻的東西。探春影射的台灣鄭經王朝所作燈謎的風箏，乃是飄飄浮蕩的東西。惜春影射的陳圓圓所作燈謎的海燈，是一派清淨孤獨的東西。如今乃是吳三桂登基「皇上」、「改元」（上元）建朝的佳美時節，為何他們都作出爆竹、算盤、風箏、佛前海燈這些不祥之物，來作為他們在這場勝負結局難測如燈謎般的戰爭遊戲中的命運謎底呀！」賈政大周王朝政權眼見抗清聯盟中這四個人物、勢力的消敗下場，心內愈想愈煩悶沮喪，但是因為在賈母吳三桂面前，不敢顯露在外表臉色上，只得仍舊勉強撐持著繼續抗清，往下再去觀看其他戰況的發展。

第五節　賈寶玉、林黛玉、薛寶釵燈謎故事的真相

◈原文：

賈政再往下看，是黛玉的，道：（自本行起參據〔甲辰本〕、〔程甲本〕增補）

朝罷誰攜兩袖烟，琴邊衾裏總無緣。(1)
曉籌不用雞人報，五夜無煩侍女添。(2)
焦首朝朝還暮暮，煎心日日復年年。(3)
光陰荏苒須當惜，風雨陰晴任變遷。(4)——打一用物。

賈政道：「這個莫非是更香？(5)」寶玉代言道：「是。」

賈政又看道：

南面而坐，北面而朝。(6)
象憂亦憂，象喜亦喜。(7)——打一用物。

賈政道：「好！好！如猜鏡子，妙極！(8)」寶玉笑回道：「是。」賈政道：「這一個却無名字，是誰做的？」賈母道：「這個大約是寶玉做的。」賈政就不言語。

往下再看寶釵的，道是：

有眼無珠腹內空，荷花出水喜相逢。(9)
梧桐葉落分離別，恩愛夫妻不到冬。(10)——打一用物。

賈政看完，心內自忖道：「此物還倒有限。只是小小年紀，作此等言語，更覺不祥。看來皆非福壽之輩！……(11)」想到此處，甚覺煩悶，大有悲戚之狀，只是垂頭沉思。(以上參據〔甲辰本〕、〔程甲本〕增補)

◈脂批、注釋、解密：

(1)朝罷誰攜兩袖烟，琴邊衾裏總無緣：罷，完了，結束。朝罷，在封建帝王時代，群臣早晨要上朝廷晉見皇帝議事，朝罷就是上朝結束的意思。烟，群臣朝見皇帝議事時，宮殿上要以鼎爐燃香，這裡的烟就是指早朝時朝廷鼎爐的香烟。朝罷誰攜兩袖烟，意思是早朝結束時，是誰的兩個衣袖攜帶了朝廷鼎爐的香烟回去了；這句是「從杜甫《和賈至早朝大明宮》中『朝罷香烟携滿袖』句化出，暗寓榮華過後，兩手空空之意⑲」；這句是點示謎底是燃香出烟之類的東西。琴邊，琴的旁邊，古時士大夫以琴、棋、書、畫作為陶冶性情的娛樂，這時在旁邊常伴以鼎爐燃香，以增加雅靜氣氛。衾，音欽，大被。衾裏，大被的裡面，古時富有人家衣服被褥都要用熏爐、熏籠點香熏過，消毒又有香氣，甚至還「巧製『被中香爐』(見《西京雜記》)⑳」，放在被裡點香熏被子。琴邊衾裏總無緣，這句是上承前一句，點示這個謎底雖然是燃香出烟之類的東西，但是和琴邊及衾裏點燃的香總是沒有緣份，牽扯不上關係，也就是說這件東西並不是彈琴時點燃的鼎爐香，也不是放在被子裡的熏爐香。

這一個燈謎在〔庚辰本〕中是補記在本回回末的另一頁紙上，燈謎前並加批有「暫記寶釵製謎云」七個字。但在〔甲辰本〕、〔程甲本〕中則是納入原文之中，而且〔甲辰本〕還特別評注說：「此黛玉一生愁緒之意。」由此，對於這個燈謎究竟是寶釵或黛玉所製作的燈謎，在紅學界就形成一個爭論不休的公案，有人認為是寶釵的燈謎，有人認為是黛玉的燈謎，爭論到現在還沒有達成共識。主張寶釵燈謎的人認為〔庚辰本〕為較早期的《石頭記》版本，故應較正確，另外燈謎的詞句本身也頗合乎寶釵在寶玉出家後守寡的苦況。這樣說法雖然也能成理，但是十分勉強，因為寶釵最後守寡的苦況，在原書中並沒有描寫她如何痛苦煎熬的具體情節，並不合這個燈謎「焦首朝朝還暮暮，煎心日日復年年」兩句的情況，尤其末尾第二句「光陰荏苒須當惜」更不適合，試想一個失去丈夫的寡婦，只苦日子太多太長難熬，希望光陰快速過去，那裡還會愛惜、挽留光陰的流逝呢？倒是「焦首」、「煎心」兩句更切合黛玉孤苦無依、愛情挫敗，朝朝暮暮焦首憂傷，日日年年苦熬煎心的具體情節，而「光陰荏苒須當惜」也更切合黛玉應當愛惜光陰，不應率然年少就夭逝的情況。再說後來的〔甲辰本〕、〔程甲本〕、〔程乙本〕等版本，在後面又都有另一個原文就寫明是屬於寶釵的燈謎，而且其中的詞句「梧桐葉落分離別，恩愛夫妻不到冬」，很符合寶釵和寶玉婚姻關係的最後結局。這樣一來寶釵一人就有兩個燈謎，顯然重複，而第一女主角的黛玉反而一個燈謎也沒有，這是絕對不合理的，所以筆者認為這裡的這個燈謎應該是屬於寓示黛玉命運結局的燈謎，這樣黛玉和寶釵一人一謎，才合乎文章的結構及情節的完整性。

在內層真事上，這個燈謎是寓示黛玉影射的明朝、復明勢力屢戰屢敗，王朝輾轉變更，憂患連綿不絕，煎熬哀愁日日復年年，隨著光陰歲月逐漸消亡的命運結局。前面這兩句之中的「朝罷」，寓指明崇禎十七年三月，明朝崇禎北京王朝被李自成消滅而罷休的事。「烟」字寓指「香烟」、「香火」，即王朝香火國祚的意思。兩袖烟，寓指兩個衣袖的國祚香火，亦即寓指吳三桂既是明朝臣子，卻又投歸清朝，引清兵入關，一身攜帶著明朝與清朝兩袖的國祚香火，兩邊投機。琴邊，暗通諧音「黔邊」，寓指黔地貴州旁邊的雲南南明永曆王朝。衾裏，暗通諧音「京裏」，寓指北京裡面的明崇禎王朝。這兩句是寓寫說：「當黛玉明朝的崇禎北京王朝被李自成攻陷而罷休的時候，是誰（按指賈寶玉影射的吳三桂）腳踏兩條船，一身攜帶著明朝和清朝兩袖的國祚香火（按當時吳三桂既奉明崇禎帝之詔命勤王，卻又投靠清朝，引清兵入關），而兩邊投機呢？不論在北京裡的崇禎王朝或在黔地貴州旁邊的雲南永曆王朝兩地，黛玉明朝都和寶玉吳三桂沒有緣份（按三桂在雲南更擒永曆滅南明，且叛清後自立建朝而不恢復明朝）。」

(2) 曉籌不用雞人報，五夜無煩侍女添：曉，天亮的時候，清晨。籌，計算數目用的竹片、銅片等用具。曉籌，古時用竹籌來計算早晨的更點時刻，故曉籌又代指早晨的時刻。雞人，古代宮中負責在早晨代替公雞報時的人，稱為雞人；「宮中例不畜雞，有夜間不睡的專職衛士頭戴『絳幘』（象徵雄雞雞冠的紅布頭巾）候在宮門外，到了雞叫的時候，向宮中報曉。唐代詩人王維《和賈至早朝大明宮》詩：『絳幘雞人報曉籌。』後來，李商隱反其意說：『無復雞人報曉籌』，用以諷刺死於馬嵬坡的楊貴妃。㉑」曉籌不用雞人報，意思是如果有了謎底的這件燃香出烟的東西，就不用雞人來通報早晨的時刻了，可見謎底的這件東西是可以用來計時的東西。五夜，古代將夜間（從現在的晚上七點至隔天早上五點）分成五等份，總共五個時辰（每一時辰為現代的二小時）稱為五夜、五更、或五鼓。侍女添，指侍女為燃香的香爐添加香料。五夜無煩侍女添，意思是五更夜間使用了謎底的這件燃香出烟的東西，並不用麻煩侍女來添加香料，可見謎底是用於五更夜間但不需要添加香料的東西。這兩句就表面的小說故事來說，意思是製作這個燈謎的林黛玉憂心至極而徹夜難眠，人都是清醒著，所以早晨的時刻不用著報時的雞人來通報，五更夜間也不用麻煩侍女來添加香爐的香料。

在內層真事上，原文「雞人」二字在〈庚辰本〉中原作「人雞」，筆者在第一冊中已指出鄭成功在野史中素有「草雞」英雄的稱號，這裡所謂的「雞人」或「人雞」，都是寓指有「草雞稱號的人」鄭成功。五夜，暗通諧音「吳月」，寓指吳三桂反清自立政權的歲月、年代。這兩句是寓寫說：「朱明王朝已滅亡，破曉時籌謀聚議的朝會用不著了（曉籌不用），改由具有草雞稱號的人豪（雞人或人雞）鄭成功的明鄭延平王朝來報曉朝會，接續反清復明；至於吳三桂建立反清政權的歲月，並無需勞煩明朝主子來領銜（五夜、吳月無煩），因為本為明朝臣屬的吳三桂已添佔了皇帝的地位了（侍女添）。」

(3)焦首朝朝還暮暮，煎心日日復年年：焦首，燒焦頭部，又比喻極度苦惱頭痛。焦首朝朝還暮暮，這是點示謎底這件燃香出烟的東西，是從頭部燃燒起，把頭部都燒焦，而且每早每晚都在燒。煎心，煎燒中心部份，又比喻極度痛苦，猶如用火煎燒心窩一樣。煎心日日復年年，這是點示謎底這件燃香出烟的東西，是燃燒中心部份，而且日日都在燒，年年都在燒。這兩句就外表故事來說，是寓示黛玉的命運極度坎坷，朝朝暮暮都在痛心疾首，日日年年都在苦熬煎心。

在內層真事上，這兩句是寓寫說：「黛玉明朝的疆土從北方頭上起，不停地被清朝攻擊佔領，輾轉往南方退却縮小，臣民也不斷從頭上被剃髮征服，國土和百姓朝朝暮暮焦頭爛額，而且在滿清高壓統治下，明朝臣民的心靈日日年年受煎熬折磨。」

(4)光陰荏苒須當惜，風雨陰晴任變遷：光陰，時光、時間。荏苒，音忍冉，展轉遷移，指時間漸漸轉移過去。須當，應當。這兩句是點示謎底這件東西會啟示人們時間會漸漸轉移過去，必須珍惜時間有所作為，任由風雨陰晴如何變遷，都應當如此。從以上謎題八句話這麼多的描述，讀者不難猜到這個燈謎的謎底是古時用以夜間計時的更香。這兩句就外表故事來說，是以黛玉自嘲的口吻，寓示黛玉的最後結局將是經不住天氣及人世的風雨陰晴變化的襲擊，以致憂心患病早夭，而說道：「光陰歲月不停的轉移逝去，應當珍惜身體壽命，那些天氣及人世的風雨陰晴，就任由它去變遷，不要記掛在心中憂煩啊！」

在內層真事上，這兩句是寓寫說：「光陰歲月不停的轉移逝去，黛玉明朝的臣民應當珍惜時間，趕快奮起反清復國，從前那些類似天氣風雨陰晴的種種挫敗變遷，就任由它去，不要在意灰心啊！」

〔甲辰本批〕評注說：「此黛玉一生愁緒之意。」這是提示說：「這個燈謎是林黛玉所作的燈謎，而且是寓示黛玉的命運是一生都遭受哀愁情緒煎熬的意思。」在內層上，則是提示這個燈謎是寓示黛玉影射的末期明朝，一直都遭受著屢戰屢敗之哀愁情緒的煎熬，以至告終滅亡的意思。

(5)「賈政道：『這個莫非是更香？』」：更香，「古時為夜間打更而製的一種線香，燃完一支恰需一更的時間，故名。㉒」在內層真事上，更香二字是香火更替的意思，寓指晚明王朝香火不斷更替。這個謎底更香是寓示黛玉晚明的命運是屢戰屢敗，不斷遷地易主，王朝香火猶如更香在五更黑夜中不斷更替一樣（按由北京遷移至南京、福州、昆明等，最後轉移到廈門、臺灣的明鄭延平王朝），終於滅亡，而被清朝更替掉。

(6)南面而坐，北面而朝：南面而坐，面向南方而坐著，又古時帝王在宮殿上都是面向南方而坐，故南面而坐也隱含有帝王身分的意思。朝，向，對，朝見。北面而朝，面向北方而面對著，又古時臣子都是面向北方朝見帝王，故北面而朝也隱含有臣子身分的意思。「南面而坐，北面而朝」這兩句話，脫化自《孟子》〈萬章〉上篇說：「舜南面而立，堯帥諸侯北面而朝之。」《孟子》原典的意思是當堯帝將天子之位禪讓給舜之後，舜面向南方立為天子時，堯率領著天下諸侯面向北朝見舜。但是這裡作者將這兩句話的意義，轉化為更多層面的意義。其中的一層意義是說謎底的這件東西可以使一個人面向南方而坐著，轉變成面向北方而面對著自己。就外表故事來說，這兩句是寓示寶玉的命運是所追求的愛情適得其反，心中明明是好像面向南方而坐地朝向追求林黛玉的方向，所得的結果却是好像面向北方而朝的反方向，而和並不真心喜愛的薛寶釵結婚。

在內層真事上，這個謎語的賈寶玉轉變為影射大周皇帝吳三桂或其繼承人吳世璠，或他們祖孫相承的大周王朝。這兩句是寓寫說：「寶玉影射的吳三桂、吳世璠面向南方而坐登基為皇帝，他們的大周王朝座落在西南方雲、貴、湘、蜀一帶，但是目標是朝向北方抗清的。」

(7)象憂亦憂，象喜亦喜：這兩句典故出自《孟子》〈萬章〉上篇，弟子萬章問到有關舜知不知道其異母弟象想要殺他的問題，孟子回答說：「奚而不知也！象憂亦憂，象喜亦喜。」意思是說：「怎麼會不知道呢！舜只是因為兄弟手足情深，使他看到弟弟象憂愁，他也就憂愁，象歡喜，他也就歡喜。」這裡作者雖然引用《孟子》上的這兩句典故，但是卻仿傚《左傳》「斷章取義」的筆法，而將這兩句作了不同於原典意義的運用。象，這裡是指面貌形象。這兩句的意思是說謎底這件東西，如果你的面貌形象是憂愁的樣子，它也顯現出憂愁的樣子，如果你的面貌形象是歡喜的樣子，它也顯現出歡喜的樣子。從以上四句話的描述，讀者很容易就能猜出這個燈謎的謎底是鏡子。就外表故事來說，這兩句如果按照《孟子》原典是描寫兄弟手足情深的原意，用來詮釋是喻寫賈寶玉對其弟賈環手足情深，賈環憂愁，他也就憂愁，賈環歡喜，他也就歡喜，那是嚴重不合實際情節的。因為賈寶玉是賈政的正妻王夫人所生的嫡子，而賈環是賈政的妾趙姨娘所生的庶子，而且嚴父型的賈政對寶玉很嚴峻，常加斥責，並曾毒打至半死，對賈環則比較呵護，兩兄弟之間含有嫡庶的矛盾，又有父親態度寬嚴不同的差異，故而賈寶玉和賈環的兄弟之情是比較冷漠不親的。這兩句應是寓示寶玉人生所追求的目標（尤其是愛情），最後都有如鏡子中的影像一般地虛幻不實，徒然隨著鏡中影像的憂喜而憂喜，正因為如此，所以到後來他看穿了這一點，就毅然出家了。

在內層真事上，這兩句中的「象」字，是指大象，特指吳三桂、吳世璠大周王朝的大象部隊。這兩句是寓寫說：「寶玉吳三桂、吳世璠大周王朝後期的關鍵戰況，是他的大象軍戰敗憂傷，他就憂傷，大象軍戰勝欣喜，他就欣喜。」吳氏大周王朝訓練了一批大象，在作戰時排出象陣，作為衝鋒陷陣的奇兵。這批戰象在吳、清兩軍爭戰之中，產生了很奇特的關鍵性作用。例如康熙十六年三月，吳、清兩軍在長沙東南的大會戰中，有一路清軍戰勝，「清軍趁勢追至城下，忽然衝出一隊巨象，把清軍的陣勢衝垮，衝到前面的清騎兵都被象群踩倒在巨掌之下。清軍見勢不妙，紛紛敗退。㉓」這場大戰最後互有勝負，吳軍略勝，其中的關鍵因素之一是大象軍的勝負。其中也有大象軍遇清軍退走的情況，《平吳錄》的作者「時人孫旭曾以知情者的身份說道：『桂兵素所持者，雲南戰象四五十頭，逢戰必排為前隊，我軍（按指清軍）戰馬見輒戰栗（按或應為顫慄）。至是，象遇我兵輒退走。回陣，桂心憂甚。』㉔」當時知道內情的孫旭這番話，正好寫出象軍勝則吳軍喜，象軍敗則吳軍憂的狀況。又如康熙十九年「八月，胡國柱、王會奉命入川，統兵領『戰象』突襲納谿，陷瀘州。㉕」遂而趁勢進擊，奪回四川許多州縣的大片地盤。再如康熙二十年二月的北盤江江西坡之戰，「江西坡崇隆險峻，曲折盤旋，繞山而上，如螺紋。吳軍依險，出大象佈陣。還沒交戰，清兵及其戰馬就被大象嚇驚，回頭奔潰，蔡毓榮派正紅旗兵督戰，卻制止不住。吳軍驅趕大象趁勢而進，清正紅旗兵也返身奔逃。清軍疾走兩日夜，方停止退卻。清兵『死屍山積』，大約死於吳軍之手的，有十分之二、三；互相踐踏、被大象踩死、自相爭着逃命而彼此格殺的，約佔十分之六、七。㉖」都可見大象軍對於吳軍的關鍵性作用。

〔甲辰本批〕評注說：「此寶玉之鏡花水月。」鏡花水月，佛教用語，原意是指鏡中的花朵，和水中的月亮，而鏡中所反射的花朵，或水中所反射的月亮，都是看得見摸不著的虛幻不實形象而已，所以鏡花水月又用以比喻虛幻不實的形象、事物。佛教認為人世間一切事物變化無常，即使是人體本身也是由所謂四大（地、水、風、火）假合而形成，總有一天會壞死消滅，所以人世間一切事物都如鏡中花、水中月一般的虛幻假相而已，不值得懷念，人應該致力追求的是勤修佛法，以求明心見性，而能脫離人世間，轉生西方極樂世界，獲得靈魂的極樂永生，那才是真實不妄的境界。脂批這句話是提示說：「這個燈謎是賈寶玉所作的燈謎，而且是寓示寶玉所追求的目標最後都有如鏡中花水中月一樣的虛幻不實，無法實現的命運結局。」在內層真事上，這是提示這個燈謎是寓示賈寶玉影射的吳三桂、吳世璠大周王朝所追求反清復漢的目標，最後都猶如鏡中花水中月一樣的虛幻不實，無法實現。

(8)

「賈政道：『好！好！如猜鏡子，妙極！』」：在內層上，這裡賈政這樣說，一方面是寓寫作者假借賈政之口，讚嘆這個燈謎如猜謎底是鏡子實在是好極妙極，因為恰好可以切合賈寶玉影射的吳三桂、吳世璠大周王朝所追求反清復漢的目標，猶如鏡子反射的影像與實物正好相反一樣，最後都事與願違，以失敗告終的結局；尤其鏡子照人「象憂亦憂，象喜亦喜」的現象，又正好將大周王朝較後期的戰況，大象軍戰敗則憂，大象軍戰勝則喜的奇特現象，描繪得極其形象而逼真。更深一層的意義則是寓寫作者認為這個燈謎的謎底鏡子，和《紅樓夢》這部書的另一個書名《風月寶鑑》的意義相通，因為《風月寶鑑》也是一面鏡子（按第十二回描寫賈瑞重病，照看風月寶鑑致死的故事，有描寫說「有個跛足道人，……取出一面鏡子來，兩面皆可以照人，鏡把上鏨着風月寶鑑四字，遞與賈瑞」）。筆者在前面第一冊已曾指出所謂「風月寶鑑」，其中的「風」字是寓指清朝，「月」字是寓指明朝，而風月寶鑑就是「降清背明的寶貴鑑戒」的意思，是寓指吳三桂、孔有德、耿仲明、尚可喜等四漢王背叛明朝投降清朝，最後都自取滅亡的事跡，為世人背明（月）降清（風）行為的寶貴鑑戒（詳情請參閱第一冊第四章第五節）。這裡這個燈謎的謎題及謎底鏡子，不但寓寫吳三桂祖孫大周王朝反清失敗滅亡的事跡，而且鏡子又和「風月寶鑑」也是一面鏡子相同，所以這裡所寓寫吳三桂祖孫大周王朝反清失敗滅亡的事跡，實際上就是世人背明降清行為的寶貴鑑戒（風月寶鑑），因而作者假借賈政之口讚嘆這個謎底「鏡子」真是好極妙極！

(9)有眼無珠腹內空，荷花出水喜相逢：有眼無珠，有眼睛而沒有中間的眼珠子。有眼無珠腹內空，這句是點示謎底這件使用的東西（用物），形體上外表部份有眼孔，但是眼孔中間沒有類似眼珠子的東西，而內腹中間部份是中空的。荷花出水，荷也叫做蓮，為多年生草本植物，生長在淺水之中，荷葉平鋪在水面，夏天開白色、紅色或粉色的花，花由長長的花莖挺立在水面上方，甚是秀麗，其開花浮出水面的過程，大約是在農曆三、四月春夏之交，花莖開始抽高而挺著含苞的荷花突出水面，隨後到夏天再長得更高而盛放。荷花出水喜相逢，這句是點示謎底的這件東西，是在荷花剛突出水面的三、四月春夏之交天氣開始變熱的時候，會出現和使用的人相逢，並讓使用的人感到喜悅。

這兩句若用來喻寫外表故事的薛寶釵是嚴重矛盾不通的，因為小說角色的寶釵是一個既博學，又見識不凡的角色，絕對不是「有眼無珠腹內空」的草包蠢蛋。而且第二句「荷花出水喜相逢」也不合寶釵和寶玉相逢的情況。若「喜相逢」是指寶釵和寶玉第一次相逢的情況，則小說中第八回第一次描寫賈寶玉和薛寶釵相見，是寶玉前去梨香院拜訪，寶玉先入薛姨媽室中，薛姨媽見面笑說：「這麼冷天，我的兒，難為你想着我」，可見時間是在冬天，而不是在荷花出水的春夏之交的時候。若「喜相逢」是指寶釵和寶玉結婚大喜的事，那麼書中第九十七回描寫寶釵和寶玉成婚的故事，並沒有明寫是在荷花出水的春夏之交的時候，而且當時寶玉因失玉而有點瘋傻，那場婚事是由鳳姐設計表面上瞞騙寶玉說要娶黛玉，過程中再使用掉包的計策，將新娘掉包為寶釵，寶玉並不是心甘情願娶寶釵，況且就在同一天黛玉病亡，寶玉知道後悲慟不已，後來甚至因此而看破紅塵出家，可見寶釵和寶玉成婚的事，實質上並不是一件夫妻喜相逢的喜事，而是一個悲劇。

就內層真事說，這個燈謎的製作人寶釵是寓指吳三桂的雲南藩王政權或大周政權（含部眾），燈謎句中的「珠」字，拆字為「朱王」，寓指「朱明王朝」。喜相逢，指寶釵和寶玉歡喜相逢，寓指寶釵影射的雲南藩王政權或大周政權和寶玉影射的吳三桂皇帝身分歡喜相逢，也就是寓指吳三桂登基為皇帝，和大周政權結合為一體，君臣一片歡喜這件事。這兩句是寓寫寶釵影射的吳三桂雲南藩王政權或大周政權（部眾）眼中無朱明王朝（無珠），腹內空空無見識，而愚笨地擁戴寶玉影射的吳三桂在荷花剛露出水面的時候，登基稱皇帝（按為康熙十七年三月三日），兩者如夫妻般歡喜相逢而結合一體。

(10) 梧桐葉落分離別，恩愛夫妻不到冬：梧桐，為落葉喬木，樹幹端直，色青，高二、三丈，葉闊大，夏天開黃色小花，種子可食，木材可製器具，樹皮可取油，也可製繩、造紙。梧桐葉落，指梧桐葉子飄落的秋季天氣變涼的時候。這兩句是點示謎底的這件東西，在梧桐葉子飄落的秋季天氣變涼的時候就和使用的人分開別離，它和使用的人之間所具有的類似恩愛夫妻互相摟抱共眠的親密關係，不會延續到寒冷的冬季。由以上四句詩的描述，可見謎底的這件東西是外表有眼孔，而內腹中空的物品，它在荷花剛突出水面的春夏之交天氣開始變熱的時候出現，而和使用它的人發生類似恩愛夫妻互相摟抱共眠的親密關係，到了梧桐葉子飄落的秋季天氣變涼的時候，就和使用的人分開別離，兩者互相摟抱共眠的類似恩愛夫妻的關係不會延續到寒冷的冬季。由此不難推測謎底的這件東西是一件夏季天氣炎熱期間，人們摟抱著取涼，而外表有眼孔內部中空的東西。

就外表小說故事說，這兩句是預示寶釵和寶玉婚姻的最後結局，是在梧桐葉子飄落的秋季分開別離，兩人恩愛夫妻的關係，不會延續到冬季。這基本上是符合小說中所描寫的實際故事情節的。第一百十八回至一百十九回描寫寶玉是在參加舉人考試出場時，在龍門口（即試場門口）走失，然後隨著一僧一道飄然離去的。而明清時代的舉人鄉試是在仲秋八月舉行的，故寶玉確實是在梧桐葉子飄落的秋季走失離家，而與寶釵分開別離的。第一百二十回描寫賈政見到寶玉離去的情景說：「那天乍寒下雪，泊在一個清靜去處。……抬頭忽見船頭上微微的雪影裏面一個人，光着頭，赤着腳，身上披着一領大紅猩猩毡的斗篷，向賈政倒身下拜。……賈政才要還揖，迎面一看，不是別人，却是寶玉。」從文中「那天乍寒下雪」、「雪影裏面一個人」的詞句，可見寶玉是在冬天下雪時拜別父親賈政而離去的，所以寶釵和寶玉夫妻關係的最後結局，確實是「恩愛夫妻不到冬」。只是他們兩人的夫妻關係很冷淡，談不上「恩愛夫妻」，這一層倒是不很吻合。

在內層真事上，這兩句是寓寫寶玉影射的吳三桂在梧桐葉子飄落的秋季病亡（按時間是康熙十七年八月十八日，或說十七日），而與寶釵影射的大周政權、部眾分開別離，因此兩者猶如恩愛夫妻般結合一體的關係，延續不到冬天。

〔甲辰本批〕評注說：「此寶釵金玉成空。」金玉，這兩字具有雙重涵義，在一般意義上因為金和玉都是貴重的物品，故以金玉比喻富貴；在特殊意義上是以金字暗點左邊部首為「金」字的「釵」字，即暗點寶釵，以玉字暗點寶玉，故金玉寓指寶釵和寶玉的姻緣。金玉成空，在外表故事上是寓指寶釵和寶玉的美滿姻緣落空。在內層上，脂批這句話是提示說：「這個燈謎是薛寶釵所作的燈謎，而且是寓示寶釵影射的大周政權部眾的命運結局，是他們擁戴吳三桂稱帝建朝，想要達到金玉富貴的期望落空了。」

(11)

「此物還倒有限。只是小小年紀，作此等言語，更覺不祥。看來皆非福壽之輩！……」：此物還倒有限，這是描寫賈政知道謎底的這件東西，是使用的時間倒還有限的東西，因為只在天氣熱的期間才使用。這裡作者採取有異於前面的燈謎都由賈政說出謎底的寫法，故意不寫出這個燈謎的謎底究竟是什麼東西，要讓讀者自己去猜。這個燈謎由於《紅樓夢》原書並未寫出謎底，所以歷來紅學家們就各自猜解謎底，而有不同的說法，不過以「竹夫人」的說法較為合理，也獲得較多數人的認同。竹夫人，又名「竹奴」，或「青奴」，是用帶有竹皮的長竹片編成的圓柱形竹器，長三、四尺，外表滿是竹片圍成的洞眼，又是中空，可以內外通風，舊時人們在春夏之交天熱後，睡覺時猶如今人抱長枕般地摟抱著這種竹器用以取涼（因其外層竹皮清涼，又中空通風），秋季天涼後就不用了，由於它是竹做的，又是供人摟抱著取涼，所以稱作竹夫人。這裡賈政所說「看來皆非福壽之輩」的話，如果用來詮釋小說故事的薛寶釵，並不完全符合，因為寶釵雖然因寶玉出家而年輕守寡，合乎「非福之輩」的情況，但小說中並未描寫寶釵早死，她活到幾歲小說並未交代，因此並不合乎「非壽之輩」的情況。

就內層真事來說，這個寶釵燈謎的謎底竹夫人，及賈政所說的話，就完全符合寶釵影射的大周王朝政權的命運結局了，大周王朝政權正是在春夏之交的三月時擁抱吳三桂稱帝，只圖得一夏的爽快，到了同年秋天八月天涼時吳三桂就病亡離去，此後就中心無主，而且頻頻戰敗，國土處處被清軍突破，漏洞百出，活像內腹中空，外表佈滿眼孔的一具竹夫人一樣，三年後就被清朝消滅了。

綜觀以上燈謎，作者竟能以荔枝、硯台、炮竹、算盤、風箏、佛前海燈、更香、鏡子、竹夫人等物品作成燈謎，表面上既能描摹這些物品的特質，底裏又能寓示吳三桂大周政權反清聯盟相關各重要人物、政權的命運，而表裏都能各極其妙，作者的靈思妙筆，真是令人嘆為觀止。

◈真相破譯：

賈政大周王朝政權再往下觀看，是黛玉影射的明朝、復明勢力的戰爭情況，寫說是：

朝罷誰攜兩袖烟，琴邊衾裏總無緣。（這個東西類似早朝結束時，誰的兩個衣袖攜帶回去的朝廷鼎爐的香烟，能夠燃香出烟，但是和琴邊及大被裏點燃的香總是沒有緣份，牽扯不上關係。）

曉籌不用雞人報，五夜無煩侍女添。（使用了這件東西，就不用雞人來通報早晨的時刻了，五更夜間也不用麻煩侍女來添加香料。）

焦首朝朝還暮暮，煎心日日復年年。（它是從頭部燃燒起，把頭部都燒焦，每早每晚都在燒，它是燃燒中心的部份，日日都在燒，年年都在燒。）

光陰荏苒須當惜，風雨陰晴任變遷。——打一用物。（它啟示人們時間會漸漸轉移過去，必須珍惜時間有所作為，任由風雨陰晴如何變遷，都應當如此。——要猜某一種使用的物品。）

這個燈謎是寓示黛玉影射的明朝、復明勢力的命運、結局。首聯兩句「朝罷誰攜兩袖烟，琴邊衾裏總無緣」，是寓示說：「當年黛玉明朝的崇禎北京王朝被李自成攻陷而罷休的時候，是誰（按指吳三桂）一身攜帶著明朝和清朝兩袖的國祚香火（按當時吳三桂既奉明崇禎帝之詔命勤王，卻又投靠清朝，引清兵入關），而兩邊投機呢？不論在北京裡（按衾裏通諧音京裏）的崇禎王朝或在黔地貴州旁邊（按琴邊通諧音黔邊）的雲南永曆王朝兩地，黛玉明朝都和寶玉吳三桂沒有緣份（按三桂在雲南更擒永曆滅南明，且叛清後自立建朝而不恢復明朝）。」

第二聯頷聯兩句「曉籌不用雞人報，五夜無煩侍女添」，是寓示說：「朱明王朝已滅亡，破曉時籌謀聚議的朝會用不著了（曉籌不用），改由具有草雞稱號的人豪（雞人或人雞）鄭成功的明鄭延平王朝來報曉朝會，接續反清復明；至於吳三桂建立反清政權的歲月（按五夜通諧音吳月），並無需勞煩明朝主子來領銜（五夜、吳月無煩），因為本為明朝臣屬如侍女般的吳三桂已添佔了皇帝的地位了（侍女添）。」

第三聯頸聯兩句「焦首朝朝還暮暮，煎心日日復年年」，是寓示說：「黛玉明朝的疆土從北方頭上起，不停地被清朝攻佔縮小，臣民也不斷從頭上被剃髮征服，國土和百姓朝朝暮暮焦頭爛額（焦首），而且在滿清高壓統治下，明朝臣民的心靈日日年年受煎熬折磨（煎心）。」

末聯兩句「光陰荏苒須當惜，風雨陰晴任變遷」，是寓示說：「光陰歲月不停的轉移逝去，黛玉明朝的臣民應當珍惜時間，趕快奮起反清復國，從前那些類似天氣風雨陰晴的種種挫敗變遷，就任由它去，不要在意灰心啊！」

賈政大周王朝政權觀看後說：「這個燈謎的謎底莫非是更香？」寶玉影射的吳三桂核心部將群代為回答說：「是的。」（按謎底更香是寓示黛玉晚明的命運是屢戰屢敗，王朝香火猶如更香在五更黑夜中不斷更替一樣，最後被清朝更替掉。）

賈政大周王朝政權又觀看另一個戰況，寫說：

南面而坐，北面而朝。（這個東西可以使人面向南方而坐著，轉變成面向北方而面對著自己。）

象憂亦憂，象喜亦喜。——打一用物。（如果人的面貌形象是憂愁的樣子，它也顯現出憂愁的樣子，如果人的面貌形象是歡喜的樣子，它也顯現出歡喜的樣子。——要猜某一種使用的物品。）

這個燈謎是寓示寶玉影射的吳三桂、吳世璠大周王朝的命運、結局。前面兩句「南面而坐，北面而朝」，是寓示說：「寶玉影射的吳三桂、吳世璠面向南方而坐登基為皇帝，他們的大周王朝座落在南方（按在雲、貴、湘、蜀地區），但是目標是朝向北方抗清的。」後面兩句「象憂亦憂，象喜亦喜」，是寓示說：「寶玉吳氏大周王朝較後期的關鍵戰況，是他的大象軍戰敗憂傷，他就憂傷，大象軍戰勝欣喜，他就欣喜。」

賈政大周王朝政權觀看後說：「好！好！如果猜這個燈謎的謎底是鏡子，真是妙極了！」（按這實際上是作者假借賈政之口，讚嘆謎底鏡子恰好可以切合賈寶玉影射的吳三桂、吳世璠大周王朝所追求反清復漢的目標，猶如鏡子反射的影像與實物正好相反一樣，最後都事與願違，而以失敗告終的結局；尤其鏡子照人「象憂亦憂，象喜亦喜」的現象，又正好將大周王朝較後期的戰況，大象軍戰敗則憂，大象軍戰勝則喜的奇特現象，描繪得極其形象而逼真，實在好極妙極！）寶玉影射的吳三桂核心部將群笑著回答說：「是的。」賈政大周王朝政權說：「這一個燈謎却沒有寫名字，是誰做的？」賈母影射的吳三桂說：「這個大約是做來寓示寶玉影射的吳三桂、吳世璠大周王朝的命運結局的；」賈政大周王朝政權聽到這麼說就不說話了。

賈政大周王朝政權往下再看寶釵影射的吳氏雲南藩王政權或大周王朝政權（含部眾）的戰況，寫說是：

有眼無珠腹內空，荷花出水喜相逢。（這個東西外表上有眼孔，眼孔中間沒有類似眼珠子的東西，而內腹中間部份是中空的，它在荷花剛露出水面的春夏之交天氣開始變熱的時候，會出現和使用的人相逢，並讓使用的人感到喜悅。）

梧桐葉落分離別，恩愛夫妻不到冬。（它在梧桐葉子飄落的秋季天氣變涼的時候就和使用的人分開別離，它和使用的人之間有著類似恩愛夫妻互相摟抱共眠的親密關係，但是這種關係不會延續到寒冷的冬天。）——**打一用物。**（要猜某一種使用的物品。）

這個燈謎是寓示寶釵影射的吳三桂雲南藩王政權或大周王朝政權（含部眾）的命運、結局。前面兩句「有眼無珠腹內空，荷花出水喜相逢」，是寓示說：「寶釵影射的吳三桂雲南藩王政權或大周政權（含部眾）眼中無朱明王朝（按珠字拆字為朱王，寓指朱明王朝），腹內空空無見識，而愚笨地擁戴寶玉影射的吳三桂在荷花剛露出水面的春夏之交時，登基稱皇帝（按為康熙十七年三月三日），兩者如結婚大喜般相逢結合。」後面兩句「梧桐葉落分離別，恩愛夫妻不到冬」，是寓示說：「寶玉影射的吳三桂在梧桐葉子飄落的秋季病亡（按時間是康熙十七年八月十八日，或說十七日），而與寶釵影射的大周王朝政權、部眾分開別離，因而兩者猶如恩愛夫妻般結合一體的關係，延續不到冬天。」

賈政大周王朝政權看完，心內自己忖度說：「謎底這件東西是使用的時間倒還有限的東西，因為只在天氣熱的期間才使用。只是寶釵影射的大周王朝政權建立不久，猶如小小年紀的孩童，就作這種自荷花出水的春夏之交相逢結合，到梧桐葉落的秋天天涼時就分離別的言語，來寓示其命運，更感覺不吉祥。看來寶釵等所影射的大周王朝政權各勢力都不是有福氣而長壽之輩！……」（按這個寶釵燈謎的謎底，紅學界大都認為是天氣炎熱時人們抱著取涼的竹夫人，這是比喻寶釵影射的大周王朝政權的命運結局，在吳三桂病亡後，就中心無主，而且頻頻被清軍打敗，國土殘破，漏洞百出，活像內腹中空，外表佈滿眼孔的一具竹夫人一樣。）賈政大周王朝政權想到這裡，感覺很煩悶，大有悲戚之狀，只是垂頭沉思，振作不起來。

第六節　賈府猜燈謎活動散場故事的真相

◈原文：

（本行起根據《紅樓夢校注》所抄錄之〔戚序本〕增補）**賈母見賈政如此光景，想到或是他身體勞乏亦未可定，又兼之恐拘束了眾姊妹不得高興玩耍(1)，即對賈政云：「你竟不必猜**

了，去安歇罷。讓我們再坐一會，也好散了。」賈政一聞此言，連忙答應幾個「是」字，又勉強勸了賈母一回酒，方才退出去了(2)。回至房中只是思索，翻來覆去竟難成寐，不由傷悲感慨，不在話下。

且說賈母見賈政去了，便道：「你們可自在樂一樂罷。」一言未了，早見寶玉跑到圍屏燈前，指手畫腳，滿口批評，這個這一句不好，那一個破的不恰當，如同開了鎖的猴子一般(3)。寶釵便道：「還像適才坐着，大家說說笑笑，豈不斯文些兒。(4)」鳳姐自裡間忙出來插口道：「你這個人，就該老爺每日令你寸步不離方好。適才我忘了，為什麼不當着老爺，攛掇叫你也作詩謎兒。若果如此，怕不得這會子正出汗呢(5)！」說的寶玉急了，扯着鳳姐兒，扭股兒糖似的只是厮纏(6)。賈母又與李宮裁並眾姊妹說笑了一會，也覺有些困倦起來(7)。聽了聽已是漏下四鼓，命將食物撤去，賞散與眾人。隨起身道：「我們安歇罷(8)！明日還是節下，該當早起。明日晚間再玩罷！」(9)（以上根據《紅樓夢校注》所抄錄之〔戚序本〕增補）

◈脂批、注釋、解密：

(1)賈母見賈政如此光景，想到或是他身體勞乏亦未可定，又兼之恐拘束了眾姊妹不得高興玩耍：在內層真事上，賈母，到這裡轉變為史太君的身份，即由影射吳三桂轉變為影射決定歷史走向的母源，也就是決定王朝盛衰命運的天命、老天爺，或本書作者所敘述的歷史本身。賈政，到這裡則由影射大周王朝政權兼含部眾、群臣，向上提升為影射大周王朝政權兼含大周皇帝身分的吳三桂。他身體勞乏，寓指賈政影射的大周皇帝吳三桂指揮抗清，且又生了病，身體勞累。恐拘束了眾姊妹不得高興玩耍，這句是寓寫老天爺又恐怕吳三桂如果不病亡休息，會拘束了大周王朝政權內部如同眾姊妹的眾部將，不能好像高興玩耍一般地各行其是，盡情發揮。按因為吳三桂活著時，眾部將都會聽命而受到統一約束，有不同想法的人都不能高興地發揮，例如有些部將期望往長江以北進軍，都因吳三桂固守長江以南的戰略思想而被壓抑住，或部將之間有恩怨磨擦也隱忍壓抑著，不敢公然採取行動報復等等，只有吳三桂死亡，無人能夠有效管束眾部將，眾部將才能好像高興玩耍似地各行其是，把各自的想法、行動盡情發揮出來，這樣才能促使大周王朝爆發內亂，加速其敗亡，這樣的狀況作者卻採用這樣簡短的一句家常話來加以喻寫，真是妙絕。

(2)

「賈政一聞此言，連忙答應幾個『是』字，又勉強勸了賈母一回酒，方才退出去了。回至房中只是思索，翻來覆去竟難成寐，不由傷悲感慨，不在話下。」：在內層真事上，這幾句是寓寫：「賈政影射的大周皇帝吳三桂，就好像一下子聽到賈母影射的老天爺有這樣的言語、意旨似的，連忙答應幾個『是』字，又勉強勸了賈母老天爺一回酒，向老天爺表示敬意，再撐持了一陣子，方才退出戰事的指揮，去專心養病了。回至房中養病休息，只是思索這場反清運動的種種，翻來覆去竟難成眠，不由得傷悲感慨，不在話下，而終於病亡。」按這幾句是以另類文筆，寓寫大周皇帝吳三桂於康熙十七年八月十八日（或說十七日）因病去世，死時感慨萬千，很不甘心的情事。

(3)「且說賈母見賈政去了，便道：『你們可自在樂一樂罷。』一言未了，早見寶玉跑到圍屏燈前，指手畫腳，滿口批評，這個這一句不好，那一個破的不恰當，如同開了鎖的猴子一般」：這幾句是描寫嚴父型的賈政離去之後，賈府眾兒女不受到拘束，就可自由自在玩樂起來，尤其是素來懼怕父親賈政的寶玉，就如同開了鎖的猴子一般，指指點點地批評父親及眾姊妹有關作燈謎、猜燈謎的是非。

在內層真事上，這裡寶玉是影射吳三桂的核心部將群。這幾句是寓寫說：「且說賈母老天爺看見賈政影射的大周皇帝吳三桂生病去世了，便降下天意說：『你們這些吳三桂的眾部將可以自由自在、各行其是地樂一樂了罷。』這一句話還沒說完，早就看見寶玉影射的吳三桂核心部將群，跑到有如圍屏燈一般的抗清戰線議題前面上，指手畫腳，滿口批評，從前這一個方面這一句決策不好，那一個方面對清軍的破解策略不恰當，就如同開了鎖而不受拘束的猴子一樣。」在吳三桂於康熙十七年三月正式登基稱皇帝，建立大周王朝之前，其反清聯盟已經出現顯著敗象，西北陝西舊將王輔臣兵敗平涼，而投降清朝，東南的福建耿精忠、廣東尚之信也都戰敗，而投降清朝，即使在吳三桂坐鎮指揮的湖南地區，也被清軍從北、東、南三面環攻，險象環生，吳三桂本人南北奔馳救援，十分勞累，到了康熙十六年底，他就身心不堪負荷而生了一場大病。吳三桂稱帝建朝除了留名青史的考量之外，還有重新整頓陣容，再振士氣的考量。但是稱帝之後情勢更加惡化，先是江西吉安失守，守將韓大任降清，接著清軍攻佔湖南長沙東面屏障的瀏陽、平江，又攻佔衡州南方門戶的永興；更糟的是軍心動搖，他的部屬一批又一批投降清朝，吳三桂日夜憂惶，形容憔悴。到了當年八月時，吳三桂突然得了「中風噎嗝」的病症，接著又添了「下痢」，腹洩不止，醫藥無效，終於在八月十八日（或說十七日）病亡於首都衡州㉗。

吳三桂突然病亡，為防軍心渙散，衡州眾臣先匿喪不發，並緊急召回在前線作戰的核心諸部將。衡州諸將緊急聚議，公推吳國貴總理軍務，並派使胡國柱按照吳三桂遺命前往雲南迎接太孫吳世璠前來衡州繼承大周皇帝之位。此時吳三桂的核心部將群就各是其是，內部起了重大衝突。一個重大衝突是，總理軍務的「吳國貴集湖南諸將共議大計，提出欲與清軍拼死一搏，再決高低的作戰方略。他說：『從前所謂大誤。今日之計，宜捨滇不顧，北向以爭天下，以一軍圍荊州、略襄陽，直趨河南；一軍下武昌，順流而下，經略江北。……』然而，諸將皆無進取之意，『具重棄滇，馬寶首梗議，一倡百和，計遂不行』。㉘」吳國貴空有總理軍務之名，但諸將不受約束。另一個重大衝突是，「國柱到達雲南，向留守的郭壯圖（按為三桂另一女婿）傳達眾將的意見，準備護送世璠去衡州。郭壯圖當即表示反對，他認為雲南為根本重地，世璠不能輕易出國門。國柱極力說明，壯圖根本不聽，以為可棄湖南，守險隘，猶可以在雲南作『夜郎王國』，力阻世璠離開雲南。……實際上，壯圖有自己的打算。他有一個女兒嫁給了世璠，三桂一死，世璠必然即位，立皇后。與他的女兒爭皇后的還有衛樸（按為三桂另一女婿）的女兒。壯圖力圖把世璠控制在自己手裏，因此就不准他去衡州。國柱無奈，哭着離開雲南而去。㉙」這兩個重大衝突事件，充分顯示吳三桂一死，還未及安葬，他的核心部將群，就各懷心思，各自為私利而打算，不受節制，於是愛守湖南的守湖南，愛留守雲南的就留守雲南，各自擁兵攻守，力量分散，更糟的是軍心渙散，一戰就逃散，或蓄意投降清朝。原文這幾話就是寓寫吳三桂死後，寶玉影射的吳三桂核心部將群之中的吳國貴，批評賈政影射的吳三桂舊的決策大誤（尤其是不進軍江北這層），及其他部將間互相指責，如無人管束，各行其是的混亂狀況。這裡作者將這種混亂狀況比喻描寫為賈府眾姊妹「高興玩耍」、「自在樂一樂」，或寶玉「指手畫腳，滿口批評」、「如同開了鎖的猴子一般」，真是比喻得形象極了。

(4)「寶釵便道：『還像適才坐着，大家說說笑笑，豈不斯文些兒。』」：這幾句是描寫壽星的寶釵，看到寶玉在賈政離開後，就興奮得指手畫腳地滿口批評他的父親及眾姊妹，「如同開了鎖的猴子一般」，實在鬧得太不成體統了，所以便勸寶玉還是像剛才賈政在的時候那樣坐着，大家說說笑笑，比較斯文有風度一些。

在內層真事上，這裡寶釵是比照外表故事描寫其個性「穩重和平」，而影射吳三桂核心部將群中比較態度穩重的人，也就是前述馬寶等反對往江北進軍冒險的大多數部將。這幾句話是寓寫寶釵影射的馬寶等大多數態度穩重的部將群，便表示說：「你寶玉影射的吳國貴還是像才剛不久前賈政影射的大周皇帝吳三桂還活著的時候那樣坐着，不要站在總理軍務的高位上亂指揮，而且照舊坐守在長江以南，和大家說說笑笑，一起和氣抗清，豈不是比較斯文穩重一些。」按吳國貴批評吳三桂從前不進軍江北為「大誤」，應是正確的，因為當初清軍還來不及集結到江北來，兵貴神速，本就該往江北突進，將清軍打個措手不及。可是到了吳三桂病亡時，情勢已大大逆轉，吳軍軍力、領土已大為萎縮，清軍則傾全國之兵集中包圍在吳軍外圍，要突圍北攻難度很高，也非常冒險，尤其諸將家眷都在雲南，要他們棄雲南北攻，他們實在很惶恐，所以多採持重態度，希望照舊在長江以南奮戰，冀求保全雲南及家眷財產。不過堅守在長江以南奮戰，眼看滅亡只是時間問題，吳國貴主張往江北搏命進攻，不失為突破困局，逆勢求生的一步棋，只是時機已失，冒險的成份太高。

(5)「鳳姐自裡間忙出來插口道：『你這個人，就該老爺每日令你寸步不離方好。適才我忘了，為什麼不當着老爺，攛掇叫你也作詩謎兒。若果如此，怕不得這會子正出汗呢！』」：攛掇，音竄朵（入聲），俗謂勸人有所舉動曰攛掇，猶言慫恿、鼓動。在外表故事上，鳳姐是賈家榮國府掌理家務的當家人，這幾句是描寫當家的鳳姐顧慮到少女的寶釵對寶玉的勸說可能沒有效，所以趕忙從裡間出來插口管這件事，想以當家人的權威來壓服調皮胡鬧的寶玉，可以說敘述很有層次。

在內層真事上，這裡當家人的鳳姐是影射當時新當權主政的吳世璠新王朝朝廷；按吳三桂死後遲至康熙十七年十月才由衡州運回雲南發喪，吳世璠接著繼位，改以雲南昆明為首都，因才只是十幾歲少年，實際政權由其岳父郭壯圖掌控。裡間，寓指大周王朝領域中離外圍較遠的裡面雲南昆明首都。作詩，暗通諧音「作師」，寓指「興作師旅」的意思。作詩謎，寓指興作師旅去進行反清作戰，置身於命運如謎一般難測的境地。汗，這裡是暗指汗王，歷史上關外部族的君長稱為「可汗」（音克含）或「汗」，如眾所周知的蒙古族君長鐵木真稱為「成吉思汗」或「天可汗」，這裡是特別寓指滿清皇帝，因為滿清原是關外部族，其君長在關外時都稱汗，如努兒哈赤稱為天命汗，皇太極稱為天聰汗。出汗，這裡是寓指把滿清皇帝趕出關外去當汗王的意思。這幾句是寓寫「鳳姐影射的吳世璠大周王朝朝廷自裡間的雲南昆明趕忙出來，插口說：『你寶玉這個人影射的諸核心部將，就該老爺賈政影射的吳三桂每日命令你們寸步不離他身邊的長江以南抗清才好。適才他未死前我忘了，為什麼不當着老爺賈政吳三桂的面，鼓動他叫你們也興師往江北反清，奮不顧身地置身於命運如謎一般難測的境地。若果當初情勢好的時候能夠如此，怕不得這個時候我們已經大勝，而正在把滿清皇帝趕出關外去當汗王了呢！』」這幾句說得直接明白一點，就是鳳姐影射的吳世璠、郭壯圖大周新朝廷出來宣示雲南中央的意見，要求核心部將群還是遵照吳三桂的舊命，寸步不離長江以南抗清才好，想往江北進軍，那是當初清兵尚未集結時的事，當時如果能夠鼓動吳三桂往江北攻清奮戰，現在恐怕已經攻到北方，正在把滿清皇帝趕出關外當汗王了，可是時機已過，現在不能這麼做了。

(6)說的寶玉急了，扯着鳳姐兒，扭股兒糖似的只是廝纏：扭股兒糖，「用麥芽糖製成的兩股或三股扭在一起的食品（按為零食）。㉚」扭股兒糖似的，「常用來形容撒嬌時或害羞時身體扭揑的情態。㉛」廝纏，相糾纏，糾纏不清。這幾句是描寫寶玉聽到鳳姐的話，有慫恿父親賈政命他寸步不離，並逼他讀書，作詩謎的意思，嚇得急了，於是拉扯著鳳姐，身體像幾股扭成的麥芽糖似的糾纏著撒嬌，希望鳳姐不要真的這麼做。但是試想這時寶釵作十五歲生日，寶玉小寶釵一歲，已是十四歲的俊秀少男，而且是貴族世家的公子，特別注重禮教，竟然對二十幾歲少婦的二嫂鳳姐，將身體像麥芽糖似的扭揑糾纏著撒嬌，簡直太不成體統了，實在是違禮悖常，很奇怪而不通的。

在內層真事上，這幾句是寓寫鳳姐影射的吳世璠雲南朝廷說著這些抗清的話，而清軍就正追擊過來，於是寶玉影射的吳三桂諸核心部將心裡急了，只得推擁、牽扯着鳳姐兒影射的吳世璠大周新朝廷共同抗清，但是他們時或順服，時或抵制，百般扭捏作怪，就好像兩三股扭成的麥芽糖似的只是糾纏不清。按郭壯圖是三桂的女婿，奉命留守雲南。而三桂的其他女婿胡國柱、夏國相，侄兒吳應期、吳國貴，愛將馬寶等都隨三桂至湖南前線作戰，都是三桂最看重的能征善戰猛將，性格上更形彪悍。如今留守後方的郭壯圖竟然挾吳世璠來命令他們，而且他棄守湖南的戰略思想，更讓這些在湖南前線作戰多年的諸部將，感到很痛心，所以他們很不服氣郭壯圖的領導，因而時而順服，時而抵制刁難。其中最嚴重的是吳應期，他被吳世璠特別尊重而加封為楚王，竟然於康熙十九年密謀篡位，想廢棄吳世璠，取而代之，被郭壯圖偵知，先行設謀將他捕殺㉜。這裡作者將吳世璠大周王朝內部幾股勢力，互相糾纏不清，以致摩擦內耗的情況，比喻為「扭股兒糖似的只是廝纏」，真是奇絕妙筆，虧他怎麼想得出來。

(7)　賈母又與李宮裁並眾姊妹說笑了一會，也覺有些困倦起來：在內層真事上，李宮裁，其中的「宮裁」二字有「宮廷的裁決者」的意思，由此引申為寓指吳世璠大周王朝的吳世璠、郭壯圖等宮廷派勢力，其實與鳳姐影射的對象相同。眾姊妹，即賈府眾姊妹，寓指吳世璠大周王朝外圍的原吳三桂諸核心部將，其實與寶玉影射的對象相同。這幾句是寓寫賈母老天爺見到吳世璠大周王朝這種君臣糾纏不和的困境，又與李宮裁影射的吳世璠、郭壯圖等宮廷派勢力，及眾姊妹影射的胡國柱、吳應期等諸核心部將，說笑調和雙方和樂相處了一陣子，但是調和得很費力，連老天爺也感覺有些困倦起來，油然產生無力感。

(8)「（賈母）命將食物撤去，賞散與眾人。隨起身道：『我們安歇罷！』」：在內層上，這幾句是寓寫賈母老天爺使盡力氣調和大周王朝君臣間的糾纏不和，弄得很困倦，而沒什麼效果，認定大周王朝已經無可救藥了，於是老天爺命令大周王朝將供給食物的官職俸祿撤去，將物質賞散給眾人去各謀生路，隨後老天爺起身準備離開，而說：「我們大周王朝就結束安息吧！」這是作者假借老天爺的口氣，暗寫大周王朝最後由於君臣間的糾纏不清，磨擦內耗，無可救藥，被天命拋棄，而終於滅亡結束。按康熙二十年十月二十八日，清軍圍攻昆明城甚急，城內吳將密謀發動兵變，欲擒吳世璠、郭壯圖向清軍投降，吳世璠、郭壯圖聞變都舉刀自刎而死，於是大周王朝滅亡㉝。

(9)本回回末另一頁：〔庚辰本回末總評〕等評注說：「此回未成而芹逝矣，嘆嘆！丁亥夏，畸笏叟。」芹，即曹雪芹，暗通諧音「朝血親」，影射吳三桂質押在北京朝廷中的血親長子吳應熊。丁亥夏，康熙十三年五月二十四日夏季丁亥日㉞，按吳應熊是在當年四月十三日，被康熙下令處死，但是消息傳至湖南吳三桂處，已是六月㉟，這裡配合脂批慣用「丁亥夏」這個日期，而將吳應熊死亡的日期注記在接近的五月二十四日丁亥日。畸笏叟，影射建立畸形漢人朝廷的老叟吳三桂，或其大周政權。這一條脂批是提示說：「這一回故事所寓寫吳三桂反清戰爭的事件還未完成，而曹雪芹影射的吳三桂北京朝中的血親吳應熊父子就已經被處死逝世了，真是令人浩嘆又浩嘆啊！吳應熊死亡的時間是在康熙十三年夏季五月二十四日丁亥日，感嘆的當事人是建立畸形漢人朝廷的老叟（畸笏叟）吳三桂。」

◈真相破譯：

賈母影射的決定王朝盛衰命運的天命、老天爺，看到賈政大周王朝政權呈現出煩悶、悲戚，振作不起來這樣的光景，想到或許是賈政他影射的大周王朝皇帝吳三桂南北奔波指揮抗清，身體勞累以致生病，影響了抗清的氣勢也未可定，又兼恐怕他吳三桂如果不病亡休息，會拘束了大周王朝內部如同眾姊妹的眾部將，不能好像高興玩耍一般地各行其是，盡情發揮，因而就對賈政影射的大周皇帝吳三桂說：「你竟不必再作那如猜謎般前途難猜的抗清運動了，回去養病安息吧！讓我們其他人再聚坐撐持大周王朝一會兒，我們也好朝終散場了。」賈政影射的大周皇帝吳三桂，就好像一下子聽到賈母影射的老天爺有這樣的言語、意旨似的，連忙答應幾個「是」字，又勉強勸了賈母老天爺一回酒，向老天爺表示敬意，好讓他再撐持一陣子，到實在病得不行了，方才退出抗清戰事，去專心養病了。賈政吳三桂回到房中養病休息，只是思索這場反清運動的種種前因後果，翻來覆去竟難成眠，不由得悲傷感慨，不在話下，而終於病亡了。」

且說賈母老天爺看見賈政影射的大周皇帝吳三桂病亡去世了（按時間在康熙十七年八月十八日），便降下天意說：「你們這些吳三桂的眾部將可以自由自在、各行其是地樂一樂了罷。」這一句話還沒說完，早就看見寶玉影射的吳三桂核心部將群之中，被推舉為總理軍務的吳國貴，跑到有如圍屏燈一般的抗清戰線議題前面上，指手畫腳，滿口批評，從前這一個方面這一句決策不好，那一個方面對清軍的破解策略不恰當，就如同開了鎖而不受拘束的猴子一樣。」寶釵影射的馬寶等大多數態度穩重的吳三桂部將群，便提出異議說：「你寶玉影射的吳國貴等還是像才剛不久前賈政影射的大周皇帝吳三桂還活著的時候那樣坐着，不要站在（總理軍務的）高位上亂指揮，而且照舊坐守在長江以南，和大家說說笑笑，一起和氣抗清，豈不是比較斯文穩重一些。」鳳姐影射的吳世璠大周王朝朝廷自裡間的雲南昆明趕忙出來，插口說：「你寶玉這個人影射的諸核心部將，就該老爺賈政影射的吳三桂每日命令你們寸步不離他身邊的長江以南，進行抗清才好。適才他未死前我忘了，為什麼不當着老爺賈政吳三桂的面，鼓動他叫你們也興作師旅（作詩）往江北反清，奮不顧身地置身於命運如燈謎一般難猜測的境地。如果當初情勢好的時候能夠如此，怕不得這個時候我們已經大勝，而正在把滿清皇帝趕出關外去當汗王（出汗）了呢！」鳳姐影射的吳世璠雲南朝廷說著這些抗清的話，而清軍就正追擊過來，於是寶玉影射的吳三桂諸核心部將心裡急了，只得推擁、牽扯着鳳姐兒影射的吳世璠大周新朝廷共同抗清，但是他們時或順服，時或抵制，百般扭捏作怪，就好像兩三股扭成的麥芽糖似的只是互相糾纏不清。賈母老天爺見到吳世璠大周王朝這種君臣糾纏不和的困境，又與李宮裁影射的吳世璠、郭壯圖等宮廷派勢力，及眾姊妹影射的胡國柱、吳應期等諸核心部將，說笑調和雙方和樂相處了一陣子，但是調和得很費力，連老天爺也感覺有些困倦起來，油然產生無力感。賈母老天爺聽了聽各方訊息，整個大周王朝已經像是深夜四更，呈現漏盡更殘，氣數將盡，無可救藥了，於是便命令大周王朝將供給食物的官職俸祿撤去，將物質賞散給眾人去各謀生路。隨後老天爺起身要離開、不再眷顧大周王朝，而說：「我們大周王朝就結束安息吧！看來明天還是大周皇帝登基在位的時節下，你們還有不死心的，就該當早起。稍作整備，明日晚間再玩反清的把戲吧！（按大周王朝就在老天爺都不眷顧的情況下，拖到康熙二十年十月二十八日終於滅亡。）」

附註：

①引錄自以上《紅樓夢校注（一）》，第三五六頁，注三四。

②引述自以上《吳三桂大傳》下冊，第五六三至五六五頁。

③引述自以上《吳三桂大傳》下冊，第五九一至六〇二頁。

④引錄自以上《紅樓夢辭典》，第四二三頁。

⑤引錄自以上《吳三桂大傳》下冊，第五〇三頁。

⑥引錄自以上《一代梟雄吳三桂》，第二三七頁。

⑦兩則均引錄自以上《紅樓夢（上）》，馮其庸編注，第二四〇頁，注三。

⑧參述自《紅樓夢詩詞解析》，劉耕路編著，台北，建宏出版社印行，一九九五年二月，初版一刷，第九九頁。

⑨引述自《紅樓夢詩詞曲賦鑑賞》，蔡義江著，北京，中華書局出版，二〇〇一年十月，北京第一版，二〇〇四年四月，北京第五次印刷，第一六五至一六六頁。

⑩根據以上《細說吳三桂》，第一七二頁；及以上《吳三桂大傳》下冊，第七〇三頁；。

⑪引錄自以上《吳三桂大傳》下冊，第七〇二至七〇三頁。

⑫引錄自以上《細說吳三桂》，第一七一至一七二頁；並參考以上《一代梟雄吳三桂》，第三三六至三三七頁；及以上《吳三桂傳》，第一九七至一九八頁。

⑬引錄自以上《紅樓夢詩詞曲賦鑑賞》，第一六七頁，注一。

⑭參述自以上《一代梟雄吳三桂》，第二六五至二六八及三一九至三二〇頁。

⑮參述自以上《吳三桂大傳》下冊，第七八〇至七八二頁。

⑯引述自以上《臺灣史》，第二一四至二三〇頁；康熙十九年清明節為農曆三月六日，則是根據以上《近世中西史日對照表》第三二九頁的記載。

⑰有關陳圓圓的最終結局，引錄或引述自以上《吳三桂大傳》下冊第七六八頁。

⑱引錄自以上《紅樓夢詩詞曲賦鑑賞》，第一七〇頁，注二。

⑲引錄自以上《紅樓夢校注（一）》，第三五七頁，注四一。

⑳引錄自以上《紅樓夢詩詞曲賦鑑賞》，第一七二頁，注三。

㉑引錄自以上《紅樓夢詩詞曲賦鑑賞》，第一七二頁，注四。

㉒引錄自以上《紅樓夢（上）》，馮其庸編注，第三九九頁，注二九。

㉓引錄自以上《吳三桂大傳》下冊，第七一一頁。
㉔引錄自以上《一代梟雄吳三桂》，第三二七頁。
㉕引錄自以上《一代梟雄吳三桂》，第三五二頁。
㉖引錄自以上《吳三桂傳》，第七六〇頁；並請參考以上《一代梟雄吳三桂》，第三五五頁。
㉗有關吳三桂稱帝以至病亡的事跡，係綜合參述自以上《一代梟雄吳三桂》，第三三七至三四一頁；及以上《吳三桂大傳》下冊，第七三二至七三六頁。
㉘引錄自以上《一代梟雄吳三桂》，第三四二頁。
㉙引錄自以上《吳三桂大傳》下冊，第七三七至七三八頁。
㉚引錄自以上《紅樓夢辭典》，第四二四頁。
㉛引錄自以上《紅樓夢辭典》，第四二四頁。
㉜引述自以上《一代梟雄吳三桂》，第三四二至三五二頁；及以上《吳三桂大傳》下冊，第七五二至七五九頁。
㉝引述自以上《一代梟雄吳三桂》，第三五九至三六〇頁；及以上《吳三桂大傳》下冊，第七六五至七六六頁。
㉞有關康熙十三年夏季五月二十四日為丁亥日，係根據以上《近世中西史日對照表》第三一七頁的記載。
㉟引述自以上《一代梟雄吳三桂》，第二九三至二九五頁。

語言文學類　PG0457

紅樓夢真相大發現（四）
——寶釵作生日故事的真相

作　　者／南佳人
責任編輯／黃姣潔
圖文排版／陳佳怡
封面設計／蕭玉蘋

發 行 人／宋政坤
法律顧問／毛國樑　律師
印製出版／秀威資訊科技股份有限公司
114台北市內湖區瑞光路76巷65號1樓
電話：+886-2-2796-3638　傳真：+886-2-2796-1377
http://www.showwe.com.tw
劃撥帳號／19563868　戶名：秀威資訊科技股份有限公司
讀者服務信箱：service@showwe.com.tw
展售門市／國家書店（松江門市）
104台北市中山區松江路209號1樓
電話：+886-2-2518-0207　傳真：+886-2-2518-0778
網路訂購／秀威網路書店：http://www.bodbooks.tw
國家網路書店：http://www.govbooks.com.tw
圖書經銷／紅螞蟻圖書有限公司
114台北市內湖區舊宗路二段121巷28、32號4樓
電話：+886-2-2795-3656　傳真：+886-2-2795-4100

2010年11月BOD一版
定價：400元

國家圖書館出版品預行編目

紅樓夢真相大發現. 四, 寶釵作生日故事的真相 / 南佳人著.
-- 一版. -- 臺北市 : 秀威資訊科技, 2010.11
面； 公分. -- (語言文學類 ; PG0457)
BOD 版
ISBN 978-986-221-625-5(平裝)

1. 紅學 2. 研究考訂

857.49　　99019266

讀者回函卡

感謝您購買本書，為提升服務品質，請填妥以下資料，將讀者回函卡直接寄回或傳真本公司，收到您的寶貴意見後，我們會收藏記錄及檢討，謝謝！如您需要了解本公司最新出版書目、購書優惠或企劃活動，歡迎您上網查詢或下載相關資料：http:// www.showwe.com.tw

您購買的書名：________________________________

出生日期：________年________月________日

學歷：□高中（含）以下　□大專　□研究所（含）以上

職業：□製造業　□金融業　□資訊業　□軍警　□傳播業　□自由業

□服務業　□公務員　□教職　□學生　□家管　□其它_____

購書地點：□網路書店　□實體書店　□書展　□郵購　□贈閱　□其他

您從何得知本書的消息？

□網路書店　□實體書店　□網路搜尋　□電子報　□書訊　□雜誌

□傳播媒體　□親友推薦　□網站推薦　□部落格　□其他__________

您對本書的評價：（請填代號　1.非常滿意　2.滿意　3.尚可　4.再改進）

封面設計____　版面編排____　內容____　文／譯筆____　價格____

讀完書後您覺得：

□很有收穫　□有收穫　□收穫不多　□沒收穫

對我們的建議：________________________________

____

____

____

請貼
郵票

11466
台北市內湖區瑞光路 76 巷 65 號 1 樓

秀威資訊科技股份有限公司 收

BOD 數位出版事業部

....

（請沿線對折寄回，謝謝！）

姓　　名：＿＿＿＿＿＿＿＿＿＿　年齡：＿＿＿＿　性別：□女　□男

郵遞區號：□□□□□

地　　址：＿＿＿＿＿＿＿＿＿＿＿＿＿＿＿＿＿＿＿＿＿＿＿＿＿＿＿

聯絡電話：(日)＿＿＿＿＿＿＿＿＿＿＿＿　(夜)＿＿＿＿＿＿＿＿＿＿＿＿

E-mail：＿＿＿＿＿＿＿＿＿＿＿＿＿＿＿＿＿＿＿＿＿＿＿＿＿＿＿